講談社文庫

神曲法廷

山田正紀

講談社

神曲法廷・目次

序

第一歌 12
第二歌 22

豹の罪（自制喪失）

第三歌 32
第四歌 55
第五歌 75
第六歌 99
第七歌 117
第八歌 136

獅子の罪（異端と暴力）

第九歌 158
第十歌 183
第十一歌 205
第十二歌 237
第十三歌 256
第十四歌 272
第十五歌 288
第十六歌 303
第十七歌 325

狼の罪
第十八歌 344
第十九歌 363
第二十歌 376
第二十一歌 393
第二十二歌 408
第二十三歌 432
第二十四歌 444
第二十五歌 463
第二十六歌 478
第二十七歌 496
第二十八歌 515
第二十九歌 535
第三十歌 555
第三十一歌 578
第三十二歌 593
第三十三歌 620
終
第三十四歌 648
解説(講談社ノベルス版)・**笠井潔** 657
解説・郷原宏 665

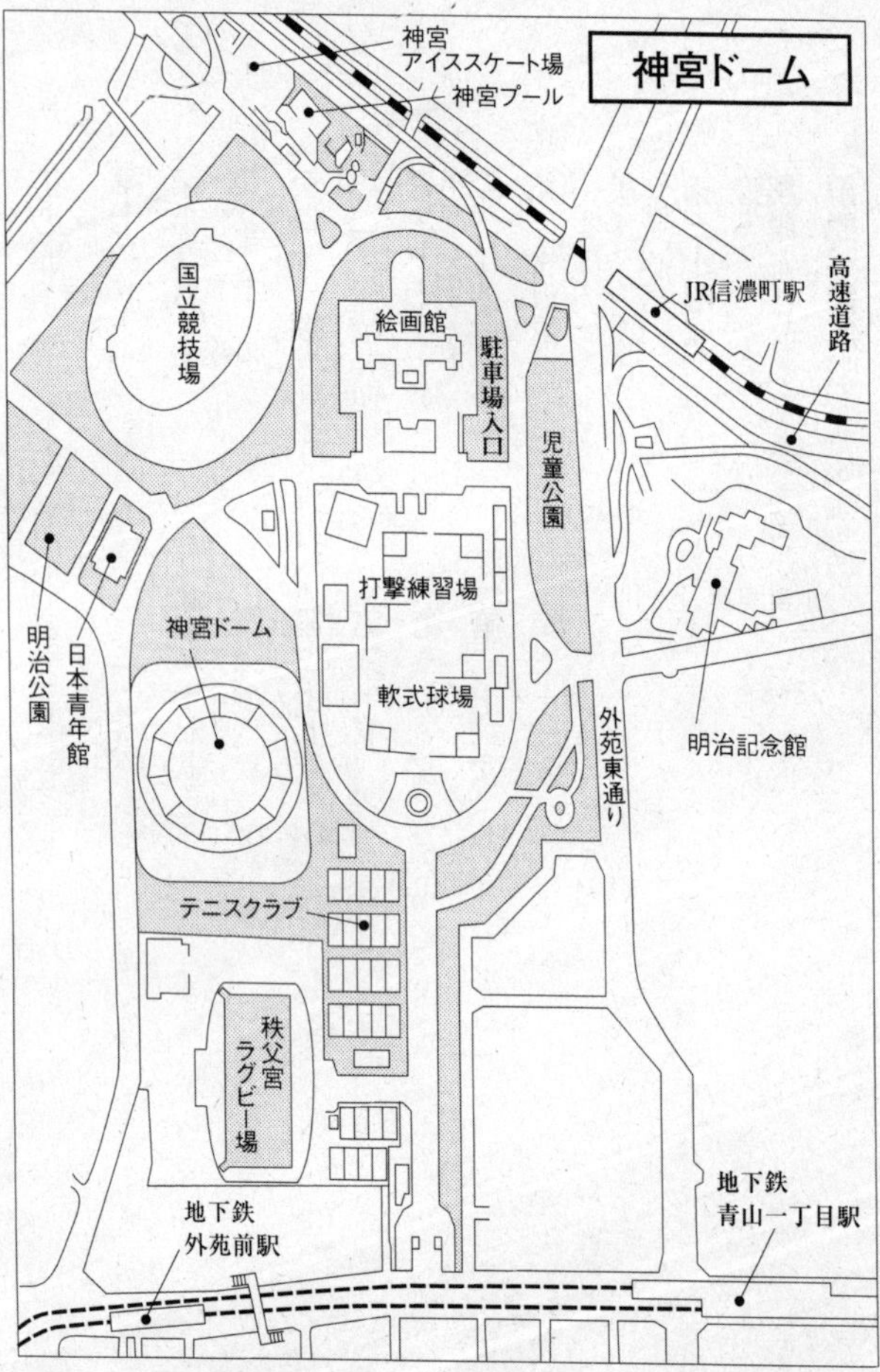
神宮ドーム
神宮
アイススケート場
神宮プール
JR信濃町駅
高速道路
国立競技場
絵画館
駐車場入口
児童公園
打撃練習場
神宮ドーム
軟式球場
明治公園
日本青年館
外苑東通り
明治記念館
テニスクラブ
秩父宮ラグビー場
地下鉄
外苑前駅
地下鉄
青山一丁目駅

神曲法廷

東京地方裁判所
（南ウィング 5階）

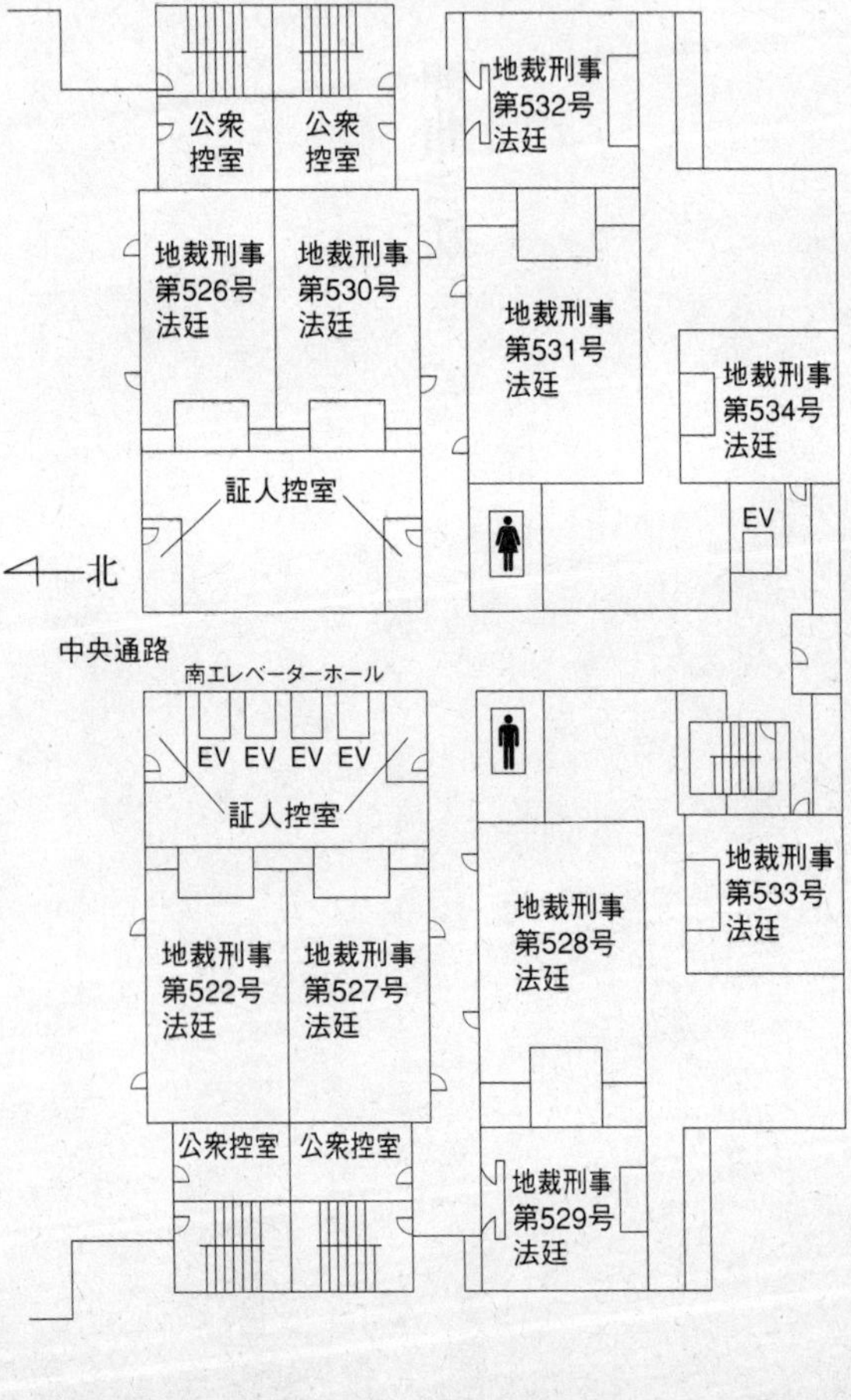

それでは開廷します。

序

第一歌

1

ひとの世の旅路のなかば、ふと気がつくと、私はますぐな道を見失い、暗い森に迷いこんでいた。

ああ、その森のすごさ、こごしさ、荒涼ぶりを、語ることはげに難い。思いかえすだけでも、その時の恐ろしさがもどってくる！

その経験の苦しさは、死にもおさおさ劣らぬが、そこで巡りあったよきことを語るために、私は述べよう、そこで見たほかのことどもをも。

どうしてそこへ迷いこんだか、はきとはわからぬ。ただ眠くて眠くてどうにもならなかった。まことの道を踏み外したあの時は。

だが恐ろしさに胸もつぶれる思いさせたあの谷の行きづまり、とある丘のふもとへ来たとき、……

（おい、待てよ、もしかしたら、ここがその、あの谷の行きづまり、とある丘のふもと、ではないのか）

……寿岳文章《じゅがくぶんしょう》の『神曲』翻訳は、その活字までが端正、剛毅《ごうき》なものに思われ、『神曲』を思いだすときには、まずその字面が頭に浮かんでくるならいだ。

くりかえし『神曲』を読んで、とりわけ〝地獄篇〟は第一歌から第三十四歌まであますところなく暗唱できるほどになったのだが、それも自分では暗唱するというより、頭のなかにある（寿岳文章訳、集英社版の）『神曲』を読んでいるという思いのほうが強い。

冒頭、ひとの世の旅路のなかば、とあるのは、寿岳文章の訳注によれば、人生を七十年として三十五歳になったとき、というほどの意味であるらしい。つまりダンテはここで自分は三十五歳にして人生を踏みあやまったと告白しているのである。

さらに、暗く、荒涼とした森、というのは〝罪悪〟を象徴しているのだという。『聖書』の〝ローマ人への手紙〟に、「あなたがたが眠りから覚めるべきときが既に来ています」という一節がある。

その故事をふまえて人が罪の生活に迷い込むのは眠っているのも同じことだ。——ダンテはここで寓意をこめてそう述べているのである。

『神曲』第一歌の冒頭で、ダンテはみずから罪ぶかい生活に迷い込んでしまったのを認める。

だから、眠くて眠くてどうにもならなかった、というわけなのだろう。

朦朧《もうろう》とした意識のなかで、ダンテの『神曲』を頭につづり、ここまで考えて、

——おれもそうではないか。

ふと彼はそう思う。

——おれも眠くて眠くてどうにもならないよ。

暗い、荒涼とした森に迷いこんでしまったのは自分も同じではないか。

三十五歳ではなく、ややとしをとっているが、やはり、「ひとの世の旅路のなかばでまっすぐな道を見失ってしまった」ことに変わりはない。

ダンテの場合、「暗い森」が罪の生活を象徴し、「谷の行きづまり、とある丘のふもと」

が、人生に挫折したことを意味しているらしい。

それでは彼の場合、なにが罪の生活を象徴し、人生の挫折を意味しているというのだろう？

彼はふと頭上を仰いだ。

そこにはやや彎曲《わんきょく》した、暗い、しかし広漠とした空間がのしかかっていた。

胸のなかでつぶやいた。

――この神宮ドームだろうか。

2

神宮ドーム。

最大高六十二メートル、容積百三十万立方メートル、収容人員五万六千。

神宮ドームは、その規模において、わずかにではあるが東京ドームにまさる。

照明装置は、膜屋根にそって十五基、壁に千二百基を数えるが、いまはまだほとんど明かりが灯されていない。

暗い。しかし真っ暗ではない。膜屋根にはガラス繊維が二重に張られているが、ガラス繊維は光を透過させる。空に光があるかぎり、膜屋根のガラス繊維はぼんやりとその光をとどめる。

　夕暮れだった。

　残照が膜屋根を透過し神宮ドームをあかあかと染めている。

　膜屋根はまだ膨張《インフレート》されていない。垂れさがった膜屋根は夕日のなか燃えるように赤いのだが、その光は下方にくだるにつれ褪《あ》せていき、四階席のあたりでぼんやりと霧がけぶったようになる。四階席の下端あたりを境界線にし、光は影にのまれ、そのあとはもうひたすら闇が濃さを増していくばかりなのだ。

　神宮ドームは四層構造になっている。

　一階には、人工芝のフィールド、ベンチ、ロッカールームなどの野球関連施設、事務室があり、それに六百台収容の駐車場がある。

　二階にはオープンデッキがあり、ここが入場ゲートになっていて、ここから入場ゲートでドーム内に入ると、そこにはコンコースが左右にひろがっている。

　三階は、センター側に車椅子専用席や立ち見席、パノラマウォークなどを擁し、内野側には「貴賓室」、年間契約の「スイートルーム」などが用意されている。

　四階はバルコニー席になっていて、大型パノラマビジョンなどを擁し、アリーナ全体を見渡せるようになっている……

　いま、膜屋根を透かしている残照は、せいぜい、その四階のバルコニー席ぐらいまでしか届いていないのだ。十五基のメーンライト、メーンクラスター、メンテナンスゴンドラなどが、膜屋根を透かす赤い光に、さまざまな影をあやなし、影はさらにべつの影ににじんで、ドーム全体に迷路めいた印象をもたらしていた。

膜屋根に視線をとどめているそのときにフッと頭をかすめた言葉がある。

――黄金分割！

そう、これが黄金分割なのだ……

その言葉を陰鬱に頭のなかに嚙みしめながら彼はふたたび歩きはじめる。

二階から三階、三階から四階と昇っていくにつれ、人はいわば闇から光のなかに浮上していくことになるのだが、その光が血のように赤いとあっては、ただ禍々《まがまが》しい不気味さだけがつのり、光に向かっているという印象はさらさらない。それどころかドームを昇るにつれ、(灼熱の炎が燃えたぎる) 地獄に近づきつつあるような倒錯した思いにさえかられるのだった。

昇っていくのに下りている。――そんな錯覚に意識がたよりなく浮揚するのを覚え、そのとめどのなさに、いやでも『神曲』〝地獄篇〟の最終歌を思いださざるをえない。

ダンテたちが堕天使ルチフェルの体をよじのぼるうち、重力が逆転し、昇っているはずがいつしか下りていた、というあの有名なエピソードを。

――ここもまた重力が逆転しているのではないか。

ふと、そんなあられもない妄想におびやかされる。ここもまた重力が逆転しているのだとしたら、この神宮ドームはやはり〝地獄〟ということになりはしないか。

——おれは地獄を昇っている？　いや、下りているのか？　どちらだろう。

ドームはがらんとして人けがなく、ひとり、通路を昇る彼の足音だけを虚《うつ》ろに響かせていた。

3

ようやく四階に達して、そこにぼんやりとたたずんだ。

神宮ドームの四階は、地上三十メートルのバルコニー席になっていて、その最上席までのぼりつめ、はるか膜天井をあおぐと、そこににじんでいる赤い光が、燃えさかる地獄の炎のように揺れているのだ……

それを見つめる彼の脳裏に、

——恐ろしさに胸もつぶれる思いをさせたあの谷の行きづまり、とある丘のふもとへ来たとき……

〝地獄篇〟第一歌の文章が（見えない手が伸びてきて分厚な『神曲』の本をパラリとめくるように）ありありと浮かんでくる。寿岳文章の名訳はそこにダンテがたたずんで詩歌を大声でとなえているのを聞くように力強い響きを感じさせる。

……ダンテは丘を登ろうとする。

しかし、

「絶壁のはじまるあたりに、斑《まだら》の毛皮をきらきらさせ、駿足にしていとも身軽な一匹の豹、突如あらわれ、」

その前方に立ちはだかるのである。

豹ばかりではない。

つづいて獅子が、そして狼が、次から次に現れては、その行く手に立ちはだかり、ダンテを丘に登らせようとはしないのだ。

一説には、豹は肉欲を、獅子は高慢を、狼は貪婪《どんらん》をそれぞれ表しているのだという。いずれも、ダンテのなかにある〝罪〟の象徴であり、これがあるばかりに、ダンテは暗い〝罪の森〟に迷い込むことになったのだとも解釈される。

こうして読みといていくと、どうやら、ここでいう〝丘〟とは、煉獄《れんごく》から天上につらなる道程のことでもあるようだ。

ダンテが自分の〝罪〟を捨てないかぎり、そこを登るのは許されないということなのだろう。

ダンテが、ローマ最高の詩人とうたわれたヴェルギリウスに先行され、地獄めぐりをすることになるのも、つまるところは(罪の森に踏みあやまったために)やむをえず煉獄への道を迂回《うかい》せざるをえなかったということにつきるらしい。

「………」

彼はぼんやりと『神曲』のことに思いをはせている。

その視線は、難破した小舟のようにおぼつかなげに赤い光のなかをさまよい——そして、その目が(標本の蝶がピンでとめられるように)一点にとどまって、カッと見ひらかれたのだ。

夢でもなければ幻でもない。四階のバルコニー席に立つ彼のまえに一匹の狼が立ちふさがっているのだ。どことも知れぬ暗い虚空から身をおどらせ、ふいにそこに現れた狼は、その血走った目にりんと赤い炎を点じて、猛々しい咆哮《ほうこう》を放った。

陰惨なその姿の恐ろしさに、彼はたじろいで、狼を避けて暗い闇のなかによろよろと後ずさる。

どうして彼にこれ以上さきに進むことができるだろう? ダンテが〝地獄篇〟にしるしたように、「痩せた肢体にひそむ貪婪の餌食となり、憂苦に沈んだ昔の旅人の数ははかり知られず」というのに。——彼にそんな勇気はない。

——おれはこれから先に進むことはできないだろう。そんなことは絶対にできない。

心は重くうちしおれ、あまりの絶望の深さに屋根をあおいだ彼の顔に、ぽつり、濡れたしずぐがかかって、反射的に顔をぬぐうその手を染めるのは——

赤い血!

「…………」

彼は顔をこわばらせる。その目ははるか頭上にひろがる膜屋根の一点を凝視する。そこには膜屋根のガラス繊維を透過して赤い光がけぶっている。

寒天が凝固するように、その赤い光がにごり、血の一滴一滴となって、さみだれのように、ぽつり、ぽつり、と彼の顔に赤い色を点じているのだ。

これもまた夢でもなければ幻でもない。赤く残照のにじんだ膜屋根のどこかから血が滴《したた》り落《お》ちている。ここに現出しているのはまぎれもなくダンテの〝地獄〟なのである。

彼は、獰猛な狼に前途をはばまれ、射すくめられて、進むもならず退くもならず、赤い血の降る〝地獄〟にいつまでも立ちすくんでいるのだった……

第二歌

1

……平成×年四月。

新宿区霞岳町、かつて神宮球場のあった地に「神宮ドーム」が完成した。

東京ドームについで東京では二番めのドーム球場ということになる。

それまでの神宮球場、第二球場のふたつを合わせてひとつにし、その広大な敷地を擁して建造された。

位置からいえば、ちょうど秩父宮ラグビー場、国立競技場にはさまれていて、明治公園、日本青年館とあわせ、ここに世界でも例を見ない一大スポーツ地域が誕生したことになる。

神宮ドームは、東京ドームとおなじ空気膜構造になっていて、最大径二百メートル強の膜面屋根を、空気で膨らませている。

縦横十四本ずつのケーブルを交差させ、そのあいだに4フッ化エチレン樹脂を加工したガラス繊維を二重に張っている。外側厚さ〇・八ミリ、内側厚さ〇・三五ミリ。これで照明、音響装置を含めて四百トンもの重量を支えているわけである。

神宮ドームの、野球のフィールドは両翼百メートル、センター百二十二メートル、これを三層の座席がとりかこんでいる。座席数五万六千。そのうち一万三千席が可動式であり、野球のマウンドは昇降式になっていて、人工芝も自動巻き取り機で収納庫に入るようになっている。

こうした諸設備は、ほぼ東京ドームとおなじだが、東京ドームが楕円形であるのに比して、神宮ドームのほうはやや変形した螺旋《らせん》状になっている。そのデザインはおおむね好評だったが、なかにはその形が古代の墳墓を連想させるとして、ドームが墓に似ているのは不吉ではないか、という意見を述べる者もいないではなかったらしい。

神宮ドームの神宮という言葉にもなにがなし人々に、ある種、独特の連想を誘う響きがあったのかもしれない。

野球シーズンの開幕を待たずして、神宮ドームは二月にオープンされ、十一日、いわばこけら落としとして、保守系政治家有志に主導される「建国記念日」を祝う記念祝典がもよおされた。

このとき例年にも増して、市民団体、左翼系団体などを中心として、「建国記念日」を憲法違反とする抗議運動が盛りあがって、ドームのまわりではデモ行進さえくりひろげられたのだが、これもやはり神宮という言葉の響きに、無意識のうちに人々が反発したのだと考えられないこともない。

もっとも、神宮球場は以前から存在していたのであり（経営母体はドームになって変わったが）、そもそもドームの形から〝墳墓〟を連想するというそのことにしてからが、かなりの過剰反応といえるだろう。

そのあと、おおむね神宮ドームの運営は順調に運び、いつしか神宮ドームの形が古代の墳墓に似ている、などという意見は忘れ去られていった。

が——

あとになって思えば、神宮ドームの形が〝墳墓〟を連想させ、不吉だという意見には、それなりに耳を傾けるべき点があったのかもしれないのだ。

それというのも、不幸なことに、シーズンが始まって一年め、文字どおり、この神宮ドームが〝墳墓〟となるような事故が起こったからである。

2

ペナントレースが終わって、十一月、神宮ドームに火災が発生した。

十日、神宮ドームにおいて区民体育祭が開催されることになっていて、それに先立つ七日に（予定では、翌日八日におこなわれることになっていたのだが、主催者側の事情で、急遽、この日に変更されたのだ。不運としかいいようがない）そのリハーサルがおこなわれた。そのリハーサルの最中に二階外野席のあたりから出火したのだった。

不審火といっていいだろう。二階外野席のそのあたりに火の気はなかった。人もいなかった。それなのにいきなり炎が噴きあがったのである。

そのときリハーサルに参加していたのは、区役所の職員、マス・ゲームを演じることになっていた区内の高校生、オープニングの聖火リレーの関係者など、およそ二百名ほどだった。

神宮ドームには、加圧送風機から絶えず空気が送り込まれている。万が一、火災が発生した場合には、この加圧給気をアリーナ側か、コンコース側に切り換えて、防火区画である避難階段に延焼がおよばないようになっていた。

つまり、ドーム内を、加圧エリアと非加圧エリアとに分け、火や煙の拡大を防止するようになっているのだ。

さらに、回転扉のほかバランス・ドアが一斉に開放され、係員の誘導にしたがい、客たちは（炎と煙から隔絶された）避難通路を安全に逃れることになっていたのである。

が——

体育祭ということで、大量のマットが搬入されていて、しかもそれが火元に近い外野席に積まれてあったことが、思わぬ災いを招くことになった。

燃えあがるマットから一酸化炭素を含む大量の有毒ガスが発生し、それがエレベーターの昇降路、ダクトなどを抜けて、一斉に避難通路に流れ込んだのである。

神宮ドーム側としても、不慮の災害にそなえ、万全の措置を講じてはいたのだ。壁や階段などの材質はもちろん、スタンド・チェアにいたるまで、万が一にも有毒ガスが発生するなどということがないように厳選されていたのだが、まさか運動会に使用されるマットにまでは配慮がおよばなかった。

この有毒ガスのために、八名（ドーム職員一名、高校生七名）が一酸化炭素中毒や、逃げる際の転倒・墜落などで死亡し、さらに二十一名が傷害を負うという大惨事が引き起こされることになったのだ。

なにぶんにも都心、それも神宮ドームでの大火災ということもあり、現場を十重《とえ》二十重《はたえ》に野次馬がとりかこんで、消火活動もままならなかったほどだった。

翌日、警視庁、および所轄署は、消防署と合同で、現場検証をおこない、「時限式火炎放射装置」を発見、これを放火によるものと正式発表した。

警察発表によれば、この「時限式火炎放射装置」は、時限装置によって、ボンベ内の高圧ガスをガソリンおよび灯油の混合油入りのボンベ内に流入させ、さらにはそのガス圧でノズルから混合油を噴出させ、これに点火せしめるという装置であったらしい。時限式の火炎放射器と考えればいいだろう。

東京地検ではこれを「放火事件」と認識しながらも、（マットから有毒ガスが発生したという不測の事態を考慮に入れつつ）「無差別殺人」とも認定し、これに殺人罪を適用できるかどうか、その検討に入ったと伝えられる。

が、放火犯の捜査が進められるのは当然として、一方では、神宮ドーム側にもその管理責任が問われることになった。

翌年四月、東京地検は、当日の防火管理責任者、綿抜周造《わたぬきしゅうぞう》（五十六歳）を業務上過失致死傷罪で起訴することを決定した……

被告人は前に出なさい。

豹の罪

（自制喪失）

第三歌

1

われをくぐりて　汝らは入る　なげきの町に
われをくぐりて　汝らは入る　永劫の苦患に
われをくぐりて　汝らは入る　ほろびの民に
正義　高きにいますわが創造主を動かす
われを造りしは　聖なる力
いと高き知恵　また第一の愛
永遠のほか　われよりさきに
造られしもの無し　われは永遠と共に立つ
一切の望みは捨てよ　汝ら　われをくぐる者

いつからか、この建物に入るとき、地獄の門にわたされた楣《まぐさ》に掲げられているというこの銘文を思うようになった。

いや、いつからかなどと、いまさら自分を韜晦《とうかい》するまでもないことで、それは特捜部への配転が取り消され、S県・検察庁刑事部への移籍が告知されたあのころからに決まっているのだ。

もちろん、そんなことを思うのは、この世に、佐伯《さえき》神一郎《しんいちろう》ひとりであるにちがいない。この建物——東京地方裁判所には、いささかなりとも『神曲』にしるされたあの地獄の門を連想させるようなところはない。

それどころか、地上十九階、地下三階の堂々たる近代建築で、東京の中心ともいうべき霞が関の官庁街に位置しているのだ。その玄関ホールは天井二階までの吹き抜けで、壁面は総大理石、奥行き十八メートル、幅は三十二メートルもあるという。実際、地獄の門どころではない。

が——

それでも東京地方裁判所の玄関ホールに足を踏み入れるとき、必ずといっていいほど、地獄の門のうえに黒ずんだ色でしるされているというこれらの言葉が、佐伯の脳裏をかすめるのだった。

それというのも、このところ佐伯が『神曲』の〝地獄篇〟を耽読《たんどく》しているのと、どんなに国家が裁判所に近代的な意匠を凝らしても、そこから『神曲』の地獄の門に通じるある種の陰惨さを（一切の望みは捨てよ、汝ら、われをくぐる者——）払拭《ふっしょく》しきれないからだろう。

事実、近隣の省庁でもこれだけの規模の玄関ホールは類がないが、その大ホールには受付もなければ、傍聴の心得をしるした説明書きさえ用意されていない。なにかわからないことを聞こうとすれば、守衛に尋ねるしかなく、機能的なのを通りこして、いっそ無愛想と呼びたいほどだった。

かろうじて玄関ホールの装飾らしい装飾といえば、直径二・七五メートル、高さ二・四メートル、重量一トンというシャンデリアを挙げられるぐらいのものだろう。

旧最高裁の庁舎が解体されたときに取りはずされ、東京地方裁判所・合同庁舎の落成とともに復活したシャンデリアで、これだけはさすがに堂々たるものだが、それもほとんど灯がともされることはない。

つまり東京地方裁判所の合同庁舎は、どこまでいっても無機的で、人の温かみを感じさせるところのない建物といえるだろう。

いまは朝の九時だが、裁判所に出入りする人々の顔は、すでに倦《う》んで、疲れ、憂愁の色をたたえている。忙しげに歩いていても誰ひとり活気を感じさせる者はいない。

これでは地獄の門を連想させるのも無理からぬところではあるが、

――こんなことはいやしくも現職の検事が考えるべきことではないな。

さすがに佐伯はそう反省した。

反省し、苦笑もしたが、その笑いがややこわばっていることに自分では気がついていない。

玄関ホールをエレベーターのほうに向かって歩いていく。

佐伯神一郎、三十二歳、独身。百七十五センチの体つきはがっしりしているが、その眉宇のあたりに、どこか神経質そうな翳《かげ》りをけぶらせている。

佐伯の表情に鬱屈《うっくつ》の色が濃いのには理由がある。

もともとは東京地検の刑事部に勤務していて、今年の春、特捜部に配属されることが内定していたのだが、あることをきっかけにして、いまは特捜部への栄転はおろか、東京地検に残ることさえかなわない境遇になっている。

いわば検事として栄光の頂点から一気に奈落の底に突き落とされたことになる。

東京地検特捜部は、特殊、直告《ちょっこく》、財政・経済事件係の三班に分けられ、それぞれ贈収賄、詐欺、横領、脱税、商法違反などを取りあつかう。特捜検事になるには、十年以上のキャリアを持ち、経験や知識が豊富であることが要求される。

三十二歳になったばかりの佐伯が特捜部に配属されれば、それこそ異例の抜擢となったはずなのだ。それが、内示まで受けていたのに、寸前になって取り消されてしまうことになった。

いまの佐伯には不遇感が強い。裁判所に出入りする人々と同じように、いや、おそらくそれ以上に、佐伯の表情に鬱々《うつうつ》とした色が濃いのはそのせいなのだった。

その鬱屈が、佐伯をして、『神曲』に向かわせることになった。特捜部配属の内示が取り消されたあたりからしきりに『神曲』を手に取るようになった。もちろん『神曲』を読むのはこれが初めてではない。

佐伯はもともと法学部ではなく、文学部の出身で、いずれは自分でも小説を書きたいと願っていた。それが、大学二年の夏休みに、ダンテの『神曲』(寿岳文章訳)を読み、その世界に圧倒され、あっさりと小説家になる夢を放棄した。『神曲』に接して、いまさら自分などに書くべきものは何も残されていない、とそのことに気がついたのだ。佐伯が司法試験を受ける準備をはじめたのはその年の秋のことだった。

佐伯は二十三歳で司法試験に合格した。司法試験に合格する平均年齢は二十八歳というから人よりはだいぶ早いスタートを切ったことになる。司法研修期間を経て、検事をこころざし、地方の検察庁に五年つとめて、その後、東京地検に転属になった。検事として忙しい日々を送るうちに、いつしか『神曲』のことなど忘れてしまっていたのだが……

特捜部への栄転が挫折したことで、ふたたび『神曲』に対する興味が勃然《ぼつぜん》とよみがえってきたようだ。というより急速に二十代はじめの自分に回帰しはじめたといったほうがいいかもしれない。本棚に突っ込んだまま、もう長いあいだ取りだしたこともない『神曲』を手にとり、日々、その〝地獄篇〟に読みふけるようになった。

東京地検に勤務する検事は、刑事部と公判部に分かれているが、これはそれだけ仕事量が多いということを意味している。警察から送られてきた事件を点検し起訴するかどうかを決める検事が、その事件の公判にも立つなどということはとても物理的に不可能なことなのだ。それどころか検事たちは、自宅にも資料を持ち帰って検討しなければならないほどで、ほとんど休日なしの生活を強いられているといっていい。

そんななかで、佐伯ひとりが『神曲』に読みふける日々を送ったというのは、つまりは仕事をおざなりにしたということだろう。そのころの佐伯は出庁しても、一日、ただ呆然として自分の机にすわり込んでいることが少なくなかった。

S市の地検に転属を命じられたときには、だれの目にも異常が明らかになっていた。事実、転属の辞令を渡すために、佐伯を自分の執務室に呼んだ上司は、すぐにその場で休職を命じ、病院の手配をしたほどだった。

それが今年の三月末のことだった。

以来、通院生活をつづけた。

本人には知らされていないことだが、上司は担当の精神科医と面会し、佐伯の病状を聞いていたようだ。

その結果、年内の休職が認められることになったのだが……

2

いまは九月――

あれから半年ちかい歳月が流れたことになるが、じつは、そのあわただしく、虚《うつ》ろで、そのくせ（意識の底のほう、それまで闇に埋もれていたなにかがぎらぎらと妖しい光を放つのを見るような）ふしぎに充実した日々のことは、ほとんど記憶に残されていない。

週に一度、上司が手配してくれた病院の精神科に通い、薬物療法をつづけたのだが、いまになって振り返れば、それが自分とは関わりのない、なにかほかの人の身に起こったことであるようにも感じられるのだ。

だから、週に一度の通院が、二週間に一度になり、二十日に一度になって、ついに担当の精神科医が、

――もうそろそろ通院の必要はないかもしれません。一月に一度ぐらい様子を聞かせていただくだけで十分です。一応、精神安定剤を出しておきますが、ご自分で必要だと思わないかぎり、お飲みにならなくてけっこうです。

そういってくれたときにも自分でもいぶかしくなるほど無感動だった。

喜びの念がわいてくるどころか、なにか自分のなかから大切な懐かしいものが根こそぎに奪われてしまったような、そんな説明のつかない喪失感を覚えたほどだ。

ダンテの『神曲』を読みふけることが生活のすべてであり、その一点に自分のアイデンティティのすべてを懸けていたあの日々が、なにものにも替えがたい貴重な時間であったようにさえ思われた。

日を追うにつれ、その喪失感はますます深まっていくばかりで、

——ほんとうにこれでよかったのか。おれはほんとうに治りたかったのか。おれは、退屈で、凡庸な〝正常〟という言葉と引換えに、なにか自分を自分あらしめている、もっとも大切なものを売り渡してしまったのではないだろうか。

いまの佐伯はそんな後悔に似た念さえ覚えているのだった。

もっとも自分から精神的な障害が去ったのを惜しむ気持ちがあるなどとは人に打ち明けられるものではない。とりわけ病院の手配をしてくれた上司に対しては嘘でも感謝の言葉を述べなければならないだろう。

S市の地検に転属される辞令はまだ生きていて（病みあがりということで閑職にまわされることになるだろうが）、来年早々に当地に転勤することになっている。

が——

じつのところ佐伯は迷っているのだ。

自分がこれからも検事という仕事をつづけていけるかどうか自信がない。その情熱が褪せてしまった。検事という仕事に疑問を持ったといえばいいか。――弁護士に転身したほうがいいのではないか、としばしばそう考えるようになった。

検事から弁護士に転身する例は少なくない。弁護士には何人か知り合いがいるから、どこかの事務所にもぐり込むのはむずかしいことではないだろう。

しかし検事の仕事に情熱を失ったことと、弁護士としての天分がそなわっているかどうかということは、また別の話であるだろう。小説家になる夢を捨て、司法試験を受け、検事に挫折し、今度は弁護士をこころざす……ほんとうにそれでいいのか。

佐伯としては、

――なに、まだ時間はある。結論を急ぐことはない。ゆっくり考えて決めればいいことさ……

できるだけ、のんきにかまえることにしているのだが、それがじつは自分をごまかしているだけであるのはわかっていた。たんに結論を出すのを先延ばしにしているだけにすぎない。

二、三ヵ月などあっという間に過ぎてしまう。時間はないのだ。

――どうしたらいいか？

佐伯はいま自分が重大な人生の転機を迎えようとしているのだと思っている。エレベーターが下りてくるのを待っているその表情に鬱屈した色を隠せずにいるのはそのせいだった。

そう、たしかに佐伯は人生の転機を迎えようとしていた。が、その転機は、佐伯が考えていたような意味ではなしに、じつに思いがけない形で訪れることになるのだった……

3

東京地方裁判所は、玄関ホールを挟んで、北と南にブロックが分かれていて、それぞれ法廷階用エレベーター四基、事務階用エレベーター三基がある。

佐伯は法廷階用エレベーターに乗り、B1のボタンを押した。地下一階には喫茶室がある。そこで人と会う約束になっている。

まだ朝が早いからだろう、エレベーターに乗ったのは佐伯ひとりだった。

ガクン、とエレベーターはわずかに震動して動きはじめた。

下りているのではない。上がっていた。

「………」

佐伯はあわててB1のボタンを押した。

が、いったん上がりはじめたエレベーターを下降させることはできない。五階の階数表示ランプがともっている。急いで三階、四階のボタンを押したが、そのランプは点灯せず、エレベーターはまっしぐらに五階に向かっているようだ。

やむをえない。

五階まで上がって、あらためて地下一階に下りるしかないだろう。

佐伯は憮然として階数表示ランプを見つめている。

それにしても、たしかに下降のサインを確かめて乗ったはずなのに、どうしてこのエレベーターは上っているのか？　そのことが解せなかった。

もっとも、こんなことは日常よくありがちなことで、なにも気にするほどのことではないかもしれない。それが、ほとんど不快といってもいいほど、これほど気持ちに引っ掛かるのは、やはり精神状態がまだ完全には回復していないからではないか。

佐伯がそこまで考えたときだった。

頭のなかで、というか、印象としては、頭蓋が空気に触れているそのぎりぎりの縁のところで（FMラジオがたまたま電波を拾ってしまうように）ひそひそと声が聞こえてくるのを感じたのだ。

いや、声というより、ほとんど気配と呼んだほうがいい。気配、それもほとんどあるかなしかの気配だ。誰かがどこかで声を殺してささやいているらしい。——それはひっそりと謎めいて頭のなかをよぎった。それでいて、それが確かに誰かが話している声であることがわかった。はっきりとわかった。

佐伯は反射的に振り返り、

「…………」

眉をひそめた。

狭いエレベーターのなかのことだ。振り返るまでもなく、そこに誰もいるはずがないことはわかりきっていた。

それに、誰かの声が聞こえたように感じたのは、ほんの一瞬のことで、振り返ったときには（風がかすめたように）その気配は消えていた。

佐伯は悪寒をおぼえた。手のひらがじっとり汗ばんでいるのを感じた。

通院しているときにも、しばしばこんな感覚にみまわれた。いまにも頭のなかで誰かが話しかけてくるように感じたこともあったし、はなはだしいときにはテレビに出演している人間が自分に向かって話しているように感じたこともあった。が、いつもきわどいところでその感覚をやりすごし、これは気のせいだ、そんなことはありえない、とかろうじて自分を納得させた。

それというのも、頭のなかに他人の声や、宇宙人のテレパシー、秘密組織の暗号などが聞こえてくるのは、分裂症型の患者に典型的な症状であると知っていて、そのことに対して警戒せざるをえなかったからだ。

が、それでいて、そんなときの、心の底で鈍く光っているものがうごめいて、ぎりぎり異常のみぎわにすり寄っていくような、はかなく妖しい感覚には、ふしぎに魅せられるものを覚えもした。

佐伯には経験がないが、おそらくマリファナとかLSDを飲んだときが、こんな感覚にみまわれるのではないか。

いまも——

意識の果て、正常と異常がきわどく接している、いわば精神の辺土《リンボ》ともいうべきそこに聞こえてきた声に、佐伯は自分の気持ちがぐらりと大きく傾くのを感じていた。

その声は、一瞬、佐伯の意識の果てをかすめて、すれちがいざま耳打ちするように、こう囁きかけてきたのである。

始まるぞと——

4

エレベーターが五階に着いた。ドアが開いた。

佐伯はエレベーターにとどまるはずだった。五階などには何の用もない。B1のボタンを押して、そのまま地下一階に下りていくはずだったのだ。

それなのに気がついたときには、エレベーターの外に出ていて、背後にドアが閉まる音を聞いていた。

――おれはどうして五階なんかに降りたのだろう？

佐伯はあっけにとられている。自分で自分のしたことがいぶかしい。

なにか意識をリフトに残しながら、自分の意思とは関わりなしに体だけがエレベーターの外にスルリと抜け出てしまった――そんな感じなのだ。離魂症、という言葉は聞いたことがあるが、これは離体症とでも呼べばいいのだろうか。

――なにかが外からおれを動かしている。

そんな思いが頭をよぎり、そしてそんなふうに思うこともまた分裂症の典型的な一症状であることに気がついて、ゾッと全身が総毛立つのをおぼえた。

誰かが自分を外部からあやつっていると感じるのは、他人の声、宇宙人のテレパシー、秘密組織の暗号などが頭のなかに聞こえてくると感じるのと同様、やはり分裂症に特有な「関係妄想」的な症状なのだった。

――おれは病気がぶり返したのか。

そう疑わざるをえない。

いや、ぶり返したという言葉は正確ではないかもしれない。たしかに通院していたときには、不眠症、無気力症、不定愁訴《ふていしゅうそ》などのいわば鬱的な症状こそ顕著だったが、そして自分の意識がそちらのほうにすり寄っていきそうになるのを感じたことがあったが、実際にはついに一度として分裂症的な症状があらわれることはなかった。これはぶり返したのではなく、むしろ発病した、というべきではないか。

——発病した。

この言葉には戦慄せざるをえない。自分の体の奥深いところで、なにかがひっそりと崩れようとしているのを感じた。

もっとも現代の日本では、精神分裂症は急激に減少しつつあるらしい。精神科医もそれがどうしてなのか、ほんとうの理由はつかみかねているようだが、どうやら精神分裂症という病気は(保護鳥の朱鷺《とき》のように)絶滅を約束されているらしいのだ。

それに——

どんな人間にもついうっかりするということがあるだろう。下りるべきエレベーターが上がり、自分が降りるべきではない階に降りた、というただそれだけのことではないか。ただそれだけのことを、なにもこれほど大げさにとらえることはないのではないか。

——馬鹿な。おれはなにをこんなに神経質になっているんだ……

胸の底にわだかまる不安をむりやり苦笑にまぎらわそうとした。

自分でもそれが成功したとは思えない。苦笑は不自然にこわばって歪んでいた。

あらためて、下降のボタンを押し、エレベーターが到着するのを待っているあいだ、手持ち無沙汰なまま、ぼんやりと五階の通路を見まわした。

五階には、中央通路をはさんで、北ブロックに「501」から「518」までの地裁民事法廷、南ブロックに「519」から「534」までの地裁刑事法廷がならんでいる。それぞれのブロックごとに専用エレベーターが設置され、裁判官室や地下の勾留室から直接法廷に向かうようになっているのだ。

いま、佐伯がいるのは、民事法廷側、北エレベーターホールのほうだった。

中央通路は長さが百三十メートルと聞いている。北ブロックから刑事法廷側の南ブロックのほうを見ると、延々と延びている中央通路（そこには人っ子一人いない）に、ふとめまいめいた思いを誘われる。どの法廷も中央通路に面しておらず、枝道にそって設けられているから、そこに見えるのはただのっぺりとひろがる壁だけなのだ。

法廷階の中央通路はいつも人影がまばらだ。人によってはその静けさに威圧感を覚えるという者もいるほどだ。

が、こんなふうにまったく人がいないというのもめずらしい。ただもうがらんとしていた。

いや、そうではない。

「…………」

佐伯は目を瞬《しばたた》かせた。

南ブロックの中央通路をひとりの人が歩いている。佐伯に背を向けてゆっくりと歩いていた。裁判官の黒い法服を着ていた。佐伯から二十メートルとは離れていない。

それなのに、どうしていままでその人物に気がつかなかったのだろう? 佐伯にはそのことがいぶかしい。なにかの死角にでもなっていたのか。視野のなかに、いきなりわいて現れたとしか思えない唐突さだった。

その人物は左の枝道に折れて姿が見えなくなった。

どうして佐伯がその裁判官のあとを追う気になったのかは自分でもわからないことだった。

地裁で裁判官の姿を見るのは自然なことだろう。それなのにどうしてあとを追う気になどなったのか。気まぐれか、それとも漠然とした好奇心からだろうか。わからない。気がついたときにはふらふらと体が勝手に動いていたのだ。

もっとも、あとを追うといってもほんの二十メートルたらずの距離だ。どうということはない。

その人物が折れた枝道には、地裁刑事の「530」、「531」、「532」号法廷がある。いまはどこも使われていないらしい。天井に吊るされた法廷番号表示の「開廷中」のランプはいずれも消えていた。

中央通路から法廷がならんでいる枝道には素通しガラスのドアを開けて入る。そのドアから枝道を覗き込んだのだが、裁判官の姿はどこにもなかった。

「…………」

佐伯は眉をひそめた。

この枝道にはどこにも開廷されている法廷はない。それなのにあの裁判官はどこに消えてしまったのだろう。

ドアを開けて枝道に入る。法廷のドアにはそれぞれ覗き窓がついている。三つの法廷を覗き込んでみたが、やはり使われている法廷はない。どの法廷にも人っ子ひとりいないのだ。

枝道には、証人控室があり、公衆控室がある。念のためにそちらも覗いてみたが、やはり誰もいない。もうあとは確かめるべき場所などどこにもない。佐伯にできることといえば、その場にぼんやりと立ちつくすことだけだった。

――あの裁判官はどこに消えたのか？

そして自問する。

なにか狂おしい、焦燥感に似た思いが、胸の底から噴きあげてくるのを感じる。あってはならないことがあったような気がした。

実際には、裁判官が消えてしまったそのこと自体はさしてふしぎなことではない。

一般にはあまり知られていないが、法廷階には、裁判官や被告人専用の通路がもうけられ、裁判官室や地下の勾留室から直接法廷に向かうようになっている。そのための専用エレベーターまである。

つまり、あの裁判官もその専用通路に消えたと思えばいいだけのことだ。が、あの黒い法服を着た裁判官の姿には、どこか佐伯の潜在意識を微妙に刺激するようなところがあった。どこがどうと具体的に指摘することはできないが、なにか、きわだって異常なものが感じられたのだ。

——異常なもの？　いや、異常なのはおれのほうではないか。

ふと、そんな思いが頭をよぎる。

自分はやはりまともではない、と思った。とりたてて変わったところもない裁判官の姿に、これほどまでに過剰に反応するのは、むしろそのほうが異常といえるのではないか。あの黒い法服の裁判官は、佐伯のその異常を反射する、いわば鏡のような存在ででもあったろうか……

——おれはいったい何をやってるんだ？

そう自嘲せざるをえない。

体から力が抜けるのを感じた。それまで一途に張りつめていたものが、風船がしぼむように、にわかに体の底から抜けていくのを覚えていた。

5

肩を落とし、うなだれた。

そのときに床に落ちているそれに気がついたのだ。

「………」

なんの気なしに拾う。

べつだん珍しいものではない。裁判官をはじめ裁判所の職員全員に渡されるバッジだ。誰かが落としたものだろう。

三種の神器のひとつである「八咫鏡《やたのかがみ》」の表象をかたどり、中心に裁判所の「裁」の字を浮かしてある。「裁」の字はデザイン化されていて一見わかりにくいが、あまりわかりやすくては裁判所の権威がたもてないということかもしれない。

検察官にも弁護士にもそれぞれのバッジがある。検察官は「秋霜烈日《しゅうそうれつじつ》」をあらわしたバッジであり、弁護士は「正義の天秤」をあらわしたバッジだ。

——誰かが落としたんだろう。

拾ったからといって届け出るほどのものではない。かといって、いったん拾ったものをあらためて捨てる気にもなれない。ポケットに入れてすぐに忘れた。

腕時計を見る。

九時十五分。

地下の喫茶室で人と会う約束の時刻は九時だ。

急がなければならない。

佐伯は急いで中央通路に出て——

そして、その人物に出くわしたのだ。

老婆だ。もう七十歳をこしているのではないか。痩せている。

かつては上等な品だったろう、と思われる紺色のスーツを着て、花飾りをあしらった白い帽子をかぶっている。戦前の婦人雑誌の表紙を飾ったモガのようなファッションといえばいいか。

老婆は、皺《しわ》だらけの顔に、目だけをいからせた、なにか獰猛《どうもう》な猛禽《もうきん》類を連想させる顔だちをしていた。そのするどい目でジッと佐伯のことを見つめている。

「…………」

佐伯は面食らった。

面食らうのが当然だった。その佐伯を見る目にはあからさまに敵意のようなものが感じられるのだ。もちろん、これまで一度も会ったことのない老婆だ。それがどうしてこんなふうに敵意に満ちた目で佐伯のことを見るのだろうか。

あんたは、と老婆はいった。

「まだ、ここに来てはならない。あんたにはまだその資格がない——」

憤りに満ちた声だった。

人間の声というより、はるか高みから降ってきて、老婆をスピーカーにし、そこにとどろいたような声だった。巫女《みこ》のご神託を連想させるが、おごそかというより、いっそ恐ろしい。

佐伯はあっけにとられた。

どうして自分はここに来てはならないのか？　検事である自分が地裁に来る資格がないというなら、ほかのどんな人間ならその資格があるというのか？

が、その言葉の意味を問いかえす間《ま》もなく、老婆はくるりと背を向けると、そのまま足早に立ち去っていったのだ。

その後ろ姿を呆然と見送りながら、佐伯の頭のなかにふいに閃光のようにひらめいたのは、またしても『神曲』〝地獄篇〟の第三歌なのだった。

第三歌の末尾——

ダンテとヴェルギリウスのふたりは、地獄の川アケロンテを渡ろうとするのだが、渡し守のカロンは、ダンテが地獄ではなしに煉獄に向かうべき人間であることを知って、「道が違う、渡船も違う。ここからではなしに、おぬしは渡れ」とそれを激しく拒むのである。

結局、ヴェルギリウスがそんなカロンを説得し、ふたりは無事にアケロンテの川を渡ることになるのだが、気になるのは、ここで描写されるカロンの容姿だ。カロンは「いたく年たけ、白髪そそけ立つひとりの老人」であるらしい。

——いまの老婆がそのカロンではないか。

一瞬、佐伯は、そんな狂おしい妄想にとらわれるのを覚えた。

もしかしたら、あの老婆はこの東京地裁の建物のなかで、亡者たちを地獄にわたす渡船を漕いでいるのではないか。

妄想にしてもあまりに突飛で愚かしい。それはわかっているのだが、そのときの佐伯の脳裏には、たしかに地獄の入口を流れる陰鬱なアケロンテの川がありありと浮かんでいたのだった……

第四歌

1

「はは、カロンはよかったな。あの婆さんも地獄の川の渡し守にされたんじゃ、いよいよどんづまりだ。冗談じゃない。なんでカロンなんかであるものか。あれは蟇目《ひきめ》りよという東京地裁の名物婆さんさ」

話を聞いて東郷一誠《とうごういっせい》は笑いだした。

「なにしろ三度の飯より裁判が好きという婆さんでな。三日にあげず通って裁判を傍聴する。それも刑事事件が専門でな。いまでは裁判長も公判検事も知らない者がいないぐらいさ」

「ひきめ、りよ……」

「ああ、蟇蛙《ひきがえる》のひきという字を書くらしい。りよ、はどんな字なんだか。とにかく変わった名だよな。訴廷事務所まで傍聴券を受け取りに行ったときにな。わざわざ自分の名前を名乗ったんだそうだ。そんな必要ないのにな。そのときに自分で蟇蛙のひきだとそういったらしい。それで、あの婆さん、いっぺんに有名になったのさ」

「ぼくは知りませんでした」

「おまえが休職してから地裁に通いだしたんだ。さっきいったようにそれこそ三日にあげず、な。それであっというまに有名になっちまったのさ」

「その蟇目りよさんがどうしてぼくに地裁に来てはならないとそういったんでしょう」

「さあな。そいつはおれにもわからない。なにか勘違いしたんじゃねえか。あの婆さんにはユニークな願望があるらしい。一度でいいから死刑の判決が下されるのをその目で見てみたいんだとさ」

「…………」

「自分で法廷警備員にそういったらしいぜ。だから殺人で起訴されてる裁判を傍聴するのにことのほか熱心だ。もっとも運が悪くていまだに死刑の判決が下されるのを見たことはないらしいんだけどな――」

「…………」

佐伯はあの老婆の姿を思いだしている。

なにか老いた巫女がご神託を（それも凶兆のご神託を）告げるような禍々《まがまが》しいまでの迫力

をみなぎらせていた。いま、東京地裁の、いかにも日常的な喫茶室で、その姿を思いだすと、それが現実に起こったことであるかどうか疑わしく感じられるほどだ。

「そういえば」

と東郷がいい、

「カエルが、飛んでいる蚊だの羽虫だのを捕らえるのを見たことがあるか」

「いえ、ありません」

佐伯は面食らった。

「すばやいんだぜ。ピュッ、と舌をだして、一瞬のうちに飛んでる虫を捕らえる。なんでもカエルというやつはな、静止しているものには反応しないんだそうだ。動かないかぎり、それが自分の獲物と認めない。動いたとたんに獲物を捕らえて食べる。蟇目という名前が名前だからいうんじゃないが、あの婆さんにはなんだかカエルを連想させるようなところがあるよ。法廷で被告が死刑の判決を受けたときには喜んでピュッと舌を伸ばすんじゃねえか――」

そこまで話して、ふと東郷は悩ましげな表情になると、

「そういえば、あの婆さんには、たしかに地獄の川の渡し守に似たところがあるな。人間ばなれしたところがある。あの婆さんは被告たちが地獄に渡るのを心底から望んでいるんだからな。『神曲』を読んでからもうずいぶんたつから、よくは覚えていないが、そういえばカ

ロンが亡者たちにいう有名な言葉があったんじゃなかったか。おまえ、覚えていないか」

佐伯はうなずいて、ええ、覚えています、そういい、わずかに顔をあげると、宙の一点に視線をとどめた。――カセットの再生ボタンが押されたように、その口からスルスルと言葉が流れ出る。

「――禍《わざわい》なる哉《かな》、おぬしら獄道の亡霊ども！　天を仰ぎ見る望みは捨てよ。我はおぬしらを対岸へ運ぶためにきたる、永遠の闇の中へ、火の中へまた氷の中へ。……」

「そう、そう、そうだっけな」

東郷はうなずいたが、その顔には佐伯の記憶力に感心するというより、むしろ痛ましげな表情のほうが濃いようだった。

あの分厚なダンテの『神曲』〝地獄篇〟を、ことごとくそらんじているというのは尋常なことではない。それはむしろ、精神を病んで『神曲』を耽読していたときの、佐伯神一郎の異常な集中力、偏執的な心象をうかがわせ、そのことにふと同情の念を誘われたのにちがいない。

東郷一誠、四十三歳。――小柄で、痩せているが、精悍《せいかん》な印象がある。検事にはめずらしく、非常におしゃれで、ランバンのスーツを着て、エルメスのネクタイをさりげなく締めている。その身のこなしはきびきびとして、めりはりがあり、人によっては検事というより遊び人の印象を受けるかもしれない。

が、この人物は、まぎれもなく東京地検公判部のエースであり、次期・検事部長の最有力候補と呼ばれている公判検事なのだ。

もっとも東郷が公判部に転属になったのはごく最近のことである。以前、刑事部に在籍していたころ、どこをどう見込んでくれたのか、先輩として公私にわたり佐伯の面倒を見てくれた。いまは公判部に移籍し、所属が違ってしまったが、佐伯が精神を病んだのを心配し、九ヵ月にもおよぶ長期の休職が許可されるように、いろいろと奔走してくれたらしい。

佐伯は東郷に感謝している。どんなに感謝してもしきれないぐらいだ。

——どうしておれなんかにこんなに親切にしてくれるんだろう？

ときに、そんな疑問の念を持つことさえあるほどなのだが……

2

佐伯には孤独癖があり、若いのに狷介《けんかい》だと誤解されることもあって、自分でもおよそかわいげのない人間だと思っている。そんな自分を知っているから、同期の司法研修生たちのほとんどが弁護士を志望するなか、検察官になるのを選んだ。

弁護士は多分に社交の才を必要とするが佐伯にはその才がない。それに比して検察官は、

（あくまでもたてまえとしてであるが）法律家として法への忠誠心《ロイヤリティ》を持つことだけが職務の第一義とされ、その意味では社交術にとんでいる必要はない。

検察官は一般の国家公務員よりも身分が厚く保障されている。それというのも、保身などのためにその公正たるべき判断に揺らぎがあってはいけない、という配慮が働いているからなのだ。

――検察官は一人ひとりが検察権限を持ち、これを行使する独立の官庁とされる。

これがいわゆる独任官庁制で、これなら人から疎《うと》んじられることの多い自分の性格でも何とかやっていけるのではないか、と佐伯はそう思ったのだが……

現実には独任官庁制はたてまえとしても機能していなかった。

検察庁には、この独任官庁制とならんで、もうひとつ、「検察官一体の原則」という組織原則がある。検事総長を頂点とし、検察官は上官の指揮、命令にしたがって、一体的に活動しなければならないという原則である。

独任官庁制は、それとあい反する「検察官一体の原則」に無残なまでに蹂躙《じゅうりん》されているのが実情である。

独立した法律家として行動するどころか、検事総長、検事長、検事正など上司の稟議《りんぎ》、決裁の制度が網の目のように張りめぐらされていて、事実上、その指揮にしたがわないわけにいかないシステムになっている。

上司の指揮にしたがわない場合、辞職しか道が残されていないことは、一般の行政官庁となんら変わりがない。

佐伯は検事として有能だった。そのことには多少の自負もある。が、人格的になにかと圭角《けいかく》のある佐伯は、どうしても「検察官一体の原則」になじむことができず、しだいに上司の覚えが悪くなっていった。

一度は特捜部への転属が決まりながら、それが打ち消されることになったのも、現職の法務大臣と親しい検事総長がこの人事に難色を示したからであるらしい。検事総長ばかりでなく、現在の検察庁幹部は保守系政治家との癒着がはなはだしく、佐伯のように融通のきかない人間を特捜部に配属するのを危惧したからにちがいない。

つまり佐伯のような人間はどんな組織にもなじむことができないのだろう。

検事を志望したとき、独任官庁制がたてまえにすぎないことは十分に承知しているつもりだったが、それでもいくらかは独立した法律家として行動する余地が残されていると思っていた。

まさか「検察官一体の原則」という美名のもとに、ここまで上司の部下に対する指揮監督権、事務引取移転権（つまり、これは意にそまない部下からは随意に仕事を取りあげることができるということだ）が検察官を拘束しているとは思ってもいなかったことだ。

佐伯はけっして自分のことを正義派だと思っているわけではない。上司の意向にあえて逆らうだけの反骨精神にとんでいるわけでもない。それどころか、なんとか自分を検察庁の鋳型に合わせようと、できるかぎりの努力を払ったのだ。できるかぎりの努力を払い、それでも微妙に周囲からずれていき、気がついたときには、いつのまにか上司から白い目で見られるようになっていた。

要するに佐伯は弱い人間だったのだろう。迎合するならもっと徹底して迎合すべきだった。反抗するならもっと徹底して反抗すべきだった。どちらにも徹しきれないまま、ひたすら職務にはげんで（ほとんどそれは逃避に似ていた）、ついに矛盾に抗しきれずに、精神に障害を負うことになった……

そんな佐伯にとって、東郷は検察庁でただひとり、信頼できる先輩であり、どんなことでも相談できる相手だった。

『神曲』に耽読しているときには、いつしかダンテの先導者であり、ダンテが敬愛してやまない詩人ヴェルギリウスを、東郷の姿に重ねあわせて考えるようになったほどだ。

すでに両親を亡くし、孤独な独身者である佐伯にとって、東郷はほとんど唯一の肉親、実の兄のようにも思える存在だった。

いずれ、自分は弁護士に転身したほうがいいだろうか、ということも東郷に相談するつもりでいる。

が、東郷は東京地検公判部のいわばエースであり、ほかのどの検事にも増して忙しい。佐伯もそのことは承知しているから、電話で病気が回復したことを報告したきりで、これまで東郷に会うのを遠慮していた。

それが、きのう、東郷から電話がかかってきて、手伝ってもらいたいことがあるから会えないか、とそういわれたのだ。

もちろん東郷の頼みであれば、どんなことでも手伝うつもりでいる。手伝わなければならないと思っている。——が、刑事部と公判部と所属が異なるうえに、精神を病んで、休職を余儀なくされている佐伯に、東郷のなにを手伝うことができるというのだろう？　佐伯にはそのことが疑問だった。

佐伯は正直にその疑問を東郷にぶつけてみた。

うむ、と東郷はうなずいて、ちらりとまわりの座席に視線を走らせてから、

「おれがいま神宮ドームの事件をかかえているのは知っているだろう？　火災当日の防火管理責任者を業務上過失致死傷で起訴している事件だ。じつはあの事件でどうにも気になることがあってな。そのことでおまえに手伝ってもらいたいことがあるんだよ——」

3

……業務上過失致死傷罪で起訴された綿抜周造は、神宮ドームの管理部長であり、防火管

理の責任者でもあった。
東京地検は、綿抜周造に対して、
一　災害時にそなえて平素から防火設備を慎重に点検すべきであったのにこれを怠《おこた》った。
二　火災発生の場合には煙、および有毒ガスなどが避難階段にひろがらないように万全の措置を講じるべきであったのにこれを怠った。
三　職員を指揮して十分な避難誘導訓練を実施すべきであったのにこれを怠った。
以上、三点に過失があるとし、起訴に踏み切った。
これに対して、弁護側は、
一については、膨大な設備を有し、すべてがコンピュータ管理されている神宮ドームにおいて、防火設備を点検するのには長時間を要し、それが実現可能であったかどうか疑わしいとし、この義務の完全な履行可能性の証明がないとした。
二については、火災発生の場合に煙、有毒ガスが避難階段にひろがらないように（ドーム内の加圧給気をコントロールし、スタンド・チェアを不燃性のものにするなど）するため、被告は十分にその責務をはたしたとした。

三については、かりに避難訓練が十分に行われたとしても、職員が避難階段に誘導指示することが可能であったかどうか大いに疑問とし、よしんば誘導しえたとしても、それで誰と誰が助かったのか特定すべくもないとして、義務違反と死傷結果との因果関係は証明できないとした。

つまり検察側と弁護側はまっこうから対立したのであって、公判は回を重ねるにつれ、急速に世間の関心を集め、傍聴希望者が殺到することになったのだ。

綿抜周造が起訴されたのは四月のことである。六月に初公判が開かれ、以来、これまで回を重ねて、今日の午後二時に開廷される公判で五回を数える。起訴状朗読、検察官冒頭陳述、弁護人の意見陳述、証拠調べ手続き、と順調に裁判は進行し、今日の公判では、検察官、弁護人それぞれの主尋問、反対尋問がおこなわれることになっていた。

公共性の強い建物が出火し、犠牲者がでた場合、それによって管理・監督者の「防火体制確立義務違反」が問われるようになったのは、昭和四十年以降のことといわれている。

が、これを不作為型の過失犯として構成しうるかどうかについては、専門家たちの意見が分かれるところで、とりわけ、「期待される作為がなされれば結果回避が確実であったという因果関係を限定できるのか」という点に争点が集中することになった。

法律用語は難解で、しばしば愚かしいが、これを神宮ドームの火災に当てはめて考えれば、要するに、ほんとうに火災避難訓練が十分になされれば被害者を出さずに済んだのか、ということである。

神宮ドームの火災については、これが放火によるものであることは明らかで、その放火犯も逮捕できないまま、管理・監督側の法的責任を一方的に問うのは、検察庁の勇み足ではないか、という意見が強いようだ。

それだけに、公判検事をつとめる東郷の苦労も並たいていなものではないだろう、と佐伯は同情していたのだが……


「……………」

佐伯は東郷の顔をジッと見つめた。

公判部ではなく刑事部の人間であり、S市の地検に転属が決まっていて、しかも休職中である佐伯に、東郷の担当している公判のなにを助けることができるのだろう？

まだ昼まえだというのに、すでに地裁の喫茶室には客が多い。公判のあいまを縫って食事をとっている廷吏たちがいる。ひとり、思いつめた顔をして、コーヒーをすすっている中年女がいる。若いカップルがいる。頭を寄せあって、なにやら深刻げにヒソヒソ話をしている男たちがいる……

どうやら東郷はこれから自分が話すことを人に聞かれたくないらしい。周囲に視線を走ら

せると、やや声を低めて、

「藤堂俊作《とうどうしゅんさく》という男がいる。若手の建築家だ。若手、といっても、もういい歳なんだけどな。とっくに四十を過ぎている。建築界の異端児と呼ばれている男だよ。週刊誌のグラビアに写真が載ったりすることもあるから、おまえも名前ぐらいは聞いたことがあるんじゃないか」

「藤堂俊作……」

たしかにどこかで聞いたことがある名だ。佐伯は建築家について知るところはほとんど何もない。それでも聞いたことがあるのだから、それなりに有名な人物なのだろう。

「神宮ドームを設計したのもその藤堂俊作なんだけどな。その藤堂が失踪したんだよ」

「失踪？」

「ああ、失踪といっていいかどうか。自分で姿を消したのか、それともなにか事件に巻き込まれでもしたのか、それはわからないんだけどな。この四月、綿抜周造が起訴された直後に、ぷっつり、どこかに消えちまった。渋谷に自宅兼事務所のマンションがあるんだけどな。そこにも帰った形跡はない。誰にも連絡がないらしい。誰にも藤堂が姿を消さなければならない理由の心当たりがない。藤堂には家族がないんだ。変わった男でな。いまだに独身なんだよ」

いまだに独身なのは東郷もおなじで、そのことで藤堂を変わった男などというはずがない。その口調には、ある種、親愛の情がこもっているのが感じられ、佐伯はまじまじと東郷の顔を見つめた。

その視線の意味に気がついたのか、ああ、そうなんだよ、と東郷はうなずいて、

「藤堂はおれの知り合いさ」

「………」

「おれの実家は水戸なんだけどな。藤堂とおれとは、家が近所で、中学、高校と同じだったんだ。何度か同級にもなった。おれたちの高校はとんでもない進学校でな。藤堂はそのことに反発してよく教師と問題を起こしたものさ。おれと、もうひとり、そのしり馬に乗って三人でよくいっしょに騒いだものだよ。おれたちの世代は団塊の世代からは遅れている。ウルトラマン世代というやつだ。学生運動はとっくに下火になっていたのに、おれたち三人で勝手につづけていたわけだ。遅れてきた活動家さ。ところが、藤堂の野郎、高校を卒業すると、あっさりT大に現役入学しやがった。しかも建築学科に入って卒業するときには卒業設計賞まで受賞している」

「優秀な人なんですね」

「ああ、優秀だ。天才といっていいんじゃないか。おれはそう思っている。そう思わなければやりきれねえ。おれのほうは一浪してやっとこさ私大にもぐり込んで、お情けで卒業させてもらったんだからな。とても太刀打ちできない。いやな野郎なんだ、これが」

言葉とは裏腹にその口調には友人に対する親愛の情がこもっている。優秀な友人を誇りに思う気持ちが素直に感じられ、聞いていて気持ちがいい。が、そんな気持ちも、東郷の次の言葉を聞いて吹き飛んでしまった。東郷はこういったのだ。

「じつはな、手伝ってもらいたいというのは、ほかでもない、おまえに藤堂の行方を探してもらいたいんだよ——」

4

「誤解してもらいたくないんだがな」

東郷は急いで言葉をつけ加えると、

「なにも友人だからって藤堂のことを探して欲しいといってるわけじゃないんだ。おれはそんなことはしない。藤堂が姿を消してしまっているのが、友人として気にかからないはずはないが、わたくし事でこんなことをおまえに頼んだりはしない。これでも公私のけじめはつけているつもりだ。そうじゃないんだ。おれとしては今回の裁判でどうしても藤堂に検察側の証人として証言してもらいたいんだよ」

「…………」

「綿抜の弁護人は、たとえ事前に職員の避難訓練が十分になされなかったのが事実としても、そのことと今回の火災で犠牲者が出たこととのあいだに、因果関係が成立するのを証明するのはむずかしい、という論点に持っていこうとしている。つまり、不作為の過失は認められない、というわけだ」

「………」

「これを反証するには、本来、神宮ドームがどれだけ防火防災に留意されて設計されているか、そのことを証明してやればいい。建物が十分に安全性に考慮されて設計されているなら、あと大切なのは、そこで働く職員たちにどれだけ防災意識があるか、というそのことだろう。そのためにも、おれは神宮ドームを設計した藤堂に証言してもらいたいんだよ――」

そこで東郷はやや苦しげな顔になり、

「だけど、いまのおれには藤堂の行方を探しているだけの時間がない。公判の準備で手いっぱいだしな。だから、筋違いだし面倒な頼みだとは思うんだけどな。おまえにそれを頼めないかと虫のいいことを考えたんだよ。もちろん、藤堂の友人として、そのために必要な情報提供は、できるかぎりさせてもらうつもりでいる」

「ぼくにできるでしょうか」

「やってもらいたい」

「………」

佐伯には東郷の苦しい事情はよくわかる。——たしかに公判の準備で手いっぱいなのは事実だろうが、それよりもまず先に、日本の検察官には十分な捜査能力そのものが与えられていないのだ。そのための人員もなければ予算も与えられていない。

検察は警察とはべつに独自の捜査権を持つことにはなってはいるが、これもやはりたてまえにすぎず、あくまでも検察は第二次的捜査機関であり、捜査を直接的に指揮・監督する立場にはない。

強大化、肥大化する一方の警察当局に対して、検察当局は（検察官志望者の減少や中堅幹部の離職傾向などもあって）組織力が弱体化するばかりなのである。

いまの検察に警察をコントロールする力はない。それどころか、検察は警察に依存、癒着を強め、いまではほとんど警察捜査の「上塗り補完機関」と化しているのが現状といっていいだろう。

東京地検の「本部事件係」検事は、警察官を指揮し、捜査会議にも出席するが、基本的には、その権限は「被疑者の逮捕請求」の判断にとどまるといっていい。警察官に対する指揮権は、警察が独自でおこなう捜査の内容にまではおよばないのだ。

検察官は、みずから捜査する場合には、警察官を指揮して捜査の補助をさせる、いわゆる「具体的指揮権」を持ってはいるが、この制度が円滑に働いているとはいえない。

それどころか、最近の検察は警察に対して非常に弱腰になり、検察が独自に捜査を進めるなどとんでもない、という風潮が一般的になっている。そんなことをすれば警察からどんな陰湿なしっぺ返しを食らうことになるかわかったものではない。——信じられないようなことだが、これが現場で働く検察官の本音なのである。

ときおり現職の検事が自嘲まじりに洩らすように、検察は、警察捜査の「補完機関」、「後始末機関」と化しているのがかけ値なしの実態なのだった。

ましてや東郷は、刑事部でさえなく、公判部の一検事にすぎない。たとえ公判を検察側に有利に運ぶためであっても、行方の知れない人間ひとり、探し出すだけの能力も人員も与えられていないのだ。

それでもその藤堂俊作という建築家を見つけだしたい。たんに公判を有利に運ぶためだけではなく、ひとりの友人としても、何としても見つけだしたい。——東郷がそう願うのは当然のことだろう。

そのためにはどうすればいいか？　思いあまって、いわば苦肉の策として、佐伯に協力を求めることにしたのにちがいない。

が——

佐伯は即答をためらった。

公判部の検事に捜査能力がないのだとしたら、休職中の検事にはなおさらそんなものはないだろう。どうやって行方不明の人間を探したらいいかその見当さえつかない。

――どうしたらいいか。

そんな佐伯の躊躇《ちゅうちょ》する気持ちを見透《みす》かしたように、それにな、と東郷はいい、

「もしかして、おまえなら、藤堂を見つけることができるかもしれない、というわけがあるんだよ」

「どういうことでしょう」

「藤堂もな、ダンテの『神曲』にいかれているんだよ。ほとんど、あいつのバイブルといっていいぐらいだ。おれは高校時代からあいつが『神曲』に読みふけっているのを何度も見ている。おまえも『神曲』が好きだ。熱烈なファンだよな。おまえと藤堂はいわば似た者同士というわけだ。戯言《たわごと》に思えるかもしれないけどな。『神曲』の好きなおまえならあいつが何を考えているかもわかるんじゃないか」

「…………」

「どうだ？　やってくれるか」

いつも強気で、闊達《かったつ》にふるまう東郷が、このときばかりはひどく気弱そうな、上目づかいの表情になった。病みあがりの佐伯にこんなことを頼むのは心苦しいとは思っているのだろうが、ほかに方法がないのにちがいない。

「わかりました――」

佐伯は承知せざるをえなかった。

「ぼくにどれだけのことができるかわかりませんが、とにかく、できるかぎりのことはやらせてもらいます」

第五歌

1

それでも客がとぎれることはない。ドライブスルーの警備チャイムがひっきりなしに鳴りつづける。カウンターの前には何列にもわたって客がならんでいる。

「いらっしゃいませ。『ローカル・バーガー』にようこそ」

「お飲み物はいかがですか」

「ただいまダブルバーガーのセットがお得になっています」

「MサイズとSサイズがございますが、どちらになさいますか」

カウンター・サイドから次々に厨房《オペレーション》サイドに注文が入る。女子クルーのレジを打つ音が、ピッ、ピッ、ピッ、と店内に鳴り響いている。

……一時をまわった。

「…………」
それを背後に聞きながら、青蓮佐和子《しょうれんさわこ》はグリドルでミートを焼いている。ランチタイムになるとわき目もふらずにただミートを焼きつづけなければならない。腕の筋肉がこわばって棒のようになる。それでもひたすら焼きつづけている。

焼きあげられたミートはバンズにセットされ、トランスファー・ビン（ハンバーガーの保温庫）に保管される。「ローカル・バーガー」は焼きたてのハンバーグが売り物だが、ランチタイムの忙しい時間には、ミートを大量に焼きあげて、それを賞味時間《ホールディング・タイム》ぎりぎりまで保存しなければとても間にあわない。

このところ毎日がそうだった。佐和子は来る日も来る日もランチタイムにはミートを焼きつづけている。

佐和子はよほどのことがないかぎりカウンター・サイドに回されることはない。いつも厨房《オペレーション》サイドか、せいぜい包装係《ラッパー》、そうでなければドライブスルーのライナーばかりだ。

店長がクルーの配置《ポジショニング》を決める。店長ははっきりと口に出してはいわないが、カウンター・サイドに回すには、佐和子は歳をとりすぎているとそう思っているらしい。

一般的には、二十九歳という年齢は歳をとりすぎているとはいえないだろう。が、高校生のアルバイトが主力を占めている「ローカル・バーガー」では、たしかに年配だといえそうだ。現に、佐和子はバイトの女の子からおばさんと呼ばれることがしばしばある。

佐和子はすでにこの「ローカル・バーガー」で二年以上も働いている。従業員の入れ替わりの激しい（というより、雇用コストを低くおさえるために、そのほとんどが短期のアルバイトなのだが）「ローカル・バーガー」ではすでにベテランといっていい。

しかし、「ローカル・バーガー」では、数ヵ月、あるいはせいぜい一年のアルバイトは歓迎しても、それ以上、従業員が居つくことを喜ばない。店長や、マネージャーが若いために（現に、この店のマネージャーは大学生のアルバイトだ）、どうしても年配の人間は使いにくいという意識が働くからだろう。

佐和子は「ローカル・バーガー」に居づらい。日を追うにつれ、どんどん居づらくなってくる。

いまのところは、まだ、それほど露骨に退職をほのめかされたりはしない。が、こうして現実に、カウンター・サイドから外されると、店長がどんなふうに彼女のことを考えているか、それをひしひしと思い知らされる気がする。暗黙のうちに、辞めてほしい、といわれているような気がするのだ。

が、佐和子としては、この仕事を失うわけにはいかない。けっして「ローカル・バーガー」の仕事が条件がいいわけではない。そうではないが、ふたつの仕事を掛け持ちするには（佐和子は歯科医院で保険の点数計算をするというアルバイトもしている）、どうしても早番、遅番の時間を自由に選べる「ローカル・バーガー」の仕事を確保しておかなければならないのだ。

佐和子には幼い子供がいる。三歳になる女の子である。

夫が亡くなったのち、佐和子が経済的に自立できるまでという理由で、亡夫の実家がなかば拉致《らち》するように連れていって、いまだに返そうとはしない。——一日も早く、その子を引き取って一緒に暮らしたい。そのためにも、いま、この仕事を失うわけにはいかないのだ。だから佐和子は懸命に何十枚ものミートを焼きつづける。どんなに腕の筋肉がこわばって棒のようになってもミートを焼くのをやめるわけにはいかない。当てつけがましく、カウンター・サイドの仕事から疎外されても、いや、疎外されればされるほど、厨房《オペレーション》サイドでミートを焼きつづけるしかないのだった。

それまでカウンターの端、ポテト・フライヤーのところに立っていた店長の井口《いぐち》が、オペレーション・サイドに入ってきた。アルバイトのひとりに、グリドルの仕事を替わるように命じ、青蓮さん、と声をかけて、

「搬入車が駐車場で待っている。ぼくもすぐに行くから、さきに搬入チェックをお願いできませんか」

はい、と佐和子は大きな声で返事をし、手早くエプロンを外すと、ボールペンと納入伝票を取って、駐車場に出ていった。

すでに駐車場では運転手が冷凍車から荷物をおろし始めている。

それを数量検品するのが佐和子の仕事だ。運転手の横に立つと、マニュアルで教えられているとおりに、「バンズ・ポーション十二ケース——」と声を出し、一、二、三、と実際に一ケースずつ手で触れながら、検品作業をつづける。

チキン・ウイングの検品にとりかかったとき、井口が店から出てきた。

佐和子の体を肩で押しのけるようにし、ものもいわずに、ケースの封を開けると、なかのチキン・ウイングに素手で触れる。

「冗談じゃない。解凍しかかってるじゃないか——」

そして大声でそういう。チキン・ウイングの一本を持ち、それを佐和子の目のまえに突きだした。

「青蓮さん、自分で持ってみなさいよ。こいつは解凍しかかってる」

「…………」

佐和子は恐るおそるチキン・ウイングを受け取った。たしかに、冷凍車の温度チェックをしたときにはやや高めだったが、いくらなんでも商品が解凍しかかっているというほどではない。

が、井口は運転手に容赦なく、ずけずけとクレームをつけた。

「こんなことじゃ困るな。商品がやられていたら、うちも引き取るわけにはいかないんですよ。解凍しかかったチキン・ウイングなんかとんでもない――」

井口はふいに佐和子に顔を向けると、あとの品質チェックはぼくのほうでします、青蓮さんはドライブスルーに回ってください、とこれは妙に冷静な声でいった。

その声の冷静なことがかえって佐和子を怯えさせた。言外に、佐和子の無能さを非難していることが、はっきりと感じられる声だった。――井口は若いが冷酷な店長だった。

「…………」

佐和子はいわれるままにドライブスルーに回ったが、足がかすかに震えるのを感じていた。

自分がまだチキン・ウイングを持ったままでいることさえ意識していない。

――この失敗をとがめられてクビにされたらどうしよう。

そう思うと目のまえが真っ暗になるのを覚えた。その暗い視界に幼い娘の顔がゆらゆらと(悲しげに)揺曳《ようえい》していた……

アルバイトの女の子に取り揃え係《アッセンブラー》をまかせて、佐和子はドライブスルー用のレジについた。

ランチタイムをかなり過ぎているのに、ドライブスルーのラインに入ってくる車はあとを絶たない。

いまも一台のメルセデス・ベンツが入ってきた。かなり年配の男が運転していた。白髪の、どこか尊大そうな印象を与える男だ。ほかに同乗者はいない。

佐和子から、ビッグ・バーガー、フライド・ポテト、それにウーロン茶の入った袋を受け取ると、金をカウンターに放ってよこした。すぐ目のまえで、食品を袋から出して、その袋をポイと窓の外に投げ捨てる。そして、釣りが遅いじゃないか、と文句をつけた。

いやな客だ。こんなにいやな客もめずらしい。

しかし、「ローカル・バーガー」の従業員は、どんなにいやな客が相手でも、つねに微笑を絶やさないことを義務づけられている。微笑は時間給（一時間九百円）のなかに入っているのだ。釣りを渡すときに、お待たせして申し訳ありませんでした、と佐和子はそう詫びたが、そのときにも微笑するのだけは忘れなかった。

男はフンと鼻を鳴らすと、荒々しいしぐさで車を発進させた。どうやら、この男は威張るのに慣れているらしい。というか、威張る以外に、人との接し方を知らないのではないか。

「…………」

車を見送るときにも、まだ佐和子は微笑を残したままだったが、さすがにその微笑はこわばっていた。

そのときにその車を見たのだ。その車はドライブスルーに入るラインのすぐ手前にとまっていた。

国産のジープ型四輪駆動車だった。ボディは深いマリンブルーに塗られ、窓はスモーク処理されて、車内を見ることはできない。メルセデス・ベンツがドライブスルーを通過するのとほとんど同時にその車も発進した。

——あの車……

一瞬、佐和子は、その四輪駆動車を目で追った。四輪駆動車は「ローカル・バーガー」の角を曲がり、すぐに見えなくなった。

たんなる思い過ごしだろうか。そうかもしれない。おそらく、そうだろう。

しかし、

——あの車、メルセデス・ベンツを尾行しているのではないかしら？

佐和子にはそんなふうに感じられたのだった。

2

……二時には「神宮ドーム火災」の防火管理責任者、綿抜周造の「業務上過失致死傷罪」を問う公判が始まる。

公判が開かれるのは五階の地裁刑事第「532」号法廷である。

このところ「神宮ドーム火災事件」はとみに世間の関心を集めるようになっている。傍聴を希望する人間が多い。

当然、「傍聴券交付事件」の扱いになり、それも（傍聴希望者が座席数を大きくうわまわるために）抽選にせざるをえない。

通常、傍聴券が交付されるのは、開廷十五〜二十分前なのだが、「神宮ドーム火災事件」では事前に法廷の写真撮影をする必要があり、すでに一時三十分から傍聴券の交付が始まっていた。

傍聴人総数は五十六名。当然、そのなかには被告の部下など神宮ドームの関係者が何人か混じっている。あとは各社の司法記者、それに一般の傍聴人などである。――東京地裁の職員が傍聴人を五階「532」号法廷に引率する。

一般の事件ではこんなことはない。が、「傍聴券交付事件」にかぎっては、東京地裁側もことのほか神経質になるようだ。

「532」号法廷のまえで法廷警備員や守衛など約二十名ほどが待機している。

傍聴人はここで職員に傍聴券を見せなければならない。メモ以外の手荷物はすべて番号札を渡されて預けることになる。さらに金属探知機でボディ・チェックを受ける。

そのすべての手続きが終わって、ようやく傍聴人は「公衆控室」で待機し、開廷を待つことになるのだ。

殺人事件はこの「公衆控室」で起こったのである。

事件の概要を説明するまえに、この「公衆控室」と、地裁刑事第「532」号法廷の位置関係を説明しておいたほうがいいかもしれない。

「532」号法廷は、東京地裁の南ウイングに位置している。

法廷階の造りはすべておなじで、法廷は中央通路に面してはいない。「532」号法廷は、南エレベーターホール（中央通路）に向かい、左側の枝道に面しているのである。

枝道に折れる角、右手に女子トイレがあり（ただし、このトイレの入り口は中央通路側にあって枝道からは出入りできない）、おなじく右手に「531」号法廷、「532」号法廷が並んでいる。「532」号法廷は枝道のもっとも奥まったところに位置しているわけで、枝道をはさんで「公衆控室」に面している。

枝道の左手には「530」号法廷があり、それが奥の「公衆控室」に接していることになる。枝道の突き当たりは「非常扉」になっているが、当然、内側から鍵がかけられている。

被告人や裁判官が直接、法廷に入ることができる通路はあるにはあるが、一般の傍聴人がこの通路を利用することはできない。もちろん法廷に忍び込んで、その通路を利用することもできないではないが、「傍聴券交付事件」の場合、扉のまえに警備員たちが見張っていて、開廷される以前には誰ひとりとして法廷に入ることを許されない。法廷から出てきた人間もひとりもいない。

傍聴人たちがすべて手荷物を預け、金属探知機でボディ・チェックされているのを忘れてはならない。そのうえで職員に「公衆控室」に案内され、そして、そのあと「公衆控室」を出た人間はひとりもいない。

つまり、これは一種の密室状況であり、しかも誰ひとりとして凶器を持ち込むことなど不可能な状況であったのだ。

不可能なはずだったのだが——

ふいに「公衆控室」で、

「ううむ——」

苦しげに呻《うめ》く声が聞こえてきた。

傍聴人たちはたがいに顔を見あわせた。誰もがけげんそうな顔になっていた。

ひとりの男がよろよろと立ちあがった。年配の男だ。心臓を右手でおさえている。その右手の指のあいだから鮮血が噴きだしているのを見て傍聴人たちは騒然となった。ひとりが、どうしたんですか、と声をかけ、腕をさしのべようとしたが、そのときには男はどうと音をたてて倒れていた。

傍聴人たちから悲鳴がわき起こった。その悲鳴を聞いて警備員たちが「公衆控室」に飛び込んできた。

警備員のひとりが倒れている男の脈を確かめて、死んでいる、とつぶやいた。そして傍聴人たちをキッと睨みつけて、

「どうしたんですか。誰がこんなことをやったんですか」

そう険しい声で尋ねた。

傍聴人たちは呆然と顔を見あわせた。

しばらくは、誰も一言も発しようとはしなかったが、やがて、なかのひとりが震える声で、

「だ、誰も……いや、誰かがやったんだろうが、そのことに気がつかなかった。わたしたちは何も知らない」

「そんな馬鹿な話があるもんか。現にこの人は誰かに心臓を一突きされて死んでいる。誰かがこの人を刺して――」

そういいかけて警備員が絶句したのは、ここにいる傍聴人の全員が金属探知機でボディ・チェックされていることを思いだしたからにちがいない。しかもメモ以外の手荷物はすべて預けられている。

「公衆控室」に凶器を持ち込むことなど誰にもできっこないことだった。ここには凶器などない。絶対に凶器などないはずなのに――

現に、ここにひとりの男が心臓を一突きされて死んでいるのだった。

べつの警備員が被害者の顔をうえから覗き込んで、こいつは大変だ、とうわずった声をあげた。

「これは鹿内《しかうち》弁護士だぜ。『神宮ドーム火災事件』の弁護士だよ。どうしよう。なあ、弁護士が殺されたんじゃ開廷できないよ。こういう場合にはどうしたらいいんだろう。誰に相談したらいいんだろう？」

実際には、殺人事件が起こったのだから、法廷のことなど心配するどころではないのだが、それだけその警備員があまりのことに混乱してしまったのだろう。いや、その警備員だけではなく、そのあと、ほかの地裁職員たち、司法記者なども口々に大声でわめきはじめて、現場は収拾のつかない混乱におちいってしまったのだった……

3

……地下鉄・丸ノ内線の「霞ケ関」から銀座線の「外苑前」までは「赤坂見附」で乗り換えて二十分たらずの距離だった。

佐伯は、東京地裁で東郷といっしょに早めの昼食を済ませ、ひとり、「外苑前」の神宮ドームに向かった。

「外苑前」駅を出て、国立競技場のほうに歩いていった。

——おれはなにか非常に無駄なことをしているのではないか。

そんな思いがある。

べつだん神宮ドームを見たからといって、それで藤堂の行方が知れるわけのものでもないだろう。そんなことはわかっている。わかってはいるのだが、行方不明になった人間を探すのに、どこから手をつけたらいいのか、佐伯にはそのとっかかりの見当さえつかないのだ。とりあえず、藤堂が設計した神宮ドームでも見てみようか、とそんなことしか思いつかなかった。

九月、だ。

残暑がきびしいといわれながら、いつのまにか秋の気配が忍び寄っていた。街を吹きすぎる風は、ひんやりと涼しく、どうかすると、ふと肌に染みる冷たささえ覚えることがある。

この半年、精神を病んで、春のおだやかさも、夏の暑さも上の空に過ごしてしまった佐伯には、気がついたらいつのまにか秋になっていた、という思いが強い。

——どうにか季節のうつろいだけは感じられるようになったわけだ……

地の底にとめどもなく鬱情が沈んでいくかと思えば、(なんの脈絡もなしに)ふいに高揚感が舞いあがるあの狂おしい日々、佐伯はほとんど外界との接触を失っていた。自分ひとりの殻に閉じこもり、ダンテの『神曲』をいわば羅針盤がわりにして、だれにも理解できない、いまとなってはもう自分でも思いだすことのできない妄念のなかを、ひたすら孤独に突き進んでいたのだ。

あのころの佐伯には外界は存在しないも同然だった。

それがいまはまがりなりにも秋の風を意識するまでになったのだ。そのことにだけは素直に感謝しなければならない。しみじみそう思う。

ふと仰ぎ見ると――

そこには、澄んだ秋の風にさらされ、はるか神宮ドームがそびえているのだ。

いまの佐伯にはその神宮ドームが回復された自分の理性を象徴しているようにも見えた。が、残念ながら、それは誤りだったのだ。とんでもない誤りだった。それが誤りであったことを佐伯はすぐにも思い知らされることになる……

……神宮ドームの二階はオープンデッキになっている。ここに入場ゲートがある。

そのオープンデッキを巨大な大庇《サンバイザー》がとりかこんでいる。帽子の庇《ひさし》のようにガラスの大庇がオープンデッキのぐるりを覆っているのだ。――壁に貼られた説明書によると、このサンバイザーは雨避けのために設けられたもので、その傾斜角は四十五度だという。

ドーム上階の壁に、「ヤクルト×中日」ナイター戦の横断幕が垂れさがっていたが、昼は何の催しもないらしい。

神宮ドームは悲しいほどに澄んだ秋の日を撥《は》ねているばかりで、その周囲はがらんとして人けがなかった。

佐伯は、

——入れてくれるかな？

と、そのことを危ぶんだのだが、検察官の身分証明書を見せると、ゲートの警備員はあっさりとなかに入れてくれた。「神宮ドーム火災事件」の調査にでも来たと勝手に思い込んでくれたのだろう。

入場ゲートに入ると、その正面に大きな壁画が迎えてくれる。——ガラスモザイクの一枚壁画で、縦三メートルほど、横二十メートルほどはあるだろう。そこには四季の花がちりばめられ、あざやかに広がっているのだが、なかでもユリの花が目についた。広大な花畑のそこかしこ、大小のユリの花が点々と咲いていて、その白い花びらがいまにも香りたってきそうなほどだ。白い花びらに、ほんのり黄色く、赤く、斑点が散っているのが繊細に描きこまれ、可憐で、美しい。が、それにしても、ほかの花に比して、ユリの花だけがあまりに数が多すぎるのではないか。

——どうしてこんなにユリの花が多いのだろう。

佐伯はそのことを疑問に思い、そしてそれが愚問であることに気がついた。

もちろん、この壁画を制作した人間がユリの花を好きだからに決まっている。それ以外にどんな理由もあるはずがないではないか。苦笑せざるをえなかった……

コンコースからセンター側に出る。

ドームに風が吹いていた。

神宮ドームのパンフレットによればドームには「循環ファン」なるものがあるらしい。これは直径七十五センチ、長さ三百六十センチの筒状ファンを二台ならべたもので、ドーム内の温度により、自動的に秒速十六〜二十メートルの風を吹きだすのだという。

神宮ドームのいたるところに計十二基の「循環ファン」が設置されている。

この「循環ファン」から吹きだす風のおかげで、ドーム内の温度が二十四度に設定されていても、人間が感じる温度は二十二度まで下がり、冷房費を大幅に節約することができるということらしい。

パンフレットを読んで、そのことが知識のうえではわかっても、やはり密閉されたドーム内に風が吹いている、というのは奇異な感じはいなめない。

コンコースの端に立った。

目の下に、なだれ落ちるように階段席がつらなっていて、そのはるか底のほうに人工芝のフィールドがひろがっている。

そのフィールドに、一台、ゆっくりと作業車が動いているのが、なにかテントウ虫が這っているようにも見える。

ふと視野の端、天井のほうにも何か動くものを感じて、ふり仰ぐと、そこにはゴンドラが動いていた。

メンテナンスのためのゴンドラだろう。鋼管についたレールを伝って、頂上までチェーンで引きあげられていくのだ。メーンゴンドラの両側に（どうやら分離できるらしい）サブゴンドラが二基ついていて、全体にずんぐりとした凸型になっている。

それを見つめる佐伯の体のなかに、

「………」

何かを踏み外したような感覚が走った。

はるか天井を伝うゴンドラと、はるか下界のフィールドを這う作業車の双方を、同時に視野におさめて、というかおさめそこねて、遠近感がぐらりと揺らぐのを感じた。

ゆるやかに傾斜をなしている階段席が、切り立った断崖のようにも感じられ、そこに吸い寄せられ、墜落していく自分の姿がありありと頭に浮かんだ。

いや、実際に、佐伯はヨロヨロと階段席の端に近づいていき、そこできわどく踏みとどまったのだが、その瞬間、脳裏をかすめたのは、

――まこと、私のいたのは、はてしない嘆きの鳴りどよむ苦患の大深淵の、片ほとりと知れた……

またしても『神曲』〝地獄篇〟の一節なのだった。

4

「…………」

ひたいから汗が噴きだした。

自分でもそうと意識せずにスタンド・チェアの後ろにあるハンドレールをひしと握りしめていた。

ダンテによれば地獄は漏斗《ろうと》状をなし、最上部の第一圏から地心の第九圏まで、徐々に幅を狭めて下降しているのだという。

――このドームは違う。これは地獄ではない。これは神宮ドームなのだ……

頭のなかで懸命につぶやいて、そしてそのつぶやきを愚かしいと思いながらも、佐伯はそれを笑うことができずにいた。

笑うどころか、違和感がナイフのようにするどくきわだつのを覚えた。佐伯が身を置いている〝現実〟に亀裂が走り、それが（そう、ほんの何ミリか、せいぜい何センチ）ずるりと音をたててずれたように感じられた。

ひとつにはそのとき天井のスピーカーから声が聞こえてきたこともある。「作業員の方は第三コンコースに集合してください」。場内に散って作業をしている作業員の全員に通達するためだろう。天井中央のメーンクラスターと、それを取りかこんでいるサテライトクラスターの両方に電源が入れられてアナウンスされた。が、神宮ドームの直径は優に二百メートル以上もあって、どうしてもその声にずれが生じてしまうのだ。

その声のずれがそのまま佐伯にはこの〝現実〟のずれのようにも意識された。〝現実〟がずれてその亀裂のなかをなにか異質なものがかすめるのが感じられた。一瞬、それは鳥が羽ばたくように、あわただしく意識の果てをかすめて——消えた。いや、そうではない。消えはしない。それは佐伯の意識にくっきりと痕跡をきざんで残された。

このときの異常としかいいようのない感覚をどう説明したらいいのか自分でもわからない。何基ものサテライトクラスターを通じ何重にもぶれて聞こえた「作業員の方は第三コンコースに集合してください」というアナウンスは、たしかにその言葉どおりの意味を伝えたのだ。それでいて、だまし絵のようにその言葉の背後にあるべつのメッセージがくっきりと佐伯の脳裏にきざみ込まれた。

やはり〝現実〟がずれてその亀裂をなにかがかすめた、としかいいようのないことだった。——人間の語彙《ごい》にはこれを表現する適切な言葉はまだない。

テレパシーのように（佐伯はそんなものがあるなどとは信じていないが）、あるいは分裂症状を持つ患者がうったえるように、頭のなかに誰かの声が聞こえてきた、というのではない。そうではないのだ。むしろ聞いたというより、見たというほうがふさわしいだろう。

一瞬のうちに、そのすべてが頭のなかに流れ込んできた。そして佐伯はそれをありありと見た。しかし……

その流れ込んできたメッセージのなんと奇抜でナンセンスなことか。佐伯が一瞬のうちに理解したメッセージの内容というのはせんじつめればこういうことだった。

神宮ドームの事件には隠された犯人がいる。その犯人のためにこれまで何人もの人が死んでこれからも何人もの人が死んでいくことだろう。もし人間が自力でその犯人を裁けないのであれば、やむをえない、自分が裁かなければならない。正義は果たされなければならないのだ。そのときには恐ろしい厄災が人間を襲うことになるが、そしてさらに何人かの人間が死ぬことになるだろうが、その責はすべて正義をはたすのをおこたった人間にある。おまえにあるのだ……

これは言葉として聞こえてきたわけではない。ただ、一瞬のうちに、すべてを理解した。言葉などというあいまいなものを介さずに、何者かの意志がじかに佐伯の意識に触れたのである。

何者かの意志？　――ここでいう何者かとは誰のことなのか。人間が正義をはたせないのであれば、そのかわりに正義をはたすといっている自分とは誰のことなのか。もしかしたら、いや、まさかそんな馬鹿なことが！

「………」

佐伯はハンドレールをつかんだままだ。

というより、倒れ込みそうになる自分をようやくハンドレールで支えているといったほうがいい。足がガクガクと震えていた。ハンドレールの金属の冷たい感触がかろうじて佐伯をこの〝現実〟につなぎとめているように感じられた。これがなければ自分はどこかに消えてなくなってしまうのではないか。

——とうとう、それがやってきた！

真っ先に頭のなかに浮かんできたのはそのことだった。それこそ誰かがゴシックの大文字で書き込んだように痛いほどはっきりとそのことを感じた。

それ——精神分裂症の症状があらわれたと思ったのだ。そう思うしかないではないか。

誰かの声が頭のなかに聞こえてくる、あるいは自分が誰かにあやつられていると感じるのは、分裂症のきわめて特徴的な症状といえる。〝神〟のメッセージを聞いた、などというのは、なかでも最もありふれた症状であるだろう。

しかし——

佐伯がまず分裂症の症状を疑うのは当然のことだった。

たんなる幻聴、妄想と考えるには、いまのあれはあまりに生々しくリアルだ。いや、リアルであるからこそ、幻聴であり、妄想なのかもしれないが、たしかにそれはそうかもしれないが、佐伯は心の底の深いところであれが幻聴でもなければ妄想でもないことを知っていた。

一瞬、〝現実〟に亀裂が走り、ズルッとずれたように感じたあの感覚は、けっして自分の頭のなかでだけ起こったことではない。あの違和感、分裂感は、ほとんど肉体的な痛みをともなって、いまもありありと体のなかにきざまれている。どうしてあれが幻聴や妄想などであるものか！

そう否定しながら、しかしその一方で、妄想を現実と信じることこそ、この病気のもうひとつの特徴ではないか、という懐疑的な思いもわいてくるのだ。

妄想か、それとも現実か？——そのどちらとも決めかねて、佐伯は果てしのない堂々巡りを強いられ、ただ途方にくれて立ちつくしている。

が、これだけはいえるのではないか。

あれを聞いてしまったいま（そのときには恐ろしい厄災が人間を襲うことになるが、そしてさらに何人かの人間が死ぬことになるだろうが、その責はすべて正義をはたすのをおこたった人間にある。おまえにあるのだ……）、もう二度と佐伯はもとの自分に戻ることはできないだろう。佐伯のなかでなにかが決定的に変わってしまった。

佐伯はいわば熱く焼けた鏝《こて》で烙印を押されてしまったのだ。おそらく、その烙印は、佐伯が「神宮ドーム火災事件」の隠された犯人とかを見つけるまで消えることがないだろう。佐伯のほおを引きつるような笑いがかすめた。つまり正義をはたすまでは絶対に消えることはないのだ。

第六歌

1

……自分がいつどうやって神宮ドームを出たのか覚えてはいない。気がついたときには呆然と神宮ドームの外にたたずんでいた。

いったん神宮ドームの外に出てみれば、そこには何の変哲もない街がひろがっていて、人が歩いて、車が走り、平々凡々とアクビのでるような日常がいとなまれている。

——あれは幻覚だったのか、それとも事実だったのか……

いずれにせよ、「神宮ドーム火災事件」の隠れた犯人を見つけだし正義を実現しなければ人間に厄災をもたらす、などという誇大妄想的なお告げは、このしぶとい現実をまえにしてはあまりに無力でしらじらしい。いっそ、あんなことはなかった、忘れてしまったほうがいい、とそう思いたいぐらいだ。

が、体の底にわだかまる鉛のように重い疲労が、あれはやはりあったのだ、とそのことを告げている。どんなに佐伯が否定しようとしてもしきれない。それに——佐伯が隠れた犯人を見つけだし、正義を実現しないかぎり、厄災にみまわれて何人もの人間が死ぬことになるというのだ。信じられないからといって、無視していいことではないだろう。

——どうすればいいか？

自問し、とりあえず藤堂俊作を探しだすことだ、とそう思った。

お告げがあったからといって（あるいは、と佐伯は皮肉に考えた。分裂症の兆候があったからといって）、世話になった先輩の頼みをほごにしてもいい、ということにはならない。

それに、一見、迂遠《うえん》なようにみえるが、どうしてか藤堂をさがすことが隠れた犯人とかを見つけだす最も近道であるような、そんな気がしないではない。——藤堂の事務所は渋谷にある。ここからならタクシーを飛ばせばほんの十分たらずぐらいの距離だ……

そう思ったが、なにしろ体がぐったりと重くて、すぐには動く気になれない。動けなかった。

「…………」

一瞬、ぼんやりとした。

ガードレールになかば腰を乗せ、歩道をはさんで、反対側にある神宮ドームの隔壁を見るとはなしに見ていた。

気がついてみると、神宮ドームの職員らしい男が、ひとり、せっせと隔壁に貼られたビラを剝がしているのを見ているのだった。

職員は、水の入ったバケツをわきに置いて、その水を刷毛《はけ》につけながら、ポスターを剝がしたあと壁にこびりついた紙をたんねんにこそぎ落としている。

隔壁のいたるところにベタベタとビラが貼られていていかにも見苦しい。せっかくの神宮ドームの美観が台なしだった。

東京の繁華街ならどこでも見られるようなビラだ。つまり右翼系団体が街に貼る類《たぐい》のビラだった。べつだん、めずらしいというほどのものではない。

「…………」

佐伯はぼんやりとそれを見つめていたのだが、その目がしだいに大きく見ひらかれていった。

神宮ドームの責任者は火災の責任をとり割腹せよ！

ドーム設計者の藤堂俊作は死者におのれの罪を詫びよ！

藤堂俊作に猛省を要求する。藤堂は坊主になれ！

藤堂俊作がその罪をおのれに愧《は》じ天に愧じぬのであれば天誅を加える！

思いもかけないところに藤堂の名前が出てきた。これらのビラは名指しで藤堂のことを弾《だん》劾《がい》しているのだ。どうしてか？

たしかに、「神宮ドーム火災事件」裁判では、

——放火された神宮ドーム側は、歴然とした被害者であり、放火犯を捕らえずして、ドーム側にその責任を問うのは、あまりに一方的すぎるのではないか。

という批判がある一方で、業務上過失致死傷罪を問われた綿抜周造がこれに徹底抗戦するかまえであるために、被害者の補償救済が遅れているのだ、という批判もないではない。

が、神宮ドーム側の過失責任を右翼団体が追及する、というのは、なにか話のつじつまがあわないのではないか。端的にいって、関係がない。百歩ゆずって、神宮ドーム側が被害者に対して誠意がない、と感じ（実際にはそんなことはないのだが。判決がくだらないかぎり神宮ドーム側としても具体的に動きようがない）、そのことに義憤を覚えたとしても、それで設計者の藤堂にまで責任を問うのは話の筋が通らない。

——これはどういうことなのだろう？

疑問を覚えざるをえない。

思いきって職員に声をかけ、そのことを聞いてみた。

「さあ、わたしらにはわからないね。というより誰にもわからないんじゃないかね。どうし

てこんなにしつこく藤堂さんとかいう人のことを非難するのか、なにに対して責任をとれといってるのか、ドームの人間はみんなそのことに首をひねっているよ——」

中年の職員は顔をしかめて、

「何にしてもわたしらには迷惑な話さ。連中はビラをベタベタ貼るからね。剝がすほうはたまらないよ。ただでさえ忙しいのに仕事が増えるばかりだ。給料、安いのにさ」

最後はグチになった。

佐伯は職員に礼をいい、その場を離れ、タクシーを求めた。

藤堂の自宅兼事務所があるとかいうマンションに行ってみることだ。あらためて、そう思った。

どうして右翼団体が執拗に藤堂俊作のことを名指しで非難しているのか？　どうやら、それは誰にもわからないことであるらしい。が、そのことと藤堂の失踪とのあいだに何か関連がある、と考えるのはあながち筋違いなこととはいえないだろう。藤堂の事務所に行けば何かそのあたりのことがわかるかもしれない。

そこにはあれが告げた「神宮ドーム火災事件」の隠れた犯人を見つける手がかりさえあるかもしれないではないか。

これまでは、霧がたちこめるように、ただすべてが茫漠としていたのだが、どうやらそこに一点、なにか光明のようなものがにじんで見えはじめたようだ。

佐伯としてはその光明に賭けてそれを追うしかない。

2

……渋谷にあるというから繁華街の高級マンションを想像していた。が、藤堂俊作の自宅兼事務所は、繁華街にあるのでもなければ、高級マンションのなかにあるのでもなかった。

渋谷・宇田川町——東急百貨店本店からNHK共同ビルのほうに向かう途中に、ここが渋谷とは思えないような、ひっそりとつつましい一角がある。小体《こてい》な小料理屋や、焼鳥屋、昔ながらの八百屋、魚屋、それにしもたやなどが建ちならんでいる軒《のき》の低い街だ。

ここに藤堂のマンションがある。五階建ての、どちらかというと地味な、いや、地味というより、どこかくすんだような印象さえあるマンションだ。

業界外でも名前を知られ、現に神宮ドームを設計するほどの建築家が、事務所をかまえるようなマンションとは思えない。

「…………」

佐伯は意外だった。

そのマンションを仰いで何度も住所とマンションの名を確かめた。

——間違いない。このマンションだ。

東郷が藤堂のことを変わった男だといったのを思いだした。なるほど、たしかに一風変わったところのある男のようだ。一流の建築家がなにを好んでこんな冴えないマンションに事務所をかまえているのか。

藤堂の自宅兼事務所はこのマンションの五階にある。

エレベーターさえない。階段を登った。

地裁を出るときに、東郷に頼んで、あらかじめマンションの管理人に連絡を入れてもらった。検察庁、という名前が一般人に与える効果には絶大なものがある。管理人は一も二もなく、藤堂の部屋を見せてくれないか、という依頼に応じてくれた。ドアのまえにあるマットの下に鍵を入れておくから勝手に入ってくれという。厳密なことをいえば、検事といえども令状なしに人の部屋に入るのには第三者の立会いを必要とするのだが、管理人ははなからそんなことは気にもとめていないらしい。

管理人がいったようにマットの下に鍵が隠してあった。

部屋に入った。

殺風景としかいいようのない部屋だ。

パソコンの置いてあるデスクに、応接セット、製図机、本と書類ホルダーが乱雑に突っ込まれている本棚——せいぜい、そんなものしかない。

高層ビルや、ホテル、それに美術館だか博物館だかの写真がパネルになって何点か壁にかかっている。そのパネル写真だけが、かろうじてここが建築家の事務所であることを示しているが、それがなければ借り手のつかない貸事務所にしか見えないだろう。

隣りの部屋も覗いてみた。

どうやらそちらが藤堂の私室になっているらしい。

私室のほうも事務所に輪をかけて殺風景だった。

ベッドに、テーブル、小さなステレオ・コンポ、小さな冷蔵庫（缶ビールしか入っていなかった）、ここにはテレビさえ置かれていないのだ。

天井の隅にパイプが渡されていて、そこにジャケット、ワイシャツ、ネクタイ、ジーンズなど、必要最低限としか思えない数の衣類が吊るされている。一応、単身者用の小さなキッチンがあるにはあるのだが、そこには申し訳のようにガス・コンロがひとつ、ポンと置かれてあるだけだ。片手鍋がひとつ、マグカップがひとつ、深皿が一枚、ほかには何もない。

窓にカーテンさえかかっていないのだ。

「…………」

啞然とした。

佐伯も独り暮らしで、食事はほとんど外食かコンビニの弁当で済ませている。自分の部屋でやることといえばお湯を沸かすぐらいのことだ。――佐伯にかぎらず独身の男はみんなそんなものだろう。要するに生活感が希薄なのだ。

が、この藤堂俊作という男の部屋は、たんに生活感が希薄というだけではなく、生活感そのものを全身できっぱり拒否しているような、なにか壮絶な意志のようなものが感じられる。

この部屋から受ける印象は、一言でいえば〝空白〟ということだろうが、それはたんなる空白にとどまらず、なにかが（おそらく、それは日常的なものとは遠く対極的なところにあるなにかだ）ぎっしりと充塡されているようなのが感じとれるのだ。

いまのところは、まだ、それが何であるかはわからないのだが。

東郷から藤堂の写真を渡されている。それを財布から出し、あらためて見てみた。

「…………」

上半身のスナップ写真だ。

ひとりの男が椅子にすわり、やや上半身をまえに傾けるようにして、カメラのほうを見ている。多分、夜だ。明かりが斜めに射していて、男のただでさえ彫りの深い顔を、いっそうくっきりときわだたせている。どちらかというと美男子の部類に入るだろう。知的で、男性的な顔だちをしている。

が、男の顔を見つめているうちに、そんな顔だちなどという皮相的な印象は、ぬぐわれたようにどこかに消え失せてしまう。そんなものはどうでもよくなってしまう。

そのかわりにうっすら見えてくるのは、男が内面にかかえているなにか独特なものだ。内部の人間。男はなにかをひたすら考えつづけて思いつめている。その思念は凝縮されて白熱し、それ以外のものをすべてうつろう影のようにはかないものにしている。

おそらく、藤堂には自分の内部だけが唯一リアルなものであり、〝生活〟などというものには何の関心も持っていない。藤堂の暮らしに生活感が感じられないのはそのせいではないか。

佐伯にはそのことがよくわかる。ひしひしと痛いほどにわかる。佐伯にもまたこの男と似たところがあるのだから……

3

いきなり誰かに殴りつけられたように感じた。頭のなかに鈍い衝撃めいたものを覚え、ハッとわれにかえった。

——おれは何を考えているんだ？

呆然とした。

たかだか藤堂俊作の顔を写真で見ているだけのことではないか。それで藤堂の内面のなにがわかるというのだろう？　思いつめているのは藤堂ではない。おれのほうだ。おれは藤堂の顔を見て（まるで街角の易者のように）考えなくてもいいことを考えている。おれはどうかしている……佐伯は顔をしかめた。自分で自分がいぶかしい。

「…………」

写真を財布におさめて、事務所のほうに戻った。

建築物のパネル写真を順々に見る。

――大したものだ。

東郷は藤堂のことを天才だといったが、それはどうやら友人のひいき目からの評ではなかったようだ。

どの建物にも才能のひらめきが鮮やかに刻されている。それはときに重厚に、ときに軽やかに建築物を印象づけて、見る者をけっして飽きさせることがない。

四十代の始めは、建築設計の世界ではまだ若手だと聞いたが、その若手の藤堂俊作がどうして神宮ドームの設計を依頼されるまでになったのか、これらの作品がその理由をなにより雄弁に説きあかしていた。

しかし――

「…………」

佐伯は目を瞬《しばたた》かせた。

才能のひらめきを感じさせながら、それらの建物が奇妙に冷淡でよそよそしいのはどうしてなのだろう。場違いに高級なフランス・レストランについ入り込んでしまったかのように、いんぎんに、しかしあからさまに排除されているのをひしひしと感じさせるのだ。これは何か？

それらの建築物にはどこか藤堂の部屋に似たところがあるようだ。

つまり、〝空白〟がある。

建築に素人の佐伯にはどこがどうと具体的に指摘することはできない。というより、たんに愚かしい先入観からそんなふうに感じるだけのことかもしれない。

が、藤堂が設計した建物は、どこか虚《うつ》ろな、そう、心ここにあらず、といった印象が共通している。それも、なにかが欠けているために〝空白〟が残されたのではなく、そもそも当初から、その設計意図はそこに〝空白〟を生じさせることにあったのではないか――そう疑わせるほど、それはあまりにも露骨なものに感じられた。

だが、ひるがえって考えてみれば、建築にまったく無知な佐伯が、そんなふうに感じること自体、異常なことではないか。どうしてそんなふうに感じるのか、その根拠を問われれば、佐伯は口ごもらざるをえない。

根拠などない。ただ、そう直観するだけなのだ。

佐伯はかすかに胸の底に震えに似たものを覚えていた。

――今日のおれはどうかしている。

いや、どうかしているのは最初からわかりきったことだ。そもそも、どうかしていなければ、あんなお告げなど聞くことはなかったろう。

写真パネルのまえから離れようとして——ふと自分がなにか大切なものを見落としているような気がした。

見落としてはならないものを見落としているような気がした。

「…………」

あらためて写真パネルを見まわした。見落としているものなどない。そんなものがあるはずがない。ここにある建築物はすべて初めて見るものばかりなのだ。人は初めて見るものから何かを見落とすなどということはできない。

——やっぱり、おれはどうかしている。

今度こそ振り切るようにして写真パネルのまえを離れた。

本棚のまえに立った。

本棚には書類ホルダーやら書籍だのが無造作に突っ込まれている。蔵書にその人間の個性がもっともあらわれるのだとしたら、ここでも藤堂俊作は自分という存在を完全に消していた。小説あり、実用書あり、画集ありで、統一を欠いて、とりとめがないとしかいいようのない本棚だった。

かろうじて藤堂の個性らしいものをあらわしているものといえば本棚の側板に貼られてい

る絵ぐらいなものだろう。

B5判ぐらいの小さなクロッキーの肖像画だった。複製だろう。豊かな白い髭をたくわえた、西洋の老人で、そのいかめしい顔だちは一見して現代人のものではない。その眼光はけいけいとして、強靭な知力をたたえ、この老人が常人ではないことをうかがわせた。

Leonardo da Pisa――の署名。ピサのレオナルドということだろうか。それに(どうやらこれは藤堂が書いたらしい)絵の隅のほうに「卓越し学識あるレオナルド」という鉛筆の走り書きがある。

――レオナルド? レオナルド・ダ・ビンチだろうか。

それにしては、佐伯が見たことのあるレオナルド・ダ・ビンチの肖像画とは印象が違うような気がしたが、あれだけの偉人だ、おそらく何種類もの肖像画が残されているのにちがいない。

それにルネッサンスの万能人であったレオナルド・ダ・ビンチは建築にも造詣が深かったと聞いている。建築家の藤堂がレオナルド・ダ・ビンチの肖像を飾っていたとしてもふしぎはない。

「…………」

肖像画から本棚に視線を転じる。

ウィリアム・ブレイクの画集がある。

背表紙に、Divina Commedia、という金箔文字が押されている。『神曲』だ。

ウィリアム・ブレイクはイギリスの人で、十八世紀後半から十九世紀にかけて生きた。画家でもあり、詩人でもあるのだが、それよりも神秘主義者、希代の幻視家として知られている。人に見えないものが見え、人に聞こえないものが聞こえたのだという。終生、その神秘体験に鼓舞され、詩を書きつづけ、絵を描きつづけて、ついに同時代人に認められることがないまま死んだ……

佐伯はウィリアム・ブレイクのことはほとんど何も知らない。ただ、佐伯が愛読している寿岳文章訳の『神曲』には、全巻、ブレイクの挿絵が載っていて、それでわずかにブレイクについて知っているにすぎない。

東郷は、藤堂は『神曲』のいわばマニアであり、その点で佐伯に通じるところがある、といったが、ブレイクの挿絵集まで購入しているのを見ると、佐伯とは段違いに『神曲』に淫していているといえそうだ。

何の気なしに、ブレイクの挿絵集を取りだし、それを開いてみた。するとパラリと一枚の写真が落ちた。挿絵集を棚に置いて、その写真を拾った。

「…………」

わずかに顔色が変わるのを覚えた。

そこにはひとりの少年が写っていた。せいぜい十六、七というところだろう。——どこかの海岸らしい。背景に海がひろがっている。少年は岩のうえに腰をおろして、やや体をまえに傾けるようにし、両腕を太股に置いて笑っている。海からあがってきたばかりではないか。その髪が濡れ、しなやかに若々しい筋肉が光沢を放っていた。

全裸だ。美しい。

佐伯はいまだかつてこんなに美しい少年を見たことがない。アマチュアのピンナップ写真にすぎないが、それでもその少年の秀《ひい》でたひたいに、ややカールした髪がかかり、長い睫毛《まつげ》が澄んだ目に落とす翳《かげ》の（夢のような）繊細さがはっきりと見てとれた。

少年は膝をひらいてすわっていて、その陰茎《ペニス》を見せているが、それも初々しい青春の息吹を感じさせ、猥《みだ》りがましいところはどこにもない。それさえ美しい。

東郷は藤堂のことをいまだに独身だといったが、おなじ独身でも、東郷や佐伯とはまたべつの理由があるらしい。

——ルチフェル。

前後になんの脈絡もなしにその名が頭をかすめた。

ルチフェルは堕天使で、神に反逆したために地獄に堕とされたという。『神曲』の〝地獄篇〟では地獄の最下層で永劫に氷漬けの罰を受けている。ルチフェルの名には「光を身に負うもの」という意味があり、かつてはえもいわれない美しさを誇る天使だったというのだが……

名前でも書かれていないか、と思い、裏を見てみた。

名前は書かれていなかった。が、そのかわりに、そこにはびっしりと細かい字でこんな文章が記されてあった。


襲いかかる狼どもの敵なる羔《こひつじ》として、私が眠っていたあのうるわしい檻《おり》から、私を閉め出す残忍に打ち勝つことあらば、

たしか、これは『神曲』〝天国篇〟のどこかに記されてあった一節だった。

気になるのは、襲いかかる狼ども、というところに傍線が引かれていることだ。

これを書いたのは藤堂俊作だろうか。もしそうだとしたら、どうして藤堂は「襲いかかる狼ども」というところに傍線を引いたのだろう。藤堂にとって狼とはなにを意味しているのだろう？

そのとき電話が鳴った。

一瞬、ためらったが、受話器を取った。

聞こえてきたのは、いたな、とつぶやく男の声だった。

相手が、こちらのことを藤堂と勘違いしているのだ、ということに気がついて、もしも

し、もしもし、と佐伯は声を張りあげた。
が、そのときにはもうプツンと電話は切れていた……

第七歌

1

電話を切ったとたん――

マンションの外で爆発が起こった。

いや、一瞬、爆発がおこったかと錯覚するほどの大音量は、すぐに悲壮なイントロをきざんで、きさまとおれとは同期の桜、という鶴田浩二の歌声につながった。

東京で生活していればいやでもこの歌を頭にたたき込まれることになる。繁華街のいたるところでこの曲を聞かされる。民族系団体の街頭宣伝カーがスピーカーでテープを流しているのだ。

しかし――

マンションが面している道路は狭く車道と歩道が分かれてもいない。人通りも多いとはいえない。こんな裏道でわけもなしに街頭宣伝するやつはいないだろう。

――藤堂俊作だ。

佐伯は直感した。

神宮ドームの隔壁に貼られていたビラのことを思いだした。あのビラではしきりに藤堂俊作のことを弾劾していた。藤堂に猛省をうながし、非難している人間たちがいる。

つまり、さっきの電話はそうした人間からのものだったのだろう。藤堂の部屋に電話をかけ、藤堂が帰宅していることを確かめてから、『同期の桜』を流した。実際に受話器を取ったのは佐伯だったのだが、相手にはそこまではわからない。

どうしてそこまで執拗に藤堂のことを弾劾するのか。いったい藤堂のなにが彼らの逆鱗《げきりん》に触れたというのか？

そのことを知りたくて藤堂の部屋を飛びだした。が、マンションの外に出たときには、すでに『同期の桜』はとまっていた。あっけなかった。紺色のボディに団体名を記した宣伝カーがひっそりと走っていき交差点を曲がって見えなくなった。

――何なんだ、これは？

あまりのあっけなさに、佐伯ばかりではなく、通行人のだれもがキツネにつままれたような表情になっている。

まさか音質の検査をしたわけでもないだろう。街頭宣伝カーから流れる音は、ただもううるさいというだけで、そもそも音楽と呼べるものではない。

「…………」

わけがわからない。

が、もちろん、佐伯のようにそこにいつまでも呆然とたたずんでいるほどの暇人はほかにはいない。

通行人たちは何事もなかったようにまた歩き始める……

そのときのことだ。

ふいに背後からそう声がかかったのだ。

「見ろよ、あいつらを」

振り返った佐伯の目に、そこにひとりの男が立っているのが映った。

痩せて、長身の男だ。四十前後というところだろう。紺色の背広に、地味な色あいのネクタイを締めていて、一見、銀行員か商社マンという印象だ。が、ニヤニヤと笑っているその細い顔には、どこかふてぶてしさが感じられ、そのことが背広姿の地味な印象をくつがえしていた。

男は通行人たちのほうにあごをしゃくり、見ろよ、あいつらを、ともう一度、くりかえして、

「ああいう連中を見ると決まっておれには思いだす言葉があるんだよ。こんな言葉なんだがな――これこそ、恥もなく、誉《ほまれ》もなく、凡々と世に生きた者たちの、なさけない魂のみじめな姿……」

「何に苦しめられてか――」

反射的に佐伯の口から言葉がついて出た。

「かれらはこうまでいたく嘆く？」

男はにやりと笑い、

「手短にそのわけを君に話そう。これらの者は、死のうにも死ねない。またその盲目の生は、いといやしいゆえに、他《ひと》の身の上がみなうらやまれてならぬ。かれらの聞こえが残ることを、この世は許さぬ。慈悲も正義もかれらをさげすむ。われらも亦《また》、かれらのことは口に上《のぼ》すまい。ただ見て過ぎよ――」

「…………」

佐伯はまじまじと男の顔を見つめた。

男が朗誦し、また佐伯が反射的に口に出したのは、『神曲』〝地獄篇〟第三歌の一節だった。詩聖ヴェルギリウスに案内され、地獄の門をくぐったダンテは、そこで中途半端に生きて中途半端に死んだ人々の「嘆息と、嘆きと、はげしい叫び声が、星なき空に鳴りひびく」のを耳にする――その一節なのだった。

男は佐伯の顔を平然と見かえして、

「おれはよく思うんだけどな。こいつはいまの日本人のことじゃないか。そう思うぜ。いまの日本人には恥もなければ誇りもない。中途半端に生きているといってこんなに中途半端に生きている民族もいない。まさに、死のうにも死ねない、さ。もっとも日本人が死ねない民族だ、というのは藤堂の持論でもあるんだけどな。おれは藤堂とは逆の意味でやはり日本人は死ねないんじゃないかとそう思うね」

死ねない民族？　……それはどういう意味なのか？　藤堂がそれを持論にしている、というのでは、なおさら気にかからないはずがないが、いまの佐伯にはそれよりもまず確かめなければならないことがある。

「あなたは藤堂さんのことを知っているんですか」

「ああ、親友さ——」

男はあっさりうなずいて、

「いや、親友だった、というべきかな。いまのおれたちは立場が変わってしまっているからな。昔のようなわけにはいかない。あんたは検事の佐伯さんだろ？」

「…………」

「おどろくことはないさ。ついさっき東郷から電話を受けたんだよ。佐伯という若い検事に藤堂の行方をさがすように依頼した。そう聞いたばかりなんだ。『神曲』を二読三読した若い有能な検事で藤堂をさがすのにはうってつけの人材だ——東郷はそう自慢げにいってたけどな」

「失礼ですが、あなたは……」

「ああ、これはこちらこそ失敬した。東郷から話を聞いているんじゃないか。高校時代、藤堂と東郷とおれの三人でいつもつるんでいた。というより藤堂がリーダー格でおれたちを引っぱっていたといったほうがいいかもしれないが。おれも東郷も藤堂に影響を受けて『神曲』を読むようになった。もっとも藤堂には妙な磁力みたいなものがあってな。『神曲』のほかにもいろいろと影響を受けた。東郷は、藤堂のことを天才だというんだが、たしかにそんなところがあるよ。影響を受けざるをえない。東郷はいまだに藤堂に心酔しているようだが、おれは反発して意識的に離れた、という違いはあるにしても、な」

「東郷さんから聞いています。そうですか。あなたがそうなんですか」

佐伯はあらためて男の顔を見つめた。

東郷が藤堂のことを説明するのに、自分ともうひとり、三人でよくいっしょに騒いだものだ、とそういった。この男がつまり、そのもうひとりなのだろう。

「名乗るのが遅くなったが、新道惟緒《しんどうこれお》という者です。藤堂をさがしてくれるのなら、わたしもできるかぎり協力させてもらう。もっとも、ここ何年か、藤堂とはたまに電話で話すぐらいのことで、ほとんど会ったこともないんだけどね」

「しんどう……もしかしてあの新道惟緒さんでしょうか」

佐伯がそう聞いたのは、このところ新道惟緒という名をよく文芸誌などで見かけることがあるからだ。

もともとは新左翼系の評論家のはずだったのが、いつのまにかその論調が新保守系の民族派に通底し、「理論的・新左翼＝心情的・新右翼」などと文芸誌に揶揄《やゆ》されているのを読んだことがある。その論文が総合誌ではなく文芸誌に発表されることが多いのも、この人物の変わったところで、たしか日本浪曼派・保田《やすだ》與重郎《よじゅうろう》に関する評論で、なにかの文学賞を受賞しているはずである。

「あんたもめずらしい検事さんだな。いまどき文芸誌を読んでる人はまれなんだけどな。そう、あの新道惟緒です——」

男は軽く受けながして、

「できれば、いまの街頭宣伝カーのことは忘れてもらえないか。あんな騒ぎにならないように、東郷から連絡を受けて、すぐに駆けつけてきたんだけどな。ちょっとの差で間にあわなかった。電話に出たのは藤堂ではない、おそらく佐伯という検事だ——そう教えてやったら、連中、頭を掻きながら退散していった。そんなわけだから忘れてもらいたい。あの連中、純粋なだけに、おうおうにしてやりすぎることがある。おれもちょっとたきつけすぎたよ」

「たきつけすぎた……」

佐伯は目を狭めジッと新道を見つめて、

「神宮ドームで藤堂さんのことを非難しているビラを見ました。気の毒にドームの職員がぼやきながら剝がしていましたよ。もしかしたら、あのビラもあなたが後ろで糸を引いてやっていることなんでしょうか」

「後ろで糸を引いているといわれると何だか黒幕めいて照れるんだけどな。おれはそんな大物じゃない。だが、まあ、基本的にはそういうことです」

「どうしてそんなことをするんですか。藤堂さんはあなたの友人なんでしょう?」

「かつての友人だった。いまはどうかな。藤堂のほうでおれのことをどう思っているかわからないしな。だが、どちらにしろ、おれは藤堂の友人だからこそ、ああいうことをしたつもりなんだぜ。あれはな、おれとしては藤堂に対するメッセージのつもりなんだ。おまえの考えていることはわかっている。だから隠れていないで出てこい。出てきておれと戦え、というつもりだったんだけどな」

「戦え?」

「勘違いしないでもらいたいな。なにもケンカをするつもりはない。論争しよう、ということさ。おれは神宮ドームを見て、あいつが何を考えているのかはっきりわかった。いずれ、あいつとはどこかの紙上で論争を戦わさなければならない、とそう思っていたんだが、あの野郎、その矢先にどこかに消えちまいやがった。あいつが姿を消した理由はわかっているつもりだが、残念ながら、どこに消えたのかまではわからない――」

「わかっているのなら教えてくれませんか。藤堂さんはどうして姿を消したりしたんですか？」

「それは、まあ、話すべきときが来たら話すさ。いまはまだその時期じゃない。いまはまだ誰に話したところでわかってもらえることではない」

「…………」

「そんなわけでな。神宮ドームにビラを貼ったりしたのは、どこかに隠れている藤堂をいぶり出すための、いわば苦肉の策だったんだよ。だが、まあ、それもやめよう。藤堂は強情でそんなことでは出てきそうにない」

「…………」

要するに、この新道惟緒という男と藤堂俊作とのあいだにはなにか第三者にはうかがい知れない心理的な葛藤のようなものがあるらしい。新道は挑発し、藤堂はそれを無視している、というところだろう。

かつての親友同士が心理的に離反し、いがみあうのは世間にありがちなことで、そんなことはどうでもいいことなのだが……

「神宮ドームを見て、藤堂さんが何を考えているのかはっきりわかったということですが、

「それはどういうことなんでしょう」

佐伯としてはそのことを聞きたかった。

一瞬、新道はなにか虚をつかれたような表情になり、この人物にはめずらしく、それは、その、なんだ、と口ごもった。なにか非常に説明しづらいことであるらしい。

それでも辛抱強く待ちつづけていれば、新道がそれなりに説明するのを聞くことができたかもしれないのだが……

そのときに佐伯のポケットのなかで携帯電話の電子音が鳴ったのだ。

新道にわびて携帯電話を耳に当てた。

「ああ、佐伯か。おれだ――」

東郷の声が聞こえてきた。ひどく切迫した響きの感じられる声だった。

「悪いがすぐに地裁のほうに戻ってきてくれねえか。地裁で殺人事件が起こったんだ。こともあろうに『神宮ドーム火災事件』の弁護士が殺されたんだよ。おれひとりじゃ手にあまる。すぐに戻ってきてくれ」

2

佐伯が東京地裁に戻ったときには夕方の五時をまわっていた。

すでに空はたそがれ、けぶったように暗灰色に翳り、地上十八階の地裁の窓から洩れる照明は、明るさを増すどころか、逆にぼんやりと暮色に溶け込んで、ただ暗い。

地裁の建物は、光をわずかに余す空にその輪郭をもうろうとにじませて、なにかとめどのない憂愁の底に、ひとり、うなだれているように見えた……

が、いったん、その目を下界に転じると、その印象は一変せざるをえない。

そこには警視庁所轄のパトカー、鑑識のワゴン車、特機隊（特別機動捜査隊）の覆面パトカー、それにテレビ局の中継車などがイナゴの群れのように押し寄せていてわあんと騒がしい。

パトカーの回転灯が車輪のスポークのように地上をないで、カメラのフラッシュがたてつづけにひらめいた。

刑事も、鑑識課員も、警官も、報道記者たちも身をよじらせんばかりに興奮しきっていて、ただもうわけもなく大声でわめき、走りまわっているのだ。

こともあろうに東京地裁のなかで人が殺され、しかも被害者は「神宮ドーム火災事件」の弁護士だったというのだ。興奮するのも無理はないかもしれないが……

「それにしても頭に血をのぼらせるにもほどがあるぜ――」

と東郷は苦々しげにいうのだ。

「傍聴人はいわば全員が容疑者じゃねえか。いくら、それが自分の仕事ではないといっても、警備員も容疑者の身柄を確保するぐらいのことは思いついてもいいだろうぜ。気がついたときには五十六人の傍聴人が三十四人しか残っていなかった、というんだから、ひどい話さ。あとの二十何人かはどこかに消えちまって、いまとなっては、どこの誰なんだかもわからねえ」

「…………」

佐伯としても返事のしようがない。ただ黙ってたたずんでいた。

ふいに東郷は肩を落とすと、もっともな、と力のない声でつぶやくようにいい、

「裁判を傍聴するつもりでいたのが自分が事件に巻き込まれたんじゃしゃれにならねえ。誰だって殺人事件なんかに関わりあいになりたくないだろう。逃げだすのもむりはない。それに傍聴人のなかには各社の司法記者が何人か混じっていた。そいつらが本社に事件を一報したい、というんで、警備員の制止を振り切って『公衆控室』を飛びだしていった。それにまぎれて逃げだしたんじゃ警備員たちにもどうすることもできなかったんだろうがな」

「鹿内さんが『公衆控室』で心臓を刺されたのは間違いないことなんですか」

「ああ、剖検《ぼうけん》の結果が出るまでうかつなことはいえないが、検死官はそういってる」

「どうも『公衆控室』で人を刺すというのはわからないな。五十人以上の人間が同室していたし、『傍聴券交付事件』で警備員たちもいたわけでしょう。どうして犯人はそんなところでわざわざ鹿内さんを刺し殺さなければならなかったんでしょう？　リスクばかりがあって

メリットは何もない」

「もっとわからないことがあるさ。傍聴人はすべて手荷物を預けていたし、金属探知機でボディ・チェックもされているんだ。犯人がどうやって凶器を『公衆控室』に持ち込んだかがわからない」

「凶器は特定できたんですか」

「一応、検死では、長さ十センチほどの細い錐《きり》状のものということなんだがな。これもはっきりしたことは剖検待ちということになるだろう」

東郷はいらだっているようだ。当然だろう。自分が受け持っている公判がこともあろうに直前に弁護士が殺害されて延期になってしまったのだ。この日のために準備してきた努力がすべてふいになってしまった。

「…………」

険しい表情で現場を見ている東郷の顔から佐伯はふと新道のことを思いだした。

新道と会ったことは東郷に話したが、いまはそれどころではないのだろう、東郷はおざなりにうなずいただけだった。それっきり新道のことも、ましてや藤堂のことも話をしていない。

が、いま、東郷の顔を見ているうちに、このふたりは似ている、と妙なことを思った。東郷と新道はそっくりではないか。顔は似ていない。が、どこか似ている。おかしな表現だが、似ていない一卵性双性児のように似ているのだ。

「おれは公判部検事でよかったよ。この事件を担当する刑事部検事は大変だぜ。なにしろ被害者があの鹿内さんだからな――」

東郷がしみじみとそういった。

殺された鹿内弁護士は、以前は高検検事長までのぼりつめた、いわば検察庁の大先輩なのだった。その後、弁護士に転職し、幾つかの企業の顧問弁護士になって、おもに民事事件などで活躍してきた。

最高裁判事や高裁長官などが弁護士に転職する例はめずらしいことではないが、鹿内はそのなかでも最も成功したひとりといえるだろう。そのあくの強い、ややあざとい手腕には反発する向きもあったようだが、日本の法曹界を代表する有能な（しかも高報酬の）弁護士のひとりであることは間違いない。

それだけに敵も少なからずいたことと思われるが、検察庁としては、警察がかつての高検検事長の身辺調査をするのには（しないわけにはいかないが）抵抗を覚えざるをえないだろう。たしかに東郷のいうとおり、この事件を担当する検事はいろんな意味で苦労させられるにちがいない。

が――

いまの佐伯にはそんなことはどうでもいいことだ。

休職してからというもの、佐伯は自分でもいぶかしく感じるほど、官庁としての検察庁というものに興味を失っていた。検事も官僚であり、官僚が保身と出世に心を砕かなければならないものだとしたら、すでに佐伯は心情的にはもう検事とはいえなくなっているのかもしれない。

「ちょっと車のほうを見てきます――」

そう東郷に断ってその場を離れた。

そんな佐伯に、

「あと三十分ほどで裁判長とこれからの公判をどうするか合議することになっている。おまえにも同席してもらう。それまでには戻ってきてくれ」

東郷はそう声をかけたが、その顔はぼんやりと放心し、現場の騒ぎに向けられたままだった……

3

……東京地裁の地下の駐車場だ。

鹿内弁護士はその職員用の駐車スペースに自分の車をとめていた。

弁護士には外来用の駐車スペースがべつに用意されているのだが、去年の春まで高検検事長をつとめていた鹿内は、自分のことを外来者だとは考えていなかったのだろう。それが東京地裁であれ東京地検であれ、すべて自分の縄張りだと考えていたのにちがいない。

これは、自我《エゴ》が肥大しているあらわれなのだろうが（そしてそれは鹿内弁護士の車がメルセデス・ベンツであることにも如実に示されているのだが）、法曹資格取得者には大なり小なり、鹿内弁護士に共通するところがあるといっていい。

日本の法廷に陪審員制度が取り入れられないのは、それが日本的風土になじまないからだと説明されているが、じつは裁判官、検察官、弁護士など法律の専門家がその特権的地位を一般人におびやかされるのを嫌っているからではないか。――かつて佐伯はそんなふうに考えたことがあるほどだ。

メルセデス・ベンツのまわりには、ふたりの鑑識課員たちが写真撮影などで動いているだけで、ほかの捜査員の姿は見えない。東京地裁のまえや、五階の現場の騒がしさが嘘のように思えるほど、ここだけはひっそりと静まりかえっている。

鹿内が殺されたのは地裁の五階なのだ。車のなかでもなければ駐車場でもない。

いずれは被害者の足取りが調査されることになる。そのときには被害者の車も注目されることになるだろうが、いまのところは、とりあえず事件そのものとは関係がないと見なされている。

捜査員たちが関心を持たないのは当然のことだろう。佐伯にしてからがどうして自分がここにいるのか自分でもよくわからないのだ。

「………」

ぼんやりと鑑識課員たちが働いているのを見ていた。

鑑識課員のひとりが車のなかに入り、毛髪などの遺留物の採取につとめ、もうひとりは車の周囲をまわって写真を撮っている。

駐車場の照明は十分とはいえず薄暗い。

その薄暗い駐車場に、パッ、パッ、とフラッシュがひらめいて、ジーッ、という電子音がそれにつづく。閃光と電子音のくりかえしは、単調なリズムをきざんで、それを見て聞いている者をふと遠い気持ちに誘う。

佐伯はしだいに意識がもうろうとしてくるのを覚えた。フラッシュの閃光だけを残し（海岸から潮が引くように）ゆっくりと視野が遠のいていくのを感じていた。

なにか体が気だるく重く沈んでいって、意識だけが遠のいていく視野に運ばれ、ふわふわと彼方にただよい出す感じなのだ。

眠りに入るときのあの夢ともうつつともつかない微妙な瞬間に似ている。あるいは神宮ドームであの声を聞いた、いや、感じた、あのときに似ている……

ずっと以前、赤色灯の点滅が発作を誘うという映画を見たことがある。実際にもそんな症例があるのだろう。佐伯にはそうした病歴はないが、ふとそんなことを思いだすほど、意識が頼りなくかすんでいくのを覚えるのだった。

パッジー　パッジー

遠のいた視野が意識の果てに微妙に交差する。そのフラッシュの閃光が現実に見ているものなのか、それともただ意識のなかだけで閃いているものなのか、自分でもその判断がつかない。判断がつかないままにジッと見つづけている。

——また始まるのか……

胸の底をあきらめとも怯えともつかない感情がかすめる。

自分と外界をへだてる膜のようなものがとめどもなく薄いものになっていき、なにかが（そう、なにかとてつもなく巨大なものが）浸透圧でしみ込んでくるように意識のなかに入り込んでくる——これはまぎれもなくあの感覚だった。

これはあとになって何度も自問したことだが、これもなにかの啓示だったのだろうか？もしそうだったのだとしたら（これこそずっと後になって狂おしいほどの悲しみのなかで思ったことだが）それは何と残酷な啓示であったことか！

また——

フラッシュがひらめいた。

その閃光がぼんやりとうつろう佐伯の意識をくっきりとその一点にきざんだ。その一点

——ダッシュボードのホルダーに入っている紙コップに。

レンズのピントがあったようにふいに意識がはっきりとするのを感じた。

佐伯はなにかに導かれるようによろよろと車に近づいていった。

そして、

「…………」

鑑識課員の肩ごしにその紙コップを確かめた。

「ローカル・バーガー」のロゴの入った紙コップだ。その底のほうにウーロン茶らしい液体が残っていた。

鹿内弁護士はやや癇性なまでにきれい好きな人物であったらしい。車内にはゴミひとつ落ちていず、きれいに整頓されている。飲み残したウーロン茶の紙コップをいつもまでもダッシュボードのホルダーに放っておいたとは考えられない。

紙コップに触れるとまだ冷たい。

——このウーロン茶を飲みながら地裁にやって来たのだ……

佐伯はそう直感した。

そういえば東京地裁のどこか近くで「ローカル・バーガー」の店を見かけたことがある。

あれはどこだったろう？

第八歌

1

……東京地裁の建物を出て桜田通りを外務省のほうに向かう。

このあたりは官庁街でレストランとかファーストフードの店は極端に少ない。それだけにほかの街なら目にとまることもない「ローカル・バーガー」の店が記憶にとどまっているのだろう。

もう夜だ。

風が出てきた。

それも最近ではちょっと記憶にないほどの強い風だ。

官庁の巨大な建物が崖のようにそびえるその底に、暗い闇がわだかまり、そこを風が音をたてて吹き抜けている。街灯がみしみしときしんで揺れていた……

十分ほども歩いたろうか。

「ローカル・バーガー」の店はすぐに見つかった。

こうしたファーストフードの店はどこも同じだ。派手に華やかに目につくが、その派手さも華やかさも、どこか規格品の薄っぺらさがつきまとうのはいなめない。

「ローカル・バーガー」は東京だけでも百店舗以上を数えるチェーン店だ。鹿内弁護士がその店でウーロン茶を買ったとはかぎらないが、紙コップに冷たさが残っていたというそのことだけを頼りに、その「ローカル・バーガー」を覗いてみることにした。

店に入るとすぐに、

「いらっしゃいませ――」

若い女店員の声が聞こえてきた。

食欲はない。

鹿内弁護士と同じウーロン茶を頼んだ。

テーブルに紙コップを運んでぼんやり店内を見まわす。

ちょうど夕食どきで混んでいる。ファーストフードでハンバーガーをぱくついている若い男女の姿を見ると養鶏場のブロイラーを連想する。べつだん、それがいいとも悪いとも思わない。ただ単純に連想する。

――おれは何しにここに来たのだろう?

早くもそのことを疑問に思う。

鹿内弁護士がこの店でウーロン茶を買ったとはかぎらないし、よしんばそうだったとしても、それが何だというのか。鹿内弁護士は地裁の「公衆控室」で殺されたのであって、それ以前にどこで何を食べようと事件とは何の関係もないことだろう。

鑑識課員のフラッシュで、一瞬、意識がもうろうとし、車内にあった「ローカル・バーガー」の紙コップをなにか重要なものででもあるかのように錯覚した。その紙コップの表面がまだ冷たいのを一大発見ででもあるかのように思い込んでしまった。——それなのに、いざ現実に「ローカル・バーガー」に来てみると、ウーロン茶を飲むこと以外に、なにもやるべきことを思いつかないでいたらくなのだ。

ウーロン茶はすぐに空になった。あとはタバコを一本灰にすればもうやるべきことは何もない。

東郷との約束がある。そろそろ地裁に戻らなければ間にあわないだろう。

——とんだ無駄足だ。

苦笑して立ちあがった。

そして——

店を出ようとしたそのときに彼女の姿を見たのだった。

厨房から出てきた。

制服を着ているから「ローカル・バーガー」の店員であることは間違いない。が、ほかの女店員が、大学生か、どうかすると高校生であるらしいのに、彼女だけが場違いに年配に見えた。三十前後ではないか。

が、その年齢から、彼女の姿が佐伯の視線を引いたわけではない。むりやりにもテンションを高めて躁状態を維持しているようなファーストフードの店にあって、彼女ひとりだけがひっそりとひかえめにふるまっている。そのことが逆に佐伯の注意を引いたのだった。

なにか周囲に対しておどおどとおびえ、身をすくめているように感じられる。臆病な小動物を連想させた。——どちらかというと美人の部類に入るだろう。が、それも端正というより、いっそ淋しげといっていい美貌で、そのことがなおさら彼女をはかなげにも弱々しくも見せていた。

が、それはそれだけのことで、佐伯には何の関わりもないことだ。

女の姿を視野の隅にとどめながら、外に出ようとして、

「…………」

ふいに彼女が誰であるかを思いだしたのだ。

いや、思いだすというより、それはもうすこし生々しい、記憶をメスで摘出《てきしゅつ》されるような痛みをともなうなにかであったようだ。

——あれは青蓮佐和子ではないか。

反射的に足をとめ、あらためて彼女の姿を確かめようとした。が、そのときにはもう彼女の姿は厨房に消えていた。

ほんの一瞬、視界の隅をかすめて消えていった彼女の顔は、しかし、ありありと焼きつけられるように意識の底に残された。

「…………」

その場に立ちつくした。

自分が出口をふさいでいることにも気がついていない。後ろから来た若い男に乱暴に押しのけられ、初めてそのことに気がつき、よろけるようにして外に出た。

——間違いない。あれは青蓮佐和子だった……

あいかわらず風が強い。その風に向かって問いかけた。

——どうして彼女がこんなところで働いているのだろう?

2

佐伯は地裁に急いだが、思いがけない人を見かけた、という動揺はいつまでも胸の底にこだまを残していた。

いや、思いがけない人を見た、というそのことよりも、どうしてそのことでこんなにも自分が動揺しているのか、むしろそちらのほうがいぶかしい。

実際の話、彼女が青蓮佐和子であろうと、こんなにも佐伯が動揺しなければならない理由はない。ふたりは顔見知りとさえいえない間柄なのだ。十年もまえに、二言三言、ほんの行きずりに言葉をかわしたというだけにすぎない。

十年まえの大学時代――いまとなってはもうお笑いぐさだが、佐伯は文芸部に在籍していた。文芸部といっても、年に二度、部の同人誌を発行するのがその活動のすべてで、佐伯は『神曲』を読んで以来、それにさえ何も寄稿しようとはしなかった。ただ惰性的に部費を払い、名前だけ在籍していた。

それが四年生になった春、ほんの気まぐれから、何ヵ月かぶりに部室に顔を出したことがある。

そのとき部室にいたのが新入部員の彼女だったのだ。青蓮佐和子です、と自己紹介した彼女の弾んだような口調はいまも耳の底に残されている。残されてはいるが――いってみればただそれだけのことなのだ。それ以外には何もない。

――ただ、それだけのこと？

それだけのことなのに、いまも彼女のことをはっきりと覚えているのは、つまりは佐伯が佐和子のことを好きになったからではないか。

が、それは片思いと呼ぶのもはばかられるほどに淡い感情で、あのころの、異性に対して極端に臆病だった佐伯には（それはいまも基本的には変わっていないが）、その思いを具体的な行動に移すなど思いもよらないことだった。

それに、青蓮佐和子には婚約者がいて、大学を卒業すると同時に、結婚することが決まっているということだった。婚約者といい、卒業してすぐに結婚する運びといい、どこか彼女には現代離れしたところがあり、良家の子女という古めかしい言葉の響きがぴったりする雰囲気があった。

なんでも佐和子の婚約者は、資産家のひとり息子で、しかも将来を嘱望されている秀才ということで、すでに両親を失い、けっして学業優秀とはいえなかった佐伯などにはとうてい太刀打ちできる相手ではない。

あきらめるというのもおこがましい。最初から鼻先でぴしゃりとドアを閉められているようなあんばいで、佐伯は悲しい苦笑に自分をまぎらわすほかはなかったのだ。

何年かまえ、偶然に街で出会った文芸部の友人と、あれこれ話をし、そのなかで佐和子の話も出た。彼女はやはり卒業するとすぐに盛大な結婚式をあげたのだという。

佐伯などが幸せを祝福するといえば、佐和子のほうで迷惑がりそうだが、とにかく彼女が幸せに暮らしていることに、ひそかに安心し満足もしていた。

——それがどうしてあんなところで働いているのだろう？

佐伯にはそのことが不審だった。

そのときのことだ。

ふと前後に何の脈絡もなく、

——さあどうぞ行ってください。そしてあなたの麗しい言葉や、救うに必要な凡ての手だてをつくし、その人を助けてください。

こんな言葉が頭に浮かんできた。

——かくあなたをさし向けるわたしはベアトリーチェ、帰りたいとせつに願う所からやってきました。愛がわたしの心を動かし、このようにものいわしめるのです。

どうしてこんな言葉が唐突に頭のなかに浮かんできたものか？　これは、地獄の辺土《リンボ》にいた詩聖ヴェルギリウスの霊に、「ひとの世の旅路のなかば」で道を失っているダンテを導いてくれるように頼んだというベアトリーチェの言葉であるのだが。

……ダンテは九歳の少年だったころ、父親に連れられてとある銀行家のパーティに出かけ、そこで八歳の少女ベアトリーチェに出会ったのだという。ベアトリーチェは、愛らしく、美しい少女で、明るいスカーレットのドレスを着ていたらしい。

ダンテがベアトリーチェに会ったのは、そのあとただ一度きり、九年後に街ですれちがったことがあるだけらしい。ダンテとベアトリーチェの現世での関係はそれだけのことにとどまり、ベアトリーチェは二十四歳ではかなくみまかってしまう。

ただ、それだけの関係にすぎないのに、ダンテはベアトリーチェのことを『新生』で最大限の言葉で誉めたたえ、ついには『神曲』のなかで彼女のことを自分を天上界に導いてくれる〝愛の天使〟とまで描写し、その名を永遠に歴史にとどめることになるのだが……

3

十階の地裁刑事部に急いだ。

北ウイングの刑事十部裁判官室。

そこで東郷は「神宮ドーム火災事件」を担当している大月《おおつき》判事たちとこれからのことを相談することになっている。

が、なにしろ開廷直前にその裁判の弁護士が殺されてしまったという前代未聞の事件であるだけに、ひそかに密談するというわけにはいかなかったようだ。

十階の中央通路にはマスコミの人間があふれかえっていた。

裁判官室は書記官室に隣接し、応接室と和解室が付いている。刑事十部裁判官室に関していえば、刑事十部・十一部書記官室に隣接していて、(これはすべての裁判官室についていえることだが)書記官室からも裁判官室に入れるようになっている。

裁判官室は三十畳ぐらいの広さで、法廷のない日には、判事ふたりに判事補ひとりがここで執務する。天井まである書棚、ファイルキャビネットなどが目だつ、どちらかというとかた苦しさを感じさせる部屋だ。

それに比して書記官室のほうは一般のオフィスに近いといえるだろう。ここでは書記官や事務官、速記官など大勢の人間が働いていて、百畳ぐらいの広さを擁している。

裁判官は専用の通路とエレベーターを使うことができる。わざわざ中央通路のエレベーターホールまで出なくても法廷に行けるようになっているのだ。

が、中央通路はもちろん、書記官室や、ついには応接室・和解室に隣接する通路にまで、マスコミの人間があふれているのでは専用の通路もなにもあったものではない。どんなに職員たちが制しても、アブの大群がうなりをあげてなだれ込んでくるようなもので、どうにも防ぎがつかない。

佐伯がエレベーターから降りたとたんにわあんという異様な喧騒が押し寄せてきた。

刑事十部裁判官室に入るまでが一苦労だった。

中央通路はマスコミ関係者たちであふれていた。各社の記者、カメラマン、テレビの報道クルー、なかにはワイドショーで見覚えのあるリポーターの顔も混じっていた。

そんなおびただしい数の人間が、佐伯の姿を見たとたん、

「裁判の関係者の方ですか」

「鹿内弁護士が殺されたのをどう思われますか」

「これから裁判はどうなるんですか」

「お話をうかがわせてください」

「うかがわせてください」

どっと一斉に殺到してきたのだ。だれもが殺気だっていた。

「ぼくは部外者です。事件には関係ありません——」

佐伯は叫んで、なんとか逃れようとしたのだが、とうてい逃げきれるものではない。あっという間にもみくちゃにされてしまった。

記者たちが口々に叫ぶのだ。

「お話を聞かせてください」

「どうか一言」

「お願いします」

「お話を——」

「お話」

テレビなどでよくこんな場面を見ることはあるのだが、自分が実際にその渦中に巻き込まれてみると想像以上の凄まじさだ。

美人リポーターとして知られる若い女性が髪の毛を振り乱し、どうかお話をお聞かせください、とわめきながら、いきなりマイクを突きつけてきた。そのマイクがガツンと鼻に当たり、そのあまりの痛さに、このときばかりは、けっして大げさにいうのではなく生命の危険さえ感じた。

佐伯が、痛い、と悲鳴をあげると、美人リポーターはすかさず、お話を、と突っ込んできた。

警備員たちが飛んできて、救いだしてくれたからよかったものの、そうでなければ佐伯はいいように小突きまわされ、とても裁判官室までたどり着けなかったにちがいない。

どうにか裁判官室に飛び込んで、バタンと後ろ手にドアを閉めたときには、

「………」

完全に息があがってしまっていた。

ドアに背中でもたれかかったまま、ハア、ハア、と荒い息をついて、しばらく口をきくこともできない。

そんな佐伯を、東郷と、大月判事のふたりがあきれたように見つめている。

なんとか呼吸をととのえ、遅くなって申し訳ありませんでした、と詫びて、

「いや、それにしても大変な騒ぎですね」

佐伯はため息をついた。

東郷が笑って、

「ひでえ話さ。おれたちもここを出るに出られない始末だ」

大月判事はニコリともしない。苦虫を嚙みつぶしたような顔をして、こうしたマスコミの

バカ騒ぎには、といった。

「なんらかの法的措置を講じる必要があるんじゃないかね。彼らの横暴ぶりには目にあまるものがある――」

いかにも腹立たしげな口調だ。

法的な報道規制など安易に口にしていいことではないが、この人物は本気でそんなことを考えているらしい。

「…………」

一瞬、それに反発する気持ちが動いたが、佐伯はつとめて無表情な顔をよそおい、それをかろうじて胸の底に押し殺した。

これまで、こうしたことで、さんざんしくじりを繰り返してきた。東郷の顔をたてる意味からも、ここはひとつ、おとなしくふるまうべきだろう。

4

大月判事は四十代半ばというところか。厳格というより、気むずかしいといったほうがいい人物で、法曹関係者には、判決のきびしいことで知られている。

佐伯もくわしいことは知らないが、大月判事は、去年の六月まで法務省に出向し、訟務局課長のポストにあったらしい。いわゆる「判検交流」で、けっしてめずらしいことではない。

これはためにする噂にすぎないかもしれないが、大月はそのために自分の出世が遅れたと信じていて、不遇感をつのらせているのだという。

いくら何でもそんなことはないだろうが、大月の判決がほかの裁判官よりもきびしいものになりがちなのは、その鬱憤《うっぷん》ばらしがあるからなのだという説までささやかれているほどなのだ。

もちろん、そんなことは事実ではないだろう。が、そんなことが本気でささやかれるほど、この国の司法が堕落しきっているというのは、まぎれもない事実だった。

この国では司法が立法府や行政府から独立しているというのはたんなるたてまえにすぎない。検事も裁判官も身内の司法行政にがんじがらめに統制されて身動きができない。司法独立の原則は内側から完全に崩壊してしまっているのだ。

日本の司法にあっては最高裁の下した判決は絶対的な前例としてこれに従わなければならない。この前例に従わなかったり、国を被告とする裁判で安易に敗訴などいいわたそうものなら、その判事はそのあとの任地さえおぼつかない始末になってしまう。

日本の刑事裁判はすでに滅んだ、といわれるようになって久しいが、それはたんなる比喩としてではなく、事実としてそのとおりなのである。

佐伯はこの国の司法関係者には愛想をつかしている。東郷ひとりを除いて誰もかれも嫌いだし信用していない。さしずめ、この大月判事など、その嫌いな人間の最たるひとりといえるのだが――

もちろん、そんな感情をおもてにあらわすことはしない。いくら佐伯でもそこまで子供ではない。

大月判事に挨拶をして、ひっそりと椅子にすわった。

そんな佐伯に対して、

「いちおうの話は終わった。どうにもこうにも弁護士が殺されたんじゃ審理の進めようがない。新しい弁護士を被告に早急に見つけてもらうことにして、それまで審理を中断するしかない。どうにもならないよ――」

東郷はそう説明したのだが、すぐに苦い顔になって、

「そちらのほうの話は、まあ、それでいいとして、困ったのは、どうやって大月さんをここから脱出させるか、というそのことだ。どうにもマスコミの連中が強引で手におえない。まさか公判をかかえた大月さんがマスコミの取材に応じるわけにいかない。警備員に強引に排除させるわけにもいかないしな。出るに出られない。何のことはない、せっちん詰めさ」

「通路に出ずに書記官室に抜けたらどうですか」

「それができればいいんだが……」

東郷は、見てみろ、というように、あごをしゃくった。

「…………」

佐伯は席を立って、部屋を横切ると、隣りの書記官室に通じるドアをソッと細めに開いてみた。

書記官室にも何人もの記者たちがとぐろを巻いている。書記官室には受付のようなカウンターがあり、その外にいるかぎりは、そこで働いている人間も記者たちに文句をいうわけにはいかないのだろう。

裁判官室から書記官室に抜けるドアはひとつしかない。もうひとつ、和解室から書記官室に抜けるドアがあるのだが、裁判官室から和解室に直接入ることはできない。いったん通路に出なければならないのだが、そこにも大勢の取材陣がつめかけていることは、ついさっき佐伯自身が身をもって体験しているとおりだ。

「なるほど、どうにもならない」

佐伯は苦笑し、席に戻って、

「それにしてもずいぶんマスコミの連中、興奮しているみたいですね」

「そうでなくても『神宮ドーム火災事件』は世間の注目を集めている。その注目を集めている事件の公判直前に弁護士が妙な殺され方をしたんだ。マスコミが興奮するのも無理はないだろうさ」

と東郷はそういい、

「まだ解剖の結果も出ていない。はっきりしたことはなにもわかっていないんだ。マスコミが変におさき走って殺人事件と裁判とを強引に結びつけるような報道をしなければいいんだけどな」

ふいに大月判事がうなり声をあげて、そんなことをしようものなら、と吐き捨てるようにいった。

「裁判所としては正式に抗議する。けしからん。マスコミに勝手な真似はさせん」

本気で憤慨しているようだ。そのいかにも癇性そうな顔に、ぎらぎらと目を光らせ、唇を真一文字に引き結んでいた。

「わたしのことなら心配していただかなくてもけっこうです。マスコミが引きあげようとしないなら、引きあげるまで、ここでこうしてがんばっているだけのことだ。どうぞ、おふたりともお引きとりください」

要するに大月判事は、もう出ていって欲しい、と言外にほのめかしているらしい。マスコミに対するいらだちを目のまえのふたりにぶつけたということだろう。

非礼といえば、こんな非礼な話もないが、裁判官にはえてして世間知らずなところがあり、ときにこうした子供じみたふるまいに出ることもめずらしくない。

「……………」

佐伯と東郷は顔を見あわせ、たがいに苦笑を隠しながら、立ちあがった。

裁判官室を出るとき、ふたりは「失礼します」と挨拶をしたのだが、大月判事はそれにさえまともに返事をしようとはしなかった。

——もしかしたら……

と、これは後になって佐伯が思ったことだが、これ以降、大月判事は死ぬまで一言も口をきくことがなかったのではないか。

それというのも大月判事はこの夜のうちに首を絞められ殺されてしまったからだ。

「神宮ドーム火災事件」の公判がひらかれることになっていた第「532」号法廷の被告人席にすわって、ひとり、ひっそりとうなだれるようにして死んでいるのが発見されたのである。

右の者に対する殺人死体遺棄被告事件について、当裁判所は、検察官、弁護人の各出席のうえ審理を遂げ、次のとおり判決する。

獅子の罪
（異端と暴力）

第九歌

1

代行検視によれば大月判事の死亡推定時刻は午後七〜八時ごろだという。

佐伯たちが裁判官室で大月と別れたのが（時計を見たわけではないが）やはり七時になるかならないかという時刻だった。

つまり大月判事が殺されたのは佐伯たちと別れた直後ということになるだろう。

被告人席にすわり、うなだれるようにして死んでいたという。

背後からヒモ状のもので頸部を絞められていた。——顔面にチアノーゼが顕著であり、眼《がん》瞼《けん》眼球血膜に溢血点が見られ、頸部の軟骨が骨折していた。剖検《ぼうけん》の結果を待つまでもなく、死因が窒息であることは明らかだった。

まだ死亡直後のことで、いわゆる絞痕《こうこん》が明確には出ていないが、直径五ミリ程度の紐を二重に巻いて絞殺したものと思われる。頸部の表皮から紐の繊維を採取することはできなかったが、おそらく〝成傷物体〟は電気コードのようなものではないかと推察される。

遺体の第一発見者は法廷警備員である。

午後八時をまわっても、警察の「公衆控室」の現場検証は終わっていなかった。当然、五階法廷階には大勢のマスコミ人が待機したままで、精力的とも、あつかましいともいえる取材がつづいていて、警備員たちはその対応に追われていた。

そんな騒ぎのなか、警備員の某は、ふと第「532」号法廷にマスコミの人間が入り込んでいるのではないか、そう思ったのだという。

いうまでもなく、鹿内弁護士が殺されるなどということがなければ、第「532」号法廷では「神宮ドーム火災事件」の公判がひらかれたはずであり、そんなことからマスコミの人間がこの法廷に興味を持ったとしてもふしぎではない。

もちろん法廷に入り込んだからといって、それが何の罪になるわけでもないが、要するに警備員の某は傍若無人なマスコミ陣にむかっ腹をたてていたということなのだろう。

法廷のドアには覗き窓がある。警備員はその窓から法廷のなかを覗いて――

暗闇のなかにうっすらと人影がうずくまっているのを見たのだった。

こんな暗いなかで明かりもつけずに何をしているのだろう？　警備員はそのことに不審をいだき、法廷に入り、明かりをともしたのだという。そして遺体を発見することになったのだ。

法廷と傍聴人席とを仕切る柵に接するようにして被告人席のベンチ様の椅子がある。

大月判事はその被告人席にすわり、あごを胸に深く埋めて、うなだれるようにして死んでいた。

奇妙なのは大月判事が黒い法服を着用して死んでいたことである。

法廷での法服の着用は義務づけられているが、それ以外のときに判事が法服を着用するという習慣はない。もちろん佐伯たちが裁判官室で話をしたときには大月判事は法服など着ていなかった。——それなのに、どうして夜のそんな時刻に大月判事はわざわざ法服に着替えて第「532」号法廷などに行かなければならなかったのか？

いや、妙といえば、そもそも大月判事がど、う、や、っ、て、第「532」号法廷に行くことができたのか、それこそ妙なことの最たるものであるかもしれない。

地裁の五階には、警察関係者やマスコミ関係者が大勢残っていたのだが、その誰ひとりとして大月判事が第「532」号法廷に入るのを目撃した人間がいないのだ。

裁判官室には、法廷に通じる専用通路、専用エレベーターがあり、裁判官席の後ろに専用の出入口のドアがある。なにも正面のドアから法廷に入る必要などないではないか——といわれれば、まさにそのとおりであるのだが、十階の「刑事十部裁判官室」のまわりにも大勢のマスコミの人間が押し寄せていたことを忘れてはならない。

「刑事十部裁判官室」を出るのには三通りの方法がある。

裁判官室のドアから出る。裁判官室に付属している応接室から出る。裁判官室に隣接する「刑事十部・十一部書記官室」を抜けて出る……以上の三通りである。

が、裁判官室、応接室に面した通路には（本来、ここは立ち入り禁止の場所であるのだが）マスコミの人間が大勢いたし、書記官室にも十人以上もの人間が待機していた。

現に、あのあと「裁判官室」を出た東郷と佐伯のふたりは、殺到する取材陣にもみくちゃにされてしまった。とりわけ東郷は公判を担当する検事であるために、取材記者たちにとり囲まれ、身動きができず、結局、佐伯ひとりがその場を離れざるをえなかったほどなのだ。ふたりにしてからがそうだった。マスコミは貪欲でけっして狙った獲物を逃そうとしない。ましてや、取材陣の狙いは裁判官からコメントを取ることにあり、その肝心の相手を見逃すなどということは絶対にありえない。

それなのに十階にいた取材陣は誰ひとりとして裁判官室から出る大月判事の姿を見ていない。つまり大月判事は裁判官室から出ていないと見るべきなのだが——

それにもかかわらず大月判事が第「５３２」号法廷で死んでいたのはまぎれもない事実なのである。これをどう考えるべきなのか？

ただでさえ「神宮ドーム火災事件」の裁判は世間の関心を集めている。その関心を集めている事件の、しかも公判がひらかれる当日に、その裁判を担当している弁護士、裁判官のふたりがあいついで殺されたのだ。これほどセンセーショナルな事件もないだろうし、これが偶然に起こった事件だなどとはとうてい考えられない。だれの目から見ても、これがなにか裁判に関連して引きおこされた連続殺人事件であることはあきらかだった。

しかも――

鹿内弁護士が殺された事件では、どうやって犯人は凶器を「公衆控室」に持ち込んだのかという謎があり、大月判事が殺された事件では、どうやって被害者が第「532」号法廷まで行ったのかという謎がある。

そもそも、まだ終わってもいない裁判の、弁護士と裁判官が殺害されなければならない、どんな動機があるというのだろう？

マスコミがこの不可解な連続殺人事件に色めきたち、熱病にかられたように報道合戦をくりひろげることになったのは当然のことだった。

が、警察としてはマスコミのようにただ無責任に興奮してばかりはいられない。

こともあろうに司法の象徴ともいうべき東京地裁で、弁護士と判事があいついで殺され、しかも大月判事殺害にいたっては、そのすぐ目と鼻の先の「公衆控室」で現場検証がおこなわれていたまさにそのときに犯行がおこなわれたのだ。

これが司法に対する重大な挑戦でなくて何だろう？　その夜のうちに、所轄署に「東京地裁連続殺人事件」の捜査本部が設置され、異例ともいえるほどの多数の捜査員が動員されることになった。

しかし、ここに——

その熱狂の渦のなかにあって、ひとり、（台風の目のように）ひっそりと孤独にたたずみながら、事件の核心にせまるのを強いられている男がいる。

警察もマスコミもついにこの事件の本質にせまることはできないだろう。

それというのも、この事件の本質は、人間界というより、むしろダンテ『神曲』の凄絶な〝地獄〟に根ざしていて、その犯行も動機もとうてい常人の理解のおよぶところではないからだ。

おそらく、この男だけが——佐伯神一郎だけが、ただひとり、事件の本質にせまることができるのではないか。

それが選ばれたからなのか、あるいは関係妄想の症状からなのか、それは佐伯自身にもどうにも判断のつかないことではあるのだが。そして彼自身はそのことになにか暗い宿命めいたものを覚え、得体の知れない不吉な予感に、むしろ恐れおののいているのだが。

2

……代々木のアパートに帰ってきたときにはすでに十二時をまわっていた。

帰宅の途中、深夜まで営業している書店に寄って、建築関係の本をあさった。藤堂俊作のことが載っている本を見つけようとしたのだが、それが思いのほか手間どって、こんな時刻になってしまったのだ。

「日本のポスト・モダン」という評論集のなかで藤堂俊作の建築が論じられているのを見つけた。名前を知らない著者だったが、とりあえず藤堂という人物を知るとっかかりにさえなれば、その著者がだれであろうとかまわない。

その書店には総合誌の「K評論」のバックナンバーがそろっていた。そのうちの一冊、昨年の七月号に、新道惟緒の評論が載っているのを見つけ、ついでにそれも購入した。

帰りの電車で「K評論」の新道の評論から読みはじめた。〝交差する権力〟という題名の評論で、これは佐伯がうかつだったのだが、どうも何回か分載されたうちの一回らしい。

前回でも記したように法務本省の幹部はすべて検事で充てられているといっても過言ではない。このような検事は充検《あてけん》と呼ばれている。検事の定員に入っていないにもかかわらず、検事の給与を受けとる、エリート中のエリートといっていいだろう。法務次官、検事長、次長、検事総長などに昇進する人間には、こうした法務本省の各ポストを歴任した者が多い。

検察庁と法務本省とは、あくまでもべつの組織であり、また、そうでなければ「検察」の独立などありえない。にもかかわらず、こうしたかたちで、検察庁と法務本省とが公然と癒着していることにはやはり問題が多いといわなければならない。

また充検の一部には、裁判所から若干名の判事が配属されていて、いわばその見返りとして、最高裁判所事務総局のポストに検事が出向するということも公然とおこなわれている。「判検交流」といえば聞こえはいいが、これははっきりと「司法の独立」に反する事態といっていい。

これがどんなに不都合きわまりないことであるかは、たとえば公害裁判などで、国が被告となることが多いのを思えば一目瞭然であるだろう。

昨日まで法務省訟務局のポストにあって、「公害裁判」を国側に有利に導こうとしていたその同じ人間が、今日は裁判長となって「公害裁判」の判決を下すというのである。こんなことで、はたして「公正な判決」が望めるものかどうか？　誰が考えてもその不当性は明らかではないか。事実、「公害裁判」などで、極端に国側に有利な、ほとんど非常識といっていい判決が出ていることは歴史の示すとおりである。

このように「判検交流」は、検事、および裁判官の独立を損なうものであり、ここにこそ、「司法の独立」という言葉がほとんど形骸化している最大の原因が求められなければならない……

分載されている評論を途中から読みだすということに無理があるのだろう。そもそも何を論じようとしている評論なのか、要領をえないうえに、自分が検事である佐伯には充検の問題などいまさら目新しいことでも何でもない。新道の評論を読むのはあきらめて、「日本のポスト・モダン」のほうを開いた。

こちらはおもしろかった。

読むのをやめられなくなり、帰宅してもそのまま読みつづけた。

今日はあまりにいろんなことがありすぎて、心身ともにくたくたに疲れきっていたのだが、読みつづけるのをやめることはできなかった。

その著者によれば藤堂俊作は〝不在の建築家〟なのだという。

逆説的にいえば、藤堂俊作という建築家は、〝オリジナルの不在〟にオリジナリティを見いだし、〝テーマの不在〟にテーマを求めている、ということになるらしい。

その著者はこう主張するのだ。

……すでに現代の建築からはテーマがうしなわれて久しい。オリジナリティなどというものはどこにも発揮される余地がない。それは必ずしも建築家が無能だからではない。この現代という時代そのものがテーマを喪失し、オリジナルを必要としない時代なのである。

凡庸な建築家には、そのことを直視する力もなければ勇気もない。どこまでも自分の古臭いオリジナル幻想にしがみついて、その結果、その建築は稚拙《ちせつ》な模倣にとどまってしまう。

が、ひとり、藤堂俊作だけは違う。模倣を恐れず、引用をためらわない。

ありとあらゆるものを模倣し、引用することで、すべてのものはその本来の意味を失い、たがいに等価値なものになって、たんなる記号と化してしまう。模倣され、引用され、新たな文脈に投げ込まれることで、そこにはべつの意味が発生せざるをえない。

藤堂俊作の建築では、そのことこそが注目されるべきであって、引用そのものは恣意《しい》的なものでしかない。そして、そのことこそが藤堂のいただく栄冠であり、真に天才の名を与えられるべき根拠なのである……

これがこの著者の、建築家としての藤堂俊作に対する評価であって、それ自体はいいふるされたポスト・モダンの文脈にのっとっているにすぎない。

〝テーマの不在〟が藤堂俊作のテーマであるとすれば、その建築に〝空白〟を読みとった佐伯の印象は、期せずして的を射ていたことになるだろう。しかし……

佐伯はその論調になにか釈然としないものを覚えた。

――違うのではないか。

そう思う。

どこがどう違うと具体的に指摘することはできない。が、この著者はかんじんなところで藤堂俊作という建築家の本質を読みちがえている、という気がした。

——これは違う。こんなところに藤堂俊作の本質はない。何の根拠もないことだった。が、それは佐伯の胸のなかでほとんど確信めいて揺るがなかった。

藤堂俊作がなにを考えて建築という仕事をつづけていたのか、それを知ることが藤堂の行方を追う、なによりの手がかりであるような気がした。

なにが違うのか、そのことを考えようとして、本を置いて、ごろんと畳のうえに横になった。

ぼんやりと天井の一点を見つめる。

藤堂の建築物を写した写真パネルのことを思いだそうとする。おそらくそこに藤堂俊作という建築家のすべてがある。

が、なにかを考えるには、あまりにいまの佐伯は疲れすぎているようだ。

思考はいっこうに凝縮しようとせず、ただ、とりとめのない思いがぼんやりとひろがるだけなのだ。

その思いのなかに青蓮佐和子の姿がにじんでいた。

佐和子は、風に吹かれながら、しょんぼりと心細げにたたずんでいた……

卒業してすでに十年が過ぎている。佐和子が結婚したと聞いてからはなおさらのこと、その思い出（ともいえないほどはかないものだが）を記憶の底に沈めて、いまではもうすっかり忘れてしまっていた。いや、今日、思いがけず佐和子の顔を見るまでは、忘れてしまっていたとそう思い込んでいた。

が、忘れてはいなかった。忘れることのできない人だった。

佐和子の結婚がいまも平穏につづいているとは思えない。佐和子の夫は資産家の息子だと聞いているし、一流商社に勤務するバリバリの商社員だとも聞いている。結婚生活が平穏につづいているのであれば、なにも佐和子があんなファースト・フードの店で高校生たちに混じって働くことはないはずだ。夫と死別したのか、それとも離婚でもしたのか、いずれにせよ生活に追われているからこそ、あんなところで働いているのだろう。

――だからどうだというんだ？

自嘲まじりにそう自問した。

――いまのおれには人を好きになる資格などない。

口に出してしまえば愚かしくメロドラマめいて聞こえるが、これが佐伯のいつわらざる実感だった。

精神状態に自信がないし、検事を辞めることを考えていて、これから生活が不安定になるかもしれない。そんな人間にどうして人を好きになることなど許されるだろう。

いまの佐伯は遠くから佐和子の姿を見ているしかない。ちょっぴり悲しげに、甘酸っぱい青春の感傷を胸の底にひめて。

そんな佐伯の思いのなか、佐和子はひとり、風に吹かれてたたずんでいる。ほんのわずかな距離、手を伸ばせばとどきそうなところに。が、佐伯は手を伸ばそうとはしない。そうしないと心に決めたのだから。佐伯と佐和子とのあいだには風が吹いている。風のほかはなにもない。それ以外にはなにも望まない。望んだところで虚しい。佐和子がゆっくりと振り返る。佐伯の顔を見て淋しげに微笑んだ。そして口のなかでつぶやいた……

いや、つぶやいたはずだったのだが、それは思いもかけない大音響となって、佐伯の頭のなかにとどろいたのだった。

神宮ドームの事件には隠された犯人がいる。その犯人のためにこれまで何人もの人が死んでこれからも何人もの人が死んでいくことだろう。もし人間が自力でその犯人を裁けないのであれば、やむをえない。自分が裁かなければならない。正義は果たされなければならないのだ！

佐伯は悲鳴をあげてはね起きた。脂汗をべっとりかいていた。いつのまにか、うたた寝をしていたらしい。夢をみていた。いや、あれはほんとうに夢だったのか。その声はいまも頭のなかにいんいんとこだまを残しているではないか。

そのこだまがしだいに現実の電話のベルにとって代わっていった。電話は鳴りつづけている。

のろのろと体を起こし、受話器を取った。

「はい、佐伯です」

その声が自分でも気がひけるほどしゃがれていた。

が、相手は佐伯の声がどうであろうとそんなことは気にしていないようだ。それどころではないらしい。

「おれだ、東郷だ——」

そう噛みつくような声でいって、

「おい、ニュースを見たか」

「は？　いえ、いま部屋に戻ってきたばかりなものですから」

「テレビをつけてみろ。どこの局も特別報道で大騒ぎしている」

「…………」

「おれたちと別れたあとで大月さんが殺されたんだよ。どうやらおれたちが、生きている大月さんと会った最後の人間になるらしい。おまえのところにもすぐに所轄のほうから連絡があるはずだ」

「…………」

「おい、聞いているのか。もしもし、もしもし――」

「…………」

聞いている。

が、いまの佐伯は、これが現実のことなのか、それとも夢のつづきででもあるのか、その判断がつかないまま、ただ呆然とするほかはないのだった……

3

翌朝六時――

佐伯は、ひとり、明治通りが高速四号新宿線と交差するあたり、その渋谷方面側の歩道にたたずんでいた。

これから東郷といっしょに「東京地裁連続殺人事件」捜査本部のある所轄署におもむくことになっている。ここで東郷が車で拾ってくれる約束になっているのだ。

霧が濃い。

どこかでなにか巨大なものを燃やしているように、霧はとめどもなくもくもくとたちのぼり、視界を厚く閉ざしているのだ。ビルも、街路樹も、朦朧《もうろう》とかすんで、その霧のなかをしだいに後ずさりしているように感じられる。

明治通りに交差しているはずの首都高の高架は、その輪郭さえ見ることができない。ただ、のろのろと走る車のヘッドライトが光暈となってにじんで、霧の粒子の一つひとつをけぶるように浮かびあがらせるのが、かろうじて見えるだけだ。

——なにも見えない。明るいがこれは闇なのだ……

ふとそんなことを思う。これは真っ白な闇なのだ。

霧は濃くたちこめて佐伯の視線を冷淡にはばんでいる。その霧の底になにがあるのかそれを見さだめたいと思う。

いつしか体は前のめりに傾いていき、霧をジッと見透かす姿勢になる。

「…………」

が、そうやって霧を凝視しながら、佐伯が考えているのは殺された鹿内弁護士と大月判事のことなのだ。

あのふたりはどうして殺されたのか？　昨夜、大月判事が殺されたと聞いて以来、そのことばかりを考えている。考えつづけてついにわからない。

きのう、大月判事と会ったかぎりでは、鹿内弁護士と個人的に親しいという印象は受けなかった。法廷を離れて、個人的に親交があるのであれば、鹿内弁護士が殺されたことに、(悲しむなり悼《いた》むなり怒るなり）もうすこし違う反応を見せたろう。あのとき大月判事が気にしていたのはもっぱらマスコミのことだけだった。

もちろん、これから捜査員によって被害者周辺の聞き込み捜査が慎重に進められることになる。ふたりが個人的に知りあいであったかどうか、それは捜査の結果を待ってから判断すべきで、いまの段階で早急に決められるべきことではない。

が、仮に、ふたりに個人的な関わりがなかったのだとしたら、その唯一の接点は「神宮ドーム火災事件」の裁判だけということになる。それはとりもなおさず殺害の動機も「神宮ドーム火災事件」に求められるということになるだろう。

鹿内弁護士の事件にも大月判事の事件にも不可解なことが多い。

鹿内弁護士を殺した凶器はいかにして「公衆控室」に持ち込まれたのか？

あれほどのマスコミの重囲のなか大月判事はいかにして十階の「裁判官室」から五階の第「532」号法廷まで行くことができたのか？

マスコミで報じられ、世間のこの事件に対する興味を大きくあおっているのは、この二つの謎に収斂《しゅうれん》されることになるだろう。

が――

佐伯にとって、なにより不可解なのは、どうして、鹿内弁護士、大月判事のふたりは東京地裁で殺されなければならなかったか、というそのことなのだ。

鹿内弁護士が殺された「公衆控室」には大勢の傍聴人がいた。大月判事が殺された第「532」号法廷にいたっては、すぐ目と鼻の先の「公衆控室」で大勢の捜査員たちが現場検証をしている真っ最中だった……

どうして犯人はわざわざ危険をおかして、そんな場所での犯行におよんだのだろう？　佐伯にはそれがわからない。――劇場型犯罪、と呼ぶのはたやすいが、たんに自己顕示欲だけからそれほどの危険をおかせるものではない。犯人はそうすることで、いったい何を世間に示したかったのか。

――犯人にはどうしても鹿内弁護士と大月判事のふたりを東京地裁で殺さなければならなかった理由があったのではないか。

そうとしか思えない。

そして、このふたりの接点が「神宮ドーム火災事件」にのみあるのだとしたら、犯人が東京地裁で殺人を犯さなければならなかった理由も、やはりそこに求められなければならないのではないか。

多分、重要なのは、動機なのだ。どうして鹿内弁護士と大月判事が殺されたのか、その動機を突きとめることにある。――それがそのまま、どうしてふたりは地裁で殺されなければならなかったのか、という謎を解くことになる。そんな気がしてならない。

これは何の根拠もない、直観ともいえないようなことだ。

が、佐伯としては、それを藤堂俊作の失踪に結びつけて考えたいのだ。

いや、藤堂がみずからの意思で失踪したとはかぎらない。なんらかの事件に巻き込まれ（みずからの意思に反して）姿を消したということだってありうるだろう。極端なことをいえば藤堂はすでに死んでいる可能性さえ絶無とはいえないのだ。

失踪ということを抜きにしてもすでに藤堂俊作という存在そのものが一つの大きな謎ではないか。

ポスト・モダンの旗手と称され、その作品は逆説的に〝テーマの不在〟をテーマにうたい、おびただしい〝引用〟と〝模倣〟に華麗にいろどられている。

アール・ヌーヴォーの装飾、ギリシア神殿のレリーフ、バロック建築の歪んだイメージ、平安時代の寝殿造り様式などが、それこそ恣意的に、たがいに何の脈絡もなしに無造作に引用されているのだ。

そして引用され、模倣されることで、すべてのものはその歴史的な意味を失って、のっぺりと等価なものにならざるをえない。

どこまでも〝オリジナルの不在〟、〝テーマの不在〟を追いつめて、その結果、そこに現出してくるのは、この〝現代〟という時代性、すでにすべての意味は失われてしまっているという巨大な〝空白〟そのものといえるだろう。

批評家たちはまさにその点に藤堂俊作という建築家の斬新さと才能を見いだして評価しているということらしい。

が——

佐伯にはそれだけでは藤堂俊作という建築家のすべてを説明したことにはならないのではないかという思いがある。

それだけではない。そんなことではない。藤堂という男には、ポスト・モダンの軽やかな表層に覆われて、その底に隠されたなにかがある。

そして、これは佐伯の漠然とした勘にすぎないのだが、そのなにかは佐伯にも通底したものであり、おそらく、そのキーとなるべきものはダンテの『神曲』であるはずなのだ……

4

——おまえと藤堂はいわば似た者同士というわけだ。戯言《たわごと》に思えるかもしれないけどな。『神曲』の好きなおまえならあいつが何を考えているかもわかるんじゃないか……

東郷はそういう。

佐伯はかならずしも自分と藤堂とが似ているとは思わない。少なくとも自分は藤堂のような天才ではない。

が、ふたりは、いわば『神曲』という巨大な惑星を中心にし、おなじ軌道をたどる双子衛星のようなものではないだろうか。一方はもう一方の重力をひしひしと感じざるをえないのだ。佐伯はしだいに藤堂という男の存在を感じるようになっている。

藤堂の部屋で見つけた全裸のルチフェルの写真を思いだした。あの写真の裏に記されていた、襲いかかる狼ども、という言葉を思いだした。

襲いかかる狼どもの敵なる羔《こひつじ》として、私が眠っていたあのうるわしい欄《おり》から、私を閉め出す残忍に打ち勝つことあらば、

そこに傍線が引かれてあった。

藤堂にとって「襲いかかる狼ども」という言葉はなにを意味しているのか？

『神曲』の第一歌では、豹、獅子につづいて、狼が行く手に立ちふさがり、ダンテが丘を登ろうとするのをさえぎるのだが。──寿岳文章によれば、エレミヤ書に「森の獅子かれらを殺し、荒地の狼かれらをいため、豹かれらの町々を窺う」とあり、中世以来、豹は肉欲の、獅子は高慢の、狼は貪婪《どんらん》の象徴とされてきた、ということでもあるのだが。

藤堂にとって、「襲いかかる狼ども」という言葉は、たんなる〝貪婪〟の象徴をこえ、なにか具体的になまなましい恐怖の対象ではなかったのか。その恐怖心のあらわれがあの傍線

となったのではないか。

佐伯はそんなことを思う。

そして、なにより——

どんな暗くて途方もない情熱が、藤堂をして、この世に巨大な〝空白〟と〝虚無〟を現出せしめる、ああした建築物を設計しつづけることに駆りたてたのだろう？

——藤堂俊作を見つけることだ。藤堂を見つければすべての謎が解きあかされる。

佐伯はあらためてそう思う。

もともとは東郷に依頼されてやむをえず引き受けたことだった。

が、いまの佐伯は、藤堂を見つけることはそのまま、自分自身の（精神を病んで）崩壊しかかっているアイデンティティを見いだすことでもあるような、そんな気さえしているのだった……

しかし、それにしても、

——霧が深い。

あまりに深すぎるではないか。

もうもうとたちこめる霧は、空の一点まで上昇し、そこで力つきたようにひっそりとなだれ落ちる。そのために霧は頭上でいっそう濃さを増し、目深にかぶる帽子の庇《ひさし》のように、深々と佐伯の視界を覆っているのだ。この霧のなかではなにも見ることができない。

どこからか車が急ブレーキをかけるけたたましい響きが聞こえてきた。

それがふと佐伯に『神曲』〝地獄篇〟の第九歌を連想させた。復讐の女神たちのおめきを思いださせた。

地獄の下層の入り口——そこには悪臭たちこめる沼にとりかこまれて悲愁の町《ディーテ》があるのだという。霧が濃い。その悲愁の町の高い望楼に、復讐の女神たちが立ちあらわれ、ダンテに向かい口々にこう叫ぶのである。「メデューサに来させて、彼奴《きゃっ》を石に変えよう」……

急ブレーキの響きから復讐の女神たちのおめきを連想するのは異常なことではないだろうか。そう、たしかに異常なことだ。

何でもないことにことさら意味を見いださずにいられないのは〝関係妄想〟の典型的な症状といわれている。

なにかというと『神曲』を連想し、その妄想に放恣《ほうし》に思いをはせるのは、自分をあえて精神障害に追いやることにほかならない。

いましめなければならないことだ、と思う。

が、そう思う一方で、いっそおれは石に変えられてしまったほうがいいのではないか、とそんなならちもないことも思う。

このまま藤堂の行方を探しつづけるのはいわば深い霧のなかをどこまでも踏み込んでいくのに似た行為であるだろう。そして、その霧の底にどんなものが待ちかまえているのか、それは想像を絶することなのだ。

そこに、佐伯が、いや、人間の誰ひとりとしてその存在を予想していなかった、とてつもないモンスターがひそんでいないと誰が保証できるだろう?

そのモンスターに出くわしたが最後、もう佐伯はそれまでの自分と同じではいられなくなるのではないか。永遠に変わらざるをえないのではないか。そのことが恐ろしい。そんなモンスターに出くわすよりも、いっそいますぐここで石に変えられてしまったほうがいい。

――ふとそんな愚かしい思いにかられてしまうのだ。

そんなことを思うのもたちこめる霧があまりに、そう、あまりに深すぎるからだった……

その霧にヘッドライトの明かりがにじんでタイヤのきしむ音が響いた。ドアを開閉する音が聞こえ、ボウと人影が浮かんだ。その人影が移動するにつれ、船が水泡を曳《ひ》いて進むように、霧の粒子がゆるやかに渦をえがいて動いた。

霧のなかに東郷の顔が見えた。東郷のほうでは佐伯の姿に気がついていないらしい。

「おい、佐伯、そこにいるのか」

そう囁くようにいった。

佐伯がすぐには返事ができなかったのは、そのときの東郷がひどく心細げで孤独な表情に見えたからだ。

――おれもあんなふうに心細げで孤独な表情になっているのにちがいない。

佐伯は痛切にそう思った。

霧が人を孤独にさせるのではない。そうではないのだ。霧はただたんに、人に自分が孤独であることを思いださせるだけのことなのだ……

第十歌

1

……佐伯と東郷のふたりは、裁判官室で大月判事と別れたときのことを警察に話すのを求められた。

が、たんにそれだけのことなら、刑事が話を聞きにくればいいことで、なにも佐伯たちのほうから所轄署に出向く必要はない。

東郷のほうから捜査の状況を知りたいと「東京地裁連続殺人事件」の捜査本部長に強引に申し出たのである。

捜査本部長は即答を渋ったらしい。

それというのも、慣例によって、所轄署の署長が捜査本部長になり、やはり所轄の刑事課長が捜査主任になってはいるが、実際に捜査を動かすのは本庁の捜査一課だからだ。検察庁、裁判所にも増して、警察は徹底して官僚システムにつらぬかれ、おかざりの本部長としては本庁捜査一課に気がねせざるをえない立場にある。

たしかに東郷は「神宮ドーム火災事件」の公判を担当していて、その裁判長、弁護士のふたりが殺されたことに興味を持つのは当然のことではある。

が、それでも東郷が公判部の検事であることには変わりなく、公判検事が捜査の現場に顔を出すのは異例のことなのだ。そして、それがどんなことであれ、前例のないことは徹底して忌避《きひ》するのが、官僚システムというものだった。

煮えきらない署長に業をにやし、「捜査本部係」検事に口添えしてもらって、ようやく捜査員に捜査の概況を説明してもらうまでにこぎつけた。

それが朝の七時という異例の早い時間になったのは、八時から始まる捜査会議のまえにして欲しい、という本部の希望があったからで、じつのところ、ていのいい嫌がらせにちがいない。

湿度が高いからか、すでに九月も終わりというのに、異常に暑い。

ムッと汗ばむ暑さに東郷は背広の上着を脱いで腕にかけていた。

不快げな表情を隠せないのは、その蒸し暑さもさることながら、警察の隠微な嫌がらせに内心、腹をたてているからだろう。

「東京地裁連続殺人事件」を担当しているのは捜査一課の六係である。

佐伯たちに対応したのは六係の若い刑事だった。

「鹿内弁護士、大月判事、おふたりの遺体は今日の午後に解剖《ひら》くことになっています。解剖の結果はわかりしだいお知らせするということです」

「わかった、そうしてもらう——」

と東郷はうなずいて、被害者の遺体を見たい、とそう申し出た。

「………」

東郷のあとにしたがいながらも、佐伯は東郷の真意をいぶかしんでいた。検事は法律の専門家であり、いうまでもなく死体鑑識の知識はない。鹿内弁護士の遺体を見てどうしようというのだろう？

霊安室は署の地下にある。

鹿内弁護士、大月判事の遺体は、司法解剖にまわされてから、遺族のもとに返されることになる。解剖に送られるまでは署の霊安室に安置される。

ふたりの遺体は白い布をかけて並べられ、そのまえに線香の煙がたっていた。

東郷は遺体に軽く合掌し、鹿内弁護士の遺体のほうを見た。

佐伯と、若い刑事のふたりは、そんな東郷に遠慮し、やや離れて霊安室の入り口に立っていた。

東郷はすぐに若い刑事を振り返ると、

「遺体の身につけていたものは事件当時そのままなんだろうね」

そう尋ねた。

「はあ、代行検視のときに、必要に応じてシャツをめくったりはしましたが、ちゃんと元に戻しておいたはずです。いずれ着衣などは解剖のときに正式に本部のほうで保管することになっていますから」

若い刑事はけげんそうだ。

「そうか。そうだろうな——」

と東郷はうなずいて、佐伯に向かって、見ろ、というように、あごをしゃくった。

佐伯は東郷の横に立って、遺体を覗き込んだ。

「どうだ、なにか気がつかないか」

「バッジが」

佐伯は眉をひそめた。

「ありませんね」

弁護士が背広の襟に弁護士バッジをつけるのを忘れることはまずない。それが弁護士の誇りであり、弁護士の身分を証明するあかしでもあるからだ。

が——

鹿内弁護士の遺体はきちんと背広を着ているのに、その襟にはバッジがついていないのだ。

弁護士のバッジは金色で、中央に天秤を配し、そのまわりをヒマワリの十六の花弁がかこんでいるというデザインになっている。中央の天秤は、正義の女神が目隠しをして持っているという、テミスの像の天秤を意味している。

そのバッジが襟についていない。どうしてか？

「大月判事は法服を着て死んでいた。その法服にも裁判所のバッジがついていなかったと聞いている。それが妙に気にかかった。それで、もしかしたら、と思って、鹿内弁護士の遺体を見てみる気になったのさ――」

東郷はそういい、若い刑事のほうを振り返り、

「捜査本部では鹿内弁護士がバッジをつけていないことをどう考えているんだ？」

「さあ、それは――」

若い刑事は面食らった表情になり、首をひねった。

おそらく鹿内弁護士の遺体がバッジをつけていないことにこれまで気がついてもいなかったのではないか。

佐伯はそう思った。

いったん殺人事件が発生すると、現場検証から、地どり捜査、被害者身辺の聞き込み捜査、鑑定処分許可状の請求にいたるまで、ありとあらゆることが捜査員たちの肩にのしかか

ってくる。これから第一回の捜査会議がひらかれるいうのだから、まだ捜査は始まってもいないといっていい。代行検視は終わっても、とても被害者が着ているものにまでは気がまわらない、というのが正直なところだろう。

東郷は遺体に白い布を戻すと、

「鹿内弁護士は弁護士バッジをつけていないし、大月判事も裁判所のバッジをつけていなかったという。どうもわからねえな。こいつをたんなる偶然と考えていいもんかな」

「ぼくは地裁の五階で裁判所のバッジを拾っています。そのことはお話ししましたね。大月判事が裁判所のバッジをつけていなかったのはそのことと何か関係があるんじゃないでしょうか」

「いや、そいつはないだろう。おまえが五階で法服を着た人物を見かけたのは九時ごろのことだろう？　その時間には、すでに大月判事は十階の裁判官室で判事補たちと公判の打ちあわせをしていた。おまえが五階で見かけたのは大月判事じゃないよ。おまえが拾ったバッジは大月判事のものじゃない」

「…………」

佐伯は眉をひそめた。ジッと東郷の顔を見つめた。

2

佐伯が口をひらこうとしたそのとき、背後にドアを開ける音が聞こえた。

三人の男が霊安室に入ってきた。聖歌隊のようにゆっくりと横に並んだ。

霊安室はさして広くはない。その広くもない霊安室が、ふたりの遺体と、ふたりの検事と、四人の警察官でいっぱいになった。

東京地検の刑事部に勤務していればいやでも警視庁捜査一課の人間とは顔見知りにならざるをえない。

ひとりは警視庁捜査一課長の宮内《みやうち》警視、もうひとりは六係係長で、この人物は佐伯も名前を覚えていない。残るひとりが、捜査一課のうち、もっとも佐伯が顔をあわせたくない人物で、やはり六係の主任で高瀬《たかせ》警部補という。

高瀬は佐伯と同い年ぐらい、小太りで、色が白い。温容といってもいい顔だちをしているのに、ふしぎに、接する相手に険しい印象を与える。その眼鏡の下のしわのように細い目がけっして笑うことがないからかもしれない。

「お久しぶりですな、佐伯さん。お体の具合が悪いと聞いて心配していたんですが、もうよろしいんですか」

高瀬が感情のこもっていない平板な声でいった。

「ありがとう、おかげさまで何とか」

佐伯の声もおなじように感情がこもっていない。

高瀬が佐伯のことを心配しているなどとんでもない話だ。そんなことは嘘だ。それどころかそのまま退職すればいい、ぐらいに思っていたはずなのである。

高瀬は佐伯のことを嫌っている。

それというのも、以前、高瀬の捜査した殺人事件を、佐伯が担当したことがあり、そのときにふたりは衝突しているからだ。

こんな事情がある。

高瀬警部補が勾留した被疑者に弁護士が接見を申し入れてきた。高瀬は取り調べ中の被疑者に弁護士が接見することを嫌い、担当検事の佐伯に〝不在〟ということにしてくれ、と内々に依頼してきた。

担当検事が不在という理由から、弁護士に接見拒否をするのは警察の常套手段といっていい。担当検事も警察の求めに応じて〝不在〟になることが多い。

が、佐伯は取り調べに重大な支障をきたさないかぎり、できるだけ被疑者の接見交通の権利は認めるべきだ、という意見を持っている。そして、この場合、弁護士が被疑者に接見するのをこばむだけの相当の理由を見いだせなかった。

佐伯としては高瀬の依頼に応じるわけにはいかなかった……

それ以来、高瀬は佐伯のことを目のかたきにしているのだ。佐伯が健康上の理由から休職したと聞いても、祝杯をあげこそすれ、心配などする道理がない。

「どうもご苦労様です。お話を聞くだけのことでしたら、こちらから捜査員をうかがわせましたのに。いや、事件を担当していらっしゃるわけでもないのに、わざわざ署まで足を運んでいただいて恐縮です——」

宮内警視がいんぎんにそういったが、その言葉はあからさまにトゲを含んでいた。警察関係者は検事が捜査現場に踏み込んでくるのを露骨に嫌う。

「いや、こんなことを検事さんにお願いしていいかどうか。被害者の身内でない人間が霊安室に入った場合には原則として持ち物の検査をさせてもらうことになっています。規則は規則ということで、なにぶんにも間違いがあってはなりませんので——」

「…………」

佐伯は顔色が変わるのを感じた。

そんな規則は聞いたことがない。あまりにもあからさまな嫌がらせだ。それもおそらくは高瀬が指嗾《しそう》して上司にやらせたことだ。

——そんなにおれが憎いのか。

佐伯は頭に血がのぼるのを覚えた。

が、東郷はその不穏な雰囲気を敏感に感じとったのだろう。佐伯が口をひらきかけるその機先を制するようにし、サッと佐伯のまえに出ると、それまで腕にかけていた背広をすばやく着こんで、

「これでいいですか」

ポケットのなかの財布、ハンカチ、小銭、手帳などを取りだし、机のうえに置いて、最後にはポケットの裏地まで引っぱりだして見せた。

宮内警視はそれを一瞥《いちべつ》し、

「けっこうです。どうもお手数をおかけしました——」

平板な口調でいった。

東郷は持ち物をポケットにおさめ、あらためて背広を脱いで腕にかけると、佐伯のほうを振り返った。その視線が、この連中に逆らうな、と告げていた。

東郷に迷惑をかけるわけにはいかない。

佐伯は無言のまま、ポケットのなかのものを取りだし、机のうえに並べたが、その指が屈辱感に震えるのを感じていた。

「…………」

そんな佐伯を高瀬がうっすらと笑いを浮かべて見つめていた。

3

「申し訳ありませんが、これから捜査会議をはじめますので、検事さんたちにはお引き取りいただけませんか。会議に同席していただけばいいのですが、なにぶんにも検事さんたちは部外者ということですので」

ていよく署を追い払われた。

その口調こそていねいだったが、部外者、という言葉に、わずかに力がこもっているのが、宮内課長の気持ちをありありとものがたっていた。

反感を持っているのだ。それも東郷に対してではなく、佐伯に対する反感だった。

おそらく警視庁捜査一課の刑事たちの頭のなかには、警察の捜査に協力的な検事とそうでない検事のリストが入っているのにちがいない。そして協力的でない検事のリストのトップには佐伯神一郎の名が大きくゴシック体で記されているのだろう。

宮内課長の言葉も不快だったが、佐伯にはそれ以上に高瀬警部補の視線のほうが不愉快だった。

高瀬の佐伯を見る目には嘲笑の色がありありと浮かんでいた。口に出してこそいわないが、ざまあみろ、という気持ちがあからさまににじんでいた。

持ち物検査といい、そのあごで追い払うような態度といい、高瀬の佐伯に対する反感はなまはんかなものではないらしい。

佐伯が、〝検事不在〟ということにして欲しい、という高瀬の依頼に応じなかったのは、もう二年もまえのことになる。

それ以来、佐伯に対する怨念を変わらず持ちつづけてきたのかと思うと、その執拗さに、濡れゾウキンで顔を拭かれたような不快さを覚えた。

不快な気分のまま所轄署を出た。

「ちくしょう」

外に出たとたん、それまで抑えにおさえていた気持ちが声になって洩れた。

「気にするな。警察というのはあんなところさ。捜査本部係の検事が捜査会議に同席するのさえうざったいと思っているんだ。おれたちは担当の検事でさえない。それどころか、おれは公判部の検事だし、ましてやおまえは――」

東郷は心やさしく、そこで言葉を切ったが、そのあとに彼が何をいわんとしたかは明らかだった。

――ましてやおまえは、S市の地検への転属が決まっていて、それも精神を病んで、閑職にまわされることが決まっていて、おそらくそこもつとまらずに辞職するだろうと見なされている人間なのだ。

「…………」

佐伯は唇を噛んだ。

自分は水に落ちたイヌなのだ。あらためてそのことを実感した。

検察庁には「検察官一体の原則」があって、しかも警察と癒着《ゆちゃく》し、いつのまにかその捜査の「上塗り補完機関」と堕してしまっている。——それが現在の検察庁のかけ値なしの実態であり、佐伯はいわばそのシステムから落ちてしまった一匹のイヌなのだ。

水に落ちたイヌはたたかれるのが原則であり、たんに高瀬たちはその特権を楽しんで、容赦なく棒をふるっているにすぎない。

——いまに見てろ。

佐伯にはめずらしいことだ。いつになく、そんな昂ったことを思った。

——おれはいつまでもたたかれっぱなしにはなっていない。

それだけ高瀬の嘲笑が骨身にしみて屈辱的なものに感じられたのだろう。

そんな佐伯を気づかわしげに見ながら、気にするな、と東郷はくり返し、タバコをくわえると、火をつけた。

霧は深々と白い。その霧にライターの炎があかあかとにじんだ。

そのとき佐伯の頭に寺山修司の有名な短歌がかすめたのはどうしてだろう。

マッチ擦るつかのま　海に霧ふかし　身捨るほどの祖国はありや

そのときの佐伯には、ここでいわれる祖国が、自分が所属する検察庁を指しているようにも感じられたのだった。

身捨るほどの祖国はありや――

東郷がタバコを勧めてきたが、それには首を振り、

「大月判事も鹿内弁護士もバッジをつけていなかった。どうしてでしょう」

佐伯は東郷に聞いた。東郷はまた背広を脱いでいる。

「さあな、ふたりの被害者がふたりともバッジをつけていない。たんなる偶然とは考えられない。もしかしたら犯人が取ったんじゃないのか」

「どうしてそんなことをしたんでしょう」

「さあな、わからねえよ――」

「…………」

佐伯は東郷の顔を見た。

東郷がわざわざ所轄署を訪れて、鹿内弁護士の遺体を見たのは、バッジの有無を確かめるためだったらしい。それにしては、ぼんやりと気のない返事に思われたが、これはほかに考えることがあったからのようだ。

「そのことはわからねえけどな」

と東郷はくり返し、

「もしかしたら、鹿内弁護士を『公衆控室』で殺した犯人は、そのときに判事の法服を着ていたんじゃないか。──おれはそんなことを考えているんだよ」

「判事の法服を？　どうしてですか」

「凶器だよ。おれは凶器のことを考えているんだ。『公衆控室』で開廷を待っていた傍聴希望者はみんな手荷物を預けて、ボディ・チェックを受けていた。そうだろう？」

「ええ」

「それなのに鹿内弁護士は『公衆控室』で胸を刺されて死んでいた。犯人はどうやって凶器を持ち込んだのかそいつがわからない。だけどな、犯人が判事の法服を着ていたらどうだろう」

「…………」

「法服はだぶだぶで凶器を隠し持つのに都合がいい。そうだろう。警備員たちも相手が判事の法服を着ていればあえてボディ・チェックはしないんじゃないか。そうは思わないか」

「すると東郷さんは──」

佐伯は東郷の顔をジッと見つめた。

「ぼくが五階で見かけたあの法服を着た人物が犯人だったというんですか」

「そいつはわからない。警備員たちに鹿内弁護士が殺されたときの状況を聞いてみなければはっきりしたことはいえないさ。だけど可能性としては充分に考えられることじゃないか」

「そのことと被害者ふたりがバッジをつけていなかったこととは何か関係があるんでしょうか」

「そいつもわからねえ。わからねえんだけどな——」

東郷はどこか投げやりな口調でそういい、短くなったタバコを指ではじいた。

タバコは火の粉を散らしながら飛んだ。歩道に落ち、霧に濡れて、すぐに消えた。

4

「おれはこれから地検に行く。神宮ドームの火事を写したビデオがある。午後からそいつを検証することになっている。法廷に提出しなければならないビデオだからな。もっとも裁判長と弁護士が殺されたんでは裁判の行方もどうなるかわからないけどな——」

東郷はやや自嘲するようにそういい、どうする、いっしょに行くか、と聞いた。

いえ、と佐伯は首を振って、

「なにしろ休職中ですからね。朝から地検に顔は出しにくいですよ。午後にこっそりうかがいます」

「そうか。どうせ車だ。どこか行くところがあったら最寄りの駅まで送るぜ」

「いえ、そこらでコーヒーでも飲んで帰りますから」

「わかった。午後に地検で会おう」

「はい」

「じゃあな」

東郷は軽く手を振ると駐車場のほうに去っていった。

佐伯は東郷を見送った。

その後ろ姿が影になって霧のなかに揺れてたゆたい――フッと消える。

「………………」

そのときになって佐伯は風が吹いているらしいことに気がついた。

風を感じたわけではない。

なにも感じない。

が、それでも風は吹いているのだろう。

そうでなければこんなふうに霧が移動するはずがない。

霧が重くゆるやかにひだをなしながら一方に移動しつつあるのだ。頭上はるかにのしかかって、そこでかろうじて均衡をたもつのだが、それもほんの一瞬のことで、すぐにその重みに耐えかねたように、ゆっくりとなだれ落ちる。そして、そのなだれ落ちた霧のかたまりが、ゆるゆると崩れてひろがり、その端から、一筋、二筋、(蚕が糸を吐くように) 白い触手がのびて、それが徐々に動いていく。

風は感じない。それなのに霧だけが動いている。

それをべつだん不審とも思わずに、

「………」

佐伯はただぼんやりと見るとはなしに見ている。

なにか頭のなかが急にからっぽになったように感じる。冷えびえとした、その空虚さが耐えがたい。

所轄署の横手から裏にかけては駐車場になっている。そこにも霧がたちこめているのだが、その霧は暗灰色に沈んで、全体にもうろうとした影のようになっている。――そこには何台もの、あるいは何十台もの車がとまっているはずなのに、一台も見てとることができないのだ。

頭上からなだれ落ちて、その端からのびた霧の触手は駐車場にのびていくのだが、それは生々しいほどに白く、それまでそこにたちこめていた霧とははっきり違う。

灰色の霧のなかに、白い霧がのびて、のびていって、ゆらゆらと揺れる。

それが何者とも知れず、自分をまねいている手のひらのように感じられ、佐伯は自分でも気がつかずに足を踏み出している。

霧のあとを追う。追いつづける。

——ああ、おれは頭のなかがからっぽじゃないか。どうしてこんなにからっぽなんだろう。

が、その空虚な意識のなか、その一部で、またあれがはじまった、という思いを嚙みしめている。その思いは苦く、ほとんど恐怖に似ている。

神宮ドームで起こり、東京地裁の地下駐車場で起こったのと同じことが、また起ころうとしているのだ。

神宮ドームでは場内アナウンスの声が、東京地裁ではカメラのフラッシュがいわば呼び水になったのだが、ここでは霧だ。

霧が佐伯をまねいている。こちらに来い、こちらに来い、とひらひらとまねいているのである。

——おれはいやだ。勘弁してくれ。もうこんなことはいやなんだよ。

が、いったん、これが始まってしまうと、どうにも理性では逆らえない。というよりも理性そのものがどこか異次元と通底し、なにか冷え冷えと無力なものに変わってしまうのだ。

これはたんに分裂症状の関係妄想にすぎないのではないか、という疑念は一度として忘れたことがない。鬱症を薬物療法でなおしたつもりが、じつはとんでもないべつの症状を掘り起こしてしまったのではないか、という恐怖はつねにある。

が、その疑念の向こう、その恐怖の底、はるか彼方に、目に見えない何者かの、ジッと自分を見つめているその視線をひしひしと感じてもいる。

おそらく、その視線の主は〝復讐する者〟であるのだろう。どんなにも残酷にも、どんなにも冷酷にもなれるものなのだろう。

正義を実現するためには、容赦なく人を罰し、この地上から抹殺することをためらわない。

それは（もし人間が自力でその犯人を裁けないのであれば、やむをえない、自分が裁かなければならない。正義は果たされなければならないのだ。そのときには恐ろしい厄災が人間を襲うことになるが、そしてさらに何人かの人間が死ぬことになるだろうが、その責はすべて正義をはたすのをおこたった人間にある。おまえにあるのだ）――一方的にそんな最後通告を宣言して平然としているものなのだ。

その言葉はいまも佐伯の耳の底に残っている。はったりではない。彼にははったりは必要ない。正義を実現するためになら、バベルの塔を崩し、ソドムの都を滅ぼし、地上の生きとし生けるものをすべて洪水でおし流してしまった。――すでに実績は充分に積んでいる。

しかし、

――どうしておれなんだ。おれは無力だ。おれは無能なんだよ。それなのにどうしてこのおれでなければならないんだ？　どうしてほかの人間じゃないんだ。

佐伯は懸命に抗議する。

が、抗議するその言葉が口の端にのぼったとたん、それは無力に消滅する。どうにもならない、なるはずがないじゃないか、という無力感が喉を締めつけるのを覚える。

佐伯はすでに選ばれてしまったのだ。おそらく無作為に、何の理由もなしに。そして、いったん選ばれてしまった以上、どんなにあがいてもその選択から逃れることができないのは、すでにあの本に（世界最大のベストセラーのあの本に）はっきりとしるされていることではないか。どうにもならない。

が、なにより恐ろしいのは――

はるか彼方にいる〝彼〟の凝視をひしひしと感じながらも、やはり、これは分裂症の症状ではないのか、すべては妄想にすぎないのではないか、という疑念をどうしても捨てきれずにいることだった。

佐伯の胸のなかではさまざまな想念が狂おしいばかりに渦を巻いている。

が、現実の佐伯は、ただひっそりと霧のなかに足を運んでいるだけなのだった。

あいかわらず風は感じない。ほんとうに風なんか吹いているのだろうか。

それなのに、佐伯の前方で（舞台の幕が開くように）霧がふたつに裂けて、ゆるやかに左右に流れていった。

そして、そのあわいに、ぼんやりと人影が浮かんだ。その人影がこちらを向いた。

佐伯からはその男の顔が見えた。

が、どうしてか（霧にさえぎられているからだろうか？）、その男は、そこに佐伯が立っていることにさえ気がついていないらしいのだ。

「…………」

佐伯は目を瞬《しばたた》かせた。

そこに立っているのは思いもかけない人物だった。こんなところにいるはずのない人物だったのだ。

そこに立っているのは、神宮ドームの防火管理責任者、業務上過失致死傷罪で起訴されている──

綿抜周造だったのである。

第十一歌

1

もちろん、佐伯はこれまで綿抜周造に会ったことはない。

が、綿抜の顔はくり返し新聞に載り、ニュースで放送されている。いやでもその顔を覚えざるをえない。

綿抜はいかにもおとなしそうで温厚そうな顔だちをしている。四十八歳という年齢なのに、すでに生え際が大幅に後退し、白髪になって、それが後光のようにその丸顔を縁どっている。――一言でいえば、平凡な中年男ということに尽きるのだが、それでもその顔は強く記憶に焼きつけられているのだ。人違いということはありえない。

その綿抜が所轄署の裏にいる。

――どうしてこんなところに綿抜がいるのだろう？

佐伯はそのことが疑問だった。

この所轄署には「地裁連続殺人事件」の捜査本部が置かれている。そして綿抜は「神宮ドーム火災事件」でその管理責任を問われ業務上過失致死傷罪で告発されている……

この二つの事件は、本来、何のかかわりもないことで、綿抜が「地裁連続殺人事件」捜査本部の事情聴取に呼び出されなければならない理由などないはずなのだ。

——それがどうして？

佐伯は霧のなかにひそんでジッと綿抜のことを見つめている。

綿抜のところまで導けばもうそれで用は済んだとでもいうのか。それまで佐伯をがんじがらめに呪縛していたあれの気配は鳥が飛びたつようにあとかたもなく消えうせていた。

すでに朝の八時をまわっている。

霧はあいかわらず濃いが、その深部にまで日の光が射し込んで、底のほうから全体にぼんやりと白っぽい感じになっている。そこに立っている人間は、霧のひだに影を落とし、その姿が二重にぶれて、なにかドッペルゲンガーでも見るかのようだ。

霧がゆらりと揺れて、そこにべつの人影が浮かんだ。

「…………」

佐伯は顔がこわばるのを覚えた。

それは——高瀬警部補だった。

高瀬は綿抜に何かいった。

それが、人にものをいうときの高瀬の癖なのだが、なにか下からすくいあげるような視線で相手を見ている。綿抜のほうは、といえば、卑屈ともいえそうなしぐさで何度もうなずいていて、それを見るだけでも高瀬の尊大な物言いが想像されるのだ。

——いやな野郎だ。

佐伯はあらためてそう思う。

そのいやな野郎が後ろを向いて肩ごしに何かをいった。

霧がまた動いた。

高瀬の影がそこに映っていたのだが、鋳型にはめるように、ちょうどその影にべつの人影がにじんで重なって、それがしだいに濃さを増していった。その人影は霧のなかにゆっくりと足を踏みだしてきて、そこに輪郭をあらわにきざんだ。

が、だからといって、その人物の印象が鮮明になったというわけではない。そもそも印象というほどの印象がほとんどない人物なのである。

まだ若い。三十になるかならないかの年齢だろう。中肉中背。地味な紺色の背広に、茶色のネクタイ。——平凡といって、これほど平凡な印象の人物もめずらしい。昼休みに、丸の内界隈《かいわい》でも歩けば、わずかな時間に、それこそ何十人、何百人と見ることができるタイプだ。

「………」

佐伯はこの人物を知っていた。

知っているどころではない。かつての同僚なのだ。

それでも、とっさにその名を思いだすことができなかったのは、たんなる平凡さを通りこし、没個性の極致とでもいうべき、その徹底した平凡さのゆえだった。

――財前《ざいぜん》じゃないか。

名までは覚えていない。

何年もおなじ東京地検の刑事部に所属していて、名も覚えないほど、その印象が希薄だったということか。言葉をかわしたという記憶すらない。

若くて、ほとんど人に印象を残すということがない人物なのに、奇体なほど仕事が切れた。

佐伯のかわりに刑事部から抜擢され東京地検特捜部に配属されたのもその仕事ぶりが評価されてのことだろう。

それがどんな事情からか、半年ほどで法務省に転属になったと聞いた。

法務省刑事局公安課参事官――

それが財前の現在の肩書のはずである。

「…………」

佐伯は物陰に身を隠している。眉をひそめていた。

法務省の公安課参事官に、「地裁連続殺人事件」を担当している警視庁捜査一課の警部補……そのふたりがどんな用件から綿抜周造と会っているのかその関わりあいがわからない。想像さえつかない。

霧のなか、三人の男たちはひたいを寄せあって、ひそひそと話をしている。

その影が霧のひだにうつり、もうもうと妖しくうごめいて、それが三人の男たちにどこか現実離れした印象をもたらしていた。

人間とも思えない。魔族の密談とでもいえばいいか。そんな、なにか非常に隠微なものを感じさせた。

財前が綿抜の肩を軽くたたいた。そのときだけ財前はわずかに声を張りあげた。まあ、悪いようにはしないから、と聞こえた。

――なにを悪いようにはしないから、というのだろう。

綿抜は深々と頭をさげる。

まだ頭をさげているのに、財前は高瀬をうながすと、ふたり、さっさと署に戻っていった。

綿抜は頭をあげる。

一瞬、その顔をよぎったのは、あれは憎悪の表情ではないだろうか。

綿抜はのろのろと所轄署のおもてのほうに歩いていった。

物陰に隠れ、いったんやり過ごしてから、佐伯は綿抜のあとを追った。

綿抜を尾行するつもりでいる。

綿抜周造、という人物に対して、がぜん興味がわいてくるのを覚えた。

2

綿抜は日比谷公園のほうに向かう。

日が高くなるにつれ急速に霧が追い払われていった。

九月の末にしてはまばゆい日の光だ。道路が水を撒《ま》いたように濡れてギラギラと光を撥《は》ねていた。

その陽炎《かげろう》のなか綿抜の後ろ姿がちぎれちぎれにかすれていた。

公園の近くに小さな喫茶店がある。

綿抜はその喫茶店に入った。

佐伯はためらわなかった。綿抜につづいて喫茶店に入った。

ちょうどいい。どうせコーヒーが飲みたかったところだ。

店に入り、綿抜がすわっている場所を確かめ、その反対側の席についた。

コーヒーを注文して見るとはなしに綿抜の様子を見る。

綿抜は疲れているようだ。ぼんやりと窓の外を眺めている。

コーヒーが運ばれてきた。

それに口をつけたとき店の電話が鳴った。

レジの女の子が電話に出て、応対し、わださん、いらっしゃいますか、と声を張りあげた。

「………」

綿抜が無言で席を立ち、女の子から受話器を受け取った。

和田、か。

ワタヌキから取った偽名だろう。芸はないが、和田はありそうであまりない名だ。偽名には都合のいい名といえる。

問題は、どうして綿抜が偽名を使わなければならないか、というそのことだ。

綿抜は電話に出て、二言、三言、なにか話して、すぐに電話を切った。

その場で金を払い、店を出ていった。

コーヒーにはほとんど口をつけていないがやむをえない。

佐伯もあとを追って店を出た。

綿抜は歩道の端にたたずんでいる。

佐伯は喫茶店の軒下に引っ込んで、タバコに火をつけながら、その手のかげから綿抜の様子をうかがった。

そのとき、ひとりの若者が地下鉄の駅の階段をあがってきた。二段おきに弾むような足どりであがってきて、綿抜を見ると、やあ、と声をかけ、片手をあげた。

「………」

佐伯は胸の底に鈍い衝撃を覚えた。声をあげそうになったのをかろうじて抑えた。

その若者は芥子《からし》色のトレーナーにジーンズを穿いていた。無造作ともいえる格好だが、それがふしぎなほど似あって見えるのは、そのセンスが抜群だからだろう。じつにしなやかな身のこなしで、道をいく娘たちがつい振り返るほど目鼻だちがととのっている。

目鼻だちがととのっている？　いや、そんなありきたりな形容では十分ではない。それどころではない。

若者の美しさはほとんど完璧だった。

藤堂の部屋にあったあの写真の美少年なのだ。濡れた全裸の体を誇らしげにレンズにさらしていたあの少年――

佐伯はあの写真を見て、堕天使のルチフェルを連想したものだが、生身の少年はあの写真にも増して美しく、それこそ悪魔的な美貌といっていい。

——綿抜とこの少年とはどんな関係があるのだろう？

胸が高鳴るのを覚えた。

それを探ることは、そのまま藤堂の行方を突きとめることになるのではないか。

ふたりの会話は短かった。若者はすぐに歩道の端に出て、サッと右手をあげると、タクシーをとめた。

その動きの一つひとつ、ほんのちょっとしたしぐさの端々《はしばし》にいたるまで、リズミカルな筋肉の躍動があり、凄絶なまでの青春美が香りたつのを感じさせた。

さきに綿抜を乗せて、あとから少年がタクシーに乗り込んだ。

そのタクシーが走りだすのを見て、佐伯はタバコを投げ捨て、歩道の端に走り、つづいて走ってきたタクシーをとめた。

が——

ドアが開いたとたん、ごめん、急いでいるんだ、とそう声が聞こえ、背後からするりと脇をすり抜けて、さきにタクシーに乗り込んだ男がいる。

「…………」

抗議する暇もなかった。

佐伯が口を開きかけたときには、もうドアは閉まり、タクシーは走りだしていた。

タクシーが走り去るとき、その男が窓から自分を見あげて、ニヤリと笑うのを、たしかに見た。

そのときの佐伯にはどうしてその男が自分を見て笑ったのかわからなかった。

ましてや、その男がこれからの自分の運命に大きくかかわってくる人物だなどとは夢にも思わない。

ただもう、あっけにとられてその場に立ちつくすばかりだったのだ。

もちろん、そのときにはもう美少年と綿抜とを乗せたタクシーは、おびただしい車の流れのなかにまぎれてしまい、とてもそのあとを追うことなどできそうになかった。

3

「法務・検察合同庁舎」のビルは、日比谷公園のそば、祝田橋交差点の近くに建っている。

佐伯がその公判部の一室を訪ねたときにはすでに午後三時をまわっていた。

「どうした、遅かったじゃないか」

東郷が迎えた。

窓のない、小さな部屋だ。

東郷以外には誰もいない。

ここは公判部の視聴覚室というか、法廷に証拠として提出されるテープやビデオを検証するための部屋である。

一方の壁は、天井までの棚になっていて、そこにカセットテープが並んでいて、それぞれの事件別に付箋がつけられている。

反対側の壁には、大きなテーブルが寄せられていて、そこにモニターやスピーカー、ビデオデッキなどが雑然と置かれている。

東郷は椅子にすわり、机のうえに両足を投げだして、なにか書類を読んでいるところだった。

佐伯がそれをちらりと見た、その視線の意味を敏感に察して、

「ああ、これは鹿内弁護士の解剖所見《ぼうけん》だ。ついさっき刑事部のほうに届いたのを見せてもらったのさ。大月判事のほうの解剖結果はまだらしいけどな」

佐伯も椅子にすわり、

「死因はどうなっています？　やはり心臓の刺し傷ですか」

「ああ、そうなんだが。失血死ということではないらしい。被害者に貧血の症状はないということだ」

「…………」

「死因は心臓タンポナーデだとさ。心臓タンポナーデって知ってるか」

「いえ」

「小さい刃物で心臓を刺されるとな、血が体外に洩れずに心臓の心囊《しんのう》内にたまることがあるんだってな。それを心臓タンポナーデというらしい。血液が心臓にたまると、心臓は伸縮できなくなる。そうなると血液が心臓に戻れなくなり、循環不全におちいって、その人間は死亡する——と、まあ、こういうことらしい。鹿内弁護士の心囊には三百四十ccもの血液がたまっていたそうだ」

「それを心臓タンポナーデというんですか」

「らしいな」

「鹿内弁護士が刺されてから死亡するまで時間があったということですか」

「ということのようだ。もっとも時間があったといっても二十分とか三十分という話じゃないぜ。せいぜい五分か、十分まではいかないらしい」

「ということは、『公衆控室』で鹿内弁護士がうめいて立ちあがり死んだのは、心臓を刺された直後ではなかった、ということになりますね」

「ああ、つまり、こういうことだ。鹿内弁護士はだれかに心臓を刺される。助けを呼べばよかったんだろうけどな。ショックと痛みで声をだすことができない。『公衆控室』の椅子にすわり込んでジッとそれに耐える。まあ、応急手当てを受けたところでどうせ助からなかったろうということだが。そのうちに心囊に血がたまる。鹿内弁護士は心臓の痛みにうめいて立ちあがり急死する」

「心臓タンポナーデというんですか」

「ああ、心臓タンポナーデだ」

　東郷はうなずいて、

「『公衆控室』でだれも鹿内弁護士が刺されたのを目撃していないのも不思議はない。鹿内弁護士はそのときに刺されたんじゃない。どこかべつの場所で刺されたか、『公衆控室』で刺されたにしても、急死するまえのことになる」

「五分……それにしても、職員が傍聴人たちをボディ・チェックし、手荷物を預かったあとということになりますね。どうやって凶器を持ち込んだのか、という謎はあいかわらず残ることになる」

「ああ、そういうことだな」

「凶器はどうなんですか。解剖である程度は特定できたんでしょうか」

「いや、できなかった。十センチほどの長さの錐《きり》のようなもの、ということらしいんだけどな。特定するまでにはいたっていない」

「錐のようなもの——千枚通し、アイスピック……」

「そんなところだろう。創口《そうこう》が直径一センチに満たない、というから、凶器はかなり細いよ。妙なんだけどな。それほど鋭利とはいえない凶器、ということだ」

「それほど鋭利とはいえない凶器？」

「ああ。おまえも知っていると思うが、純粋の刺創《しそう》なんてめったにあるもんじゃない。刺すときか抜くときに、切創《せっそう》となるのが普通なんだが、今回の場合も例外じゃない。創壁《そうへき》にかなりの傷が残っているらしい。刺すときはとにかく、それを抜くときにはかなり苦労したんじゃないか、ということらしい」

「なるほど、それで、それほど鋭利とはいえない凶器、というわけですか」

佐伯は首をひねり、

「そういう凶器だったら被害者を刺したときに刃こぼれしたんじゃないんですか。刃こぼれが創口に残っていたということはなかったんですか」

「そこのところがちょっと妙なんだけどな。いや、妙というほどのことはないか。たまま、そういうこともあるだろう。刃こぼれは残っていない。なにも発見されていない」

「………」

佐伯は首をひねったままだ。

それほど鋭利とはいえない凶器、でありながら、傷口に刃こぼれは残っていない——たしかに東郷がいうように、妙というほどのことではないだろうが、なにか釈然としないものが残される。

東郷は解剖所見を机のうえに置いて、

「犯人はだぶだぶの法衣に凶器を隠して鹿内弁護士に近づいたんじゃないか。警備員も相手が裁判官だと思えばボディ・チェックはしないいんじゃないか。おれがそういったのを覚えているか」

「ええ」

「『地裁連続殺人事件』は村井が担当することになった」

と東郷は佐伯のかつての同僚の名を口にして、

「それで、いま、村井を通して、捜査本部にそのことを問いあわせてもらっているんだけどな。鹿内弁護士が急死した前後のことがどうもはっきりしないらしい。裁判官らしい人物が『公衆控室』に近づいたことがあるかどうか、それもわからない。まあ、きのうの今日で、捜査本部としても捜査の方針を決めるのが精いっぱいで、すべてはこれからということになるんだろうが」

「…………」

「それに、おれは『神宮ドーム火災事件』の公判検事で、刑事部の検事じゃない。村井としてもどこまで捜査本部の事情をあかしていいものか迷っているんじゃないかな。まあ、殺されたのが、『神宮ドーム火災事件』公判の弁護士であり、裁判官であり、ということで、おれのことをまったくの部外者ともいいきれない、とは思っているんだろうが」

「村井さんは手がたい検事ですよ」

佐伯の言葉には含みがある。

手がたい検事、というのはつまり、検察官としての独自の調査はひかえて、警察の捜査に追随する、ということでもある。

たしかに、東郷は「神宮ドーム火災事件」の公判検事ではあるが、「地裁連続殺人事件」に関してはあくまでも部外者にすぎず、村井のような手がたい検事は、部外者が自分の担当する事件に口をはさんでくるのをけっして好まないだろう。

「ああ、そうだな。村井は手がたい——」

東郷も苦い表情でうなずいて、

「そんなわけでな。犯人が裁判官の法衣に刃物を隠して『公衆控室』に入り込んだんじゃないか、というおれの推理も、いまのところは立証しようがないのさ」

4

「東郷さんは」

佐伯は話題を変えた。

「財前のことをどう思いますか」

「財前？　法務省に行った財前のことか」

「ええ」

「おとなしい、というか、なにを考えているのかわからない男だったな。それでいて妙に仕事だけは切れる男だ。ああいう男が出世するのかもしれない。——財前がどうかしたのか」

「朝、東郷さんと別れたあとで、署の裏で財前を見たんですよ。財前は高瀬といっしょだった。ふたりで綿抜周造となにか話をしていた」

「綿抜と……」

東郷の顔がこわばった。

「どうしてそんなところに綿抜がいなければならないんだ。財前が綿抜にどんな話があるというんだ?」

「それはぼくにもわかりませんが」

佐伯は、今朝、所轄署の裏で目撃したことを話した。

もっとも、三人の話の内容は聞いていないのだから、話すべきことといってもほとんど何もないのだが。ただ、財前が綿抜の肩をたたいて、悪いようにはしないから、とそういったのを話したときには、東郷の顔が目に見えて緊張するのがわかった。

そのあと綿抜を尾行したことは話さなかった。結局、尾行には失敗したのだから、話したところで意味がない。

ましてや、綿抜が、なにか藤堂と関係のあるらしい美少年と落ちあったということなど話せるはずがない。東郷は藤堂と親友であり、その親友に向かって、藤堂のもっともプライベートな部分を話すのは、何かはばかられる気がしたのである。——東郷にそのことを話すのはもうすこし事情がはっきりしてからでも遅くはないだろう。

「たしか財前は法務省の刑事局公安課に所属しているんだったな。わからねえな。公安課の参事官が綿抜にどんな話があるというんだろう？」

佐伯の話を聞いて、東郷は眉をひそめて考え込んだ。が、すぐに顔をあげると、そういえば、とつぶやいた。

「おかしなことがあった……」

「おかしなこと？」

「ああ」

と東郷はうなずいて、机のうえに並んでいる二台のモニターのスイッチを入れ、それぞれのモニターに接続されているビデオデッキのスイッチも入れた。

二台のモニターに映像がうつった。

ひとつは、神宮ドームが火災になったときをうつした映像であり、もうひとつは、どうやら去年二月、神宮ドームがオープンされたときの映像のようだった。

おなじ神宮ドーム。一方では場内に煙が渦を巻いて、もう一方では華やかにブラスバンドが演奏しているのだ。——そんな二つの映像が並んでうつっていると、あまりにその対照がきわだっていて、なにかの悪い冗談に思えるほどだった。

火災のビデオのほうは、煙がカメラのレンズまで漂っていて、あまり映像が鮮明とはいえないが、それでも避難通路に何人もの人間が倒れているのが、ぼんやりと見てとることができる。

そのほとんどが高校生のはずだ。

当日、マス・ゲームのリハーサルに参加していた高校生が、あるいは一酸化炭素中毒で、あるいは階段から転落し、じつに七名までが死んでいるのである。

それに比して、成人の犠牲者は、神宮ドーム職員ひとりだけで、生徒を引率していた教師たちといい、非常口に誘導するのをおこたった職員たちといい、その無能さ、無責任ぶりは、ほとんど不条理といってもいいほどだった。

そのことに対する世論の怒りが、一種の追い風となり、東京地検をして、神宮ドームの防火管理責任者の起訴に踏み切らせたといっていい。

それを見ている佐伯にしてからが、その煙のなかで、若い高校生たちがどれほど苦しんで死んでいったかと思うと、なにか得体の知れないものに対する怒りがふつふつと湧いてくるのを覚えるのだ。

画面が切り替わり、神宮ドームの外の風景が映しだされる。

おびただしい野次馬たちが神宮ドームを取りかこんでいる。救急車や消防車が立ち往生してしまうほどの人数だ。これでは消火活動もままならなかったのではないか。野次馬たちは目を輝かせながら楽しんでいた。

東郷はそこで画面を一時停止にした。

そして、見ろ、というように、もう一方のモニターにあごをしゃくる。

「…………」

佐伯はそちらに視線を転じる。

もう一方のモニターには、神宮ドームの華やかなオープン・セレモニーの様子が映しだされている。

やはり神宮ドームの外だ。——少女たちがバトンを振りながら、ブラスバンドを先導し、いきいきと行進している。おそらく、この少女たちは死んでいった高校生たちと同年齢だろう。ここでも見物人たちがいっぱいだ。この連中はいつどこにでもいる。

これも一時停止にすると、東郷はそれぞれの画面を指で突ついて、これとこれ、とそういい、

「見てくれ。おなじ車に見えないか」

と佐伯を振り返った。

「…………」

佐伯はふたつの画面を覗き込んだ。

東郷が指さしたところにジープ型四輪駆動車がとまっている。ボディは深いマリンブルー

に塗られ、窓がスモーク処理されているのも同じだ。残念ながら、どちらの映像からもナンバーを見てとることはできず、同じ車と断言はできないが、たしかに非常に似た車だとはいえるだろう。

「似ていますね。もしかしたら同じ車かもしれない――」

佐伯は東郷の顔を見て、

「この車がなにか事件に関係があるというんですか」

「それは何ともいえない。だが、どうやら、この車に警視庁の公安が関心を寄せているらしいんだよ」

「公安が……」

「ああ。おれはたまたま、そのとき地検にはいなかったんだがな。先日、公安刑事が地検にやって来て、このふたつのテープをダビングしたらしい。相手が公安ではことわるわけにはいかない。そのときに立ち会った人間の話ではその公安刑事がこの車にひどく関心を持っていたらしい、とそういうんだよ」

「どうして公安がこのことに乗り出してくるんですか」

「そいつはわからない。わからないが、考えてみれば、ボンベの高圧ガスを使い、ガソリンと灯油の混合油をノズルから噴出させ、これに点火するなどというのは、いかにも公安事件の犯人が好みそうな仕掛けに思えるじゃないか。しかも時限式だぜ」

「……………」

「どうして法務省の財前が綿抜なんかと話をしていたのか？　財前は刑事局公安課の参事官なんだぜ。なにか臭わないか」

「だとすると、多少、やっかいなことになりますね」

「多少どころか」

東郷は顔をしかめた。

「ひどくやっかいなことになりそうだ」

むろん、検察庁にも公安検事はいるが、在任中、ずっと公安専門に進むわけではなく、そのほとんどが人事配置によって、ほかの部署に転属させられる。その意味では公安畑専門の検事は皆無といっていい。

それに比して、公安警察のほうは急速に肥大し、いまでは刑事警察との力の不均衡が問題視されるほどになっている。

つまり検察と警察の力の差は絶望的なまでにひらいているのだ。

東郷が顔をしかめるのは当然だった。

「まあ、いい。やっかいなことはできるだけ考えないことにするさ」

が、気をとりなおすようにそういい、ふたたび解剖所見を手に取ると、

「胃の内容物のことも知っておいたほうがいいかな」

「ええ、お願いします」

「鹿内弁護士の小腸はからっぽだった。胃のほうには、半消化の挽き肉、パンなどおよそ百グラムほどが残っていたらしい」

「挽き肉、パン……」

佐伯はつぶやいた。

「ハンバーガー」

5

夕方六時から八時までがいわばこの店のピークである。

この時間、ドライブスルーのチャイムがひっきりなしに鳴り響いて、カウンターのまえには長い列がつづく。

が、その時刻をすぎると、サアッと潮が引くように客の数が減っていく。それはもう不思議なほど、毎日、判で押したようにそうなのだ。

店長の井口がそのタイミングを見はからって、

「カウント・ダウンしろ」

製造数量の減少を命じる。

佐和子はそれまでただひたすらミートを焼きつづけるわけなのだが、このときになってようやく休むことができる。

腕は筋肉ががちがちにこわばってしまっている。肩から背中にかけて痛いほど凝っている。——自分は何十枚、何百枚のミートを焼いたろう、と自問するのもこのときだ。

八時にシフト交替がある。

何人かは休憩に入り、勤務が終了した人間は帰宅の準備をはじめる。

佐和子も今日はこれで勤務終了だ。

いつものように井口が口うるさくクルーに命じている。

「フロアの掃除。トイレを念入りに。資材補充はペーパー類を重点的に。ほかの人間はいまのレジをキープするように」

その声を背中に聞きながら、エプロンを外し、グリルのまえから離れる。

井口が何かいう。

佐和子はそれを聞き流した。

わたしの仕事はもう終わった、自分には関係のないことだ、とそう思い込んでいた。

井口が声を荒らげ、はじめて自分の名を呼ばれていることに気がついた。

「はい?」

佐和子は振り返る。

「青蓮さん、外回りの掃除をしてください。とくに駐車場の植え込みに注意して」

井口はいらだっているようだ。

「あのう、わたし、八時であがりなんですけど」

「わかってるよ。そんなこと。だけど外回りの掃除なんか十五分とかからない。あんたみたいなベテランが、時間がきました、ハイ、あがります、ではほかの人間へのしめしがつかない。そうでしょう」

ベテランという言葉に微妙な意味あいがこめられていた。あんたのかわりなら女の子のパートがいくらでもいるんだ、と言外にそうほのめかしていた。

「…………」

佐和子は抗議する気力を失った。

「ああ、それから、この人がなにか聞きたいことがあるんだって」

と井口は肩ごしにあごをしゃくり、そのときになってはじめて佐和子は、そこにひとりの男が立っていることに気がついた。

「店の従業員一人ひとりに聞きたいことがあるらしい。なんでも地検の検事さんだそうだけど、この忙しいのに、ほんと、迷惑な話だよね」

どうやら井口がいらだっているのはそのせいらしい。その鬱憤をいわば八つ当たり気味に佐和子にぶつけたということだろう。

男は苦笑し、

「お忙しいところを申し訳ありません。お手間はとらせませんので、ご協力をお願いします。東京地検の佐伯という者です。ちょっとうかがいたいことがあるのです」

「佐伯さん……」

佐和子は男の顔を見た。

自分と同年輩かやや年上に見えた。かなりの長身で、がっしりした体つきなのだが、不思議にたくましさを感じさせないのは、その表情にどこか翳《かげ》のようなものがあるからだろう。それも母性愛を刺激するような甘い翳ではない。もっと冷えびえとして、自分自身をも突き放している、なにかそんなことを思わせる翳りだった。

「………」

記憶の底のほうにかすかにうごめくものがあった。あったような気がした。が、それが何なのか、あらためてそれを確かめようとすると、もうそこにはうごめいているものなど何もないのだ。思いだすものは何もない。

気のせいか、男が佐和子の表情をうかがっているように感じた。うかがったところで佐和子の表情には何もないはずだ。——男の顔に、一瞬、ほんの一瞬だが、あわい失望の色がかすめたように感じたが、これもやはり気のせいだろうか。

「それじゃ外回りの掃除のことよろしく」

井口はさっさと離れていった。

男は井口にはちらりと興味なさげな一瞥を投げかけただけで、すぐにその顔を佐和子のほうに戻すと、

「さっそくですが、お聞きしたいことというのは、この人物のことなんです。きのう、この人物をお店で見ませんでしたか？　たぶん、昼から午後にかけてのことだと思うんですが——」

背広の内ポケットから写真を取りだし、それを佐和子に見せた。

「………」

佐和子は写真を覗き込んだ。

初老の男だ。和服を着て、腕を組んで、籐椅子にすわっている。本人はどういうつもりか知らないが、威厳があるというより、むしろ尊大な印象のほうが強い。

写真を見るなり思いだした。こんなにいやな客もめずらしい、と思ったことを覚えている。ドライブスルーのカウンターに金を放り投げた。絶対に忘れるはずがない。

「ドライブスルーのお客さんです。メルセデス・ベンツに乗っていました。一時をだいぶ回ったころだったと思います。なにをお買いになったかはもう覚えていません」

「それで？」

「は？」

「いや、それでどうしたんですか」

「どうもしません。それだけです。どうしてですか」

「いや、ただドライブスルーで買い物をしただけにしては、ずいぶんよく覚えているもんだな、と感心したんですよ。それで、何か変わったことでもあったのかな、とそう思ったんですがね」

「なにも変わったことなどありません。この仕事に変わったことなどあるはずがないんです」

「…………」

「ベンツでハンバーガーを買いにくる人はめったにいません。きっと、それで覚えていたんだと思います」

　実際にはそうではない。こんなにいやな客もめずらしい、とそう思ったから覚えているのだ。――が、それはこの男にはいう必要のないことだ。

「ローカル・バーガー」では客のことをスターと呼ぶならわしになっている。お客さまはお星さま《スター》です、というわけだ。どんなことがあっても「ローカル・バーガー」のクルーは客の悪口をいうようなことはあってはならない。

　ふいに佐和子は嫌悪感を覚えた。自分に対してとも、「ローカル・バーガー」に対してともつかない、なにか激しい疲労をともなう嫌悪感だった。

「これでいいですか。わたし、外回りの掃除をしなければならないので」

そう小声でことわり、相手の返事を待たずに、その場を離れた。

自分がみじめだった。何という理由もなしに、ただ、みじめで、みじめでやりきれない思いがした……

6

……佐伯は青蓮佐和子が自分を覚えていないらしいことに軽い失望を覚えた。

が、佐伯が佐和子と会ったのは、十年以上もまえのことで、ただ一度きりのことなのである。

それも、部室でほんの二言、三言、言葉をかわしただけで、覚えていると期待するほうがおかしい。

佐伯は内心苦笑したが、

「…………」

その苦笑にはどこかやせ我慢の切なさがこもっていたようだ。

佐和子は外回りの掃除とかで店の外に出ていった。

佐伯も何とはなしにそのあとにしたがって外に出る。

これで鹿内弁護士が殺されるまえにこの「ローカル・バーガー」でハンバーガーを買ったことがわかった。

まさか佐和子の口から、鹿内弁護士がこの店に寄ったという証言が得られるとは予想していなかったが、それもドライブスルーの客だった、というのでは、たいして捜査の助けにはなりそうにない。

要するに、鹿内弁護士は車で「ローカル・バーガー」に乗りつけハンバーガーを買った、というそれだけのことで、そこからはどんな手がかりも得られそうにないのだ。

佐和子にはもう佐伯とは話すつもりはないらしい。

駐車場の植え込みのところにしゃがみ込んで、小さなスコップで、倒れた花などをなおしている。

そのどこか孤独にかたくなな後ろ姿を見つめながら、

——無駄なことをした……

そんな自嘲めいた思いがわいてくるのを覚えた。

そこには、鹿内弁護士が「ローカル・バーガー」でハンバーガーを買ったのを突きとめたのも、ひそかな期待を持って佐和子に話しかけたのも、その両方ながら無駄だった、という思いがこめられていた。

が——

佐和子は佐伯に背中を向けたまま、そういえば、とつぶやくようにいったのだ。

「あのとき、あのお客さんのベンツをつけている車があったわ」

「つけている車？　ほんとうですか」

「ほんとうかといわれると困ります。でも、そんな印象を受けました」

「そんな印象というのは、つまりベンツのあとをつけている印象ということですね」

「ええ。その車、駐車場の入り口のところにとまっていたんです。それでベンツがドライブスルーを通過したら、すぐに走りだして、それがなんだかとても不自然な気がしたのを覚えています」

「どんな車でしたか」

「ジープ型の四輪駆動車でした」

「何色でしたか」

「さあ、色までは。紺色だったかしら」

「………」

佐伯は興奮を覚えた。

マリンブルーの四輪駆動車ならついさっきビデオで見たばかりではないか。

「どんな人間がその四輪駆動車を運転していたか覚えていませんか」

「覚えていません。というより顔は見えなかったんじゃないかしら」

佐和子は肩ごしに佐伯を振り返り、にっこりと笑った。

「ずいぶん厳しい検事さんなのね。佐伯さんって——」

「…………」

佐伯がどぎまぎして、とっさに答えられなかったのは、いきなり自分の名前をいわれたということより、佐和子の笑顔に十年まえの彼女の面影をはっきりと見た、そのおどろきからだった。

「最初は思いださなかったの。でも、そういえば、たしか文芸部の先輩に検事になった人がいたっけな、とそう思って、それで佐伯さんのこと思いだしたんです」

佐和子は得意気にほほえんだ。

第十二歌

1

翌日。

佐伯は綿抜周造に電話をかけて面会を求めた。「神宮ドーム火災事件」の担当検事はべつの検事であり（東郷のことではない。東郷は公判検事であり、取り調べは刑事部の検事が担当した）、佐伯という知らない名に、綿抜はとまどったようだった。

「『神宮ドーム火災事件』のことでお話ししたいのではありません。もちろん、じゃっかんは、そのことにも関わってくるとは思いますが、わたしがお聞きしたいのは、建築家の藤堂俊作さんのことなのです」

「藤堂さん……」

綿抜は意外だったようだ。沈黙した。

「ええ、御存知かどうか、藤堂さんは失踪しています。現在、どこにいるのか誰も知らないのです。今年の春ぐらいから、というから、もう半年ちかくになる。藤堂さんには家族がいない。仕事も人を使わずにご自分ひとりでやっていらっしゃった。ですから警察に失踪届けも出ていない。——もっとも失踪届けが出されたところで、警察も、なにか事件性でもあれば、〝特異家出人〟ということで本腰をいれて捜査するでしょうが、そうでないかぎり、コンピュータの失踪人の項目に登録されるだけのことですが」

「………」

「それで、ちょっと事情がありまして、わたしが個人的に藤堂さんの行方をさがしているのです。綿抜さんにはそのことでお話をうかがいたい」

「わたしは藤堂さんとは仕事のうえでのつきあいしかなかった。個人的なことはほとんど何も知らない。お会いするのはかまいませんが、お役にたてるとは思えない」

「そのことはこちらで判断します。お時間はとらせません。ご迷惑とは思いますが、会っていただきます——」

佐伯は強引に面会の約束を取りつけた。

夜九時に綿抜は仕事が終わるという。

その時刻に、神宮ドームの事務室で会うことになった。

この夜も神宮ドームではナイターがおこなわれていた。

ヤクルト×広島戦らしい。

一階の事務室にいても野球場の喧騒《けんそう》がかすかに伝わってきた。

以前は、プロ野球ニュースなどもそれなりに熱心に見たものだが、精神を病んでからは野球にもサッカーにも相撲にも興味をうしなっている。

そうしたことはすべて、遠い世界の、自分とはまるで関わりのない祭りのようにしか思えない。

現実の世界とのいきいきとした接触をうしなってしまうのも、ある種の精神障害の典型的な症状だとはいうのだが。

綿抜は自分でもいったように藤堂の個人的なことはほとんど何も知らないらしい。

神宮ドームが建設されるまでは、社の「ドーム建設推進プロジェクトチーム」の室長に就いていて、さまざまな折衝を通じ藤堂と会うことも少なくなかった。

が、完成してからは、オープニング・セレモニーのパーティで会ったのを最後にして、それ以降、一度も会っていないという。

もちろん藤堂が失踪したり、自殺しなければならないような理由の心当たりはない。

「わたしは一介のサラリーマンで」

と綿抜はそんな言い方をした。

「藤堂さんは世界的に名の知られている建築家です。仕事のうえでおつきあいさせていただくことはあっても、それ以上の接点はありえません」

「藤堂俊作という人のことを個人的にはどう思われますか」

と佐伯は聞いた。

「ここで綿抜さんがお話しになったことは絶対に外部に洩らしたりはしません。ひとつ、忌《き》憚《たん》のないご意見をお聞かせいただきたいのですが――」

「天才だと思います。わたしは藤堂さんと打ちあわせをしていて何度も藤堂さんのことを天才だと感じました」

「藤堂さんの才能のことではなく、その人柄について、どう思われるのか、綿抜さんにはそのことをうかがいたいのですが」

「情熱のある方だと思いました。情熱をもって仕事にあたっていらっしゃる。われわれサラリーマンはどうしても惰性に流されがちで、藤堂さんの仕事ぶりを見ているとそのことを反省させられる思いがしました」

「…………」

佐伯は焦燥感めいたものを覚えている。

綿抜の言葉はただつるつると上滑りするだけで、すこしも肝腎の点に触れようとしない。

いわば模範回答だ。

それが綿抜が自分でいうように一介のサラリーマンの処世術によるものなのか、あるいは綿抜自身が空虚な人間だからなのか、それは佐伯にはなんとも判断できないことだったが。が、佐伯としては、どうしても綿抜の上っつらをひっぱがし、その底になにが秘められているのか、あるいはなにが秘められていないのか、それを見さだめる必要がある。なにも毒にも薬にもならない世間話をするために、わざわざ神宮ドームまで足を運んできたわけではないのだ。

「神宮ドームの火災は不幸なことでした。何人もの高校生が亡くなった――」

佐伯は話題を変えることにした。

「もともとスポーツ大会のリハーサルはあの翌日に予定されていたのが、急遽、あの日に変更されたということですが、それはどんな事情からだったのですか」

「人工芝の補修とか、空調設備の点検とか、いろいろ業者のほうに日程の変更があったのです。それでわたしの判断で、リハーサルの日にちを一日はやくくりあげていただけないかと、区のほうにお願いしたわけなのですが、さいわい快諾をいただきまして――」

「さいわい？」

「いえ、そうではありません。これは失言でした。不幸にも快諾をいただいたというべきでしょう」

「それではあの日にリハーサルを変更したのは綿抜さんの責任だったということになりますね。そのことについてはご自身ではどうお考えになっていますか」

「責任を痛感しています。後悔もしている。ですが、なにも、わたしはあの日に火災が起こることを知っていて、リハーサルの変更をお願いしたわけではありません。ご遺族のお気持ちを考えれば、こんなことは口が裂けてもいうべきではないでしょうが、ある意味では不可抗力ではなかったか、とそう考えてもいるのです」

綿抜の表情は変わらない。

なにも努めて表情を殺しているわけではないらしい。そうではないのだ。

――この男は内面に徹底して何もない人物なのではないか。

佐伯はふとそんなことを思った。

その白髪に後光のように縁どられた丸顔はほとんど無垢といっていいほど何もあらわしていない。表情が変わらないのではなく、その内面に表情を変えるべきほどの何物も持っていないのだ。その内面をどこまで掘りさげていっても、そこはただ空っぽなだけではないのか。

佐伯はいいようのない無力感を覚えたが、その一方で、この空っぽな男を激しく揺さぶってやりたい、という思いにかられるのも覚えた。

「そうそう、そういえば――」

ジッと綿抜の目を見つめていった。

「法務省の財前さんとはどんなお話をなさったのですか。和田さん」

佐伯としてはとっておきの一矢を放ったつもりである。その矢はあやまたず綿抜の急所をつらぬいたはずだった。

が、綿抜は微笑し、わずかに首をかしげただけで、その言葉にもどんな反応も示そうとはしなかった。

佐伯はこれまでこんな人物には会ったことがない。

綿抜はどこまでいっても空っぽで、そこに放たれた矢は、なにも射ぬくことなしに、はるか彼方に飛んでいって、むなしく消えてしまったようだ……

2

綿抜のもとを辞したときには、もう十時を回っていた。

事務室を出た。

通路にタバコの自動販売機がある。

そこでタバコを買い、ふと思いついて、そのかげに身をひそめた。

そして待った。

自分でも何を待っているのかわからない。が、待ちつづけるのがけっして徒労には終わらないだろう、というなにか確信めいたものがあった。

それでも二十分ほどは待ったろうか。

綿抜が事務室から出てきた。

ドアに鍵をかけて出口に向かう。

もっとも出口といっても、正面出口にではなく、裏口のほうに向かうらしい。

明治公園、国立競技場を抜け、首都高四号線をくぐって、JRの千駄ケ谷駅に向かう方向である。

綿抜は何の反応も見せなかったが、やはり佐伯が「和田」という偽名を口にしたのには内心動揺したのだろう。

それで裏口から出て、どこかに向かう気になったのにちがいない。

佐伯は綿抜のあとをつけた。

綿抜を尾行するのはこれで二度めだ。

今度は絶対に逃がさない。

綿抜は神宮アイススケート場のまえでタクシーを拾った。

さいわい、つづいてすぐにタクシーが走ってきて、佐伯はそれを拾うことができた。

……タクシーは首都高に乗り、湾岸線に入って、東京湾のほうに向かう。

佐伯はついうっかりして車がどのランプで高速をおりたのか、それを確認しそこなった。

気がついたときには、綿抜の乗ったタクシーも、それを追う自分のタクシーもすでに高速をおりていて一般道を走っていた。

どうやら倉庫街らしい。

灯のとぼしい街に、窓の極端に少ない倉庫が左右に屹立《きつりつ》し、それが黒い崖のように頭上にのしかかっていた。コンクリートの塀と、金網の塀がうねうねとつづいていて、ただでさえ狭い片道一車線の道路を、隧道《トンネル》のように視野をせばめているのだ。

奇妙なのはその道路のさきに一灯の明かりさえ見えないことだ。ただ闇だけが黒々とわだかまり、それも異様なまでの深さをはらんでわだかまり、遠近画法がそこにすべての焦点をむすぶように、一点、フロントグラスにブラックホールのようにうがたれている。――この道路の行きつく果てには闇以外なにもないのか？　そこにはただ先行するタクシーのテイル・ランプが赤くにじんで浮かんでいるだけなのだ。

――海が近いらしい。

ふと佐伯はそう感じた。

潮の香りがしたわけでもなければ、潮騒《しおさい》の響きを聞いたわけでもない。

ただ、そう感じた。

倉庫が切れて、塀が切れた。

荒れ地だ。

いちめんに荒れ地がひろがっているが、そこかしこに得体の知れないゴミのやまが積みあげられていて、その広さを感じさせない。

そのゴミのやまを縫うようにし、一筋、未舗装の道路がつづいていて、綿抜のタクシーはそこに入っていく。

佐伯は運転手にいい、そこでタクシーをとめて、ヘッドライトを消してもらう。

三百メートルほど先で、綿抜のタクシーがとまるのをテイル・ランプで確認して、自分も車をおりる。

背をややかがめるようにし、足音を忍ばせるようにして、闇のなかを急いだ。

綿抜の乗ったタクシーが、闇のなかで切り返し、戻ってくるのをやり過ごす。

そしてさらに進んだ。

そこに綿抜が残っていた。

あらかじめ用意していたらしい、懐中電灯をともした。

そして、未舗装の道路から離れて、荒れ地に踏み込んでいった。

闇のなかに懐中電灯の明かりが揺れる。わずかに尾を曳《ひ》いて動いた。

佐伯には好都合だった。

この闇のなかだ。

綿抜が懐中電灯を持っていなければ、さぞかし尾行に苦労することになったろう。

佐伯は懐中電灯の明かりを追う。

風が強い。

そこかしこに雑草の茂みがあり、風に揺れていた。

やはり潮の香りはしない。

重油のにおいばかりがした。

それでも海が近いことがわかる。

どうしてだろう？

荒れ地の地面は妙にやわらかい。なにかゴムでも踏むように足元が覚つかない感じなのだ。

——埋め立て地だ。

佐伯はそう直感した。

もうとっくに十一時を過ぎている。深夜といっていいこんな時刻に、どうして綿抜はひとり、東京湾の埋め立て地に踏み込んでいかなければならないのか。

前方に小さな小屋が見えた。

小屋のまえにドラム缶があり、そのなかで何かが燃えていた。その火の明かりに小屋がぼんやりと赤く映えている。

バラックといっていいだろう。屋根をトタンで葺《ふ》いて、ブロックを土台に据え、ありあわせの板切れを適当に打ちつけてある。一応、窓もドアもあるにはあるが、妙にちぐはぐな印象で、どこかの建築現場からかっぱらってきたものではないか、と思われた。

その横に電柱が立っていて、小屋のなかに電線が引き込まれているところを見ると、だれか人が使っていることは間違いない。

——飯場の小屋かなにかだろうか。

最初はそう思った。

が、このごろは飯場の小屋でもプレハブを建てる。いまどき、こんなバラックを使用する、時代遅れの工事現場はないだろう。

綿抜がその小屋のドアのまえに立った。

なにかためらっているらしい。ジッとたたずんでいた。

佐伯はいっそう姿勢を低くして、物陰から物陰にすばやく身を移し、できるかぎり小屋に近づいた。

綿抜がドアをノックした。そしてこう声を張りあげたのだ。

「藤堂さん、いますか？　わたしです、綿抜です——」

3

——藤堂？

佐伯は体をこわばらせた。ふいに心臓が激しく高鳴るのを覚えた。

いま佐伯が身をひそませているのは、やや盛りあがった地面に、ひねこびたように生えている草むらのかげである。

低い姿勢をさらに低くし、ほとんど地に這うようにしながら、草のあいだからジッと小屋を見つめている。

——藤堂俊作がここにいるのか。

唖然として胸のなかでつぶやいた。

思いがけないことだった。

東郷から藤堂の行方を探してほしい、という依頼を受けたのは、わずか二日まえのことである。当初から自分に人探しの才があるなどとは思っていなかったし、この二日、やつぎばやに鹿内弁護士が殺され、大月判事が殺され、正直、藤堂の行方を探すのはおざなりにしていた感がある。

それが、ここで藤堂を見つけだすことができれば、思いもかけない僥倖《ぎょうこう》というべきだろう。ほとんど自分でも信じられないほどだ。

が、それにしても、どうして綿抜が藤堂の隠れ家（といっていいと思う）を知っているのだろう。

神宮ドーム建設の責任者だった綿抜が、ドームの設計者である藤堂を知っているのは当然だが、ただそれだけの関係で、その隠れ家まで知らされるはずはない。このふたりには、外部からはうかがい知れない、なにか非常に密接な関係があるようなのだが、それは何なのか？

——わたしは一介のサラリーマンで、藤堂さんは世界的に名の知られた建築家です。

と綿抜はそういったものだ。

——仕事のうえでおつきあいさせていただくことはあっても、それ以上の接点はありえません。

綿抜は虚ろな男だ。虚ろに、平然と嘘をつく。

綿抜はもう一度、藤堂の名を呼んだ。

小屋のなかから藤堂の返事があったかどうかは聞こえなかった。

綿抜は自分でドアを開けると小屋のなかに入っていった。

が、入るなり、すぐにまた出てきた。

一瞬、とまどうように、視線を荒れ地にさまよわせる。それは佐伯がこの人物の顔に見た、はじめてといっていいぐらいのなんらかの表情だった。そして懐中電灯をともすと、その荒れ地に戻っていった。

——あとをつけたほうがいいか。

佐伯は迷った。

が、その小屋には藤堂俊作がいるかもしれないのだ。会えるものなら早いうちに藤堂に会っておいたほうがいいだろう。そして、東郷のために法廷で証言してくれるように（もっとも、弁護士と裁判官が殺されたいまとなっては、いつ「神宮ドーム火災事件」の裁判が再開されることになるのか、そのめどさえつかないのだが）頼んでおいたほうがいい。

そのほかにも佐伯には個人的に藤堂に確かめたいことがあるのだ。——どうして失踪したのか？　どうして藤堂の建築にはあれほどまでに〝空白〟があらわなのか？　素直に答えてくれるかどうかは疑問だが、とにかく聞いてみるだけは聞いておきたい。

綿抜にも聞きたいことはあるが、さいわい彼の居所はわかっている。今夜は綿抜のあとをつけるのはこれぐらいでいいだろう。

——藤堂に会おう。

小屋に向かった。

綿抜がしたようにドアをノックし、藤堂の名を呼んでみた。

返事はない。

ドアの向こうはただしんと静まり返って人の気配さえない。

思い切ってドアを開けた。

「………」

ため息が洩れた。

小屋は無人だった。

十畳ぐらいの広さの部屋に、机と椅子、それに簡易ベッドが置かれてあり、その影がドラム缶に燃える火に揺れている。それ以外には何もない。人の姿もない。

ドアのわきに明かりのスイッチがある。

明かりをともした。

渋谷の部屋を思いだした。

必要な家具があり、だが、それはあくまでも必要最低限にとどめられ、そのほかの〝生活〟を連想させるものはいっさい排除されている。

まがうことなくこれは藤堂の部屋である。いわば究極の独身男の部屋。

荒涼としている、というのではない。むろん、清々しいというのでもない。

人間の吐息にじっとり湿った、そんなありきたりな情感からは、きっぱり隔絶されている。おそらく藤堂はそんなものは軽蔑している。

藤堂が設計した建築物がそうだった。藤堂の渋谷の部屋もそうだ。——ここにもただ〝空白〟だけがあるのだ。

それも、ほとんど執念といっていいほど強靭な意志に裏打ちされた、そうであらなければならないという信念のもとに生みだされた〝空白〟だけがある。

が——

藤堂をして、〝空白〟に徹する、どこまでも徹しなければならない、といういわば「負の情熱」とでもいうべきものに駆りたてているものは、いったい何なのだろう？　どんな奇妙な衝動がここまで藤堂を〝空白〟に走らせるのか。

佐伯は、渋谷の部屋でも感じたあの疑問に、ふたたび自分がとらわれるのを感じていた。

板切れを打ちつけただけの壁に、写真のパネルが掛けられ、一枚の画用紙が鋲《びょう》でとめられている。

その画用紙に製図用の鉛筆で緻密に描きこまれているのは『神曲』〝地獄〟の断面図だ。

地上にはイエルサレムがあり、暗い森があって、〝地獄の門〟がある。

〝地獄の門〟をくぐると、そこは〝地獄の上層〟であり、辺土《リンボ》をへて、愛欲者、貪食者、吝《りん》嗇《しょく》者と浪費者、憤怒者など、いわゆる〝自制喪失〟の罪をおかした罪人たちの地獄がつづいている。

そこをさらにくだると、冥府の首都とされるディーテの街になり、そこからルチフェルが氷づけになっている地獄の最底辺まで、〝地獄の下層〟が延々とつづくことになるのである。

その画用紙に描かれている〝地獄〟の断面図はけっして藤堂のオリジナルではない。寿岳文章訳の『神曲』にも同じものが掲載されているが、これはいかにも建築家の手になるものらしく、より緻密に、より正確に描きこまれてあった。

その隣りにかかっている写真パネルは神宮ドームを写したものである。

それを見たとき佐伯は、どうして藤堂の渋谷の事務所で、自分がなにか見落としをしたように感じたのか、その理由がはっきりとわかった。

——なぜ、あのとき気がつかなかったのだろう。

佐伯にはむしろそのことがいぶかしいほどだった。

あの部屋には、藤堂の作品が写真パネルにされて何点も展示されていたのに、ただ神宮ドームだけがなかった。そのことが佐伯をして何か見落としをしたような妙な錯覚におとしいれさせたのだ。

どうしてあの部屋には神宮ドームの写真がなかったのか？　べつだん、ことさら疑問視しなければならないほどのことではないかもしれない。たまたま展示されていなかった、ということだってあるだろう。

しかし神宮ドームは藤堂の最新の作品ではないか。それをたまたま展示しないなどということがあるだろうか。あの部屋に展示されておらず、ここに（このバラックに！）展示されているのを、たんなる偶然と片づけていいものか。そこにはなんらかの藤堂の意思がこめられていると考えるべきではないか。

「………」

ふと佐伯は眉をひそめた。

〝地獄〟の断面図と、神宮ドームとを見くらべているうちに、妙なことに気がついたのだ。いや、これは気がついたなどというようなものではない。ほんの思いつき、たんなる気の迷いにすぎないだろう。なぜなら、そんな妙なことがあるはずはないからだ。

そのことを確かめようと、さらに顔を〝地獄〟の断面図に近づけたとき、ふいに背後に、バタン、とドアの閉まる音が聞こえてきたのだ。

佐伯は振り返り、あっ、とおどろきの声をあげていた。

そこにあの美少年が立っていたのだ。

戸口に肩をもたせかけ、長い足をもう一方の膝にからませて、ジッと佐伯のことを見つめていた。その大理石のようになめらかに、均整のとれた美貌を、あかあかと映えるドラム缶の火がさらにきわだたせている。

その手に持っているのは、一本の、錐のように細く、するどいナイフ――それを両手でもてあそびながら、あんた、誰？　と少年はけだるい、どこか冷酷な響きのある声でそう聞いてきたのだった。

第十三歌

1

「…………」

一瞬、佐伯はその場に立ちすくんだ。動くことも話すこともできない。

その少年はたしかに美しい。

が、その美しさはどこかこの〝現実〟とは微妙にずれて、なにか違和感のようなものを感じさせるのだ。魔性、といえばあまりに大時代めいているだろうが、その美しさには妙に禍々《まがまが》しいところがある。

ひとつには、風にドアがあおられ、開いては閉まるのをくりかえし、そのたびごとにその顔がドラム缶の火に映え、明滅するように見えるせいもあるかもしれない。

あまりにも唐突にそこに現れたこともあり、佐伯にはその少年が生身の人間のようには思えない。その顔が炎の明かりに明滅するたびに、なにか〝存在〟と〝非在〟とのあいだをめまぐるしく行きかっているようにも感じられるのだった。

「あんた、誰?」

少年はそう質問を繰り返し、佐伯が答えに窮しているのを見ると、その美しい眉をひそめた。ゆらりとドアから離れ、ゆっくり部屋に踏み込んできた。

それまで両手でもてあそばれていたナイフがスッと右手に吸いつくようにとまる。ナイフというよりメスと呼んだほうがいいか。諸刃《もろは》で、非常に細い。——鹿内弁護士が心臓を刺されたのも、ちょうどこんなナイフではなかったか。ふと佐伯はそんなことを思い、なにか冷たいものが胸をかすめるのを覚えた。たじろいで後ずさる。

「きみこそ」

佐伯はかろうじていった。その声がかすれていた。

「誰なんだ?」

「…………」

少年は足をとめた。首をかしげて佐伯を見る。

いや、佐伯を見ていながら見ていない。佐伯を透かして、どこか遠いところに焦点をあわせている。そんな感じがした。

少年は目を瞬《しばたた》かせる。その表情をなにか震えに似たものがよぎった。そして、なあんだとそうつぶやいたのだ。

「なあんだ、あんただったのか」

少年の表情が目に見えてリラックスした。はにかむように微笑んだ。また、ナイフを両手でもてあそびはじめた。

「あんた？　あんたって誰のことなんだ」

佐伯はあっけにとられた。

「なにをいってるんだい。あんたはあんたじゃないか」

「だからさ。ぼくは誰なんだ？」

佐伯はつい、そんな妙なことを口走ってしまったが、自分ではその質問の奇妙さに気がついていなかった。

「あんたはあんたさ。あんたは藤堂さんじゃないか」

「藤堂、ぼくが？」

「そうさ」

「ぼくが藤堂だって？」

「ああ」

「ちがう、ぼくは藤堂じゃない。ぼくは佐伯という者だ」

「そんなことは」

少年はうっとりと微笑んでいる。その両手のあいだを往復しているナイフが、ますますその速さを増して、いまはもうほとんど銀色のきらめきにしか見えない。

「どうでもいいじゃないか。どうでもいいってことは、藤堂さん、あんたが教えてくれたんだぜ。あんたはフィヒテの命題は間違っているとそういったじゃないか」

「フィヒテ?」

「J・G・フィヒテっていったっけ。あれ、何だか大げさなんだよね。ええと、こうだったっけ——人間の知識の基礎にある、絶対的に第一の、無制約の基本命題とは〝AはAである〟ということであり、つまりそれは〝私は私である〟ということでもある——」

「…………」

「この〝私は私である〟、という命題は、いかなる人も承認して、いささかも異議をとなえない、完全に確実で疑問の余地のないものと認められている……フィヒテはそういったんだよね。よく覚えてるだろう? だけど、藤堂さん、あんたはそうじゃないといった。〝私は私である〟という命題が、完全に確実で疑問の余地のないものだなんて、とんでもない迷信だとそういった。そうさ。あんたがそういったんだぜ」

「…………」

「だからさ。あんたが自分のことを誰と思おうと、そんなことはどうでもいい。だって〝私は私である〟という命題は迷信なんだからさ。あんたが誰であろうとかまわない。あんたが誰であろうと、あんたは藤堂さんでいいんだよ」

――なにをいってるんだ？

佐伯はまじまじと少年の顔を見つめた。

Ｊ・Ｇ・フィヒテという名前は聞いたことがある。大学の教養課程で専攻した哲学の講義で聞いたような気がする。うろ覚えだが、たしかカント哲学の後継者とかではなかったか。どうもその哲学者のフィヒテが〝私は私である〟という命題を絶対的な基本命題としてとなえたということらしい。

〝私は私である〟――たしかにそれは自明の理であり、それを絶対的な基本命題というなら、どんな人間にも異論はないだろう。

が、藤堂はその〝私は私である〟という命題を否定したのだという。ゆえに少年は、佐伯が誰であろうとかまわない、藤堂でいいのだ、とそういっているらしい。

――狂っているのか？

そう思わざるをえない。

が、佐伯は、一度は神経を病んで、ぎりぎり精神の極北に立たされ、〝自分〟という存在に圧《お》しつぶされそうになっているのだ。そんな佐伯にとって、〝私は私である〟という基本命題を迷信だといいきるその精神のありようには、奇妙に魅せられるものがあるのはいなめない。

なにかが頭のなかでずるりと地滑りしそうになったのを感じた。それをかろうじて踏みとどまることができたのは、少年がつづけてこういったからである。

「あんたはまだ狼を怖がっているのか。怖がることはないだろう、藤堂さん。だって狼はあんた自身なんだからね。それに狼はただ死んだんだろう。そんなものを怖がるのはあんたらしくないよ」

「狼は藤堂自身？　狼は死んだ？」

佐伯はつぶやいた。写真の裏に記されていた『神曲』〝天国篇〟の一節を思いだす。

　襲いかかる狼どもの敵なる羔として、私が眠っていたあのうるわしい欄《おり》から、私を閉め出す残忍に打ち勝つことあらば、
少年のいうことは支離《しり》滅裂《めつれつ》でほとんど何の意味もなさない。ただ、狼はあんた自身なんだからね、それに狼はただ死んだんだろう、という言葉だけがエンドレスのテープのように頭のなかにリフレインしていた。

狼が藤堂自身であり、その狼が死んだということは——

ふいに頭を蹴りつけられたようなショックを覚えた。自分でもそうと意識せずに叫んでいた。

「藤堂は死んだのか。おい、そうなのか。藤堂はすでに死んでいるのか！」

そんなことはすべきではなかった。ただいたずらに相手を警戒させるだけだった。が、気がついたときには、佐伯は少年につめ寄っていたのだ。おそらく、このとき佐伯の顔色は変わっていたにちがいない。

少年の反応は迅速だった。ドアに向かってすばやく飛びすさった。それまでの何かうっとりとした表情は、ぬぐわれたように消えていて、そのかわりに驚愕の色がありありと浮かんだ。なにか夢から突然さめたように、あんたは誰なんだ、とそう叫んだ。

少年はほとんど右手を動かさなかった。ただ手首だけをしなわせた。目のなかに銀光がひらめいた。胸の底を冷たいものが走った。とっさに体を沈めた。ナイフが髪の毛をかすめる。反射的に振り返った。ナイフが壁板に突き刺さった。音をたてて揺れていた。

全身がゾッと総毛だった。その場に立ちすくんだ。

少年は身をひるがえし、小屋を飛びだしていったが、それを追うこともできなかった。

膝がわなわなと震えて動けなかった。

2

ため息をついた。

ナイフがあと数センチずれていたら目を傷つけられていたろう。さらに十センチもずれていれば喉を深々とえぐられていたかもしれない。

そのことを想像すると下半身が萎《な》えるような思いにみまわれる。ほとんどその場にへたり込んでしまいそうになるほどだ。

が、かろうじて気力を奮いおこし、のろのろと動いた。

これでもまだ佐伯は現職の検事なのだ。こんなところにナイフを残しておくわけにはいかない。それにこのナイフはもしかしたら鹿内弁護士を死にいたらしめた凶器かもしれないのである。

壁に近づいて、ポケットからハンカチを取り出すと、それでナイフの柄をくるんで、ぐいと引き抜いた。ナイフの刃が、ぎらり、と光った。とりわけナイフの刃のほうを丹念にくるんで、それをポケットにおさめる。

そして小屋を出た。

ドラム缶の火が音をたててはためいていた。

暗い荒れ地に風が吹いている。

それでもかろうじて地形を見てとることができるのは、どこかに海があり、その光があるからではないか、と思われた。

その暗い荒れ地のどこにも少年の姿は見えない。

——あの少年は何者なんだろう？　どこに行ったんだろう？

佐伯は蹌踉《そうろう》と荒れ地にさまよい出た。

しばらく歩くと、なにか一直線に鉈《なた》で断ち切られでもしたように、地面がなだれ落ちているところに出た。

これが大きな穴であるのか、それとも地面そのものが段状になっているのか、それはわからない。

その縁にたって底を覗き込んだ。

「ウッ」

とうめいて顔をしかめる。

何ともいえない汚臭がたちこめている。

反射的に鼻を手でおさえたが、かろうじてそれに耐え、底を覗きつづける。

かなり深い。

崖面はなだらかに傾斜し、そこかしこに投げ捨てられたゴミが（灯油の空き缶、足のとれたコタツ、中身のないテレビ、段ボールの箱、ごわごわに水を吸った週刊誌）が堆積し、それが点々とケルンのように影法師になってたたずんでいる。風のなかになにか白いものがふわふわと幾つも舞っているのはどうやらゴミ袋らしい。

　暗いのに、どうにかそうしたものが視認できるのは、その底に三つ、四つと炎が燃えあがっているからである。それが崖の底を溶鉱炉でも覗き込むようにボウと赤い光に包んでいる。――あの火は何なのだろう？　こんな夜中にまさかとは思うのだが、だれかが焚《た》き火《び》でもしているのか。

――あの少年はこの崖をおりていったのだろうか？

だとしたら佐伯もそのあとを追って崖をおりていかなければならないだろう。

あの少年が何者なのかを突きとめなければならない。どこまでもそのあとを追いつづけなければならない。追いつづけて聞きたいことがある。聞きたいことは多い。

――少年は綿抜とはどんな関係にあり、藤堂とはどんな関係にあるのか？　フィヒテの〝私は私である〟という絶対的な基本命題を否定するとはどういうことか？　藤堂が恐れているという〝狼〟が藤堂自身であるとはどういう意味なのか？　なにより、その狼が死んだというのは、つまりは藤堂自身が死んだことを意味しているのか……

　崖の勾配は急というほどではないが、埋め立て地の土質はやわらかなうえに、そこかしこに穴ぼこがあいている。この崖をおりるのは苦労するだろう。できればすこしでもおりていくのに楽なところを選びたい。

佐伯は左右を見わたし、

「…………」

ふと眉をひそめた。

崖の縁に妙なものがある。

岩の破片――

砕かれたあともありありと真新しい岩の破片が、崖の縁にずらりと輪のように並んでいるのである。

岩の破片がそんなふうに偶然に並ぶことはありえない。岩が砕かれたのも人為的なら、そこにそうして破片が並んでいるのも、あきらかに人の手でなされたことだった。

――だれがこんなことをしたのか？

佐伯は自問し、これは藤堂のやったことだ、そうにちがいない、と胸のなかでつぶやいた。

たんなる勘ではない。直観などというようなものでもない。

あらためて背後の荒れ地を見やり、これは藤堂のやったことなのだ、とあらためて自分自身にそう確認した。

藤堂がこの岩の破片を並べたのだと考えれば、どうして彼がこんなところを隠れ家に選んだのか、そのわけもうなずけようというものである。

佐伯の頭のなかで『神曲』〝地獄篇〟のページがぱらりと開かれる。そこに記されている文章がありありと浮かんできた。

砕けた巨石を輪状にならべしつらえた高い崖のふちに来てみれば、その下はさらにむごたらしき獄舎。

ここにして思わずわれら、深淵が噴きだす悪臭《おしゅう》の、恐るべき甚《はなは》だしさに耐えかね、巨大な墓に身をひきよせ、

〝地獄篇〟第十一歌の冒頭である。

藤堂は『神曲』に魅せられていたのだという。『神曲』、とりわけ〝地獄篇〟が、いったんそれに魅せられれば、どれほど魂の底の底まで震撼させられる書であるか、おなじように『神曲』に魅せられた、いや、ほとんど淫していた佐伯には、そのことが手にとるようにわかる。

藤堂は『神曲』を耽読するあまり、〝地獄篇〟の第十一歌にうたわれたように、この崖の縁に、砕けた巨石を輪状にならべしつらえずにはいられなかったのだ。

――ということは……

藤堂はこの荒れ地を『神曲』の地獄に擬していたということになる。

つまり藤堂は〝地獄〟を自分の隠れ家に選んだことになる。しかし——どんな暗い情熱が、藤堂をして、地獄に隠遁するのを強いたというのだろう?

3

「………」

佐伯はあらためて崖の底を覗き込んだ。

そのとき佐伯の頭のなかにくっきり大文字できざまれていたのもやはり『神曲』第十一歌の詩句なのだった。

ダンテの問いを受けて、ヴェルギリウスは地獄の位相や仕組みについてこう説明するのである。

「わが子よ、これらの岩の中には下へ下へと段を成し、三つの小さな圏がある。君が後にしてきたのと同様の。

どの圏にも呪われた亡者が充満。なれど向後《きょうご》は、ただ見るだけで納得のゆくように、かれらがそこに閉じこめられている有様《ありよう》と理由を、聴け、語ろう。

天国で憎しみを受ける悪は、一つ残らず不正を目的とする。してかかる目的は、暴力によってか、或は譎詐《けつさ》によってか、他を苦しめること必定。……」

ヴェルギリウスによれば、最初の圏はすべて暴力者にあてられ、神、おのれ自身、おのれの隣人と、その暴力の対象によって、さらに三つの環に分かれているのだという。

第一の環には、一切の殺人者、不法に相手を撃つ者すべて、奪う者、掠《かす》める者が、閉じ込められている。

第二の環には、博奕《ばくえき》にふけり、資産を蕩尽《とうじん》する者、喜んでしかるべきなのに悲泣する者が、閉じ込められている。

最後のもっとも狭い環には、男色者たちが閉じ込められている。

第二の圏には、偽善、阿諛《あゆ》、魔術、詐欺、窃盗、沽聖《こせい》、婦人売却、聖職売買者たちが閉じ込められている。

そして第三の圏、宇宙の中心では、裏切り者がひとり残らず閉じ込められ、永劫の業火に焼かれている。神を裏切った堕天使ルチフェルが永遠に氷づけになっているのもこの第三の圏なのである。

「…………」

佐伯は崖の底を覗き込んでいる。

その噴きあがる汚臭もいまはもうほとんど気にならない。嗅覚は人間の五感のなかでもっともマヒしやすい感覚だと聞いたことがある。そのせいだろう。

いや、そのせいばかりではない。

藤堂がこの荒れ地を地獄に擬したのかと思えば、その汚臭さえも藤堂の暗い情熱を構成する貴重な一断片に思われ、なにか奇妙に共感めいたものすら覚えるのだ。

——共感？

そうなのだ。

自分でも意外というほかはないのだが、どうやら佐伯は藤堂に共感しているようなのである。

どうして藤堂が、自分の作品で〝空白〟に固執し、埋め立てられた荒れ地を〝地獄〟に擬して、そこのバラックにひとり隠遁しているのか、その理由はわからない。

が、佐伯には（おそらく『神曲』という装置を通底器にして）藤堂がなにを考えているのか、どんな妄想にとらわれているのか、おぼろげながら、それがわかるような気がする。

いや、そうではない。わからない。わかるはずはないのだが、藤堂を追いつづけるうちに、いずれ、そのことがわかってくるのではないかという予感めいたものがある。

そして、これこそ何の根拠もない、想像ともいえないようなことであるが、藤堂を追いつづけることが、鹿内弁護士・大月判事連続殺人事件の謎の根幹にたどりつくことでもあるような、そんな気もしているのだ。

そのためには藤堂には生きていてもらわなければならない。どんなことがあっても死んでいてもらっては困るのである。

「…………」

もう佐伯はおりやすい道を探そうなどとはしなかった。そんな余裕はない。

自分があの少年を追っているのか、それとも藤堂が見ていたであろう〝地獄〟を自分の目で確かめたいのか、それすらさだかではなくなっていた。

佐伯は一歩一歩、足場を踏みしめるようにし、崖の底に、ダンテの〝地獄〟におりていったのだ……

第十四歌

1

崖の勾配はそれほど急ではないが、ただ足場が異様に悪い。

埋め立ての地盤は安定していない。人間に踏みかためられてもいなければ、ブルドーザーにならされてもいない。たんに土が層をなしてかぶさっているだけの、いわばまがい物の地面にすぎないのだ。

ある程度、覚悟していたことではあるが、おりる先から足もとの地面が崩れ、歩きにくいことおびただしい。どうかすると流れ落ちる土砂に足もとをさらわれそうになる。よほど慎重に足を運ばなければならない。

唯一の救いといえば、崖の底のそこかしこに火が燃えていて、思ったより視界がきくことだ。――これが暗闇のなかをおりていくのであれば目もあてられない。間違いなく足をすべらせて墜落することになる。

崖を慎重におりながらも、佐伯の頭のなかには、やはり『神曲』〝地獄篇〟の一節がきざまれている。

第十二歌――

ダンテとヴェルギリウスは、地獄の第七圏に通じる崖を下ろうとするのだが、そこは地震のためか無残に崩壊していて、

地すべりの起こった山巓《さんてん》から平野にいたるまで、岩磊々《らいらい》と崩れ落ち、

という状態になっている。

それでもダンテたちはそこをおりていかざるをえないのだが、その絶壁の割れ目の端に、クレーテの恥さらし、すなわち半人半牛の怪物ミノタウロスがひそんでいて、ふたりを見て怒りのあまり荒れ狂うのだ……

佐伯はそんなことを思いながら、ゆっくりと崖をおりている。

が、どんなに慎重に足を運んでも、足もとから崩れ落ちていく土砂に、転びそうになるのを避けられなかった。

一度などは滝のように大量に土砂がなだれ落ち、とっさに尻餅をついて、腕をのばし岩角

をつかみ、体をささえなければならなかったほどだ。

あおむけに転んで、かろうじて墜落をまぬがれて、上半身を起こし、ふと佐伯はそこに花が咲いているのに気がついた。

花、それもユリの花だ。その白い花は見事で、とても野生のユリのようには見えない。

「…………」

ユリの花が咲いている土壌に触れてみた。埋め立て地の痩せた土とはちがう。指先に残るその土の感触はしっとりと肥沃だ。

——どうやら、だれかがここにユリの花を植えたらしい。

が、どこの誰がこんなところにわざわざユリの花を植えたりしたのだろう?

佐伯はそのことを疑問に感じ、ふと、最近どこかでやはりユリの花を見たことがあったな、と唐突にそう思った。あれはどこだったか? 考えたが、思いだせなかった。

思いだせないまま、しかし、いまはユリの花どころではない、と胸のなかでつぶやいて、慎重に立ちあがり、ふたたび崖をおりはじめる。

足もとを警戒しなければならない。どこにどんな穴ぼこがあいていないともかぎらない。が、つとめて足もとを見るようにしながらも、つい崖の底を見ずにはいられないのだ。

崖の深さは二十メートルぐらいか。すり鉢状になっているらしい。——底のそこかしこに小さな穴が掘られ、その穴のなかで火が燃えている。ゴミでも燃やしているのだろうか。その火に、底のほうが(溶鉱炉を覗き込んだように)ボウと赤黒く映えて浮かんでいるのだが、なにぶんにもその光はとぼしく、このすり鉢状の穴の全体を見とおすまでにはいたらない。

どんなに視線を凝らしてもこのすり鉢状の穴の底面がどれぐらいの広さがあるのかわからないのだ。点々と燃えあがる火は、わずかにそのまわりを照らすだけで、その彼方はどこまでもただ茫々と闇が閉ざしているだけなのである。

「………」

一瞬、佐伯は放心したようだ。注意力が散漫になった。

バウルルゥ

ふいに闇が炸裂した。炸裂して佐伯に襲いかかってきた。佐伯はとっさに飛んだ。間一髪、その喉のまえで、なにか鉄罠のようなものが音をたてて嚙みあわさった。

そのまま崖を底まで転がり落ちる。土壌がやわらかいことが幸いした。どこにも怪我をせずに立ちあがることができた。

崖の中腹にミノタウロスがいた。ミノタウロスはその力強い四肢で立ちはだかり、佐伯に向かって、バオウ、バオウ、と怒りの声を放っているのだ。

2

ミノタウロス？　いや、違う。そんなはずはない。そんなことはありえない。

一瞬、想像と現実とが交差し、混濁した意識のなかに出現した幻想のミノタウロスは、すぐに卑小な現実に収斂《しゅうれん》して、巨大なイヌの姿に変わった。

和犬とも洋犬ともつかないイヌだ。黒く、毛足が短い。全身にたくましい筋肉をみなぎらせていた。いまはもう吠えていない。牙を剝《む》いて、喉の底から暗鬱《あんうつ》なうなり声を発していた。その目が闇のなかにらんと赤い光を放っていた。

佐伯は全身に冷たい汗をかいていた。

イヌは威嚇のつもりで佐伯に襲いかかったのだろう。本気で佐伯を嚙むつもりはなかったのにちがいない。

が、ガシッと嚙みあわされたイヌの顎《あぎと》の、あの熱く湿った感触は、いまも喉もとにありありと残されている。どうしてそのことに平気でいられるだろう。

佐伯は立ちあがり、ジッとイヌの目を見ている。

怖い。

逃げだしたい。

が、逃げだしたいという思いを懸命にこらえている。逃げだせば、不用意に背中を見せでもしようものなら、イヌは容赦なく襲いかかってくるにちがいない。イヌの脚力をあなどってはならない。こんな崖など一気に駆けおりる。

それがわかっているから、渾身《こんしん》の気力を振りしぼり、目に力をこめて、イヌを見つめているのである。

——なぜこんなところにイヌがいるのだろう？

野良犬ではない。どんなに残飯が豊富でも残飯だけではあそこまでたくましく育たないだろう。だれかが餌を与え、訓練し、飼っているのにちがいない。

誰が？　もちろん、それは藤堂をおいてほかには考えられないだろう。藤堂以外の誰がこんなところでイヌを飼うものか。

藤堂はこの埋め立て地を地獄に擬しているのである。崖の縁に砕いた岩が並べられていたところを見ると、ここを〝地獄の下層〟に擬していることはまちがいない。

どんな酔狂から、あるいはどんな妄想から、そんなことを思いついたのかはわからないが、このすり鉢状の穴はいわばダンテの〝地獄〟のレプリカなのではないか。

佐伯がそのイヌをミノタウロスと錯覚したのも、あながち的外れな妄想とはいえず、あんがい、藤堂自身もそのつもりで、そこにイヌを放ったのかもしれない。

イヌはあいかわらず威嚇のうなり声をあげているが、とりあえず襲いかかってくるつもりはないようだ。

そんなイヌの目を見ながら、佐伯はじりっじりっと後退する。

背中にじっとり冷たい汗がにじんでいるのを覚える。が、ひるんではならない。相手がひるんでいると見抜けば、イヌはかさにかかって襲いかかってくるだろう。イヌとはそうした生き物なのだ。

——おれは怖くない。おまえなんか怖がってはいない……

胸のなかでそうつぶやきながら、目に力をこめて、イヌを見つめている。そして、逃げるのではない、ただたんに必要があってこの場を立ち去るだけのことだ、という思い入れをこめて、ゆっくりと、あくまでもゆっ、く、り、とイヌに背中を向ける。

歩きだした。

うなじの毛がちりちりと逆だっていた。背中だけがあらわに裸になったような頼りなさを覚える。とりわけ首筋が寒い。いつイヌが牙を剝いて、背中に飛びかかってくるかもしれない、と思うと気が気ではない。走りたいという衝動に必死に耐えた。

よほど歩いてから、ようやく全身の力を抜いて、振り返った。

「…………」

イヌは追ってきてはいない。もうそのうなる声も聞こえない。そこにはただ暗闇だけがひろがっていた。

その暗闇のそこかしこ、地に穴が掘られ、めらめらと炎が燃えあがっている。ゴミを燃やしているらしいのだが、『神曲』の妄執にとらわれた佐伯の目には、ただ単純にそうはうつらない。ここが〝地獄〟を擬した地であるなら、どこまでも『神曲』がつきまとうのはやむをえない。


見よ、墓の間《あわい》には焰めらめら舌を出し、それにより墓ことごとく白く熱せられること、いかなる鍛鉄の技も及ばぬ。

蓋すべてもたげられてあるゆえに、墓の中から迸《ほとばし》り出る酸鼻のうめき、げにも悩み苦しむみじめな亡者の声にふさわしい。


あれは〝地獄〟のどこであったか、あらゆる宗派の異端の首領と、その門徒たちが燃える墓におさめられ苦しんでいるところがあった。

地の底から炎がめらめらと燃えあがっているこの情景は、端的に『神曲』のその描写を思いださせずにはおかれない。

ミノタウロスに擬して猛犬を放っている藤堂のことだ。当然、地の底から燃えあがるこの火を見て、異端者を罰する燃える墓のことを連想したにちがいない。ここに〝地獄〟のレプリカが精密に再現されていることに会心の笑みを浮かべたのではないか。

——異端者？

藤堂は自分のことを異端者だと考えているのだろうか。

考えているだろう。考えていないはずがない。

どんな人間であれ、この世の成りたちに、ひりひりと傷口のような違和感を覚えている者は、すべからく異端者であるだろう。

自分の設計する建物にことごとく〝空白〟の烙印《らくいん》を刻《こく》さずにはいられない藤堂が異端者でないはずはないし、そんなことをいえば、検事でありながら検察システムから落伍した佐伯もやはり異端者といわざるをえない。

が——

佐伯はともかく、藤堂が〝地獄〟に入れられるとしたら、異端者の〝地獄〟よりももっとふさわしい場所があるのではないか。

〝地獄の下層〟には三つの圏があり、その最初の圏は、すべて暴力者にあてられているのだという。

神、おのれ自身、おのれの隣人……その暴力の対象によって、最初の圏はさらに三つの環に小分けされている。

神に対する暴力者とは、「心のうちで神をこばみ神をけなす者、あるいは自然とそのめぐみをさげすむ者」を指し、これを三番めのもっとも狭い環に閉じ込めている。

つまり、男色者である。

3

……ダンテは十三世紀後半に生まれ、十四世紀に没したルネッサンス人である。

その人があらわした『神曲』に、現代のモラルを当てはめて考えるのは、無理があるだろうが、それにしても、

——男色ということだけで〝地獄〟に入れられるのはやや酷ではなかろうか。

佐伯もそう思わないではない。

が、当時、カトリックは男色を「自然とそのめぐみをさげすむ者」として、その行為をいましめていて、ローマ法王と対立していたダンテもこれを完全に無視するわけにはいかなかったのだろう。

当時のフィレンツェに男色が多かったのかどうか、佐伯もそこまでは知らない。

が、男色者が入れられている〝地獄〟で、ダンテは師とあおいでいる人物とめぐり会い、親しく言葉をかわしているのだから、ダンテ自身はそれほどゲイに対して偏見を持っていなかったのではないか……

藤堂はあの美少年の全裸の写真を隠し持っていた。

それだけで藤堂をゲイと決めつけるわけにはいかないが、その可能性は否定しきれないだろう。

〝地獄の下層〟には三つの圏があり、その最初の圏、暴力者が入っている〝地獄〟は、さらに三つの環に小分けされている。

その三つめのもっとも狭い環に男色者は入れられているのだという。それを探して佐伯は穴の底をさすらう。

もちろん藤堂がほんとうにそこにいると思ったわけではない。いないだろう。いないとは思うのだが、なにかそこには藤堂の行方を突きとめる手がかりのようなものがあるのではないか、と考えた。

その手がかりがあった。

佐伯がおりたのと反対側にそびえるその崖裾に、一台の車がとまっていた。

濃いマリンブルーに塗られたジープ型の四輪駆動車――

神宮ドームのオープニング・セレモニーのときと、火災のときに、ビデオに撮影され、さらには鹿内弁護士のベンツを尾行していたのがこの車なのである。

「…………」

これは思いもかけない幸運というべきだろう。佐伯は自分の幸運が信じられずに、一瞬、その場に立ちすくんだほどだ。

が——

佐伯はかつては有能な東京地検刑事部の検事だったのだ。こういうときにはどうすべきか体にたたき込まれている。自然に体が反応してしまう。

まずナンバーを手帳に書きとめた。

そしてハンカチを出し、それでくるむようにしてドアの把手《とって》を引いた。

施錠されていなかった。

ドアが開いた。

やはりハンカチごしにルームライトのスイッチを入れた。

車のなかを見る。

助手席に関東圏の道路マップがあり、ダッシュボードのホルダーにはコーラの缶が入っている。

そのほかにはフロントシートにもリアシートにも何もない。

ただ助手席の尻の部分になにかしみのようなものが薄く残っている。

——何だろう？

佐伯がそのしみに触れようとしたときのことである。外の暗闇から、ハッ、ハッ、ハッ、というイヌの荒い息づかいが聞こえてきたのだ。

全身が石のようにこわばるのを覚えた。心臓が喉までせりあがる。あのミ、ノ、タ、ウ、ロ、ス、か？

そうだろう。それ以外には考えられない。口のなかから唾液がシュンと音をたてて引いていった。上半身を車のなかに突っ込んだままピクリとも身動きできない。

イグニション・キーはない。車を走らせてイヌから逃げることはできない。が、車のなかに逃げ込むことはできる。いくら、大きくたくましいイヌでもまさか車のガラスを破ることはできないだろう。

ただ、車のなかに逃げ込むまえに、イヌがどこまで近づいているのか、せめてそれだけでも突きとめなければならない。まさか、そんなことはないと思うが、すぐそばにいるのだとしたら、車のなかに逃げ込もうとしたとたん、がぶりと嚙みつかれてしまう。

「………」

じりじりと右手をポケットのほうに移動させる。ナイフを握りしめた。そして左手をすばやく天井に走らせてルームライトのスイッチを入れた。

ルームライトの明かりがともった。

そこにイヌがいた。が、あのミノタウロスではない。シェパードだ。

シェパードは激しく吠えて、車に突進してこようとした。

その引き紐をグイと引いて、ステイ、と叫んだのは、警察犬の飼育係官だった。

そこに何人もの男たちがいた。警察官も混じっていた。

なかから、ひとり、進み出てきて、妙なところにいるじゃないですか、佐伯さん、とそう声をかけてきたのは、警視庁捜査一課六係の高瀬主任だった。

「その車は証拠物件としてわれわれが押収することになっているんですよ。もちろん裁判所から許可もとってある。恐縮ですが、あまり、なかを荒らさないようにしてもらいたいもんですな」

「…………」

佐伯はあっけにとられている。

どうしてこんなところにいきなり高瀬が現れたのか、そのことが事実として意識のなかに焦点をむすばない。

「その車は藤堂俊作のものです。名義はべつの人間になっていますが、現実にその車を使っていたのは藤堂なんですよ。もちろん藤堂の名は佐伯さんも御存知のはずだと思いますけどね——」

高瀬はどこか嘲弄《ちょうろう》ぎみにそういい、

「われわれとしてはその車を探していたわけでしてね。とうとう見つけることができました。藤堂がここに土地を所有しているということを見つけるまでが一苦労でしたよ」

「…………」

佐伯は刑事たちの背後に綿抜の姿があるのに気がついた。

綿抜はあいかわらず表情にとぼしい顔で、ぼんやりと地面を見つめていた。

どうして、と佐伯は聞いた。

「きみたち捜査一課が綿抜さんの身柄を確保しているんだ？　綿抜さんは『神宮ドーム火災事件』の被告人で、きみたちのほうの捜査とは関係のない人なんじゃないか」

「それは検事さんといえどもお話しすることはできませんな。いろいろ事情が変わってきたんですよ」

「どう事情が変わってきたというんだ？」

「………」

高瀬はそれには答えようとせず、わずかに体《たい》を開くようにした。

佐伯は絶句した。

そこに法務省公安課参事官の財前がたたずんでいた。

高瀬がにやりと笑ったのは、事情を聞きたいんだったら財前に聞いてくれ、という意を含んでのことだろう。

が、財前には佐伯に事情を説明するつもりはないようだ。佐伯のことを見つめ、わずかに黙礼し、これで義理は済んだとでもいうように視線をそらす。――そして刑事たちに向かってあごをしゃくった。刑事たちは一斉に動いた。綿抜を連行し、車を押収する。ここでは佐伯の存在は完全に無視されていた。

佐伯は呆然と立ちすくんでいた。

おとなしく影が薄いのに妙に仕事だけは切れる男――

なるほど、いみじくも東郷がいったように、こういう男が出世するのかもしれない。これまで佐伯はこの財前という男からこんなにも威圧感を覚えたことはなかった。

第十五歌

1

四輪駆動車は「東京地裁連続殺人事件」捜査本部に押収された。

以下の情報は、翌日、「東京地裁連続殺人事件」を担当する村井検事を通じて、「神宮ドーム火災事件」の公判検事である東郷に知らされたものである。

……都内のとある工務店が、名義上、その四輪駆動車を所有していることになっていたという。書類のうえでは駐車場もその工務店の敷地になっていた。

が、実際には、車の購入代金、そのほか税金、車検などの費用は、すべて藤堂俊作から出ていたらしい。

その工務店の社長と、藤堂とは、かつて仕事のうえでのつきあいがあった。そんなことから藤堂に頼まれ、社長は、車の名義人になるのをこころよく引き受けたのだという。なにかの事情があるのだろう、と考え、さしてそのことを気にもとめなかったらしい。

藤堂自身が四輪駆動車を使っていたのかどうかはわかっていない。が、なんらかの理由があり、藤堂が自分名義ではない車を必要としていたことは間違いない。

「地裁連続殺人事件」捜査本部はそのことに関心を持っているらしい。裁判所から許可を得て車を押収するからには、なんらかの公算があってのことにちがいないのだ。

しかし――

佐伯はそのことを聞かされても、「東京地裁連続殺人事件」捜査本部の動きが、もうひとつ腑《ふ》に落ちなかった。

なるほど、たしかに、神宮ドームのオープニング・セレモニーにおいても、火災現場においても、四輪駆動車はその姿をビデオにとどめている。さらには、鹿内弁護士が殺された当日、ベンツを尾行していたという複数の（青蓮佐和子以外にも数人がこの車を目撃している）証言も得られているのだという。

不審といえばこんな不審な車もないだろう。どうして、藤堂がほかの人間を車の名義人にしなければならなかったのか、という疑問も含めて、捜査本部がこの四輪駆動車に関心を寄せるのは当然のことかもしれない。

が、それでは綿抜周造のことはどう考えたらいいのか？　綿抜は「神宮ドーム火災事件」の過失致死傷の責任を問われているのであって、「東京地裁連続殺人事件」とは何の関係もない人間のはずではないか。——それなのに、どうして捜査本部に綿抜の身柄を確保する必要などあるのか？　ましてや法務省公安課の参事官がこの事件のどこにどう関わってくるというのか。

端的にいって佐伯にはそのことが不気味だった。不気味でならない。

なにか自分の知らないところで目に見えない渦のようなものが大きく回転しつつあるのを感じていた。その渦はひっそりと暗く、しかし激しく回転していて、どこか〝権力〟の隠微な息吹さえ感じさせるようである。

もっとも綿抜自身についても不審な点がないではない。

どうやら綿抜は藤堂の失踪についてなんらかのことを知っているらしいのだ。

藤堂は雑音にわずらわされず設計に没頭したいときの、いわば隠れ家としてあの埋め立て地の小屋を使っていたらしい。

綿抜はたまたまそのことを知っていて、佐伯から藤堂の失踪の話が出たときに、ふとあの小屋のことを思いだし、それで覗いてみる気になったのだという。なにも藤堂があの小屋に潜んでいる、などと確信していたわけではないという。——現に、藤堂が失踪してから、あの小屋を使っていたのかどうか、その確証は得られていないのだ。

そのかぎりでは綿抜について不審な点は何もない。

が、綿抜があの謎の美少年と顔見知りであるらしいことを考えあわせると、その証言を鵜《う》呑《の》みにしていいものかどうか大いに疑問であるだろう。

綿抜という人物は、たんに「神宮ドーム火災事件」の過失致死傷の容疑を問われているのにとどまらず、「東京地裁連続殺人事件」も含めて、この事件全体でなにかもっと大きな役割をはたしているのではないか。

佐伯としては何としてもそのことを綿抜本人に会って確かめたいところだ。

が、捜査本部は綿抜の身柄をどこかに保護したまま、綿抜に会いたい、という佐伯の要求には、言《げん》を左右にして応じようとしなかった。

どうやら捜査本部は綿抜を重要参考人として位置づけているらしい。

佐伯としては苦笑せざるをえない。

これが、高瀬の希望にそむいて弁護士の被疑者接見を認めた佐伯に対するしっぺ返しなのだとしたら、なんとも陰険なやり口としかいいようがない。

もっとも佐伯は休職中の検事であり、「東京地裁連続殺人事件」はもちろん、「神宮ドーム火災事件」についても、公式には何の権限もない。

「東京地裁連続殺人事件」を担当している村井検事はその仕事ぶりが着実で手がたいことで知られている。どんなときにも〝検察一体〟の原則にのっとって動いて、警察と対立することもなければ、ましてや検察庁上層部の意向に逆らうこともない。

村井検事が捜査本部の意向に反して何事かを決定するなどというのは絶対にありえないこ

となのだ。——その意味では、いくらかつての同僚であろうと、村井が捜査の部外者にすぎない佐伯に、重要参考人である綿抜との面会を許さないのは当然といえばいえるだろう。

しかし——

東郷までが綿抜との面会を拒否されるのはやはり異常なことではないか。

たしかに担当弁護士が殺され、裁判官が殺されて、いまのところ次回の公判予定さえたっていない。

が、それでも東郷が「神宮ドーム火災事件」の公判検事であり、綿抜がその公判で過失致死傷の罪を問われている、という事実に変わりはないはずではないか。

「東京地裁連続殺人事件」捜査本部が、東郷にまで綿抜との面会を拒否する、拒否できる、ということは警視庁、検察庁の上層部に、なにかよほど確固たる了解事項があるとしか考えられない。——つまり、なんらかの根回しがなされているとしか考えられないことなのだ。

現に、東郷は東京地検の部長を通じて、綿抜との面会を村井に求めたのだが、それさえ却下されたほどである。

もちろん、こうなると、たんに「東京地裁連続殺人事件」捜査本部や、一介の刑事部検事にすぎない村井のレベルで可能なことではない。

東郷も、そして佐伯も、捜査本部の背後に法務省公安課の財前参事官が立ちはだかっているのを感じずにはいられない。

いや、そうではない。財前はたんに何者かの意思を体して、そこにいるだけのことで、真に東郷たちが考慮しなければならないのは、その背後に黒々とひかえている巨大な影であるだろう。

すなわち、公安警察の巨大な影——

2

その後の捜査本部の動きは佐伯の予想を大きく越えるものだった。

捜査本部は科捜研（科学捜査研究所）に四輪駆動車のシートに残されていたしみの鑑定を依頼したのである。

すでに警視庁の鑑識では助手席に残されていたしみが尿のあとであることを鑑定している。

ただし、それは半年ほどまえのものであるらしい。シートの痕跡はほぼ消えかかっていたし、シート内部のスポンジも乾燥していたという。鑑識課ではそれ以上の鑑定はできない。

綿抜が起訴されたのはこの四月のことである。ほぼ半年まえになる。そして藤堂俊作が失踪したのもその直後のことだ。

そのことを考えあわせれば、捜査本部が科捜研に尿の鑑定を依頼した意図がどこにあるのか、それもおよその想像がつこうというものである。

――捜査本部では藤堂が死んでいると考えているのか。

佐伯は意外だった。

いや、意外とはいえないだろう。佐伯にしても藤堂がすでに死んでいるという可能性は考えないでもなかったのだ。ただ、できるかぎりその可能性からは目をそらし、どこかで生きている、生きていて欲しい、と願う思いのほうが強かった。

まだ一度も会ったことのない相手に友情を抱いているといえばおかしいだろうか。友情がおかしいなら共感といえばいいか。

――藤堂はおれに似ている、そっくりではないか……

佐伯はいつしかそんなふうに思うようになっている。

藤堂は建築界で将来を嘱望《しょくぼう》されている若き天才といわれている男だ。東郷がいったように、たんに『神曲』を耽読したというそのことだけで、藤堂が自分と似ていると思うほど佐伯はうぬぼれてはいないつもりだ。

おそらく藤堂という男は、この〝世界〟に対する違和感をひりひりと全身で痛いほどに感じているはずだ。自分のことを〝世界〟から徹底して疎外された〝異邦人〟だと感じている。

佐伯にはそのことがわかる。わかりすぎるほどにわかるのだ。――それというのも、佐伯もまた〝世界〟に対する違和感に苦しんできたからだろう。自分のことを〝異邦人〟だと感じつづけてきた。それはついには精神障害を引きおこさざるをえないほど深刻で執拗な違和感だった。

そんな佐伯にとって、藤堂はいわば自分のドッペルゲンガーであり、その生を望まずにいられないのは当然のことだった。

が、そんな胸のうちは、東郷にさえ打ちあけられないことだ。藤堂は東郷の高校時代からの親友であり、もし藤堂が死んだということにでもなれば、その悲しみは佐伯の比ではないはずだ。どうして東郷にそんなことが打ちあけられるだろう。

──藤堂は死んでいない。死んでなどいるものか。

佐伯は、ひとり、胸のなかでそう自分自身につぶやいていた……

が、月が十月に変わり、捜査本部はいよいよ藤堂が死んでいるという見込みのもとに強引に捜査を進めるようになっていた。

科捜研の成しとげた仕事は賞賛に値《あたい》するものだった。

半年まえにスポンジに染み込んだ尿中から上皮細胞を検出したのだ。この上皮細胞から血液型（AB分泌型）が検出され、DNAが抽出された。

さらに、このスポンジ片を有機溶媒のエタノールに浸すのをくり返すことで、尿内からある化合物を抽出するのに成功した。

この化合物を分析した結果、これが副腎皮質ホルモン剤であることがわかった。

副腎皮質ホルモン剤は、ステロイド・ホルモンともいい、抗炎症作用、止血作用などに優れているが、強力なぶん、副作用も避けられないため、よほど緊急の場合にしか使用されないという。

とりわけ捜査本部が注目したのは副腎皮質ホルモンが大量に出血したときの止血に使われる薬だということである。

どういう事情かはわからない。が、助手席に尿の痕跡を残した人間はかなりの重傷を負っていたのではないか……捜査本部はそう推測したらしいのだ。

藤堂の血液型がAB型であることはすでに歯科医のカルテから判明している。が、たんに血液型が一致するというだけでは、この尿の痕跡を残した人間を藤堂俊作と断定するわけにはいかない。

捜査本部としてはDNA鑑定に持ち込んで万全を期したいところだった。

捜査本部は、藤堂の自室を捜索することを決定し、刑事訴訟規則一三九条一項にのっとって、裁判所に「捜索・差押許可状」を請求した。

そのことを知った東郷は、佐伯とふたり、部屋の捜索に立ち会うことを捜査本部に求めたのだが、これは当然のことのように却下された。

「そういうことか」

東郷は下唇を嚙んでそういい、ふいに暗い苦笑をひらめかせた。

「なるほど、そういうことなんだな」

要するに捜査本部はどこまでも東郷と佐伯のふたりを捜査から排除するつもりでいるのだ。そういうことだった。

が、東郷がかなり強硬に申し入れたのが功を奏したのか、村井検事が非公式に捜索の結果を伝えてくれることになった。

村井にしても捜査本部の方針に準じているだけのことで、なにも東郷や佐伯に悪意を持っているわけではない。

捜索の結果を伝えてくれるのは彼なりの精いっぱいの好意なのにちがいない。

以下は村井からの情報である。

……藤堂のジャケットの一着からルミノール反応が出たという。それもかなり大量の血痕が付着していたらしい。

血液型がAB分泌型であることが確認されたのち、この血痕は科捜研に持ち込まれ、DNA鑑定されることになった。

DNA鑑定には、最近、警察庁科警研（科学警察研究所）で開発されたばかりの、二十三対の染色体のうち十一番めの染色体を鑑定する方式がとられた。

その結果、DNAが一致した。

AB型の場合、血液型が一致し、さらにDNAが一致する確率は、じつに千六百億人にひとりの計算になるのだという。

この鑑定結果から見て、四輪駆動車の助手席に残されていた尿の主と、藤堂のジャケットに残されていた血痕の主とは、ほぼ同一人物であると判断していいだろう。

捜査本部はこのことから、藤堂俊作はすでに死亡している、という推測にいよいよ確信を深めたらしい。

が、死体が出てこないかぎり、藤堂が死んでいると断定することはできないはずで、殺人事件として新たに捜査を進めるのはむずかしいのではないか。

それに——

藤堂がすでに死んでいるとして、そのことが「東京地裁連続殺人事件」の捜査にどうかかわってくるのだろう？　佐伯には捜査本部の意図するところが、どうしてもつかめないのだった……

3

警察庁の科学警察研究所「法医第一研究室」に、法条《ほうじょう》という研究員がいる。

佐伯とは、以前、ある事件を通じて親しくなった。

もともと寺の息子で、いずれは自分も僧になるつもりで、とある私大の仏教学部に入ったのだが、知りあいの寺で、無縁仏の骨《こつ》の入替えを手伝っているうちに、〝骨〟に興味を持つようになった。

その興味がこうじて、大学をかわり、専攻を替えて、とうとう科警研に就職したという変わりダネである。

「法医第一研究室」は、おもに皮膚片や、毛髪、歯、骨など人体組織に関する法医学の研究をするところで、法条には最適の職場というべきだが、

釈迦如来《しゃーかーにょらい》　真身舎利《しんじんしゃーりー》
本地法身《ほんじーほっしん》　法界塔婆《ほっかいとうばー》

骨片を鑑定しながら口のなかで読経するその癖だけはどうにかならないものか。同室しているだけで気持ちが陰々滅々と沈んでくるのだ。

「こいつなんだけどな」

佐伯は法条の読経をさえぎり、あの美少年の持っていたナイフを突きだした。もちろんハンカチでくるんである。

「指紋を採取して欲しいんだ」

法条はちらりとナイフを見て、

「そんなのは鑑識の仕事だよ。ここは科警研の第一研究室なんだけどなあ」

「おれは休職中なんだ。鑑識に頼めるわけがない」

「ま、いいか。そこらへんに置いといてよ。あとでやっといてやるよ」

「どれぐらいかかる？」

「ちょっと仕事たてこんでるからさあ。すぐってわけにはいかないよ」

「できるだけ急いでくれるとありがたい」

ハイハイ、と法条はうなずいて、ふいに佐伯に顔を向けると、

「おまえさあ、自分がヤバイことになってるの知ってる？」

「ヤバイこと？　いや、それはどういう意味なんだ？」

「わかんないけどさあ。なんだか警視庁の警備とか公安の連中が、あんたのこと、けむったがってるって話だぜ。よけいなことに口突っ込んでるって。あの連中、検事のことなんか何とも思ってないからさ。気をつけたほうがいいんじゃないか」

「おれには何のことだか心当たりがない。誰からそんな話を聞いたんだ？」

「誰ってことはないよ。だって噂なんだもんな。ま、いいんだけどさ。おれには関係ないことなんだから——」

法条は骨片に視線を戻し、また口のなかでお経をとなえはじめる。

この男は鼻歌がわりにお経をとなえる。カラオケでお経を歌ったという噂がある。

おれには関係ない、というのも法条の口癖だが、これは嘘でもてらいでもなく、事実、骨以外にこの男の興味を引くものは何もないらしい。

薄情というのでもなければ虚無的というのでもない。法条はそんな人間味のある男ではない。――僧になる修行をして、その後、〝骨〟に興味を移し、法医学に転身したという経歴が、法条に独特な死生観をもたらしている。何といえばいいか、生きている人間のやることなどしょせん大したことではない、と悟ってしまっているらしいのだ。

どうかすると法条の視線にはその人間の生身の体を透かして骨を見ているようなところが感じられる。したがって、あまり人は法条には近づきたがらない。

が、人の虚偽を敏感に感じとり、そのことでむしろ自分自身が傷ついてしまう佐伯のような男には、法条のその非情さがかえって心地いいものに感じられる。法条に友情を覚えざるをえない。

もっとも骨をまえにしているときの法条には何を話しかけたところで無駄だ。どうせ上の空で人の話などろくに聞いていない。

それじゃ頼んだぜ、とそういい、部屋を出ようとした佐伯の背中に、あのさあ、と法条が声をかけてきた。

「おまえ、これから女に会いに行くんじゃないの？」

「どうしてだ？」

佐伯は振り返る。

そのとおりなのだ。これから佐和子と会う約束になっている。——ときどき、この法条という友人の勘のするどさが恐ろしくなることがある。

「どうしてってことないけどさあ。ただ、それだったら、さっきの真身舎利《しんじんしゃーりー》というお経の意味を知っておいたほうがいいんじゃないかと思ってさ」

法条はにやりと笑って、

「つまり真身は舎利なのよ。どんな女もしょせんは骨なのよな」

第十六歌

1

佐和子と新宿で待ちあわせをした。

彼女は私鉄・京王線沿線のアパートに住んでいるのだという。「霞ケ関」から地下鉄・丸ノ内線で「新宿」に出て京王線に乗り換える。――その帰宅の便を考えて新宿で会うことにした。

新宿駅東口を出て、すぐのところ、新宿通りに面してフルーツパーラーがある。

そこで八時に待ちあわせた。

風の強い夜だった。

佐和子と会うときにはいつも強い風が吹いているような気がするが、思いなおしてみるとそんな事実はない。妙な錯覚だ。

佐和子は先に来ていた。

淡いクリーム色のブラウスに、茶色のスカートという地味な服装をしていた。ひかえめというより、なにか人の目につくのを恐れているような印象さえある。佐伯の姿を見て微笑んだが、その微笑みもどこかおどおどと淋しげだった。

——どうしてこんなに淋しげに笑うんだろう？

ふと文芸部の部室で最初に会ったときの佐和子を思いだしていた。あのときの佐和子ははつらつとしていた。あれからもう十年の歳月が流れたのだ。

挨拶は抜きにし、すぐに用件に入った。

「疲れているところを申し訳ない。電話で話したのはこの車なんだけど。どうだろう？　ベンツを尾行していたのはこの車だったろうか——」

四輪駆動車の写真を取りだし、それを佐和子のまえに置いた。

佐和子は眉をひそめるようにし、写真を見たが、すぐに顔をあげて、似ているわ、といった。

「もちろん同じ車だと断言はできないけど車種は同じね。色もこんな色だったと思う」

「そうか——」

佐伯は嘆息した。

まだ佐和子のことは捜査本部に話していない。捜査本部のほうで佐伯たちのことを避けていてこれまで話す機会がなかった——というのは自分自身に対する言い訳にすぎない。実際には、佐和子を捜査に巻き込むのにためらいがあり、何とはなしに言いそびれているといったほうがいい。もちろん、いつまでも黙っていていいことではない。

「いずれ警察の人間がそのことできみを訪ねると思う。面倒とは思うけど、そのときにはこのことを話してもらいたい」

「わたし、仕事は休めない。警察に呼びだされたら困るわ」

「大丈夫だ。そんなことにはならない。警察のほうから訪ねていくからさ。そんなに手間はとらせないはずだよ」

「それならいいんだけど——」

佐和子はうつむいて、臆病そうな上目づかいになると、

「あのう、もうこれでいいのかしら」

「ああ、聞きたいことはこれだけだよ。おかげで助かった——」

佐伯は写真をポケットにおさめ、

「よかったら食事でもいっしょにどう？　お礼におごるよ」

できるだけ、さりげなく切りだしたつもりだが、やや早口になったのは、どこか緊張しているからだろう。いい歳をして、おれはまともに女性を食事に誘うこともできないのか。胸のなかで自嘲した。

「…………」

佐和子は迷っているようだ。うつむいて返事をしない。

「あ、それとも誰か待っている人でもいるのかな。そのう、ご主人とか——」

ほんとうに聞きたかったのはこれかもしれない。平穏に結婚生活を送っているのであれば、高校生にまじって「ローカル・バーガー」などで働いてはいないだろう。そうは思うのだが、佐伯は臆病で、これまでそのことを聞きそびれていた。

「主人は亡くなったわ」

「…………」

「三年まえに事故で死んだの」

「そうか。それは知らなかった。すまない。どうも悪いことをいったようだ」

「いいの。もう三年もまえのことよ。忘れたわ」

「お子さんは？」

「いるわよ」

「ひとり？」

「ひとりよ。だけど——」

佐和子は顔をあげてひたと佐伯のことを見つめた。表情は変わらない。が、その目に怒りとも悲しみともつかない色がにじんでいた。だけど、いっしょには住んでいないの、とそういった。

「どうして？」

と佐伯は聞いて、

「いや、こんな立ち入ったことを聞いちゃまずいかな」

「かまわないわ。人に聞かれてまずいようなことじゃないもの。それはね、わたしに経済力がないからなの。わたしが弱虫だからなんだわ」

「………」

「亡くなった夫の実家のほうで子供を手放そうとしないの。わたしね、結婚したすぐあとに父を脳溢血《のういっけつ》で亡くしているの。父がやっていた会社も倒産したわ。自宅も手放さざるをえなかった。兄夫婦は小さなマンションに引っ越して母もそこに引き取られた。わたしにはもう実家がないのよ。夫が死んだからといってわたしには頼るところがない。大学を卒業してすぐに結婚して、これといって特技もないしね。それでね。お姑さんが心配してくれて――」

心配してくれて、という言葉に、かすかに佐和子らしくない皮肉の調子が響いた。それまで佐和子は淡々と話していたのだが、そのことがかえって彼女のこれまでの人生が苦渋に満ちたものであったことをものがたっていた。

「わたしが自立できるまで子供を引き取ってくれるとそういったの。なんとかなるまで子供を引き取ってくれるって。わたし、大丈夫ですから、母子ふたりでなんとかやっていきますから、とそういったんだけど。お姑さんは親切でとうとう子供を手放そうとしなかった。わたし、お姑さんに気にいられていなかったの。あんたは陰気だって面と向かってそういわれたことがあったわ」

「きみは陰気なんかじゃないよ」

「でも明るくもない。そうでしょう」

「………」

「もう笑い方なんか忘れてしまったわ。子供に会ったら笑うけど。夫の実家は新潟だからそんなにしょっちゅうは会いに行けない。それにね、『ローカル・バーガー』ではいつも笑っていなければならないのよ。楽しいことなんか何もないのに笑い皺ができちゃう。だからわたしはふだんは笑わない。笑わないことにしているの」

佐和子は色が白い。が、疲れがたまって肌はつやを失い、白墨のようにかすかに粉をふいているように見えた。フルーツパーラーで恋人と、あるいは友人と談笑している若い女たちにくらべると、その服装もひどく見劣りがする。端的にいって佐和子は見すぼらしい。

が、それが何だというのだろう。佐伯は、十年まえ、佐和子がはつらつとして魅力的な娘であったことを覚えている。そう、ここにいる若い娘たちの何倍も魅力的だった。

あのときの彼女の笑顔はいまも脳裏にありありと焼きつけられている。それで十分ではないか。それ以上、なにを望むことがあるというのか。

「夕食につきあってくれませんか」

と佐伯はそういい、そして自分でも思いもかけないことを口にした。

「ぼくがきみを笑わせる。ぼくはきみの笑う顔を見たい。どうしても見てみたい」

「………」

佐和子はおどろいたように顔をあげた。その目の底にかすかにさざ波のように感情が波うった。

が、佐伯は女に不器用で、あるいは女に無知で、そのときの佐和子の感情を読みとることができなかった……

2

……新宿通りに風が吹いている。

その風のなかを佐伯は佐和子と肩をならべて駅のほうに歩いている。

駅を抜けて西口に出るつもりだ。西口のホテルのレストランで食事をしようと考えている。

佐和子がソッと遠慮がちに腕をからませてきた。そのことには何の意味もないだろう。たんに風が強いからにすぎない。——佐伯はそう思おうとして、しかし佐和子の腕から伝わるぬくもりになにかひどく切実なものを感じてもいた。

——佐和子と会うときにはいつも風が吹いている……

そうではない。それがたんなる錯覚にすぎないことはわかっているはずなのに、その錯覚がありありと実感となって体に刻み込まれている。事実がどうあれ、彼女と会うときには風が吹いていなければならない、という奇妙な思い込みに似たものがあるのだ。

『神曲』〝地獄篇〟の第五歌を思いださずにいられない。地獄の第二圏。そこは、愛欲に自分を失った者たちの魂が、激しい風のまにまに、やすむ間もなく吹きまくられているところである。

やむまもなく吹きすさぶ地獄の業風が、亡者をひきとらえ、追い立て、打ちまくり、投げ散らし、責めの限りをつくす。
風のあらびの極みにあうと、亡者たちは叫び、泣き、かきくどき、ついには神の権能をののしり呪う。
私は知った、このような激しい呵責《かしゃく》が、理性を失い愛欲にふける、肉の罪人たちの行きつく果であることを。

夜だが、暗くはない。この街はけっして暗くならず眠ることを知らない。

新宿の空はおびただしいネオンに映えて膿んだように赤い。ファッション・ヘルスの、ピンク・サロンの、ランジェリー・パブの、テレフォン・クラブのネオン、だ。――そのただれて赤い空に、その肉の罪人たちの行きつく果てに、地獄の風が吹きあれる。その風のあらびの極みに、亡者たちが叫び、泣き、かきくどいているのが、ありありと見えるような気がする。

その吹きあれる風のなかに、ふと自分と佐和子の姿を見たような気がして、

「…………」

一瞬、佐伯はめまいに似た思いにとらわれた。

そのときのことだ。佐和子がソッと腕を外した。二、三歩、佐伯から離れて、そこでジッと佐伯のことを見つめた。

佐伯も足をとめる。佐和子の視線をいぶかしみながら、その目を見返す。そして、どうかしたの、と聞いた。

「わたし、やっぱり帰ります」

「…………」

佐和子はうつむいた。

「ごめんなさい。わたし、まだ、そんな気になれなくて。どうしてもそんな気になれなくて――」

「いや、でも、どうして？　ぼくは食事に誘っただけなのに——」

「ええ、わかっています。それでも、わたし、駄目なんです。わたし、男の人が怖いんです」

「男が怖い？　亡くなったご主人のことを気にしているんですか」

「そうじゃないんです。ぜんぜん、そんなことじゃない。わたしたちの結婚は失敗だったんです。わたしたち仲が悪かった。うまくいってなかったんです」

「………」

「夫は事故で死んだけど、そうでなくても、いずれ離婚することになったと思う。夫はわたしと結婚したことを後悔しているとそういいました。一生の失敗だったって。わたし、夫からうとんじられていた。それでわたし、女としての自分に自信がないんです。男の人が怖いんです」

「そんなことはない。ご主人とのことはきみひとりに責任があるわけじゃない。そんなふうに考えるのはおかしい」

「でも、わたし、やっぱり男の人が怖いんです。駄目なんです」

「………」

佐和子はうつむいて、あとずさり、ごめんなさい、と口のなかでつぶやくと、ふいに背中を向けて、駅のほうに小走りに駆けだしていった。

佐伯は空しくその場にとり残された。

追う気にはなれない。追ったところでどうにもならない。追えばなおさら自分がみじめになるだけではないか。

男の人が怖い、といった佐和子の声が、頭のなかにこだまを曳《ひ》いている。こんな悲しい言葉は聞いたことがない、とそう思った。

ぼんやりと空を仰いだ。

新宿駅の東口にいる。

おびただしい人の流れのなかに、ひとり、たたずんでいる。

新宿通りの交差点をはさんで、タワーのようなビルの壁面に大きいスクリーンがかかっているのが見える。スタジオアルタの大スクリーンだ。――ヘッドライトとネオンの明かりが氾濫し、だいだい色のカスミがかかったような新宿に、そこだけ長方形に切りとられたように、耿々《こうこう》とまばゆい光を放っていた。

佐伯はそのスクリーンを見るとはなしに見ている。いや、そうではない。佐和子に去られて、放心し、ただその視線をスクリーンにとどめているといったほうがいいだろう。

タバコのCMらしい。何度もテレビで見たことがある。精悍でハンサムな〝ミスター・シガレット〟がバイクにまたがりタバコを吸っている。どうやら〝ミスター・シガレット〟はバイクで全米を旅しているらしい。タバコをくわえたその顔がクローズアップになる。画面の下に赤いロゴが入った——そのときにまたそれが始まったのである。それ——自分を包んでいる空間だけが、まわりから切り取られ、ほんの数センチか、数ミリ、微妙にずれるようなあの感覚にみまわれた。自分がここにいながらここにいないという、あの違和感がするどくきわだつのを覚えた。

——ああ……

佐伯は無力に頭のなかで声をあげた。なんとかその感覚から逃れようと懸命にもがいた。が、この感覚は水に溺《おぼ》れるのに似ている。いったんこれが始まってしまうと、もう自分の意志ではどうにもならない。ただ引きずり込まれていくばかりなのだ。

〝ミスター・シガレット〟と佐伯とをへだてている距離がスッと縮まるのを感じた。望遠レンズでも見るように、一瞬、新宿通りの交差点が消滅し、大型スクリーンがすぐ目のまえにせまってきた。

気がつくと佐伯は〝ミスター・シガレット〟の顔をすぐ間近から覗き込んでいるのだった。

〝ミスター・シガレット〟は恐ろしいほどにハンサムだった。ほとんど人間を超越し、なにか神秘的なものさえ感じさせるほどだ。——が、それにもかかわらず、その冷えびえと嘲笑的な光をたたえた目は佐伯をおびやかさずにはいない。〝ミスター・シガレット〟はこんなにも冷酷な印象をもたらす人物だったろうか。

いや、違う。佐伯は体のなかを戦慄が駆け抜けるのを覚えていた。これは人間ではない。人間がこんなにも冷酷な表情になれるはずがない。これは――

そのとき〝ミスター・シガレット〟が目玉を動かした。後ろを見ろ、というように目配せした。そう感じた。佐伯はほとんど反射的に後ろを振り返っていた。

そのとたん、それまで氷結していたものが一気に溶けて、新宿の喧騒がわあんとよみがえった。

佐伯が呪縛されていたのはほんの一瞬のことであったらしい。人々はべつだん佐伯に奇異の目を向けるでもなく、それまでと変わらず歩いていた。〝ミスター・シガレット〟はスクリーンの荒野のなか、砂ぼこりを残してバイクで走り去っていった。

「…………」

佐伯は振り返り、その男と正面から見つめあっていた。その男の視線と佐伯の視線とがピンと一本の糸を張りつめたように結ばれた。一瞬、その男は逃げ腰になったようだが、こうまで真正面から顔を見られたのでは逃げるに逃げられないと思いなおしたのだろう。開きなおったように佐伯の顔を見つめた。

若く見えるが、佐伯と同年輩ではないか。痩せて、小柄だが、妙にしなやかな印象を与える人物だ。仕立てのいい、スリムな紺の背広を着ていた。その長髪をポニーテイルにまとめ、右の耳に銀のピアスを塡《は》めていた。

見覚えがある。が、とっさには、どこで会ったのか思いだせなかった。その男がにやりと笑うのを見て、ようやくどこで会ったのか思いだした。思いだして、なおさら呆然とさせられた。

これは——

綿抜と美少年を尾行しようとし、タクシーに乗ろうとしたあのとき、脇からスルリとくぐり抜けて、さっさとそのタクシーに乗り込んだあの男ではないか。

「おどろいたな。ずいぶん勘がいいんですね——」

と男はニヤニヤ笑いながらそういった。

「参考のために教えてもらいたいもんですね。どうしてぼくがあとをつけていることに気がついたんですか」

3

男に誘われて、新宿駅の構内に入り、たまたま目についたファーストフードの店に入った。

尾行していたのがばれたにしては悪びれたところがない。堂々としているというより、むしろ、いゃあしゃあとしているといったほうがいい。妙にとらえどころのない男だった。

腰をおろすなり、

「どうも失礼しました。ぼくはこういう者です――」

男は名刺を差しだした。

望《もち》月《づき》幹《みき》男《お》

という名が刷られていて、その横に、東京S医大犯罪精神医学研究室・助教授、という肩書がついていた。

「精神科の先生……」

佐伯はあらためて男の顔を見つめた。

意外だった。

髪をポニーテイルにし、耳に銀のピアスをつけたこの人物と、犯罪精神医学研究室の助教授というその肩書とが、どうにもひとつに結びつかない。

「助教授といってもついこのあいだまで助手だったんですけどね。まだ、成りたてのホヤホヤですよ――」

望月は屈託《くったく》がない。

「その精神科医の先生がどうしてぼくのあとを尾行なんかしていたんですか。大体、どこから、いつから、ぼくのことを尾行してたんですか？」

佐伯の口調がつい詰問する口調になるのはやむをえない。休職中とはいえ、まがりなりにも佐伯は現職の検事なのである。それを尾行するというのはおだやかではない。

「休職中だということは聞いていたんですけどね。自宅に電話したら、あなたはいらっしゃらなかった。それで今日の午後、東京地検にあなたを訪ねたんですよ。そしたら、たまたま、あなたが地検から出てきた。どういうものか声をかけそびれましてね。それでとうとう地検から科警研をへて新宿までついてくることになってしまった。べつだん尾行などするつもりはなかったんですけどね。結果としてそういうことになってしまった。そのことはお詫びします」

「どういうことなんですか。どうしてぼくを尾行する必要があるんです？」

「というより、そもそも最初に尾行したのはあなたのほうでしてね。あなたはぼくの患者を尾行しようとしていた。その患者をまたぼくが遠くから観察していたと、まあ、そういうわけです。ぼくとしては自分の患者を守る必要があった。そういうことですよ」

「あなたの患者？」

佐伯は眉をひそめると、

「もしかしたら、あなたの患者というのは――」

「ええ、そうです。名前はいうわけにはいきませんけどね。凄いほどの美少年といえばおわかりになるんじゃないですか。あの少年のことですよ」

「…………」

「ぼくは、あの日、治療のデータを取る必要があって、あの少年のあとをつけながら観察していたんですよ。そしたら、おどろいたことに、ぼく以外にも、あの少年のあとをつけようとしている人間がいる。ぼくはそのことを知って、事情がわからないながらも、慌てましたね。彼は非常に繊細なところのある少年でしてね。ほんのちょっとしたことでたやすく精神のバランスを崩す。ぼくとしても、それまでの治療が台なしにされたんじゃたまらない」

「…………」

「それで、まあ、姑息《こそく》な手段だとは思いましたけどね。あんなふうにあなたがタクシーに乗るのを妨害したわけです――」

望月はあいかわらずニヤニヤ笑いつづけている。

「じつは、あのとき、交差点を回ったところで、すぐにタクシーをとめたんです。忘れ物をしたといってタクシーをおりた。急いであなたのところに戻った。そしてあなたを尾行した。あなたが東京地検に入ったのを見ておどろきましたよ」

「どうやってぼくの名前を知ったんですか」

「なに、かんたんなことです。あなたが廊下で挨拶した人がいたんで、あなたが行ってしまってから、その人にあなたのことを聞いてみたんです。いまの人、見覚えがあるんだけど、どうしても名前を思いだせない、誰でしたっけ、とそんなふうにね。親切にあなたのことを教えてくれましたよ」

「なるほど」

佐伯は憮然とせざるをえない。

あのとき佐伯は自分が綿抜たちの尾行に失敗したとそう思っていた。が、たんに尾行に失敗したというにとどまらず、間の抜けたことに、そのあとで自分のほうが尾行されていたということらしい。

しかし――

自分が間抜けだったと認めるのはやぶさかではないが、それはそれとして、この望月という精神科医の行動もやや並はずれていて、どこか偏執的なものを感じさせるところがあるようだ。――まがりなりにも助教授の肩書がついた人間が、どんなに治療のデータを取る必要があるからといって、患者のあとをつけるのはふつうではない。ましてや、まったく関係のない第三者を尾行するにいたっては、仕事の範囲を大きく逸脱しているといわざるをえない。

――こいつはいったい何を考えているんだろう。

佐伯は不快だった。

が、かろうじて、その不快の念を押し殺して、

「あの少年の素性を教えていただけないでしょうか。それに、あなたはあの少年の治療をなさっているということだが、あの少年はどんな病気なのでしょう?」

「残念ながら医師として患者のプライバシーをお教えすることはできません。なにか犯罪の容疑がかかっているというのでもあれば、また話はべつなんですけどね。どうもそういうことでもないらしい。名前はお教えできませんよ。精神科医のモラルに反することですからね――」

望月は抜けぬけとそういった。

この望月という精神科医には、およそモラルなどという言葉は似あいそうにない。似あってもいないし、おそらく信じてもいない。この男はそんな繊細な男ではない。必要とあれば患者のプライバシーなどいくらでもほごにして平然としている。そんなふてぶてしさを感じさせるところがある。

「そうですね。あの少年の病気にかんしては――」

望月はちょっと首をかしげ、

「一般論としてこれぐらいのことはお教えしておいてもいいでしょう。あなたはJ・G・フイヒテという哲学者の名前をお聞きになったことはありますか」

「名前は聞いたことがあります。カント哲学の後継者で、十八世紀から十九世紀にかけて生

きた人じゃないですか。『全知識学の基礎』という著書があることは知っていますが、これまで読んだことはないし、どんな内容の本かも知りません——」

佐伯の言葉を聞いて、望月がやや意外そうな顔になったのは、まさか検事がフィヒテの名前を知っているとは思ってもいなかったからだろう。じつのところ、あの少年からフィヒテの名前を聞いて、百科事典で調べただけのことなのだが、そんなことを教えてやる必要はない。

望月は、おどろいたな、とつぶやいたが、すぐに気を取りなおしたように、

「そのフィヒテという哲学者が『AはAである』という命題を絶対的な基本命題として提唱しています。『AはAである』、これはすなわち『私は私である』ということでしょう。たしかに、これは大多数の人間にとって絶対的な基本命題といえる。が、ある種の人間にとって、これはそれほど自明の命題とはいえないのです。ある種の人間は『私は私である』と断言するのをためらってしまう。それというのもアイデンティティを絶望的なほど損なわれているからなんです」

「分裂症患者がおしなべてそうだと聞いたことがあります。分裂症患者はいつも、自分が自分ではないような、どうかすると自分を見失ってしまいそうな、そんな不安にかられていると聞いたことがある。そのことをおっしゃってるんですか」

「そう、分裂症患者にもその傾向は顕著に見られます。でも、ぼくがいっているのは必ずし

もそのことではありません。ぼくは〝憑《つ》きもの〟のことをいっているのです。狐憑き、とか犬神憑き——そう、〝憑きもの〟のことをいってるんですよ」

「〝憑きもの〟……」

佐伯はあっけにとられた。

望月は自分のことをからかっているのではないか、一瞬、そう思った。そうかもしれないしそうでないかもしれない。にやにやと笑っている望月の表情からはその真意を読みとることはできそうにない。

「まあ、あの少年に関してはこれぐらいのことしかいえないんですけどね。佐伯さんがどうしてあの少年に興味を持っているのか、それはぼくにはわからない。だけど、へんにつきまとわれて、病状を悪化させてもらっては困る——一言、そのことだけはいっておいたほうがいいと思って、心ならずも佐伯さんのことを尾行することになったんですが。どうも妙なことになりましたよ」

「妙なこと？」

「ぼくは、佐伯さん、精神科医としてあなたという人間に興味を覚えたんですよ。それも非常な興味を覚えた——」

「…………」

「ねえ、佐伯さん、教えてくれませんか。どうしてあなたはぼくが尾行していることに気がついたんですか。ぼくにはどうもそのことが気にかかるんですよ。あなたはいきなりぼくのことを振り返った。あれはまるで、誰かに後ろを見ろ、とそういわれたみたいだったな」

「………」

佐伯は望月の顔を見つめている。

もちろん、相手もあろうに精神科医に向かって、スクリーンの〝ミスター・シガレット〟に目配せされた、などとは口が裂けてもいうわけにはいかない。そんなことを口にしようものなら今度こそ休職ぐらいでは済まないだろう。

佐伯が望月の顔を見つめているのは、そのにやにやと笑っている顔がメフィストフェレスを連想させることに気がついたからだ。

悪魔との契約をファウスト博士にそそのかしたというあの、あのメフィストフェレスを——

第十七歌

1

……望月幹男とは新宿駅で別れた。

もっとも佐伯に望月と別れたという自覚はない。ファーストフードの店をいっしょに出て、駅の構内をすこし歩き、振り返ると、もうそこには望月の姿はなかった。そこにはただ日本で最大の駅にうねる猥雑《わいざつ》で巨大な群衆の姿があるだけだった。

「…………」

佐伯はあっけにとられた。

望月と話をして〝メフィストフェレス〟のことを思った。実際、望月の言うことやることはすべてが〝メフィストフェレス〟のように謎めいている。現に、あの男はけむりのように消え失せてしまったではないか。現れたのも唐突なら姿を消したのも唐突だった。

——ほんとうにあいつは実在したのだろうか？

佐伯は本気でそのことをいぶかしんで、あらためて望月から渡された名刺を確認したほどだ。

望月はあの美少年を治療する精神科医だという。それも東京S医大で犯罪精神医学を専攻しているというのだから、たんなる医師と患者との関係とは思えない。

あの美少年が藤堂となんらかの関係があることは間違いない。

が、あの美少年と藤堂とをむすぶ、いわば鎖の輪ともいうべき綿抜は、その身柄を捜査本部に拘束されていて、捜査関係者以外はだれも会うことを許されない。綿抜に会えないかぎり、藤堂と美少年とがどんな関係にあるのか突きとめることはできない。

つまり、いまのところ、あの美少年が「東京地裁連続殺人事件」に関係があるのかどうか確かめようがないわけだ。そして、それを確かめられないかぎり、望月がどう事件に関わっているのか、あるいはいないのか、それもまた確かめることができない。

望月は患者のプライバシーを楯にとり、あの美少年の名前さえあかそうとはしない。良心的な医師だと誉めてやりたいところだが、なに、それもメフィストフェレスのことだ、実際にはなにを考えているのかわかったものではない。とにかく、あの美少年になんらかの刑事事件の容疑でもかからないかぎり、望月に協力を求めることはできない、というわけだろう。

望月はなにかを知っている。そうでなければ相手を検事と知っていてそのあとをつけるようなことはしないだろう。なにしろメフィストフェレスだ。謎めいている。信用できない。が、医師のモラルを振りかざされたのでは、うかつに協力を求めることはできない。——いまのところ、佐伯も望月のことを頭の隅にとどめておいて、放っておくしかない。

しかし——

たんに頭の隅にとどめておくには、望月という男はあまりにも鮮烈な印象を残しすぎたようだ。

なかでも望月のいった〝憑きもの〟という言葉がひときわ鮮烈な印象を残しているのは、佐伯にもまた自分がなにかにとり憑かれている自覚があるからにほかならない。

そのなにかは、当人の意志とは関わりなしに、佐伯をむりやり「神宮ドーム火災事件」、「東京地裁連続殺人事件」の捜査に追いやり、精神的にぎりぎりのところまで追いつめながら、その手綱をけっしてゆるめようとはしないのだ……

翌日——

佐伯は〝憑きもの〟のことを調べるために図書館に行くことにした。

望月は〝憑きもの〟のことを研究しているとそういった。〝憑きもの〟、つまり憑霊《ひょうれい》現象のことだろう。

あの美少年はJ・G・フィヒテの「AはAである」という基本命題に疑問を持っているのだという。

「私は私である」、という基本命題に疑問を持つというのは、どこか憑霊現象を連想させるところがありはしないか。

それに、これはあの美少年自身がいったことだが、藤堂俊作はどうやら自分のことを〝狼〟だと思っているらしい。藤堂の部屋に残されていた、

襲いかかる狼どもの敵なる羔として、私が眠っていたあのうるわしい欄《おり》から、私を閉め出す残忍に打ち勝つことあらば、

という『神曲』〝天国篇〟の一節を思いおこせば、藤堂が〝狼〟のことを恐れていたのは確かなことに思われる。

ここで思いだすのは『神曲』〝地獄篇〟第一歌において、ダンテのまえに立ちはだかって、その行く手をはばむ〝狼〟のことだ。

君を泣き叫ばせるこの獣は、いかなる人にもこの道を通らせず、さえぎり阻み、死に致らしめる。

その性はねじけ、極めて邪悪。飽くこと知らぬ貪欲の満ち足る時とては無く、むさぼればむさぼるほどにがつがつする。

おそらく藤堂が恐れていたのはダンテがこう記した〝狼〟のことだろう。

ダンテはさらに、これと番《つが》うものは多い、牝狼を苦悶のうちに死なせるまでは、番うものなお多かろう、という謎めいた言葉を残している。そのことからも、多分、ここでいわれる〝狼〟とは人間の邪悪の象徴であり、人間を堕落させる悪徳の象徴を意味しているのだろう。

藤堂が〝狼〟を恐れ、なおかつその〝狼〟を自分のことだと考えているというのはどういうことなのか。〝狼〟が人間の邪悪を象徴しているのだとしたら、単純に自分が罪をおかすのを恐れている、と理解すればいいのだろうか？　そうかもしれない。——が、〝憑依〟ということを考えあわせると、藤堂が〝狼〟を恐れ、さらには自分自身を〝狼〟であると考えていたというそのことにもべつの意味が出てくるのではないか。狼人間である。

以前、西洋中世史、ルネッサンス史で、何千人もの人々が悪魔や魔法使いとされ、火刑台上で焼き殺された、というのを読んだことがある。悪魔や魔法使いとされ、焼き殺された人たちは、狼に変身する、いわゆる〝狼憑き〟とされることが多かったらしい。

ふと、藤堂が〝狼〟を恐れ、自分自身を〝狼〟であると考えているというのを、その〝狼憑き〟で説明できないものか、とそんなことを思いついた。

佐伯にしても、望月が〝憑きもの〟などということを口にしなければ、そんな荒唐無稽なことは思いつきはしなかったろう。

が、〝狼憑き〟という要素を導入すれば、J・G・フィヒテの「私は私である」という基本命題が成立しない、ということも難なく納得できるのではないか。つまり、「私は私ではない、狼である」というわけである。

自分が狼になった、と妄想する病気はいまでも残っていて、狼狂（Lycanthropy）と呼ばれているらしい。四つん這いになって唸り声をあげて走りまわるのだという。

この病名は、ギリシア神話のアルカディアの王リュカオンに由来している。リュカオンはユピテルの怒りによって狼に変身させられたのだという……

佐伯の持っている本ではそれぐらいのことを調べるのが精いっぱいだった。〝憑きもの〟、あるいは〝狼憑き〟のことをもう少しくわしく調べるには、図書館に行って資料をあさるしかないだろう。

もちろん佐伯にしても本気で藤堂が〝狼憑き〟だと考えているわけではない。

十九世紀にはすでに狼狂は偏執狂《パラノイア》の傾向を持つ一種の舞踏病であると考えられていたらしい。ましてや二十一世紀を迎えようとしているいま、〝狼憑き〟などという現象が実際にあるなどと考えるほうがおかしい。

が、埋め立て地の隠れ家を突きとめることはできたが、そこに藤堂が現れる気配はいっこうになく、あいかわらず藤堂の行方はようとして知れないままなのだ。

藤堂は生きているのか死んでいるのか、その手がかりさえつかめないまま、鹿内弁護士が殺され、大月判事が殺され、しかも捜査本部は綿抜の身柄を確保するなどという妙な動き方をし、すべてが混沌として予断を許さない状況になっている。

いまの佐伯はそれこそわらにでもすがりたい思いになっている。思いつめているといってもいいかもしれない。この八方ふさがりの状況を打破し、藤堂の行方を突きとめるためには、どんなに突飛で、徒労に思えることでも当たってみなければならない、とそう考えているのだ。

2

日比谷図書館は開架式である。

何冊か資料になる本を書架から自分の机に持ってきて、メモを取りながら読んだ。

窓から射し込む秋の光が浮遊する埃をぼんやり照らしている。

図書館は静かで、ただページを繰る音だけが聞こえていた。

憑依現象、というのは、精神医学的見地と人類学的見地の両方からアプローチすることができるようだ。

ある精神医学者の定義によれば、憑依現象というのは、

被暗示性の強い人間が、特定の迷信に結びつけたり、または祈禱や呪いなどの暗示によって、狐、ヘビ、神、悪魔などの〝憑きもの〟が憑いたという妄想をいだいて、狐にあやつられるとか、自分が狐になってしゃべったり踊ったりするような状態を指す。

ということらしい。

欧米の宗教人類学者には、憑依現象をシャーマンと結びつけ、これにはかならずトランス状態がともなうと指摘している人間が少なくない。トランス状態というのは、一種の神がかり的な状態であって、恐山のいたこが死んだ人間を呼びだすときのことを考えればいい。

宗教人類学的な見地からは、

憑依現象とは、神霊や精霊や死霊や祖霊などの霊的存在が人間にとり憑いて、さまざまな行動を取らせること。

であり、その個人が帰属している文化的環境にいちじるしく左右されるものだと考えられているらしい。つまり憑依現象というのは、その民族が持っている文化的な遺産であって、

その文化の外部にいる人間がそれをとやかくいうことは許されない、という見地に立っていると考えていい。

佐伯がざっと資料を読んだかぎりでは、精神医学者には、憑依現象を病的な好ましくないものととらえている者が多いのに比して、人類学者は、これを一種の文化的遺産としてとらえ、肯定もせず否定もせずという者が多いようである。

〝憑きもの〟といえば、狐憑き、あるいは犬神憑き（〝狼憑き〟のことか）といった民間信仰が想起されるが、精神医学的な症例を見ると、そうした動物霊にとり憑かれるケースはあまり多くないらしい。それよりも、ヒトの生き霊、神仏、先祖の霊などがとり憑く例が多く報告されていて、とりわけ祖霊（祖先の霊）が圧倒的に多いというデータが出ているのだという。

憑依現象の「臨床症状」について記された資料によれば、神霊、祖霊、悪霊、動物霊、とり憑くものが何であれ、べつのなにかがとり憑いていることを自分がはっきり自覚している場合と、そのなにかに完全に支配されてしまい、自分というものがなくなる場合、このふたつの症例があるらしい。

憑依現象の症例としては、恍惚感、激しい緊張感、錯乱、幻視、幻聴、発汗、呼吸数の増大などが挙げられている。

また、自分が〝神〟とか、べつの人格に変容するという化身妄想も、憑依現象の症状に分類されることが多いらしい。

その場合には、他者の声が聞こえたり、他者の視線を感じたりという特異感覚が生じ、精神分裂症でいう作為体験（自分が他者に動かされ、支配されるという現象）にきわめて似ていることが指摘されている……

――おれの場合がこれだ。

佐伯はページを繰る手がかすかに震えるのを覚えていた。

佐伯は自分の意志とは関わりなしに、なにかによって、いやおうなしに動かされ、「神宮ドーム火災事件」の真相を突きとめることを強いられている。

それがときには神宮ドームのアナウンスとなり、ときにはたちこめる霧の啓示となり、ときには〝ミスター・シガレット〟の目配せとなるわけだが……もちろん、これらをすべて精神分裂症でいう「作為体験」で解釈することは可能だ。そんなことは実際にはなかった、すべては佐伯の妄想にすぎないというわけだ。

佐伯としては、実際に自分がなにかに動かされていると考えるほうがより恐ろしいのか、それともすべては病的な妄想にすぎないと考えるほうがより恐ろしいのか、そのどちらとも判断がつかない。ただ、自分がいつのまにか、ぎりぎり崖っ縁に追いつめられている、とそのことを絶望的な思いで確認するだけのことである。

「………」

一瞬、なにかを感じたように思い、サッと顔をあげた。が、思い過ごしだったようだ。

図書館はあいかわらずしいんと静まりかえっている。予備校生らしい若い男女がふたり、頭を突きあわせるようにして、ひそひそと小声でなにか話しあっていた。佐伯は手のひらで顔を撫でおろした。顔がこわばっているのがわかり、かすかに手のひらに汗の感触を覚えた。

べつの本を取り、ページを開いた。

その本では〝憑きもの〟のことを、つき、という言葉と、もの、という言葉から解釈しようとしていた。いや、しょせん解釈することはできない、ということを検証しようとしていた。

その本によれば――

人は、「つき」が落ちるとか、「もの」につかれたように、などという言葉を無造作に乱用するが、よく考えてみると、実際にはこれは何も説明していないのだという。たしかに「つき」が落ちるという現象はあり、「もの」につかれるという現象もあるのだが、人はそれが何であるかを具体的に説明することはできず、ただ言葉を当てはめることで、それをかろうじて説明している錯覚におちいっているだけなのだという。

日常に生きる人々は、世界に生起するありとあらゆることを理解し、言葉でいいあらわそう、と願っている。が、実際には、この世界には、人々の思考や言葉を越えたものが絶えず生起していて、それらは「意味」を受けつけるのを拒んでいる。が、人々は、自分たちが理解できないものや、言葉でいいあらわせないものが、この世に存在することに耐えられないのだ。

人々は、それら「意味」を拒んでいるものさえも、なんとか意味づけようとし、ついには「つき」とか「もの」という曖昧な言葉を使わざるをえなくなる。それらはいわば「見せかけの」意味にすぎず、実際には、そこで表現されているものは、〝空白〟でしかないのだという。

若手気鋭の建築家である藤堂俊作がその作品で表現しようとしているものもせんじつめればこの〝空白〟ということにつきるだろう。

佐伯はそこに藤堂の名を見いだし、目を見はった。

ここに藤堂の名が出てくるなどとはまったく予想もしていなかったことだ。

しかも、それまで佐伯が藤堂の建築に漠然と感じていた〝空白〟が、ここではっきりと俎《そ》上《じょう》に取りあげられているのである。

「…………」

それまでにも増して熱心に先を読み進まざるをえない。

日本の建築にはもともと〝憑きもの〟と関連の深い「帝冠様式」と呼ばれる建築群が存在するのだという。

昭和初期に建造された震災記念堂（現東京都立慰霊堂）、築地本願寺、湯島聖堂などがその好例で、これらの建築物は、欧風建築に和風ナショナリズムを折衷《せっちゅう》させた特異な様式で知られている。これはある意味では、欧風建築に和風ナショナリズムがとり憑いた建築様式といえないこともないだろう。

さらに、これらの建築物は、その装飾に、怪鳥、怪獣、獅子、青竜《せいりゅう》、白虎《びゃっこ》、朱雀《すざく》など、ありとあらゆる化け物がちりばめられていることでも特筆されなければならない。

これらの化け物が〝憑きもの〟であるということを考慮に入れれば、（当の建築家がそれを明確に意識していたかどうかはともかくとして）日本の建築には伝統的に〝憑依〟という文脈が脈うっていることを認めざるをえない。

これら「帝冠様式」とも「折衷様式」とも呼ばれる建築群が、大正から昭和にと変わる時代、いわば日本人の精神構造が空洞になった時期に、多く建造されていることに注目しなければならない。

つまり、この時代の建築家は、おそらく無意識のうちに、〝憑きもの〟の「つき」とか「もの」とか呼ばれる、ある種、いわくいいがたいものに、日本人の精神の拠りどころを求めた、といっていいからだ。

では平成を代表する建築家、藤堂俊作の場合はどうか？

時代は昭和から平成にと移り変わり、日本人の精神構造が虚ろにおちいっていることは、昭和初期の比ではないだろう。

が、藤堂俊作はあまりに明晰に意志的であり、昭和初期の建築家のように、無自覚に〝憑きもの〟に日本人の精神の拠りどころを求めることをいさぎよしとしない。なぜなら藤堂にとって、〝憑きもの〟の「つき」とか「もの」とか称されるものが、何も説明していない、いわば〝空白〟であることは自明のことだからである。

この視点から見れば、藤堂が自分の作品で執拗に〝空白〟を追求しつづけるのは、かならずしもポスト・モダンということからだけでは説明しきれない。

むしろ藤堂は〝空白〟を追いつづけることに積極的で戦略的な意味を見いだそうとしているようである。

藤堂の追求する〝空白〟がどんなものであるのか、折口信夫《おりくちしのぶ》が昭和三年に講演したという「大嘗祭《だいじょうさい》の本義」が、それを理解する一助になるのではないか。

此のすめみまの命である御身体即、肉体は、生死があるが、此肉体を充たす処の魂は、終始一貫して不変である。故にたとい、肉体は変わっても、此魂が這入ると、全く同一な天子様となるのである……

佐伯は、その本に収録されている折口信夫の講演に読みふけり、携帯電話が鳴ったときにも、一瞬、それが自分の電話だということに気がつかなかった。

まわりの人々が非難するような目で見るのに動揺しながら、あわてて携帯電話を耳に当てた。

東郷からの電話だった。

これからすぐに東郷の指定する場所まで来て欲しいという。

東郷はその場所を告げると、なにも説明せずに、電話を切った。

気がついてみると、いつのまにか夕暮れになっていて、図書館の窓はあい色にたそがれているのだった……

被告人を死刑に処す。

狼の罪

第十八歌

1

……代々木公園の木々が小暗い森となって夕暮れの底に沈んでいる。空は古い鏡を覗き込むように、その高みにわずかに鈍い光を残し、蒼茫《そうぼう》と暮れていた。

見わたすかぎり公園の森のどこにも人はいない。夕暮れの残照に、オリンピック記念センターの外壁がなにか内部から炙《あぶ》りだされるように不気味なほど白々と冴えていた。

まだ夕暮れの六時三十分、しかも新宿、渋谷を近くにひかえているというのに、代々木公園はなにかが張りつめて、危うく一点で均衡を保っているというように、しいんと静寂がみなぎっていた。

その、それまでかろうじて均衡を保たれていた静寂が、なにか石でも投げ込まれたように、ふいに破れる気配があり――

木々の梢《こずえ》からおびただしいカラスの群れが飛びたち、佐伯はその羽音におどろいて、反射的にベンチから立ちあがり、そのカラスの群れを目で追った。

カラスの群れは、クワア、クワア、とたがいにしゃがれた声で鳴きかわしながら、代々木の森の上空を舞っている。

空は暗灰色に暮れかけて、一羽一羽の姿を見さだめることはできない。カラスの群れというより、なにか大蛇のように黒く胴体の長いものが尾をうねらせて飛んでいるようにも見えるのだ。

いまの佐伯はどんなものにも『神曲』の予兆を見てとらずにはいられない。

ここでも反射的に〝地獄篇〟第十七歌を思いだしている。

——ジェリオーネ。

という言葉がなまなましいばかりの現実感をともなって頭のなかに浮かんできた。

第十七歌では、怪獣ジェリオーネが呼びあげられて、ダンテたちを背に乗せ、大難所を越えて、第八圏に運びおろす。ここでいうジェリオーネとは、ギリシア神話において、ヘラクレスに退治される三頭三身の怪物ゲリュオンのことを指していて、ダンテはこれを欺瞞《ぎまん》の象徴とした。——と寿岳文章の訳注にはそうある。

詩聖ヴェルギリウスはこの怪物ジェリオーネを称して、

見よ、山々ふみしだき、城壁も武器も砕くあの尖り尾の獣を！　見よ、全世界を汚染するかのものを！

とそういうのだが、その「不潔きわまる欺瞞の権化」、「悪獣の王」の背に乗らないかぎり、キリストが辺土《リンボ》におりたときに崩れ落ちたという大難所を越えることはかなわないのである。

〝神〟が断崖絶壁の難所をもたらし、それを越えるためには、「蠍《さそり》のそれのように武装いかめしい尖りをもつ有毒の刺股《さすまた》」の怪物の助けをかりなければならないというのは（おそらくダンテ自身は意識していなかったろうが）、『神曲』〝地獄篇〟における最大の皮肉ではないだろうか。

怪獣ジェリオーネが第八圏から登ってくるときの描写は、〝地獄篇〟のなかでも圧巻というべきだろう。

私は見たのだ、黒く濃い大気かきわけ、物に動ぜぬいかなる心をもあやしませる一つの異形が、泳ぎ登ってくるのを。

そのさま、暗礁、または海中に隠れた何かにからみついた錨をほどこうと、おりふし水かいくぐるひとの、

双腕《もろうで》上にひきのばし、双足ふんばり、立ち帰るにさてもよう似た、
そのありありと絵画的な表現は、読む者の脳裏に鮮烈なイメージを残さずにはいない。

頭上に舞い狂うカラスの群れは、暮れかけた空に沈んで、さながら長い胴体がうねるように尾を曳いて、その巨大な怪獣ジェリオーネの姿を連想させるのだ。

それを見つめながら、ふと自分もこれから怪獣ジェリオーネの背に乗って、大難所をおりていくことになるのではないか、とそんなあられもない妄想にかられた。

その大難所の底にはものみなすべてが凍りつく地獄の最下層がひろがっている。そこにはまた、最大の堕天使にして、悪魔のプリンス、ルチフェルが待ちかまえているはずなのだが……

カラスの群れはしだいに遠ざかり、やがて暗灰色の空に溶け込んで、その姿が見えなくなった。

佐伯はなんとはなしにため息をついて、カラスの群れを追った視線を、空から地上に戻したのだが、

「…………」

そのとたん顔がこわばるのを覚えた。

公園の暗い森のそこかしこ、それまでそこにいなかったはずの男たちが、五人、六人とた

たずんでいるのだ。

男たちは若い。たくましい男もいれば、痩せた男もいたが、いずれも禁欲的な印象をただよわせていることでは共通していた。男たちは佐伯を遠巻きにしてじっと見つめていた。

――こいつら何者なんだ？

佐伯はひるんだが、その場を離れる気にはなれなかった。

その男たちは、すこしでも逃げだすそぶりを見せれば、容赦なく襲いかかってくるだろう、と思わせるような、なにか寡黙で凶暴なものを感じさせた。逃げるに逃げられないのだ。

「…………」

鼻孔になにか饐《す》えたような臭いを感じていた。それが緊張感が分泌させる自分の汗の臭いなのだ、ということに気がついて、さらに緊張がつのるのを覚えた。

そのときのことだ。

背後に足音が聞こえた。

振り返った佐伯の目に、ふたりの男が肩をならべて、近づいてくるのが見えた。

「…………」

思わず胸のなかでホッと安堵のため息を洩らした。

ひとりは東郷一誠であり、もうひとりは新道惟緒なのだった。

東郷に呼びだされたのだから、東郷が現れたのには何のふしぎもないが、新道が同行しているのは意外だった。

もっとも東郷と新道は、藤堂俊作を加えて三人、高校時代からの友人だと聞いている。

そのことを考えれば、ふたりが一緒にいることそれ自体はべつだん驚くほどのことではないだろう。

佐伯があらためて驚いたのは、このふたりの印象がじつによく似ている、というそのことだった。容姿は似ていない。が、その印象が似ている。以前にも感じたことだが、似ていない一卵性双生児のようによく似ていた。

――もしかしたら藤堂もこのふたりと似ているのではないか。

ふと、そんなことを思った。

写真を見るかぎりでは、藤堂は東郷とも新道とも似たところはない。が、そんなことをいえば、東郷と新道にしたところで、写真を見ただけでは、誰もこのふたりが似ているとは思わないだろう。藤堂にしても同じことで、写真はともかく、実際に会えば、やはりこのふたりにそっくりなのではないだろうか……そんな気がした。

2

新道が佐伯に向かってうなずいた。佐伯も軽く頭をさげる。

東郷が口を開いた。

「こんなところに呼びだしたりして済まなかった。どうしてもおまえの手を借りたいことがあってな。いや、おまえの手を借りていいものかどうかわからないのだが、とにかく話しておきたいことがあった。それで強引かとは思ったんだが、こんなところに来てもらったんだ――」

なにか迷っていることでもあるらしい。めずらしくその口調が歯切れが悪い。

「どういうことでしょう?」

佐伯は東郷の顔を見た。

東郷には恩義がある。佐伯が精神をわずらい検事の仕事をつづけられなくなったとき、休職の手つづきをとるために奔走してくれたのが東郷なのだ。

その恩義にむくいるためにはどんなことでもしなければならない。――佐伯はそう思っていて、事実、藤堂の行方を捜すという仕事を引き受けたのもその思いがあったからである。

もっとも――

いまとなっては、藤堂の行方を捜すのは、東郷に頼まれたからなのか、あるいはあのなにかに強いられたからなのか、それとも自分自身のためなのか、佐伯にもそのことが判然としないのだが、東郷の恩義にむくいなければならないという気持ちにはなんら変わりはない。

「まあ、すわらねえか」

東郷はベンチにあごをしゃくり、背広のポケットから、コーヒーの缶をふたつ取りだして、ひとつを佐伯に渡し、もうひとつのプルトップを引き開けた。

佐伯はいわれるままにベンチに腰をおろしたのだが、森のそこかしこにたたずんでいる男たちのことが気になり、どうにもコーヒーに口をつける気になれない。

「ああ、あの連中のことなら気にしなくてもいい。あやしい連中じゃない」

新道が苦笑するようにそういった。東郷とならんでベンチに腰をおろす。

「何といったらいいかな。まあ、おれの若い同志たちとでもいったらいいか」

「若い同志たち？」

「ああ、熊本の〝神風連の蜂起〟を知っているだろう？　明治初期のころの事件だ。その〝神風連〟のことを研究している勉強会の有志たちだよ」

「〝神風連〟……」

佐伯はさして〝神風連の蜂起〟のことについてくわしくない。三島由紀夫の『奔馬』に〝神風連〟のことが取りあげられていて、かろうじてそれを読んで知った程度の知識にとどまっている。——〝神風連〟は尊皇攘夷、神政復古をとなえた士族の集団で、廃刀と断髪に抗議し武装蜂起し、熊本鎮台（熊本城）を襲撃して、結局、百名以上が戦死あるいは自決をとげているはずだ。

その〝神風連の蜂起〟を研究している勉強会といえばおよそ会の性質も想像がつこうというものである。

「あんたが何を想像しているかはわかる。現に、マスコミなどからは新右翼と呼ばれることが多い連中だ。たしかに皇国史観の平泉学派に影響を受けた人間もいれば、日本浪曼派に影響を受けた人間もいるがね。だからといって新右翼の民族派とひとくくりにされるのは迷惑だ。あの連中のなかにはソ連崩壊以降も『資本論』の読みなおしをしている人間もいるんだ。要するに右でもなければ左でもない。そういった既成のイデオロギーで解釈されたくはない、ということかな。おれは純粋で信頼にたる若者たちだとそう思っているよ」

「…………」

佐伯は新道が「理論的・新左翼＝心情的・新右翼」などと文芸誌に揶揄されることのある人物であることを思いだした。新左翼の立場に立ちながら、新右翼的な発言をしているといえばいいか。そもそも新道が文学賞を受賞し、評論界にデビューするきっかけになった評論も、日本浪曼派の保田與重郎をプロレタリアート文学との関連から論じたものであるはずだった。

「じつはな。あんたに来てもらったのも、おれが東郷に頼んだことなんだよ――」

新道はそう言葉をつづけ、

「東郷からどうも法務省公安課だの警視庁公安一課だのの動きがきな臭いという話を聞いたもんでね。知りあいを通じてちょっと調べてもらったんだ。おれは公安関係にはちょっと顔がきくんでね。こういうときにはなにかと便利なんだよ。そしたらとんでもないことがわかった」

「とんでもないこと？」

佐伯は新道の顔を見て、その視線を東郷に移した。

たしかに新道は高校時代からの友人かもしれないが、東郷はきわめて公私のけじめに厳しい人物である。ただ友人に頼まれたからといって、それで新道を佐伯に引きあわせるようなことはしないはずだ。――佐伯としては東郷に説明を求めたい。

東郷は顔をしかめると、ああ、とうなずいて、

「こんなとんでもないことはないよ。ひどい話なんだけどな。新道の話によると、どうも『神宮ドーム火災事件』の公判がつぶされそうなんだよ――」

「どういうことなんですか」

佐伯は啞然《あぜん》とした。次の公判が延期されるのは当然だが、つぶされる、というのはおだやかではない。

「とりあえず弁護士と裁判長が殺害されたために裁判は無期延期ということにされる。そのあと、ほとぼりのさめたころを見はからい、法廷を維持するのがむずかしいという理由で、こっそり検察庁が起訴を取りさげるという運びになるらしい。検察庁の上層部では内々にそう決まっているということなんだよ」

東郷の話を受けて、司法取引さ、と新道が吐き捨てるようにいう。

「綿抜に警察に有利な証言をさせる。そのかわりに『神宮ドーム火災事件』の過失致死傷の起訴はとりさげる。そういうことさ」

「司法取引？　いや、しかし——」

「日本では司法取引は認められていない。たしかにそれはそうさ。検察庁は絶対に司法取引をしたなどということは認めないだろう。綿抜が警察に有利な証言をしてくれれば、そのかわりに『神宮ドーム火災事件』の過失致死傷のほうは問わない……検察がそんな取引をしたなどと認めるはずがない。万が一、誰かにそのことを指摘されたとしても、起訴をとりさげたのは、たんに法廷の維持がむずかしいからであって、そのことと綿抜が警察に有利な証言をすることとはまったく無関係なことだと突っぱねるだろうよ。だけど、事実として、こいつはまぎれもなく司法取引なんだよな」

「…………」

佐伯はこのところの「地裁連続殺人事件」捜査本部の動きを思いだしている。

たしかに捜査本部の動きには不審な点が多い。——なにより妙なのは、「地裁連続殺人事件」の被疑者でないのはもちろん、重要参考人でもないはずの綿抜の身柄を確保し、かたくなに外部との接触を絶っていることだ。

そのことと、刑事事件の捜査には何の権限もないはずの法務省参事官の財前の動きを関連づければ、たしかに司法取引という可能性も考えられないではない。

あの濃い霧のなか、悪いようにはしないから、と財前がそういい、綿抜の肩をたたいた光景を思いだした。

悪いようにはしないから、というのは、つまり「地裁連続殺人事件」に協力してくれれば、「神宮ドーム火災事件」のほうは不問にするから、ということなのか。

そう考えれば、捜査本部が、東郷にさえ綿抜との面会を許さない、という理由もうなずけようというものだ。

担当検事の村井はどこまでそのことを知っているのか？　おそらく村井はなにも知らされていないだろう。「捜査本部」係の検事が警察の捜査に従属するのはいつものことであるし、ましてやその背後に法務省がひかえているとあれば、どんなことにもいやとはいえない。多少、不審なことがあろうと、警察の捜査方針にはしたがわざるをえない。

——そこまで検察と警察は癒着してしまっているのか……

佐伯は思い、いや、これは癒着などというものではない、検察の警察に対する隷属そのものだ、とそう苦い気持ちで思いなおした。

すでに日本の刑事司法は形骸化してしまった、といわれるようになって久しい。が、警察が捜査に司法取引を持ち込んで、検察がこれを拒否しないのだとしたら、刑事司法は形骸化どころか完全に滅んでしまった、といってもいいのではないか。

——なんてことだ……

佐伯は暗澹《あんたん》とした気持ちにならざるをえなかった。

3

つまりはこういうことなんだ、と東郷が口を開いて、

「神宮ドームがオープンしたときの警官集団暴行事件のことは聞いているだろう?」

「ええ、聞いています。あまり、くわしいことは知りませんが——」

佐伯は眉をひそめた。

去年二月、「建国記念日」に起こった事件なのだが、そのあと、検察庁の汚点といってもいい経過をたどることになった。そのことに嫌気がさして検事を辞め弁護士になった人間もいるほどだ。

が、そのころにはすでに佐伯の精神状態は不安定になっていて、その事件に関心を払う気

持ちの余裕がなかった。あのころの佐伯には〝外部〟というものが存在せず、ひたすら自分という〝内部〟の闇のなかを彷徨《ほうこう》しつづけていた。したがって警官集団暴行事件のことは意識の外にあり、ほとんど記憶に残されていない。

思いがけないところに話題が飛んで、とっさに話についていけない気がした。

「神宮ドームで『建国記念日』の式典が催された。そのときに左翼系団体や市民団体がそれに反対するデモをくりひろげた。そのときに制服、私服の警官何人かがデモに参加した人たちに暴行を加えたらしい。らしい、というのは、結局、事実が明らかにされなかったからだ。警官に暴行を受けたとされる人たちは活動家でもなんでもない。たんなる一般市民で、そのあと検察庁に集団暴行をした警官たちを告訴している――」

東郷は苦々しい口調になって、

「そのとき、これを担当した検事は、告訴した被害者に告訴補充書を提出するように命じた。暴行したという警官一人ひとりの年齢、体格、人相などを特定せよ。警官の共同責任というが、それなら謀議した場所と日時を示せ……というものだよ。被害者にそんなことができるはずがない。結局、警官たちは不起訴ということになってしまった」

「八四年の青森ねぶた祭りの例にならったということですね」

佐伯も暗い表情になった。

一九八四年、青森のねぶた祭りで、やはりこれと似た事件が起こっている。

祭りを見物していた男性がふたり、何の犯罪容疑もないのに、路上、さらには警察署で警官たちから集団暴行を受け、ひとりは下顎を砕かれ、もうひとりも打撲挫傷をこうむるという事件が発生した。そのあと、被害者は検察庁に告訴したのだが、担当した検事は被害者に告訴補充書の提出を求め、さだめられた日時までに補充書を提出しない場合は不起訴にすると明示した。ほとんどこれは言いがかりといっていい。——その結果、現実に重傷を負った被害者がいて、告訴もされたというのに、とうとうこの事件は不起訴になってしまったのである。

似たような事件は一九八六年にも起こっている。

この年、警察庁警備局、および神奈川県警警備部公安一課が、とある革新政党の党員宅の電話を盗聴していたことが発覚し、これに抗議する市民団体が「真相究明を要請する署名」二千九百人分を集め、東京地検に提出している。——が、これも結局は不起訴ということになってしまった。

いずれの場合も、検察が警察に対して弱腰であったために、あきらかに犯罪事実があったにもかかわらず、警察官の起訴に踏み切れなかった、ということなのだ。つまり、これは警察が組織がらみで犯罪行為を犯した場合、よほどの事情がないかぎり、検察はこれを起訴することができない、ということを示している。

肥大化する一方の警察権力に比して、検察組織が弱体化の一途をたどっていることが、こうした法治国家ともいえない悪例を生みだしているといえるだろう。いまの検察は警察の協力がなければ何ひとつやり遂げることができない。

……去年の二月、神宮ドームにおいて建国記念日の式典が開催された。これに反対するデモが神宮ドームの周囲でくりひろげられ、おおむね整然としたデモであったにもかかわらず、警備の制服、私服の警官たち十人あまりが参加者に集団暴行を働いた。デモなんかしてないでさっさと家に帰れ、あんたたち警官にそんなことをいわれる筋合いはない、などというやりとりがあったのちの暴行だということだが、もちろん警察側に弁解の余地のあることではない。——この事件は、前二例ほどマスコミに注目されず、ほとんど世間に知られることなくうやむやに終わってしまった。

佐伯が検事という職業に疑問を持ち、絶望を覚えているのも、こうした例からもわかるように、あまりにも検察が警察権力に対して無力であるからにほかならない。

が、そのことが今回の「地裁連続殺人事件」捜査本部の奇妙な動きとどんな関わりがあるというのだろう？

東郷がその佐伯の内心の疑問を読み取ったかのように、

「そのときに担当検事を指導したのは、当時、高検検事長だった鹿内さんだったといわれている。そのあと、被害者たちのほうに国を相手どり訴訟に持ち込もうという動きもあったようだが、その動きをいわば封殺したのは、当時、裁判所から検事として法務省に出向していた大月さんだった――」

「鹿内弁護士と大月判事……」

佐伯はあっけにとられた。

「ああ、そうなんだ。ひとりはそのあと弁護士になり、もうひとりは裁判所に戻って判事になったというわけさ。そのふたりが地裁で殺された。つまり公安警察としては、ふたりが殺された動機を、警察官の集団暴行を不起訴にしたというそのことに求めているということらしい。しかも『神宮ドーム火災事件』には時限式の火炎放射装置が使われている。――覚えているか？　八四年に保守党本部の建物が放火されるという事件があった。あの炎上事件に使用されたのも、おなじ仕掛けの時限式火炎放射装置だったし、あのときの犯行にもやはり四輪駆動車が使われている」

「………」

「あのとき検察が起訴した被告は、結局、無罪となっている。もちろん、八四年の保守党本部炎上事件と、今回の『神宮ドーム』の一連の事件とは何の関係もない。何の関係もないが、おなじ仕掛けの火炎放射装置が使われているということもあって、公安警察にあのときの雪辱を晴らしたいという思いが働いたとしてもふしぎはない」

「………」

「つまり、それが『地裁連続殺人事件』の裏に、法務省公安課が介在し、警視庁公安一課が動いている理由なのさ。これを思想犯罪と見なしたいということなんだ。鹿内弁護士と大月判事を殺したのも、過激な思想犯の犯行であって、そうである以上、『神宮ドーム火災事件』もたんなる過失致死傷事件であっては困るとそういうことらしいんだな」

「冗談じゃない。とんでもない見込み捜査じゃないですか——」

佐伯はつい大声をあげた。

ああ、そうだ、見込み捜査さ、しかし警察が見込み捜査に走るのはめずらしいことではないだろう、と新道がその声の底に怒りをにじませてそういい、

「見込み捜査だろうが何だろうが、いったん被疑者をあげて、起訴したら、警察も検察もメンツにかけてもそれを有罪に持ち込もうとする。日本の刑事事件で冤罪があとを絶たない理由さ。そうだろう」

「…………」

「おれが聞いた情報では、すでに警視庁の公安一課は『神宮ドーム火災事件』、『地裁連続殺人事件』の犯人として、あるグループを内偵しているという。藤堂の四輪駆動車が警察に押収されたというじゃないか。これは東郷から聞いたんだが、神宮ドームのオープニングのときにも、『神宮ドーム火災事件』のときにも、その四輪駆動車はビデオに撮影されているんだってな。警察はその四輪駆動車が犯行に使われたと見ているらしい。警察が目をつけているグループというのは、右のようでもあり左のようでもあり、公安でもその思想を特定する

ことができず、それだけに何をするのかわからない連中だと見ているらしい。しかも、そのグループのリーダーは、藤堂と個人的な友人であり、いつでも四輪駆動車を自由に使える立場にあった——」

「………」

佐伯はまじまじと新道の顔を見つめた。ようやく新道が何をいわんとしているのかがわかったのだ。

「そうさ——」

と新道はうなずいて、

「おれたちなのさ」

第十九歌

1

渋谷・道玄坂をあがると、そこに円山町がある。

円山町はラブ・ホテル街として名をはせている。

なかでもその一角は、車二台すれちがうこともできないほど狭い道に、右にも左にもラブ・ホテルが建ち並んでいて、その毒々しいネオンが舗装路に映えている。

道路はわずかに勾配をなして下っていて、その突き当たり、T字形に分岐しているのだが、道があまりに細いために、ラブ・ホテル街の入り口から見下ろすと袋小路のようにも見えるのだ。

その突き当たりにも、やはり六階建てのホテルがそびえているのだが、これはラブ・ホテルでもあり、ビジネス・ホテルでもあるようで、そのネオンもひかえめで、どっちつかずのあいまいな姿をさらしている。

が、道路に面して、半地下の、みじかい階段をおりるバーがあり、その看板がアーク灯に照らされているのが、突き当たりにひどく目立つ。

Marbled Jail

というのがバーの名で、大理石模様の監獄、とでも訳せばいいのだろうか。凝りすぎたのか、ひねりすぎたのか、マーブルド・ジェイルでは、あまりバーの名にふさわしいとは思えないが、

「………」

佐伯はその看板を見て思わず立ちすくんでしまった。どこまでいっても『神曲』の〝地獄篇〟がつきまとう。たんなる偶然と片づけるには、あまりにもそのことがたび重なりすぎて、そこになにかの意志のようなものを感じずにはいられない。

この店の名から連想するのは〝マレボルジャ〟だ。〝マレボルジャ〟は地獄の第八圏にあるのだという。

マロ（邪悪）とボルジャ（嚢）から成るダンテの造語で、すなわち〝悪の袋〟——

第一嚢から第十嚢まで中央をつらぬく穴を軸にして、傾斜状に下降し、そこには女衒《ぜげん》、娼婦、阿諛《あゆ》者、聖物売買者、魔術師、卜占《ぼくせん》者など、悪意で人をたぶらかす罪人たちが追い落とされているのだという。

いたるところに、ポン引き、街娼たちがたむろするこの街は、たしかに〝マレボルジャ〟の名にふさわしい。この袋小路がそのまま〝悪の袋〟なのだ、といえばあまりにこじつけがすぎるだろうか。

佐伯はそのことを東郷に告げようとして思いとどまった。いまの東郷にそんなことを告げたところで、嘲笑されるか、いいとこ黙殺されるだけだろう。とうてい、このラブ・ホテル街が『神曲』の地獄を連想させるというたわ言など受けつけそうにない。実際、それどころではないのだ。

ふたりは電柱のかげに身をひそめてジッと突き当たりのホテルを見ている。

中年のアベックがそんなふたりを気味悪げに見ながら足早に通りすぎていった。妻に依頼されて浮気亭主を見張っている興信所の所員だとでも思ったのか。

佐伯は時間を確かめた。

十一時二十分——

そろそろのはずだった。

そのときのことだ。

ふいに狭い道路に大音響が炸裂した。最大限に増幅された前奏が、ワアーン、と道路を共鳴管のように唸らせると、「きさまとおれとは同期の桜ァ」、と鶴田浩二の歌声がとどろいた。狭い道路に紺色の宣伝カーがゆっくりと乗り入れてきた。「おなじ航空隊の庭に咲くゥ、咲いた花なァらァ散るのは覚悟ォ、みィごと散りましょォ、国のためェ」。ラブ・ホテル街にこれほど似つかわしくない歌もない。ガンガン鳴り響いた。

歌が終わると、キーン、とスピーカーが鳴って、

「出てこい、綿抜周造。隠れていないでいさぎよく神宮ドーム火災の責任をとれ。犠牲者の霊は泣いているぞ——」

とだみ声がとどろいた。

突き当たりのホテルから数人の男たちが転がるように飛びだしてきた。血相を変えて宣伝カーのほうに走っていく。口々になにかわめいていた。なかに高瀬警部補の顔が混じってい宣伝カーのまわりを取りかこむと、そのボディを拳で連打し、出てこい、とわめいた。

東郷と佐伯のふたりは、刑事たちをやりすごすと、スッ、と電柱のかげから出て、足早にホテルに入っていった。

フロントの男がふたりを見て、電話の受話器を取りあげるのを、

「いいんだ、おれたちは検察の者だ」

東郷が背広の襟の「検事」のバッジを見せて制した。

新道の調べは行きとどいていた。

綿抜が二階の二〇六号室に保護されていることはわかっている。

ふたりは階段を駆けのぼり、二〇六号室に急いだ。

二〇六号室のまえに所轄署の霊安室で立ちあってくれた若い刑事が立っていた。

ふたりを見てとまどうような顔になる。

「綿抜に会わせてもらう」

と東郷がいう。

いや、しかし、と若い刑事は口ごもり、

「綿抜を外部の人間に会わせてはならない、といわれているものですから」

「おれは外部の人間なんかじゃない。『神宮ドーム火災事件』の担当検事だ。綿抜は『神宮ドーム火災事件』で起訴されている人間なんだぜ。いまはまだ起訴は取り消されていない。おれには綿抜に会う権利がある。そうじゃないか」

「はあ、いや、その――」

「そこをどけ」

東郷が高圧的にいう。

「…………」

若い刑事の顔が青ざめた。

ドアのまえを離れると、ふいに身をひるがえし、階段のほうに走っていった。

おそらく一課の先輩たちにこのことを告げに行ったのだろう。

佐伯たちにはあまり時間がない。

佐伯はノブをひねった。

鍵がかかっていた。

ノックした。

「検察の者です。ここを開けてください」

声をかけた。

鍵を外す音がしてドアが開いた。

ドアの隙間から綿抜が覗いた。

検察の者だという言葉に嘘はない。

が、検察の者だと聞いて、綿抜はおそらく村井のことを考えたはずだ。そこに思いがけなく東郷と佐伯のふたりが立っているのを見て顔色を変えた。

とっさにドアを閉めようとした。

が、東郷がすばやくドアの隙間に体を滑り込ませた。左の肩がドアに挟まった。かなり痛かったのではないか。ウッ、とうめき声をあげた。が、すぐに体をひねるようにしてドアを押し開けた。東郷につづいて佐伯も部屋に飛び込んでいった。

2

綿抜は後ずさると、

「どうもこれは困りましたな。わたしは誰とも会ってはいけないとそういわれているんですけどね。これは困ったな――」

そうつぶやいた。

あいかわらずその顔は虚ろだった。その後光のように縁どりされた白髪がいっそうその顔を虚ろに見せていた。――この男は自分のなかに何も持っていない。情況主義者、というか、自分の意思では何ひとつ動こうとはせず、情況のおもむくままに流されていく男の顔だった。

「冗談じゃないぜ。綿抜さん――」

東郷が大声を張りあげた。

「あんたは過失致死傷で起訴されている人間なんだぜ。おれはその公判検事だ。いくら弁護士と判事が殺害されたからといってその事情に変わりはない。誰とも会ってはいけないもへったくれもないだろう」

綿抜は目を伏せると、それはそうなんですが、と口のなかで弱気につぶやいた。

「いや、それはそうなんですけどね。でも財前さんにいわれたものですから」

「財前？　法務省の財前か」

「ええ、まあ、そうなんですが」

「財前に何をいわれたというんだ？」

「警察に協力すれば免責してくれる、と。検察としては過失致死傷の起訴は取りさげてもいい。だから協力しろ、と――」

綿抜はぼんやりといった。

「わたしはサラリーマンですからね。会社の手前というものがある。会社なんて非情なものですからね。これ以上、裁判がつづくようであれば、退社も考えてもらわなければならない、とそういわれてしまいましてね。この免責のことは上役から伝えられたんです。いい話じゃないか。いわれるままに警察に協力しろって。そうすれば過失致死傷の起訴は取りさげてくれる。こんないい話はないだろうって。わたしはサラリーマンですから」

「…………」

佐伯は東郷と顔を見あわせた。

新道から話を聞いてもこれまで半信半疑だったのだが、やはり司法取引はおこなわれていたのだ。何ということだろう。こともあろうに検察と警察が結託して、日本の法律では認められていないはずの司法取引に手をそめているのだった。

「警察に協力すれば過失致死傷のほうは免責してくれるということですが――」

東郷が内心の感情を押し隠すように、ことさら丁寧な口調でいった。

「それは具体的にはどういうことなんでしょう？　どういうことで警察に協力を求められたんですか」

「いや、それはわたしの口からいうわけにはいきません」

綿抜はほとんど無邪気といってもいい表情でいった。

「それは誰にもいってはいけないことになっているんです」

「いや、しかし――」

東郷はなおもいいかけて、ふいにサッと後ろを向いた。

そのときには佐伯も背後の人の気配に気がついて振り返っている。

開け放たれたドアのところにひっそりと財前が立っていた。その地味で端正といっていい顔にはどんな表情も浮かんでいない。そのはしばみ色の目はガラス玉のようにどこまでも澄んでいた。

財前はわずかに頭をさげて、どうもお久しぶりです、とそういい、

「『地裁連続殺人事件』の捜査をしているうちにいろいろと新事実が出てきた。どうも火災事件のほうも見なおす必要があるんじゃないか、という声が捜査本部のほうから出てきましてね。『神宮ドーム火災事件』の起訴は取りさげるべきじゃないか、という声が法務省にあ

がってきました。それで綿抜さんに任意で出頭していただいて、いろいろ、お話をうかがうことになったんです。連日、所轄署のほうにおいでいただいたのでは、綿抜さんもお嫌でしょうし、第一、マスコミの目がうるさい。それでホテルに部屋をとってお泊まりいただいているわけです」

ボソボソとした声でそういった。

「………」

佐伯と東郷は顔を見あわせた。

その話自体には不審な点はない。

取り調べが数日にわたるとき、それが被疑者であれば代用監獄に収監すればいいだけのことだが、参考人の場合はそういうわけにはいかない。旅館かホテルに宿泊させることになる。その費用は捜査本部で持つこともあれば参考人が持つこともある。——要するに財前は綿抜の場合もそうだといっているのである。

「ずいぶんよく舌がまわるじゃないか。おまえはそんなにお喋りだったかな——」

と東郷は皮肉をいい、

「おれは『神宮ドーム火災事件』の公判検事だぜ。おかしいじゃないか。おれはそんな話は聞いていない。第一、警察に協力すれば過失致死傷罪のほうを免責してもいい、というんじゃ司法取引じゃないか。いまさらいうまでもないことだろうがな、日本では司法取引は認められていないはずだぜ」

「東郷さんにお話ししなかったことについてはお詫びします。ですが、これはなにも東郷さんを軽んじてのことではないのです。われわれとしても慎重にならざるをえなかった。それというのも、『神宮ドーム火災事件』、および『地裁連続殺人事件』の被疑者が、東郷さんの個人的な友人だということがあったからです。ついでにいえば、神宮ドームの設計者――現在、失踪していて、その安否を気づかわれている藤堂俊作氏も東郷さんのお友達ですね。慎重にならざるをえない」

財前は動じなかった。どんなものもこの若者の感情を揺り動かすことはできないようだった。

「それに、司法取引、ということについては事実誤認もはなはだしい。司法取引などという事実はありません。『地裁連続殺人事件』の捜査を進めているうちに『神宮ドーム火災事件』について新事実が出てきた。その新事実にてらして、綿抜氏を過失致死傷で起訴して法廷を維持するのはむずかしいのではないか、という判断が出てきた。ただ、それだけのことです。それ以上のことは何もありません」

「…………」

佐伯はこの財前というかつての同僚の有能さに舌を巻いていた。

財前も綿抜とおなじようにその表情は虚ろといっていいが、それは綿抜のように内面に何もないがための虚ろさではない。その逆に、その内面にあふれんばかりに持っているものがあり（なにを？　おそらく野心を）、それを隠すためにことさら無表情をよそおっているのにちがいない。

「被疑者がおれの友人？　それはもしかしたら——」

とかすれた東郷の言葉を引きついで、

「ええ、新道惟緒です。すでに任意同行を求めました。逮捕状も裁判所に請求しています。新道ばかりではなく、ついさっきまで外で騒いでいたあの連中も——」

財前の唇の端がわずかに引きつった。どうやら、これが財前にできる精いっぱいの微笑であるらしい。

「何人か任意で所轄に来てもらうことになりそうです。新道のひきいているあの集団は危険ですよ。この際、徹底して、その活動を洗うことになりそうです」

「『神宮ドーム火災事件』、『地裁連続殺人事件』をあの連中の思想的な犯行とするのはいくらか何でもむりがあるぜ。新道はそんなことをするやつではない。あの若い連中もそんなことをする連中ではない。任意で取り調べるのはいいとして、それを強制に切りかえるのは考えなおしたほうがいいんじゃないか。そんなことをすれば検察と警察のでっちあげとして一斉に非難をあびることになる」

「非難をあびることになるかどうか、それはすべて、これからの捜査にかかっていることでしょう――」

財前はあいかわらずボソボソとした声でいった。

「とりあえず、明日、綿抜さんに同行をお願いして、神宮ドームの現場検証をおこなうことが決まっています。もしよろしければ、おふたりもご一緒に現場検証に立ちあわれてはいかがですか」

第二十歌

1

……翌日、新道惟緒ほか二名が、公務執行妨害の容疑で、警視庁公安一課に逮捕され、連行された。

現実には、新道たちは、宣伝カーで『同期の桜』を流し、綿抜周造を名指しで非難したにすぎないのだ。刑事たちとの激しいやりとりはあったらしいが、肉体的には接触していないという。これだけで公務執行妨害を適用するのはいかにも苦しい。要するに、これは別件逮捕であり、捜査当局の目的が「神宮ドーム火災事件」ならびに「地裁連続殺人事件」にあるのは明らかだった。

公安警察は新道たちの逮捕に踏み切るまでによほど周到な準備を積んでいたらしい。

新道たちを逮捕するや、時をおかず、その翌日にはもう、神宮ドームにおいて、捜査本部の現場検証がおこなわれることになったのだ。

現場の指揮をとったのは警視庁公安一課だが、鹿内弁護士、大月判事が殺害された事件との関連も考えられることから、「地裁連続殺人事件」捜査本部の捜査員たちも合流し、総勢百名以上にもおよぶ捜査員が立ちあう大がかりな現場検証になった。

これは警視庁のこの事件に対する並々ならない決意を示すものといえるだろう。

警視庁公安一課および捜査本部は、「神宮ドーム火災事件」ならびに「地裁連続殺人事件」を共通した事件と認識し、次のように事件経過を推理している。


昨年二月十一日、オープンしたばかりの神宮ドームで保守党有志が主催し「建国記念日」をことほぐ祝典が催された。これに反発する市民団体および左翼系団体が神宮ドームのまわりでデモをくりひろげ、これを規制する警官とのあいだにじゃっかんのトラブルが発生した（実際には、この場合、じゃっかんなどという言葉はふさわしくないかもしれない。ふたりが軽傷、ひとりは大腿骨を折って、二十日間の入院を強いられるという重傷を負っているのである。デモ隊側は、これを警察官の暴行によるものとし、警察側は警備の警官ともみあった際に転倒し怪我を負ったものと発表している）。

その後、被害者三名は、このときの警察官たち数名、さらにその所轄署の署長を告発したが、いずれも検察庁は不起訴処分にした。そのときに担当検事を指導したのが、当時、高検検事長をつとめていた鹿内であった。また、被害者側には東京都を相手どり訴訟する動きもあったのだが、当時、裁判所から法務省訟務局に出向していた大月が、検察庁の意を受けて精力的に動き、ついにこれを取りさげさせるという経過をたどっている。

評論家の新道惟緒が、これに強い不満を覚えたことは、総合誌「K評論」に三号にわたって「交差する権力」を掲載し、激しく弾劾《だんがい》していることからも明らかであろう。新道はたんにこれを批判するにとどまらず、自分が主幹をつとめる〝神風連研究会〟を指嗾《しそう》し、テロ行為に踏み切らせるのを決意するにいたった。

〝神風連研究会〟は一般には新右翼、民族派と理解されているようであるが、新左翼、過激派と目《もく》される人間も擁していて、いちがいに会の性質を右とも左とも決めかねるところがある(もともと〝神風連研究会〟が創設された趣旨のひとつに冷戦以降の脱イデオロギー化が挙げられていたのだという。しかも〝神風連〟を研究しているということからもわかるように、この会は実践を旨《むね》としている。公安警察が〝神風連研究会〟を過激な思想グループとして警戒していたのはこのためである)。その思想の実践として実行されたのが、神宮ドームへの放火であり、鹿内弁護士、大月判事の殺害である。

あらかじめ捜査当局が筋書きを想定し、それにのっとって捜査が行われる。——もちろん、これは見込み捜査にほかならない。

「神宮ドーム火災事件」、「地裁連続殺人事件」を、〝神風連研究会〟の犯行とみなす今回の場合は、情況証拠さえきわめてとぼしいといわなければならない。

見込み捜査の危険性は各方面からつとに指摘されているとおりである。

それでもいっこうに見込み捜査がやまないのは、日本の警察に自白主義の悪しき伝統が根強く残されているからだろう。

それに、本来、警察捜査を監督指揮したうえで協力関係を維持すべきとされている検察庁が、警察の「上塗り補完機関」と化して、ほとんど警察の言いなりになっていることにも問題がある。

これは日本のすべての行政、司法、官庁に共通していえることだが、チェック機構がほとんど機能していないのだ。

新道惟緒および〝神風連研究会〟の若い会員ふたりが、公務執行妨害で別件逮捕されることになった根底に、「K評論」誌に掲載された評論に対する公安警察の、いわば報復の意図があるのはあきらかだった。

もちろん、これは警察、検察に、でっちあげの意図があるということではない。どんな警察官、検事であっても、意図的に冤罪《えんざい》をもくろむ人間などいようはずがない。

警視庁公安一課および「地裁連続殺人事件」の捜査本部が、新道を主犯、〝神風連研究会〟の会員ふたりを従犯と見なしていることは、まぎれもない事実であろう。

が、皮肉なことに、捜査員たちが真摯《しんし》で、職務熱心であればあるほど、見込み捜査の危険性はより増していくことになる。警察捜査というのは、いわば巨大な機関車のようなもので、ある目標に向かっていったん動きはじめると、これをとめるのは容易なことではない。佐伯は自分が検事でありながら検察組織を信用していない。悲しいかな、信用しきれないのだ。そのことが佐伯の精神状態を不安定にもし、孤独にもしている。

「神宮ドーム火災事件」の公判検事である東郷は当然のこととして、佐伯までもが現場検証に立ちあうことにしたのは、どうしても冤罪への危惧を捨てきれなかったからなのである。

そして、現場検証に立ちあったことで、またしても佐伯は『神曲』〝地獄篇〟の一節をありありと脳裏に思い浮かべることになるのだった。すなわち——

新奇の罰について詩句を作り、堕地獄のともがらを歌う第一曲第二十歌の素材としなければならぬ時は来た。

2

午前七時三十分——

現場検証がはじまった。

神宮ドームに火災が発生し、消防署に第一報が入ったのは、昨年十一月七日、午前十時二十分のことである。

その日の早朝、信濃町駅方面から国立競技場を抜け、神宮ドームに出る交差点に、一台の覆面パトカーがとまっていた。

スピード違反を取りしまる、いわゆるネズミ捕りで、パトカーには所轄交通課の島田《しまだ》巡査長ほか二名が搭乗していた。

まだ本格的なラッシュが始まるには、やや間《ま》がある時刻で、それほど交通量もなく、道路は閑散としていたという。

七時三十分、信濃町駅方面から国立競技場を抜けて、一台のジープ型四輪駆動車が走ってくるのが見えた。

車体はマリンブルー、ウインドウはスモーク処理されていた。

信号は赤、四輪駆動車は交差点の手前でとまった。

神宮ドームに車両が出入りするために、横断歩道から信濃町駅寄りに「停止線」が設けられている。

その四輪駆動車が「停止線」を越え、ほとんど横断歩道に接するようにしてとまったことが、島田巡査長の注意を引いた。信号無視する気ではないか、と思い、覆面パトカーから外に出た。

四輪駆動車の助手席からひとりの男が出てきた。

男は、ちらり、と覆面パトカーのほうに目を向けたが、四駆車の背後にまわり、後ろのドアを開けると、そこで何かし、すぐに助手席に戻った。

信号が青に変わり、四駆車は左折のウインカーを出して、神宮ドームのほうに曲がっていった。

それが去年の十一月七日のことで、それからほぼ一年たった十月のいま──

捜査員たち、所轄署から派遣された警察官たち、総勢百人あまりが見守るなか、そのときの情況が再現されている。

警察官たちが現場の周囲を規制し、通行人たちを足止めし、走ってくる車を迂回《うかい》させていた。

押収された四駆車が信濃町駅方面から走ってきた。

交差点の「停止線」を越えて、横断歩道に前輪を接してとまる。助手席から男がひとり出てきて、四駆車の背後にまわる。後ろのドアを開けたところで、歩道のほうから、そこでいいぞ、ちょっとストップしてくれ、と声がかかる。

歩道から声をかけたのは高瀬警部補だ。高瀬の横には島田巡査長が立っている。

あれぐらいの場所でいいか、と高瀬が尋ねてきて、ええ、あんなものです、と島田巡査長が答える。

去年十一月七日の早朝、覆面パトカーがとまっていたところに、いまは一台のパトカーがとまっている。そのパトカーを取りかこむようにして「地裁連続殺人事件」捜査本部の捜査員たちが何人か立っている。捜査員たちは四駆車の背後にまわった男を（じつは所轄の警官なのだが）ジッと見つめている。

「どうだ？」

と高瀬警部補が捜査員たちに尋ねると、

「顔がはっきり見えますよ」

「わかります。大丈夫ですね」

「バッチリですよ」

捜査員たちが口々に応じる。

高瀬は島田巡査長の顔を見る。

島田がうなずくのを見て、高瀬も満足げにうなずいた。そして、つづけてくれ、と大声を張りあげる。男はうなずいて四駆車の助手席に戻る。四駆車が左折のウインカーを出して、神宮ドームのほうに曲がり、走り去っていった。

それを鑑識の人間が何人かでビデオ撮影している。このビデオは法廷で再生され、視聴されることになるだろう。

去年十一月七日早朝に、島田巡査長は四駆車からおりた男の顔を見た、とそう証言している。男は四十がらみ、痩せて、背が高かったという。島田が男の顔を見たのは、ほんの一瞬のことだったが、あとになって新道惟緒の写真を見て、非常に似ている、と証言しているのだ。

裁判で島田巡査長の証言の信頼性について争われることになるのは必至だった。

その男は四駆車からおりて、ちらり、と島田巡査長のほうを一瞥《いちべつ》し、すぐに車の背後にまわった。島田が男の顔を見ることができたのはせいぜい五、六秒ほどのことだろう。

当然、弁護士は、はたして、そんな短い時間に、人の顔を見きわめられるだろうか、という疑問をつきつけてくるにちがいない。

よしんば見きわめられたとしても、島田が実際に新道の写真を見せられたのは、それから何ヵ月もたってからのことであり、それまでその記憶を鮮明にとどめていた、というのはあまりに不自然ではないか……

が、今回の現場検証で、五、六秒の時間があれば、十分に四駆車からおりた男の顔を見ることができる、ということが確認されたわけである。

島田は警察官であり、日頃から、人の顔を記憶にとどめる訓練を積んでいる。

また、十一月七日というその日は、神宮ドームに火災が起こったいわば特別の日であり、数ヵ月のちにも、その男の顔を覚えていたからといって、さして不自然なこととはいえない。

　気象庁の記録によると、去年十一月七日の天気概況は「曇り」、現場検証がおこなわれたこの日と気象情況は変わらない。——空を十等分して目視計測する雲量は「七」が記録されている。現場検証されたこの日の雲量は「八」だから、人の顔を見るということに関しては、むしろ今日のほうが条件が悪いといえるだろう。

　今日の現場検証の結果は証拠申請されることになる。証拠として認められるかどうかはわからないが、少なくとも、島田巡査長が男の顔を見きわめて、それを一年後にも覚えていた、ということを弁護士から一方的に不自然だと決めつけられるようなことにはならないはずである。

　捜査員たちは上機嫌だった。笑い声さえ聞こえていた。

　次の現場検証に進むことになった。

　捜査員、警察官たちが一斉にぞろぞろと移動する。

　そのなかに、佐伯と東郷のふたりの姿も混じっていた。

　東郷は左腕に添え木をあてて包帯を巻いている。綿抜の部屋に入るときに肩をドアに挟まれて骨にひびが入ったのだ。——が、東郷がこわばった顔をしているのは、必ずしもそのせいからばかりではない。ここで行われている現場検証は友人の新道の犯罪を立証するためのものなのである。東郷の顔がこわばるのも当然だろう。

「…………」

佐伯もまた表情をこわばらせていた。東郷といっしょに歩いていきながら、かけるべき言葉を思いつかないのだ。

東郷一誠には高校時代からの友人がふたりいる。

そのうちのひとり藤堂は、いまだに失踪したままであり、車に残された尿の痕跡から血どめに使われる副腎皮質ホルモン剤が検出され、しかも部屋に残されたジャケットに付着していた血痕と、その血液型が一致している。——つまり藤堂は死んでいるという可能性が高い。

そして、さらにそれに追い討ちをかけるように、もうひとり新道には、「神宮ドーム火災事件」と「地裁連続殺人事件」の嫌疑がかけられているのだ。

いまのところ、藤堂の失踪に関しては捜査本部も動いている様子はない。しかし捜査本部が藤堂は死んでいるものと見なしているのは間違いないことであり、いずれ、その嫌疑も新道にかかることになるだろう。

東郷の心中は察して余りある。佐伯としても東郷にかけるべき慰めの言葉もないのだった。

3

「…………」

ふと佐伯は眉をひそめた。

ちょっと失礼します、と東郷に断り、足を速めた。

前方、捜査員たちに混じって、綿抜がとぼとぼと歩いていた。

声をかけた。

「…………」

振り返った綿抜の表情にわずかに動揺の色がかすめた。が、すぐにその顔が仮面めいて無表情なものに戻る。――この男はあまりに虚ろだ。どんなものもこの男の深部に達することはできない。というか、深部に達したところで、おそらくそこには何もない。

綿抜を両側から挟むようにして歩いている一課六係の捜査員たちが、佐伯を見て露骨《ろこつ》に顔をしかめた。

佐伯はけっして一課六係の刑事たちのあいだで評判のいい検事とはいえない。それどころか評価は最低といっていいだろう。

以前、高瀬警部補の意向に逆らって、弁護士を容疑者に接見させたことが後あとまで尾を引いてしこりとなって残っているのだ。

が、佐伯にしたところで、自分が一課六係の刑事たちから嫌われていることは先刻承知している。いまさらそんなことで怯《ひる》んだりはしない。

「ちょっと綿抜さんと話したいことがあるんだ。悪いけど、遠慮してくれないか」

佐伯は下手に出た。

「…………」

ふたりの刑事は視線をかわしあった。

できれば佐伯の頼みを撥《は》ねのけたいところだろう。が、佐伯は休職しているとはいえ、まがりなりにも刑事部の検事なのである。一介の刑事が検事の依頼を拒否するのはむずかしい。

「残念ですが自分たちは綿抜さんと同行するように命じられているものですから——」

ひとりが口ごもりながら、そういいかけるのを、

「そんなことはわかっている。何もどこかに行ってくれといっているわけじゃない。ちょっと離れてて欲しいと頼んでいるだけだ。それに綿抜さんは目撃証人というだけで何も被疑者というわけではない。そんなにぴったりくっついている必要はないんじゃないか。第一、綿抜さんがどこかに行こうにも、まわりにはこれだけの人数がいるんだ。どうにもならないだろう」

「………」

ふたりの刑事はあらためて周囲を見て、さらに渋い顔になった。

たしかに佐伯のいうとおりだと認めざるをえなかったのだろう。

まわりには、百人からの捜査員、所轄署員、鑑識課員たちが現場検証に立ちあい、修学旅行の中学生のようにぞろぞろと一斉に神宮ドームに移動しつつある。よしんば綿抜がこの場から抜けだそうとしてもどうなるものでもない。

「頼むよ」

と佐伯がそう頭を下げると、ふたりの刑事はちらりと視線をかわしあい、たがいにうなずきあって、スッと綿抜の後方に離れた。

が、遠くには行かない。二十メートルほど離れてそこで立ちどまる。彼らにしてみればそこまで離れるのがぎりぎり精いっぱいの限界ということだろう。

綿抜はそれまでおとなしくその場にたたずんで話が終わるのを待っていた。自分のことが話題になっているというのに、まるで人ごとのようにあっけらかんと虚ろな表情になっていた。

そんな綿抜を、

「歩きましょう」

佐伯がうながした。

ふたりは肩をならべて歩きはじめた。

一行は神宮ドームに向かっている。百人もの屈強な男たちが行列をなして同じ方向に向かっているのだ。朝の光のなかにもうもうと砂埃が舞っていた。通勤途中のサラリーマンやOLたちがそんな一行を目を丸くして見つめている。

佐伯が口をひらいた。

「捜査本部から聞きました。あなたはあの神宮ドームの火災の日、駐車場にとまった四輪駆動車から、新道と似た男が大きな段ボールの箱を積みだしているのを見た、とそう証言なさったそうですね」

綿抜は、ええ、とうなずいた。その顔は正面を向いたまま、あいかわらず虚ろだ。

「あなたはそれを区の体育祭に使われる備品か何かを運び入れているのだろうとそう思ってべつだん不審にも思わなかった。そうですね？」

「ええ、そうです」

綿抜がうなずく。

佐伯はあらためて綿抜の顔を見て、綿抜さん、とやや声に力をこめ、

「いったい、それはほんとうのことなんですか」

「…………」

綿抜はけげんそうに佐伯を見る。

「あなたが誰かが四駆車から段ボールの箱を積みだしているのを見た——おそらく、それはほんとうのことでしょう。しかし、それが新道に似た人物だった、というのはどうでしょう？　ほんとうにあなたはそのことを記憶なさっているんですか。もしかしたら捜査本部で事情聴取を受けているときにそう答えるように刑事から誘導されたんじゃないんですか」

現役の検事としてこんなことをいわなければならないのは残念なことだ。

が、証人から調書を取るとき、担当している係官があらかじめ想定されている事件の筋書きにのっとって、その筋書きに符合するように証言を誘導するというのはありがちなことなのである。

たとえば綿抜の場合には、係官は新道の写真を見せて、その人物はこの男に似ていませんでしたか、似ていい、いたはずなんですけどね、と質問を畳みかければそれでいい。調書を取られている人間に、偽証をする明確な意思はなくても、たいていは、刑事がそこまでいうのだからきっとそうなんだろうな、と思ってしまう。——事情調書の多くがたんなる作文にすぎないと評されるゆえんである。

が——

綿抜はぼんやりと佐伯の顔を見るだけで、自分の証言が刑事に誘導されたともそうでないともいわない。

もともとこれは佐伯の質問自体に無理があったのかもしれない。——意識的に刑事に迎合し偽証したのだとしたら、そんなことをうかつに人に洩らすはずはない。証言を誘導されたのを意識していないのだとしたら、そもそも佐伯の問いそのものを理解できないだろう。どちらにしろ綿抜は答えない。答えるはずがない。

第二十一歌

1

佐伯は内心ため息をついて質問を変えることにした。

「ぼくは、あなたに藤堂さんのことをお聞きしました。あなたは藤堂さんの失踪については何も知らないとそういった。何も知らないといっておきながら、すぐにそのあとで、あの埋め立て地に向かった。あの埋め立て地には藤堂さんのアトリエというか隠れ家があった。あなたは藤堂さんはそこに潜んでいるかもしれないと考えた——そう考えながら、そのことをぼくに話そうとしなかった。あれはどうしてだったんですか」

綿抜は答えようとはせず肩を落として歩きつづけた。

顔の縁取りのように残っている白髪に朝陽が射していた。そのために顔が白い暈《かさ》に包まれて綿抜がどんな表情をしているのかわからなかった。綿抜は虚ろな男だが、その虚ろさがそこに亀裂をあけ、白々と光を放っているように見えた。

答えるつもりがないのか、と思い、佐伯は質問をくり返そうとした。そのときにようやく綿抜が口をひらいた。

「藤堂さんはあのアトリエのことを人に知られるのを嫌っていた。あそこは文字どおり藤堂さんの隠れ家だったんですよ。誰にも知られずにひとり籠もるところだったんです。神宮ドームの設計をお願いしているとき、わたしは会社から藤堂さんとの折衝係をおおせつかりました。それで藤堂さんにあのアトリエのことを教えてもらったんです。ここはダンテの〝地獄〟なんだ、って藤堂さんはそういいました。自分は〝地獄〟で仕事をしているんだって。わたしはそんな藤堂さんがうらやましかった——」

「うらやましかった？」

佐伯は眉をひそめた。

「どうしてですか」

「わたしには何もない。わたしには〝地獄〟もなければ〝天国〟もない。ただ、のっぺりとした日常を営々と生きながらえているだけだ。いや、わたしにかぎらず、ほとんどの日本人がそんなものでしょう。〝地獄〟もなければ〝天国〟もないのがいまの日本人の姿ではないですか。そんな日常こそが〝地獄〟だという言い方もあるかもしれないが、しょせんそれは言葉のレトリックにすぎない。少なくとも藤堂さんには〝地獄〟があった。もしかしたら才能があるとはそういうことかもしれない。うらやましいじゃありませんか。そうは思いませんか」

佐伯は綿抜の顔を見た。

これまで綿抜のことをたんに、虚ろな情況主義者だと考えていたが、どうやらその考えは改めなければならないらしい。

たしかに綿抜は虚ろだが、その虚ろなことは誰よりもよく自分が承知している。その虚ろさを〝地獄〟もなければ〝天国〟もないという言い方で表現し、そのことにひたすらジッと耐えている。——案外、佐伯が思っている以上に、綿抜は屈折したところのある人間なのかもしれない。

が、いまの佐伯にはそれよりも、藤堂さんには〝地獄〟があった、という言い方のほうが引っ掛かった。どうして過去形なのか？

佐伯はその疑問をぶつけてみた。

「綿抜さんは藤堂さんのことをすでに死んでいるとそう思っているんですか」

「いや、死んでいるとも生きているともわたしにはわからない。わかるはずのないことです。どうしてですか」

「あなたは藤堂さんのことをいうのに過去形を使いましたよ。まるでもう藤堂さんが生きていないかのような口ぶりだった。ご自分で気がつきませんでしたか」

「そうでしたか。いや、気がつきませんでした。とんでもないことです。わたしは藤堂さんのことを死んでいるなどとは考えていませんよ。わたしは藤堂さんのことを天才だとそう思っている。生きていて欲しい、と願っているし、生きているはずだ、とそう信じてもいます。だから、あの夜、埋め立て地のアトリエにも行ってみたんじゃないですか」

「なるほど、そうでしたね」

と佐伯はうなずいたが、綿抜が埋め立て地のアトリエに行ったのを、かならずしも藤堂のことを生きていると思っていた、というその傍証になるとは考えてはいない。

たしかに綿抜はアトリエに行ったが、藤堂がいるのではないか、と思ってそこに行った、というのは当人がそう主張しているだけのことで、実際にはどうだかわかったものではない。もしかしたら、アトリエには藤堂にではなく、あの美少年に会いに行ったのかもしれないではないか。

あの美少年は藤堂の失踪となにか関わりがあるのかないのか？　そもそも藤堂が失踪したことは、そしてあの美少年は、「神宮ドーム火災事件」と「地裁連続殺人事件」にどんな関わりがあるのか。

せめてあの美少年の名前なりとも問いただすべきかもしれない。が、いまは時間がないし、ほんとうに少年の素性を知りたいのであれば、あの望月幹男という精神科医を問いつめればいいだけのことだ。いざとなれば患者のプライバシーなどという逃げ口上は使わせない。

そう、あの美少年のことは後回しだ。佐伯にはそれよりも先に綿抜に確かめなければならないことがある。

「妙なことをお尋ねするようですが、藤堂さんからなにか〝狼〟のことについてお聞きになったことはありませんか」

「〝狼〟?」

「ええ、藤堂さんは〝狼〟を恐れていたようです。いったい藤堂さんのいう〝狼〟がどんなものであるのか、それはわかりませんが、とにかく藤堂さんは〝狼〟を異常に恐れていたらしい。綿抜さんは〝狼〟についてなにか心当たりはありませんか」

「〝狼〟……」

綿抜はぼんやりと足をとめた。その視線を虚ろにさまよわせる。なにかを見つめた。佐伯もその視線の先に目をやった。——そこには神宮ドームがそびえていた。朝陽をあびてドーム屋根がきらめいていた。

どうやら綿抜が見つめているのはその神宮ドームの端に設置されている調整槽であるらしい。

ちょっと見たところでは調整槽は球形のガスタンクのようでもある。もっとも底部三分の二は地中に埋設されているから、遠目には銀色のお碗をかぶせたようにも見えるかもしれない。

調整槽は巨大だが、神宮ドームに違和感なく溶け込んでいて、そこにそんなものがあると気づく人間はほとんどいないだろう。よしんば、調整槽の横を通る人間が、仰いだところで、その屋根を見ることはできない。

神宮ドームの一万坪をこえる屋根に降る雨の量は優に都市公害的なスケールになるといわれている。そのために屋根に降る雨は、いったん調整槽（一千トン）に溜められ、その後に地下に埋設された雨水貯留槽に放水されることになっている。この雨水貯留槽に溜められた雨水は神宮ドームの中水として使用され、その再生処理能力は一日当たり二百二十立法メートルにも達するということである。

調整槽が完全に埋設されておらず、上部三分の一が地上に露出しているのは、これが防火用水として使用されることもあるからだ。球形をなした屋根板には消火設備もあり、また、夏期にタンクを冷却するための散水装置まで施設されているらしい。

以上はすべて佐伯が神宮ドームのカタログで仕入れた知識である。

綿抜は佐伯に視線を戻し、〝狼〟については、とそういった。

「心当たりがないこともありません」

2

佐伯と綿抜のふたりは足をとめている。

そんなふたりを追い抜いて、捜査員たちがぞろぞろと歩いていく。捜査員たちはそれぞれ声高《こわだか》に話していて、その声がわあんという喧騒《けんそう》となって、ふたりの周囲に渦を巻いていた。

が、いまの佐伯にはそんな喧騒はほとんど耳に届いていない。心当たりがないこともありません、とそういった綿抜の言葉が、耳の底までつらぬいて、それ以外の音はすべて彼方に遠のいてしまっていた。なにもかもがしんと凍りついて、自分と綿抜以外、そこには誰もいないような錯覚にさえかられていた。

綿抜はいった。

「ドームに空気を注入して膜屋根を膨らませる作業をインフレートと呼んでいるんですがね。神宮ドームがオープンする数日まえ、インフレートの作業のときに、藤堂さんは〝狼〟を見たとそういってましたよ」

「〝狼〟を見た？」

佐伯の声がかすれた。

「ええ、そういってました。藤堂さんは設計者としてインフレートの作業に立ちあっていたんですが、なんでも四階のバルコニー席まであがったときに、そのまえに〝狼〟が立ちふさがったんだそうです——わたしは『神曲』は読んでいないのですが、丘をのぼろうとするダンテのまえに〝狼〟が立ちふさがったように、自分のまえにも〝狼〟が立ちふさがった、とそういってましたよ」

「それはどういう意味なんでしょう？　まさか神宮ドームに本物の〝狼〟がいたわけでもないでしょう」

「さあ、どういう意味なんだか。わたしのような俗人に藤堂さんのような天才が何を考えているんだかわかるはずがない。ただ藤堂さんはご自分が見たという〝狼〟のことをひどく恐れていましたよ。そのことは間違いありません」

「バルコニー席に〝狼〟がいた……」

佐伯は口のなかでつぶやいた。

荒唐無稽というのも愚かしい。都心の、しかも、こともあろうに神宮ドームに、〝狼〟などいるはずがない。いったい、そのとき藤堂はなにを見てなにを恐れたのか。いや、そもそも藤堂はほんとうに何かを見たのだろうか。

そのときのことだ。ふと佐伯の頭をかすめたことがある。これまで考えたこともなければ、これからもあまり考えたくはないことだった。

「もしかしたら——」

佐伯は口ごもった。が、いったん頭に浮かんだ以上、これは確かめておかなければならないことだった。

「そのとき藤堂さんは異常な興奮状態にあったとか、やや精神状態が安定を欠いていたとか、そんなことはありませんでしたか」

「そんなことがあるはずがありません」

綿抜はこの人物がと思うような強い口調で否定した。

「藤堂さんは〝黄金比〟の信奉者ですよ。いつもわたしにそういっていた。建築家としてレオナルド・フィボナッチを信奉し、整然とした数字の美しさを愛していた。藤堂さんぐらい冷静な人はいない。藤堂さんにかぎって精神状態が不安定だったなんてそんなことは絶対にありません」

「…………」

〝黄金比〟という言葉は聞いたことがあるような気がするが、具体的にそれがどんなものであるのかはわからない。それはいい。そんなことはあとで百科事典でなりと調べればそれで済むことだ。

それより佐伯の頭に引っかかったのはレオナルド・フィボナッチという人名のほうである。

藤堂の部屋にクロッキーの肖像画があり、〝ピサのレオナルド〟という署名があったことを思いだした。おそらく藤堂自身が書いたのであろう「卓越し学識あるレオナルド」という鉛筆の走り書きが添えられてあった。綿抜がいうのはそのレオナルドのことだろうか。——あのとき佐伯はそれをレオナルド・ダ・ビンチのことだと思ったのだが、どうもそうではないらしい。

——レオナルド・フィボナッチ……

なにか妙に気になる。どこか引っかかるものを覚えた。が、レオナルド・フィボナッチがどんな人物であるのか、それもあとになって調べればいいことだろう。

東郷から藤堂の行方を捜して欲しいと依頼されてからもう何日にもなる。が、そのあと、次々に思いがけないことが起こり、ついには新道が逮捕されるという事態にまでいたって、いつのまにか藤堂の行方を捜すという仕事がおざなりになってしまった。佐伯としては内心そのことに忸怩《じくじ》たるものを覚えざるをえない。

しかし、現実にはほとんど何も動いていないにもかかわらず、佐伯には自分が藤堂にじりじりと肉薄しつつある、という実感があるのだ。

藤堂の建築がすべて〝空白〟を内包していること……〝憑きもの〟が日本の近代建築のいわば伝統であり、藤堂はその後継者であること……藤堂が〝狼〟を恐れていて現実に〝狼〟を見たと称していること……そして藤堂が信奉している〝ピサのレオナルド〟は、レオナルド・フィボナッチという人物であり、なにか〝黄金比〟に関係しているらしい人物であるらしいこと……

佐伯は現実には藤堂を捜すどんな具体的な行動も取っていない。が、これまで佐伯のしてきたことは、いわば藤堂の内面から、彼の形而上学的なアリバイを求める行為であって、それがしだいにひとつに結実しつつあるのを感じていた。

すべてがひとつに結実するには、まだ材料が十分ではない。なにかが足りない。もうあと、一つ、二つ、材料を集めなければならないだろうが、それもそんなに遠い先のことではない、という気がしている。

佐伯はしだいに藤堂に肉薄し、いまではもうその息づかいさえ感じられるようになっているのだ……

「ほんとうですよ。藤堂さんという人はじつに冷静な人なんです。それは、まあ、天才にありがちなエキセントリックなところが皆無だとはいいません。だけど、だからといって精神状態がどうのこうのということは絶対にない。それは藤堂さんに対する侮辱だとそう思う——」

綿抜は憤懣《ふんまん》を隠しきれずにいた。その声の底に強い怒りをにじませていた。この虚ろな人物がこんなに感情をあらわにすることがあるのか。そのことが意外なほどだった。

「たしかに、わたしはこんなふうに空っぽな人間です。中身のない人間ですよ。〝地獄〟も

〝天国〟もなしに生きている人間だ。だからこそ、わたしは藤堂さんの知己《ちき》をえたことを誇りに思っているんですよ。あの人は天才で、わたしは虚ろな凡人だ。わたしは、それはそれでいい、とそう思っているんです。あの人は、それはそれでいい、とわたしにそう思わせてくれた人なんです」

綿抜のような虚ろな情況主義者が、こと藤堂のこととなるとこれほど熱くなる。これもまた藤堂という人物を知るためのひとつのよすがとなるのではないか。

「申し訳ありませんでした。ぼくのいったことは忘れてください。口にすべきことではありませんでした——」

佐伯は素直に詫びた。

綿抜はなにか途方にくれたような顔になると、いや、わたしも口がすぎました、と詫びて、ぼんやりとネクタイを指でもてあそびながら、

「じつは、藤堂さんのことに関して、わたしにはお話ししなければならないことがあるんです。検事さんにはすでにそのことはお話ししてあるんですが……」

そう口のなかでつぶやいた。

「………」

佐伯は緊張した。

やはり捜査本部は藤堂の失踪のことについても調査を進めているらしい。

「地裁連続殺人事件」の「捜査本部」係検事は村井だ。村井は捜査本部の意を受けてひそかに事情聴取を進めているのにちがいない。

　そのままであれば、藤堂のことに関して綿抜の話さなければならないこと、というのが何であるか、佐伯はそれを聞きだせるはずだったのだが――

「綿抜さん、そんなところで立ち話をされたんじゃ困るな。さっさと動いてくれよ。あんたが神宮ドームに行ってくれなければ現場検証ははじまらないんだぜ」

　背後からかけられた声にそれが妨げられることになった。

　高瀬警部補だった。あいかわらず底意地の悪そうな顔をして冷笑を浮かべていた。

　綿抜は高瀬のことを恐れているらしい。それも無理はないだろう。高瀬警部補は、捜査本部に有利な証言をすれば、「神宮ドーム火災事件」の過失致死傷を免罪にするという司法取引の一方の当事者なのである。綿抜が高瀬の心証を害するのを恐れるのは当然のことだった。

　綿抜は急いで神宮ドームに向かった。

　高瀬は佐伯に冷笑を向けて、

「どうですか。検事さん。現場検証に問題はないでしょう。島田巡査長は四駆車からおりた新道の顔を見ている。そのことが確かに立証されたわけですからね」

「さあ、それはどうかな。必ずしもそうはいえないいんじゃないか――」

佐伯は首をかしげて、

「去年の十一月七日と今日とでは天候条件が違う」

「そんなことはない。気象庁の天気概況ではどちらも『曇り』ですぜ。雲量にしても今日は『八』だが、十一月七日は『七』だった。どちらかというと去年の十一月七日のほうが視認条件はいいぐらいでね。今日、四駆車からおりた男の顔が見えるのであれば、十一月七日にはもっと鮮明に見えたはずだ」

「ところがな。雲にもいろいろあるんだ。ちょっと雲を見てみろよ」

佐伯は空に向かってあごをしゃくった。

高瀬はけげんそうに佐伯の顔を見て、その目を空に転じた。

なにが見える、と佐伯が聞いて、むろん雲が見えますよ、と高瀬が応じた。

「そうさ。雲だ。気象庁に問いあわせてみたんだけどな。今日の雲は高層雲だ。ところが去年の十一月七日の雲は低層雲だったそうだぜ」

「…………」

「いうまでもないだろうがな。低層雲のほうがはるかに下界は暗い。雲量が『七』だろうが『八』だろうが、十一月七日のほうが今日よりも暗かったんだよ。だから、今日、四駆車からおりる男の顔が視認できたからといって、十一月七日もそうだった、とはいえないんだよ」

高瀬が愕然とした表情になるのを心楽しく見ながら、

「気をつけたほうがいいな。ちょっと気のきいた弁護士だったら、かならず、そこのところをついてくる。現場検証の結果を証拠申請するのはよほど慎重にしたほうがいい。かえって墓穴を掘ることにもなりかねないぜ」

佐伯はそういい捨てて、その場を離れ、神宮ドームに向かった。

自分でも大人げないとは思ったが、ひどく爽快《そうかい》な気分になっていた。

第二十二歌

1

天気概況は「曇り」だが、実際にはそれほど暗いという印象はない。雲は空を覆ってはいるが、ところどころに切れ目があり、そこから日の光が地上に射しているからだ。

神宮ドームの屋根が曇天におぼろに溶け込んで、その輪郭さえさだかでないのに、地上の施設が妙に明るいものに感じられるのはそのせいかもしれない。

ひとつには、正面玄関を中心にし六千八百平方メートルにもおよぶサンバイザー（ガラスの大庇《おおびさし》）がひろがっていることも、地上が明るいことの原因になっているのだろう。サンバイザーのガラス面は四十五度の角度で、ドームにそって半球形のカーブをえがいていて、それが陽光を反射しているのだ。

そのサンバイザーを反射する光が映《は》えて、なにか露出過多の写真でも見るように、地上の光景を全体に白っぽい、遠近感にとぼしいものに変えている。

神宮ドームの屋根は、時計まわり、反時計まわり、二つの螺旋《らせん》が曲線を描いているデザインになっている。地上から仰いだのではわからないが、たとえば上空からヘリコプターなどに乗って望むと、それが古代の〝墳墓〟のように見えるのだという。

暗灰色にけぶる〝墳墓〟と、サンバイザーの白っぽい光に映える地上施設とが、明暗のきわだった対照をなしていて、見る者に奇妙な非現実感をもたらす。

もっとも現場検証に集まった捜査員たちには神宮ドームの印象などどうでもいいことなのかもしれない。彼らが必要としているのは事実、それも法廷の証拠申請に耐えうるだけの確固たる事実であって、そこには「印象」などというあいまいなものが介入する余地はない。

これから「神宮ドーム火災事件」の現場検証がはじまろうとしている。

事件当日そのままに、火炎放射装置が仕掛けられた現場（二階外野スタンド）には模型が置かれ、消火設備も稼働されることになっている。当時のエア圧も正確に再現され、空気の流通状態を調べるために発煙筒まで焚《た》かれるという徹底ぶりだ。——それだけ捜査本部のこの現場検証にかける意気込みが大きいということだろう。

百人もの捜査員、所轄署員、鑑識課員たちが、それぞれ所定の場所につくために、一斉に神宮ドームの内外に散っていった。

「……………」

佐伯は、ひとり、そこにとり残された感じである。

東郷といっしょに現場検証に立ちあうことになっていたのだが、その東郷とはぐれてしまった。

神宮ドームは二階オープンデッキに入場ゲートがあり、一階からはエスカレーターで上がるようになっている。二階に上がると、すぐその左手が正面入場ゲートになっていて、ゲートを抜けると、そこにはコンコースがあり、アリーナがひろがっている。そこからは一階バックネットまでの内野席がつづいている。

そのエスカレーターの下で東郷を待つことにした。

捜査員たちが次から次に気ぜわしげにエスカレーターに乗り込んでいく。

それを横目に見ながら、佐伯はぼんやりたたずんでいる……

すぐ横の壁にライヴ・コンサートのポスターが貼ってあった。来月の五日から神宮ドームで公演されるのだという。佐伯の知らないミュージシャンだが、神宮ドームでコンサートを開くからには、それなりに有名なミュージシャンなのだろう。

そうだとしても六万人もの入場が可能な神宮ドームでコンサートなどひらいて客の入りは大丈夫なのだろうか。神宮ドームはあまりに広すぎてコンサートの会場にはふさわしくないのではないか。——そんな余計なことまで心配した。

そうしているあいだにも着々と現場検証の準備は進んでいるようだ。

入場ゲートを擁《よう》している二階オープンデッキには、チケット売り場、グッズ・ショップ、各種レストランなどが並んでいる。もちろん、いまはどの店も営業していないが、捜査員、所轄署員たちが配置につくまでの便宜を考えてのことか、三灯にひとつは照明がともされている。その照明が、バッ、バッ、バッ、と音をたてて次々に消えていった。

エスカレーターの下の佐伯から見ると、仰角《ぎょうかく》にあおぐオープンデッキが、なにか陽が落ちるのに似て急速に翳《かげ》っていくような印象を受けるのだ。

どこまでも去年十一月七日、火災が起こったときの情況がそのまま再現されなければならない。

区民体育祭のリハーサルがおこなわれたその日は、経費を節約するために、ドーム内の照明は最小限度にとどめられていた。

二階オープンデッキ、コンコース、三階の立ち見席、パノラマウォーク、四階のバルコニー席などはほとんど灯がともされていなかったらしい。一階のフィールド、内野席にしても三分の一の照明がともされていたにすぎないという。神宮ドームの膜屋根は光透過式のガラス繊維製だが、それで採光が十分だったとは思えない。——つまり、当日の神宮ドームはかなり暗かったことになり、そのことも八人もの犠牲者を出す要因のひとつに数えられている。

犠牲者たちのうち、ひとりは神宮ドームの職員であるが、残り七人はマス・ゲームの練習をするためにかき集められた高校生たちだった。いまどきの高校生を無垢《むく》と呼んでは笑われるかもしれないが、何の罪もない若者たちが七人までも、煙に巻かれ死んだのはまぎれもない事実なのだ。無残とも悲惨とも呼びようのないことだ。

それをたんなる不慮の事故と片づけられたのでは死んだ人間は浮かばれない。綿抜が過失致死傷罪に問われないのだとしたら、ほかの誰かが罰せられなければならない。そうではないか。

エスカレーターの下にたたずんで、二階を見つめている佐伯は、胸のなかに、あの声が、能の地謡《じうたい》にも似て、低く、呪うようにわき起こってくるのを覚えていた。

神宮ドームの事件には隠された犯人がいる。その犯人のためにこれまで何人もの人が死んでこれからも何人もの人が死んでいくことだろう。もし人間が自力でその犯人を裁けないのであれば、やむをえない、自分が裁かなければならない。正義は果たされなければならないのだ。そのときには恐ろしい厄災が人間を襲うことになるが、そしてさらに何人かの人間が死ぬことになるだろうが、その責はすべて正義をはたすのをおこたった人間にある。おまえにあるのだ……

どうしておれなのか、おれでなければいけないのか、と佐伯は血を吐くように問いかけるのだが、それに応じる声はない。一瞬、胸の底をどよもしたその声は、どこか佐伯を嘲笑するような響きをいんいんと残し、暗い虚空に消えていくのだった……

2

――ビデオ撮影の準備はととのったな。よし、わかった。いいだろう。

背後からそう声が聞こえて、佐伯は振り返った。

そこに財前がいた。

数人の捜査員たちをしたがえて、ハンドトーキーでしゃべっている。

財前の背後には綿抜がいる。捜査員たちにまわりを取りかこまれるようにし、しょんぼりと肩をすぼめて立っていた。

「二階外野席のほうの配置はどうなってる？　何人配置した？　よし、それぐらいいれば十分だろう。外野席から反対側は見えるんだろうな。内野席のほうはちゃんと見えるのか」

財前はてきぱきと指示を進めている。

佐伯はそんな財前を、なかば感心し、なかばあきれて見ている。

財前は佐伯よりも二、三歳は若いはずである。その若さで、法務省に配属されるというのは、財前が優秀であるあかしであろうし、現に法務本省のポストを歴任する充検《あてけん》は、法務次官、検事長、次長、検事総長などに昇進していく例が多い。

財前が、東京地検刑事部の同僚であったころには、平凡で、目立たないのに、ふしぎに仕事が切れる、という印象しか残していない。が、こうして法務省刑事局公安課の参事官として（そのこと自体、異例なことであるが）てきぱきと現場検証の指示を進めているのを見ると、この財前という若者がきわだって有能な人間であることを思い知らされずにいられない。

そして、これこそ不思議としかいいようがないのだが、現にこうした有能さを発揮しながら、やはり財前は平凡であり、地味であり、目立たないのである。――おそらく、この若者は、ほとんど誰にもそのことを意識させずに、ある日、いつのまにか権力の頂点に登りつめているのではないか。

――なんて野郎だ……

佐伯は財前という若者に底知れない恐ろしさのようなものを感じている。

「わかった。それでいい」

財前はハンドトーキーから耳を離した。

そして、そこにたたずんで自分を見つめている佐伯の姿に気がついた。軽く会釈をしたが、それは石にでも対するようにそっけないものだった。

「ずいぶん大がかりな現場検証じゃないか」

佐伯はそういったが、その声に皮肉な響きがこもるのを自分でもどうにも抑えることができなかった。

「神宮ドームの火災では八人もの人間が死んでいるんです。大量殺人ですよ。現場検証も大がかりなものにならざるをえない」

財前の声は落ちついていた。

——その現場検証で証言を得るために綿抜の過失致死傷罪を免責にしたのか。そうまでして、日本では認められていない司法取引までして、新道惟緒や〝神風連研究会〟の若いメンバーを有罪にしなければならないのか。法務省ではそんなにもあの連中のことを危険視しているのか？

佐伯としてはそういいたかった。

が、かろうじて、それを喉元で抑えた。どうせ司法取引のことをいったところで法務省の人間がそれを認めるはずがない。それに佐伯もやはり現職の検事であり、捜査員たちが懸命に現場検証を進めているのに、それに水をさすことはできない。

「どうして現場検証だというのに新道たちを同行させないんだ？　おかしいじゃないか」

そのかわりに佐伯はそのことを尋ねたが、これはほとんどう、さ、晴、ら、しのような質問で、何の意味もない。

案の定、財前は動じる色も見せずに、

「被疑者たちは全員が容疑を徹底して否認しています。いってみれば思想犯ですからね。しぶといですよ。犯行を全面否認している被疑者を現場検証に同行させたところで意味がない。われわれとしては一つずつ着実に外堀から埋めていくしかないんです」

「………」

財前はもう佐伯にはかまわずに、綿抜に顔を向けると、そろそろ始めてくれませんか、とそういった。

綿抜はうなずいてエスカレーターに向かった。

去年十一月七日、綿抜は、神宮ドームの駐車場において、新道に似た男が四駆車から段ボールの箱を運びだすのを見たとそう証言している。

そのあと、綿抜は二階オープンデッキの入場ゲートからドームに入り、内野スタンド席で、区民体育祭のリハーサルを見物した。そして、火災が発生したとき、フィールドを挟んで、反対側のスタンド席から、その男が、段ボール箱をかかえて走り去っていくのを目撃したのだという。

これからそのときの情況を再現して現場検証がおこなわれるわけだ。

綿抜がエスカレーターに乗り、二階オープンデッキに昇っていく。

財前、そのほかの捜査員たちは、エスカレーターの下でたむろし、綿抜がオープンデッキから入場ゲートに入っていくのを待っている。――全員が一斉にオープンデッキに昇れば、いたずらに混乱を招くことにもなりかねない。それを避けるために、やや前後の間隔をあけて、ドームに入っていくことにしたのだろう。

綿抜がエスカレーターから下りる。

そのときオープンデッキの入場ゲートからうっすらと煙が流れだしてきた。もっとも、べつだん、おどろくほどのことではない。このことはあらかじめ予定されていたことなのである。当時の火災を再現するために発煙筒が焚かれている。

煙はしだいにオープンデッキにひろがっていく。もっとも人の姿を覆い隠してしまうほど濃い煙ではない。綿抜の姿は下からはっきり見える。綿抜はなにか途方にくれたように財前たちを見下ろした。

「大丈夫だ――」

財前が声を張りあげた。

「予定どおり、やってくれ」

綿抜はうなずいて入場ゲートに入っていった。

正面ゲートは、ガラスモザイクの一枚壁画を擁して、コンコースと二階スタンド席をさえぎっているが、そのゲートは、直接、コンコースからスタンド席に下りられるようになっている。

財前はすぐにハンドトーキーを口に当てると、

「いま綿抜がコンコースに入っていった。外野席のほうはスタンバイしてくれ」

そう命じて、捜査員たちをうながし、エスカレーターに向かった。

そのときのことだ。

二階入場ゲートの防火シャッターがゆっくりとおりてきたのだ。これもまた予定されていたことである。ドームのセンサーが煙を感知し、防災システムを作動させた。ゲートの防火シャッターがおりるのは、あらかじめわかっていたことであるし、防火シャッターにはくぐりのような小さな扉がついている。捜査員たちはそこを抜けてドームに入ればいいだけのことなのだ。

が、エスカレーターまでが停止してしまうのは、捜査員たちも予想していなかったらしい。考えてみれば当然のことだ。オープンデッキのゲートがすべて閉ざされてしまえばもうエスカレーターを動かす理由は何もない。

財前が苦笑し、

「行くぞ」

捜査員たちをうながして、エスカレーターの階段に足をかけたときだった。ハンドトーキーの呼び出し音が鳴った。

財前はけげんそうな顔になり、ハンドトーキーを耳に当て、はい、と返事をした。

財前の顔が見るみるこわばっていった。その目がカッと見ひらかれる。

いつも冷静なこの人物にはめずらしく、そんなバカな話があるか、とわめくような声でいった。

「綿抜は、いま、おれたちの見ているまえで入場ゲートに入っていったんだぞ。そのことに間違いない。ほんとうに外野スタンドから、コンコースと内野スタンド席を見ていたのか。外野スタンド席では何人の人間が監視していたんだ？　四十名？　四十人もの人間がいて誰も入場ゲートからコンコースに入る綿抜の姿を見ていないというのか。そんな……そんなバカな話があるものか。それじゃ綿抜はおれたちの見ているまえで消えてしまったというのか」

財前はハンドトーキーのスイッチを切り、乱暴にアンテナをしまった。そして捜査員たちを振り返る。その目が血走っていた。

捜査員たちはあっけにとられ、そんな財前を見つめていたが、なかのひとりが恐るおそる、どうかしたんですか、と聞いた。

「外野スタンドからの連絡だ。入場ゲートからは誰も入ってこなかったとそう報告してきたんだ。おれたちはたしかに綿抜が入場ゲートからコンコースに入っていくのを見た。そうだよな——」

「…………」

「それなのに、外野スタンドから内野スタンドのほうを見ていた連中は、入場ゲートから綿抜が入ってくるのを見ていない、とそういうんだよ。四十人だぜ。四十人もの捜査員がコンコース、内野スタンドを見ていて、誰も入場ゲートから綿抜が入ってくるのを見ていないとそういうんだ。綿抜は消えてしまった。おれたちの見ている目のまえで消えてしまったんだよ!」

財前の声が狂おしいばかりに高まった。ふいに身をひるがえすと、エスカレーターを駆けあがっていった。

一瞬、その場にとり残され、呆然と立ちつくした捜査員たちも、そんなバカな、なに寝ぼけてやがるんだ、人間ひとり消えてしまうなんてことがあるはずがない、そう口々にわめいて、一斉に財前のあとを追って、エスカレーターを駆けあがっていった。

そのなかに佐伯の姿も混じっていたことはいうまでもない。

3

……つまり、こういうことなのだ。

去年十一月七日、火災が発生した直後、内野スタンド席にいた綿抜は、フィールドを挟んで、反対側のスタンド席を、ひとりの男が段ボール箱をかかえて逃げ去るのを目撃したとそう証言している。

現場検証ではそれが可能かどうかが確認されることになる。

野球のフィールドは両翼百メートル、センターは百二十二メートルである。

内野スタンド席にいた人間が、反対側スタンド席で動いている人間をどの程度まで視認することができるものか？　そのことが確認されなければならない。

そのために、可能なかぎり、去年十一月七日と、諸条件を同じにしなければならず、照明の数を制限し、火災時の煙のことが考慮され、発煙筒が焚かれることになった。

視界は悪くならざるをえない。

じつのところ、ほんとうに火災時に内野スタンド席から反対側スタンド席で動いていた人間を視認することができるかどうか、はなはだ疑問といわなければならない。

しかし、綿抜が見たと証言している以上（おそらく調書を取った人間がそう誘導したのだろうが）、警察、検察としては公判を有利に運ぶために、そのことを証明せざるをえないのだ。

——そんな不良な視界のなかで、反対側スタンドにいた人間を見ることができるはずがない。

当然、弁護側がそう反論してくることが予想される。

そもそも最初からそこに人がいることがわかっていて、意識的にそれを見る現場検証の結果を、そのまま火災時の目撃証言の信憑性《しんぴょうせい》につなげるのには無理があるのではないか……が、警察、検察としては、なんとかこの現場検証の結果を、証拠申請し、それを法廷に認められるところまで持っていきたい。

綿抜の証言が認められれば、

——駐車場において段ボールの箱を持って四駆車から下りた人間は新道に似ていた。したがって、時限式の火炎放射装置を外野スタンドに仕掛けて、火災が発生した直後、空の段ボール箱を持って走り去った男も新道にちがいない……

とそう犯行を組みたてることが可能になるからである。

そのため、現場検証において、警察、検察がとった方法は、やや強引なものにならざるをえなかった。

反対側スタンド席に、じつに四十名もの捜査員、所轄署員を配備したのである。

これなら、どんなことがあっても、内野スタンド席に入ってきた綿抜が、反対側スタンド席にいる人間を見逃すようなことはないだろう。

ひどく姑息《こそく》で、子供だましの方法に思えるかもしれないが、じつは、あらかじめ取録した調書にのっとって、現場検証を警察側に有利に進める、というのは捜査にはありがちなことなのだ。——検察が警察捜査を監督する力を失い、その「上塗り補完機関」と化している現状が、冤罪《えんざい》を引き起こす危険性を多分に含んでいるといわれるゆえんである。

が――

このいささか強引ともいえる現場検証が、綿抜が姿を消した情況を不可解きわまりない、というか、ほとんど超常現象的といってもいい、ありえない情況にしてしまったのだ。たしかにドームの照明は十分とはいえなかったし、フィールドのそこかしこに発煙筒が焚かれていて、たなびく煙が視界をさまたげてもいた。

しかし反対側のスタンドに待機していた捜査員たちの目には、内野スタンドが入っていたし、多少、おぼろげにかすんでいたとはいえ、入場ゲートも見えていた。なにより四十人の捜査員、所轄署員たちは、財前から直前にハンドトーキーで連絡を受け、綿抜が入場ゲートから入ってくるのを知って待機していたのである。そして現に、エスカレーターの下にいた財前や、ほかの捜査員たちは、たしかに綿抜がその入場ゲートに入っていくのを見送っているのだ。

それなのに外野スタンド席にいた四十人もの捜査員、所轄署員たちの誰ひとりとして、入場ゲートからコンコースに入ってきたはずの綿抜の姿を見ていない。

エスカレーターを下り、入場ゲートからコンコースに入るまで、そこにはまったく死角というものがない。入場ゲートに入ったとたん（そして綿抜が入場ゲートに入ったのは財前たちが確認していることなのだ）、その姿は、外野スタンド席の捜査員たちに見えていなければならないはずなのだ。それなのに誰も見ていない。――これをどう理解すればいいのだろう？

コンコースと内野側階段席とのあいだには手すりが設けられているが、わずか横棒《バー》一本をわたしているだけの手すりで、よしんば、入場ゲートに入ってすぐに綿抜が腹這いになったところで、その姿は誰かしらの目にとまっているはずなのだ。

また、（そんな可能性はまず考えられないことだが）入場ゲートに入ったふりをしながら、巧みに外に出ようとしても、すでに防火シャッターは閉まっているのだ。そんなことはできっこない。

つまり、綿抜は入場ゲートに入って、コンコースに出るわずか一秒たらずのあいだ、おそらくコンマ何秒かのうちに、消失してしまったことになる。

こんなことがあるだろうか。綿抜は四十人もの捜査員、所轄署員たちの目のまえで忽然と消え失せてしまったのだ！

これには誰もがただ呆然とするばかりだった。

ただ、このときの捜査員、所轄署員、目撃者たちの、というか非目撃者たちの証言のなかに、ひとつだけ、奇妙としかいいようのないものが含まれていた。数人の非目撃者たちが一致して証言したことであるが、そのときバックネットが異様な速さで降下するのを見たというのである。

バックネットが降下するそのこと自体はべつだん奇異としなければならないほどのことで

はない。

神宮ドームでは、野球以外のイベントも頻繁におこなわれるのだが、そんなとき、横二十七・八メートル、縦十二メートルものバックネットは、いちじるしく観客の視野をさまたげることになる。

そのために神宮ドームのバックネットは昇降式になっていて、このときも、防災システムが働いて、バックネットを降下させたというにすぎない。そのこと自体はコンピュータ制御された防災システムのたんなる一環にすぎないのだ。

が、バックネットは正常な速さで降下しているはずだった。

どんなことがあってもバックネットが異常な速さで降下するなどということはありえないことで、かといって数人の人間が一致して証言していることがまったくのでたらめとも思われず、関係者はこれをどう考えたらいいものか、その理解に苦しむことになった。

しかし——

そうした詮索は後のこととして、いまはとりあえず、綿抜がどこに消えてしまったのか、その行方を捜さなければならない。

こともあろうに自分たちの目のまえで重要な証人が消え失せてしまったのだ。警察官としてこれ以上の恥辱はないだろう。

もう現場検証どころではない。百人あまりの捜査員、所轄署員、鑑識課員たちも含めて全員が、命令一下、一斉にドームに散って、必死に綿抜の姿を捜索しはじめたのだった。

4

……綿抜が見つかったのは捜索が開始されて一時間後のことである。

発見したのは高瀬警部補であり、そのときいっしょに居あわせたのが佐伯だった。高瀬と佐伯の関係を思えば、これは皮肉なことというほかはないが、もちろん、ふたりは行動をともにしていたわけではなく（そんなはずはない）、たまたまドームの一階で出くわしたにすぎない。

佐伯も綿抜の行方を捜していた。

どうして綿抜が姿を消さなければならないのか、いや、どうやって姿を消したのか、その意外な成りゆきに困惑しながらも、神宮ドームのそこかしこを捜しまわっていたのだ。

神宮ドームの一階は、フィールド、ベンチ以外は、ロッカールームなど野球関連施設、事務所、イベント関連室を擁している。

シャワールームもある。

念のためにシャワールームも見ておいたほうがいい、と思い、ドアを開けようとしたのだが、内側から鍵がかかっていた。しかもドア越しにシャワーの水音が聞こえてくるのだ。

——誰かがシャワーをあびているのかな。

一瞬、佐伯は思い、いや、そんなはずはない、と思いなおした。

午前中、しかも警察の大がかりな現場検証がおこなわれているときに、どこの誰が悠長にシャワーなどあびるものか。

ドアをガタガタと揺さぶり、すいません、そこに誰かいるんですか、と大声を張りあげた。

が、返事はない。

いよいよ妙だ。

いくらシャワーをあびていてもこんなに大声をあげれば聞こえないはずがない。

——体当たりをするか。

どうやらドアの鍵はフックを受け金に差し込むだけの簡単なものらしい。体当たりをすればたやすく壊せるのではないか。

そのとき通路に高瀬が現れて、そんなところで何してるんですか、とけげんそうに聞いてきた。ほんとうなら佐伯になど声もかけたくないのだが、職務上、声をかけないわけにいかない、というところだろう。

「いや、シャワーの音が聞こえるのだが、声をかけても返事がないし、ドアには鍵がかかっているんだ——」

佐伯は説明した。

「…………」

高瀬は眉をひそめて、ノブに手をかけ、ドアを揺さぶり、開かないのを確かめると、その唇をゆがめた。

高瀬は人間的には問題の多い男だが、刑事としてはそれなりに有能で、果敢《かかん》なところがある。

いきなりドアに体当たりした。鍵はあっけなく吹っ飛んだ。ドアが開いた。高瀬は勢いあまって、そのままシャワー室に飛び込んでしまっている。

佐伯も高瀬につづいてシャワー室に飛び込んでいった。

「ウッ」

と思わず声をあげた。

すぐ目のまえに綿抜がいた。いや、あった。綿抜はすでに死んでいた。シャワーのノズルにベルトをかけて首を吊っていた。出しっぱなしになっているシャワーの湯をあびてゆらゆら揺れていた。素っ裸だった。その白髪まじりの陰毛から湯がしたたり落ちているのが妙にわびしく見えた。足と床とのあいだは十センチとは離れていない。

シャワーブースは幾つも並んでいる。そのうちの一つ、ドアの正面にあるシャワーブースだ。ブースにはドアはない。そのためにドアといわずタイルの床といわずビショ濡れになっていた。着衣はきちんと畳まれて脱衣カゴのなかに置かれてあったが、それも濡れていた。

「自殺だ。ドアには鍵がかかっていた」

高瀬がそうつぶやいたが、さすがにその声はかすれていた。

「…………」

佐伯はシャワー室に視線をめぐらした。

シャワー室には窓がない。ドアに内側から鍵がかかっていたことと考えあわせれば、たしかに自殺の可能性が高いが、その鍵はかんたんなフック式であり、どうにでも細工の仕様はあるだろう。自殺と決めつけてしまうのは早いのではないか、とそうも思った。

——それに綿抜には自殺の動機がないではないか。

いや、あるのか？　ぼんやりとした意識のなかで考えた。

「神宮ドーム火災事件」で過失致死傷の罪を問われることになり、それが一転して警察との取引で免責されることになった。その、自分ではどうにもならない運命の変転に疲れはてて世をはかなむ、ということだってあるのではないか。

が、佐伯にはどうしても綿抜が自殺するような人間には思えない。本人がいみじくも自嘲したように、綿抜は〝地獄〟も〝天国〟もない虚ろな人間だ。あれほど虚ろな人間が自殺などするものだろうか。それとも人はあまりに虚ろにすぎると、その虚ろさに耐えかねて、ついふらふらと首を吊ったりするものなのか。

——それにしても……

と佐伯は疑問に思った。どうして綿抜は全裸で死んでいるのだろう？

シャワールームには湯気がもうもうとたちこめている。その湯気のなかを綿抜は死んでゆらゆらと揺れている。ベルトが喉首から後頭部にかけて絞めていてその首が異様な角度にねじれていた。

ダンテの〝地獄〟第八圏第四嚢には魔術師たちが放り込まれているという。そのことを思いだした。魔術師たちは「みな頸のつけ根と頤《おとがい》とのあわいで、異様なねじまげを施されているらしく」その首がねじ曲げられているのだという。

考えてみれば、ある意味では、綿抜もまた魔術師だったといえるのではないか。綿抜の人生そのものが一片の魔術のように虚ろで真実のかけらも含まれていないものではなかったか……

「…………」

佐伯はいつしかうなだれていた。

高瀬がシャワー室に佐伯ひとりを残し、同僚たちを呼びに行ったことも、ほとんど意識していなかった。

それが自殺であるにせよ、他殺であるにせよ、綿抜の死はひどく孤独で、無残なものではなかったか——佐伯はその思いに打ちひしがれていたのだ。

結局、綿抜の死は自殺と判断された。

ひとつには、首を吊るのに使われたベルトに石鹸が塗られていたこと（しばしば自殺者は首を吊る紐状物に石鹸を塗るものなのだ。死ぬのに痛くないようにという配慮が働くためだろう）、もうひとつには脱衣カゴの背広のなかから「遺書」が発見されたからである。

その遺書には、自分の責任で人を死なせてしまった、死んでその罪を償う、という意味のことが書かれてあったという。科警研に筆跡鑑定がゆだねられたが、ほぼ本人の筆跡に間違いない、という鑑定結果が出されたということだった……

第二十三歌

1

綿抜の死は自殺と判断された。

前頸部にもっとも深く強い溝痕（ベルトの痕）が残っていて、それが左右の耳後ろを通り、側頭部のあたりからしだいに浅くなって消えている——これはいわゆる定型的縊死《いし》と呼ばれているもので、縊死自殺者に多い溝痕とされている。

死体が発見された時点で、死後三十分から一時間。——いずれにせよ姿を消して、すぐに縊死したわけで、死亡時刻はあらためて特定するまでもない。

遺体が熱い湯をあびていたために、法医学理論にてらして、じゃっかん不自然な点が見られたが、それも誤差の範囲とされ、とりたてて問題にされるほどではなかった。

要するにすべての情況が〝自殺〟を示唆していたのだ……

もっとも自殺と断定するのには疑問がないでもない。

そのひとつは現場から尿が検出されなかったことである。

どこかべつの場所でくびり殺されて、そのあとで縊死を偽装され、吊るされる……ごくまれにだが、これまでにもそういう例がないではない。現場に尿の痕跡が残されていれば、まずそれは偽装された縊死でないと判断していいだろう。ほかの場所で殺されたのであれば、そこに尿の痕跡が残されていることはありえない。

綿抜の場合、シャワーの湯が出しっぱなしになっていたという、やむをえない事情もあり、タイルの床から尿を採取することはできなかった。――そのことが、じゃっかん綿抜の死を自殺と断定するのにためらいを生じさせたことは否めない。

どうして全裸になって死んでいたのか、ということも疑問視された。

脱衣カゴに残されていたのは、背広上下に、ワイシャツ、下着の上下、ネクタイ、つまり男の着衣一式で、そのかぎりでは不審はない。着衣は神経質なほどきちんと畳まれていたが、シャワーの湯にずぶ濡れになっていた。

どうして全裸で死んでいたのか？　が、そもそも自殺をする人間の心理を、常識で推《お》しはかろうとすること、それ自体に無理があるのではないか。――自殺者の心理には大なり小なり異常なものがある。綿抜の場合も、彼なりに、なにか全裸で死ななければならない心理的な必然性があったのかもしれない。

その背広のポケットに封筒に入って遺書が残されていた。

その遺書にも問題がないではない。

——おおむね本人の筆跡と断定してもさしつかえない。

という鑑定結果が出され、偽筆の可能性はほぼ排除されている。

また、

……私が愚かだったために尊い人命が失われてしまいました。まことに取り返しのつかないことで、私としても、悔やんでも悔やみきれない思いで一杯です。こうなったからには死んで罪を償うほかはなく……


という遺書の内容も、自分は神宮ドームの防災管理責任者でありながら、八人もの人間を死なせてしまった、という自責の念にかられてのことと考えれば、なんら不審な点はない。

問題は、その遺書に宛て先がしるされていない、というそのことなのだった。綿抜はいったい誰に向けてこの遺書を残したのか？

しかし、遺書にはかならず宛て先がなければならない、と決まったものでもないだろうし、現に、過去にも宛て先のない遺書が発見された例はいくらもあるではないか。——そう反論する捜査員もいて、これは決定的な疑問となるまでにはいたらなかった。

最後に、やはり遺体が熱いシャワーをあびていたということが、不審の目を向けさせることになった。他殺を自殺に見せかけるためのなんらかの偽装ではないか、というのである。

いうまでもなく、こうした場合、真っ先に考えられなければならないのは、死亡時刻の偽装だろう。

が、死体の状態がどうあれ、綿抜が姿を消した直後に縊死した、というのはまぎれもない事実なのである。死体が熱いシャワーをあびていようがどうであろうが、その客観的な事実は動かしようがない。

もうひとつ、死斑が移動しているのではないか、という疑問も出された。

死斑は死後三十分ぐらいから体に現れる。縊死体の場合は下半身に出る。――くびり殺し、自殺に見せかけるため、その死体をあらためて吊るせば、当然、死斑の位置も変わってくるだろう。死体に熱いシャワーをかけたのは、それを偽装するためではないか、というのである。

考えられないことではない。が、あくまでも可能性の範囲にとどまり、これを立証することはできない。

要するに、これらの疑問は、いずれも他殺を示唆するほど深刻なものではなく、現場の情況からいっても（ドアには内側から鍵がかけられていて、窓もない）、自殺説をくつがえすまでにはいたらなかったのだ。

常識的に考えれば、単純に、自殺と見なされていい事件が、これほど検討を重ねられたというのも、つまるところ綿抜が姿を消したときの不可解な情況が捜査員たちを必要以上に慎重にしたといえるだろう。

四十人もの捜査員、所轄署員、鑑識課員たちの目のまえで忽然《こつぜん》と消え失せたというのはどういうことなのか。それをどう理解したらいいのだろう?

現場検証の最中《さいちゅう》に、こともあろうに、その証人が自殺してしまったというのである。警察にとってこれほどの失点はない。

ましてや、その証人がほとんど超常現象的といってもいい消え方をした、ということがマスコミに知れようものなら、いやがうえにも世間の関心を誘うことになり、そのぶん警察への風当たりが強くなるだろう。

それを避けるために、警察上層部は、現場検証に立ちあった捜査員たちに対して、事実上の箝口令《かんこうれい》をしいて、このことはなかったことになってしまった。綿抜はただ、たんに現場検証中に姿を消した、ということにされてしまったのである。

が、警察上層部の意向がどうあれ、綿抜が不可解としかいいようのない消え方をした、というのはまぎれもない事実なのだ。——トラウマ、という言い方は大げさにすぎるかもしれないが、そのことが捜査員たちの胸にいいしれない不安のようなものを残した。そのことが綿抜の「自殺」に対して、警察の扱いを慎重なうえにも慎重にさせたとはいえるだろう。

いずれにせよ――

検察、警察当局は、綿抜の縊死を自殺と判断し、そのことが「神宮ドーム火災事件」の公判に決定的な影響を与えるものではない、と判断した。

新道惟緒と〝神風連研究会〟の会員ふたりは、「神宮ドーム火災事件」の放火（および殺人）主犯、従犯として、それぞれ起訴されることになった。検察、警察は、「地裁連続殺人事件」に関しても、新道を被疑者と見なしていて、その件はあらためて追起訴される運びになるらしい。

十一月七日、「神宮ドーム火災事件」が起こってちょうど一年後、新道を被告として（従犯とされるふたりについてはまだ公判の期日が決まっていない）、その第一回公判が開かれることが決まった……

2

……十一月に入った。

木々はすっかり落葉し、わずかに残された葉も風に吹かれ枝を離れて、街に舞う。

風はひんやりと冷たい。

が、雲ひとつない高い空から射す光は、ガラスの硬質な透明感をおびて、どこまでも冷えびえと冴えている。

その冷たく、しかし明るい陽光のなかに、くっきりと陰影をきわだたせ、神宮ドームの膜屋根がそびえている。ガラス繊維の膜屋根にさざ波が寄せるように光が弾けてきらめいていた……

その膜屋根を仰いで、しばらくジッと見つめて、やがて入場ゲートに向かって歩きはじめたのは——佐伯神一郎だ。

エスカレーターに乗り、二階オープンデッキの、綿抜が消えたあの入場ゲートに向かう。

入場ゲートの警備員に名を告げる。

あらかじめ検察庁から連絡は入れてあり、どうぞお入りください、と警備員は応じて、愛想のいい笑顔を向けてきた。

エスカレーターの横の壁に例のライヴ・コンサートのポスターが貼られてあった。今月の五日から公演されるらしい。

ふと、そのライヴのことで気になっていたことがあったのを思いだし、コンサートをするのに神宮ドームは広すぎるのではありませんか、と警備員に聞いてみた。

警備員は笑って、

「神宮ドームをすべて使用するわけではありません。コンサートの入場者はせいぜい二万人ですからね。六万人のキャパのある神宮ドームは広すぎますよ。コンサートなどの催し物の場合には、それなりにスペースをぎって使うことになります」

なるほど、それはそうだろう。佐伯は余計なことを心配した自分の取り越し苦労がおかしかった。

警備員に礼をいい、入場ゲートを抜けた。

そして、コンコースの端に立って、険しい谷のようにフィールドまでなだれ落ちている内野スタンド席を見おろした。

「…………」

いろんなことがあった。

が、佐伯に関していえば、何ひとつ解決されないまま、うやむやのうちに事件は終わろうとしている。

被告の綿抜が死んでしまったことで、その過失致死傷を争う裁判は自動的に打ち切りになってしまった。いまとなってはもう司法取引がどうのこうのといっても意味がない。

ついに藤堂の行方は知れなかった。いや、それどころか、藤堂の行方を捜して欲しい、と依頼した東郷自身が検事を辞めて弁護士になるのだという。——「神宮ドーム火災事件」の公判を担当していた自分の頭ごしに綿抜と司法取引をした検察の体質に嫌気がさしたこともあるだろうし、友人の新道が一連の事件の主犯と見なされていることに抗議の意味もあるだろう。

そして佐伯自身も唐突に休職を解かれ、今月の二十日づけをもって、S県の地検に配属されることになった。いまだにS地検での所属が決められていないことを見ても、これは明らかに法務省のさしがねによる懲罰人事だった。

おそらく佐伯は検事を辞めて弁護士をこころざすことになるだろう。検事という仕事にさして未練《みれん》はない。辞めるのはいっこうにかまわない。

ただ心残りなのは、新道が真犯人ではないと確信しながら、その裁判がひらかれるのを黙視していなければならないことであり、ついに藤堂の行方を捜すことができず、東郷の役に立てなかったことである。

——おれは最後まで無能だった。

佐伯はその苦い思いを嚙みしめている。

こうして神宮ドームにやってきたのも、自分に敗北を宣し、あらためてその無能さを嘲笑《わら》うためだったかもしれない。

綿抜が死んでから、佐伯がやったことといえば、レオナルド・フィボナッチのことを調べたぐらいだった。

レオナルド・フィボナッチは、十二世紀末から十三世紀前半、イタリアのピサに生きた人物で、レオナルド・ダ・ピサ（ピサのレオナルド）と呼ばれている。有名なピサの商人で、子供のころからインドの計算法に親しみ、『算盤の書』という本をあらわした。それぞれの数が先行する二つの数の和となる（1・2・3・5・8・13・21……）、いわゆるフィボナッチ数列は、この『算盤の書』ではじめて紹介された。

フィボナッチ数列は、さまざまにふしぎな性質を持っている数列で、美術的にもっとも調和がとれているとされる「黄金比」、「黄金分割」とも密接な関わりがある。ギリシア時代の彫刻や建築物には、しばしば、この「黄金比」に近いものがあるとされ、それもあってか、現代の建築家にもこの「黄金比」の信奉者は少なくない。

なかでも有名なのはル・コルビュジェというスイスの建築家で、ミケランジェロの設計による市庁舎に「黄金比」がひそんでいることを発見し、パリの集合住宅など自分が設計した建物にも積極的に「黄金比」を取り入れたことで知られている。

つまり、建築家の藤堂俊作がレオナルド・フィボナッチの信奉者であるのは何のふしぎもないことで、彼もまた「黄金比」の美しさに魅せられたにすぎないわけだろう。

これが佐伯がレオナルド・フィボナッチについて調べたことのすべてであり、要するに藤堂の失踪にも、一連の事件にも何の関係もないことだ、ということがわかっただけのことである。

「…………」

佐伯はぼんやりとコンコースにたたずんでいる。

ドーム天井の透過膜を透かして秋の日差しが射し込んでいる。なにもイベントが行われていないときのドームは、灯されている明かりの数が少なく、かなり暗いのだが、いま、さほど暗さを感じないのは、それだけ秋の日差しが強いからだろう。フィールドの人工芝がドーム天井から射し込む日差しに明るいみどりに染まっていた。

「…………」

ふと佐伯は顔をあげた。

ドーム天井のどこからか風の音が聞こえてきたのだ。低い、くぐもったような風の音。しだいにその音は強くなり、やがて、ごおっ、という風の響きが天井にとどろいた。

——どうして神宮ドームの天井に風が吹いているんだ？

一瞬、混乱にみまわれたが、すぐに神宮ドームにはいたるところに「循環ファン」という送風設備が設置されていることを思いだした。おそらく、その「循環ファン」が作動しているのにちがいない。

ドーム天井は秋の日差しを透過してぼんやりと全体に赤っぽい。赤いのに黒ずんでいる。なにか内側から炙りだされるような、ふしぎに見る者の胸に滲んでくる色だ。どこか憧憬を誘い、それでいて怖い。

「…………」

佐伯はじっと耳を澄ましている。

赤く、黒く、懐かしく、怖いドーム天井にいつまでも風の音がとどろいている。そこになにかがある。なにか思いもかけないものがある。——佐伯は直感する。そう直感しながらも、そのことが自分でも信じきれずに、それは何なのか、そこには何があるのか、といぶかしみながら、いつまでも耳を澄ましているのだった……

第二十四歌

1

……仰げば空はどこまでも冴えざえと澄んで冷たいのだ。

その冷たさに耐えかね、ついには空気の粒子が凍りついたかのように、点々と空から降ってくるものがある。木々の梢《こずえ》を払い、ザアッ、と音をたてて、歩道に吹き寄せられるのを見れば、それは落ち葉なのだった。

歩く靴の先から、赤く、黄色く、落ち葉は舞いあがり、風に飛んで、ふとそのあわいを透かし見ると、そこにあるのは「ローカル・バーガー」の店なのだ。

——佐和子。

佐伯は胸の底にかすかな痛みが走るのを覚えた。

すべては終わったことなのだ、佐和子のことも、そして事件のことも……とそう自嘲めいたつぶやきを胸のなかに洩らしながら、足早に「ローカル・バーガー」のまえを通りすぎる。すべては終わり、あとには敗北感だけが残された……

が、すべては終わったことといいながら、それでも東京地裁の建物に向かうのは、どこか敗北を受け入れるのを潔しとしない思いが働いているからにちがいない。

藤堂の行方はわからない。いまだに手がかりさえつかめない。が、それにもかかわらず、自分は藤堂に肉薄しつつある、という思いがある。この思いは何だろう？　何の根拠もないのに、あともうすこし、もうすこしで藤堂に指がとどくはずだ、という確信めいた思いがあるのだ。

そのために佐伯はいわば原点に戻ろうとしている。鹿内弁護士、大月判事があいついで殺された東京地裁に戻り、もう一度、事件を最初から見なおそう、とそう考えているのである。

すべては終わった。しかし、じつは何ひとつとして終わってはいない。

風が吹きすぎる。枯れ葉が一斉に乱れて舞いあがる。舞いあがり、そしてしだいに地に落ちていき、そこに、地上十九階、地下三階の建物を舞台の書き割りめいて浮かびあがらせる。——東京地裁の建物だ。

夕暮れである。

すでに今日の公判はすべて終わっているらしい。五階法廷階には誰もいない。中央通路はがらんとして蛍光灯の青白い灯のもとでどこまでも延びている。

佐伯はエレベーターをおりて、「５３２」号法廷に向かう。

「５３２」号法廷の枝道に入る角に女子トイレがある。

その女子トイレから人が出てきた。

蟇目りよ、だ。女子トイレから出てきてじろりと佐伯のことを一瞥《いちべつ》した。

「…………」

佐伯はたじろいだ。どうもこの婆さんは苦手だ。反射的に腰が引けるのを覚えた。

りよは佐伯を一瞥したが、べつだん何の興味も覚えなかったらしい。フン、という顔をし、すぐに佐伯に背を向けた。そして南ウイングの出口に向かう。

佐伯はその後ろ姿を見送る。

そのときのことだ。前後に何の脈絡もなしに、ふいに佐伯の頭にひらめいたことがあった。ほとんど閃光に似ていた。その閃光のなか、蟇目りよの背中が、あの日、裁判長の法服を着て五階法廷階を歩いていた人物の後ろ姿にかさなって見えた。

あっ、と佐伯は思わず声をあげている。

あの人物は「５３０」、「５３１」、「５３２」号法廷のある枝道に曲がって、そこで姿を消したように見えた。が、もしかしたら、それはたんなる錯覚にすぎず、じつは、あのとき、あの人物は角の女子トイレに入ったのではなかったか。黒い法服を着ていたことからあの人物のことを頭から男だと信じて疑わなかった。だから女子トイレに入ったかもしれない、などという可能性は考えもしなかった。——が、あの人物が着ていたのはだぶだぶの法服ではないか。その後ろ姿を見ただけでは、それが男性であるか女性であるかまではわからない。そして、あのとき、あの人物が消えた直後に蟇目りよが中央通路に姿を現している……

「どうして」

佐伯は自分でもそうと意識せずに蟇目りよに声をかけていた。

「あのとき、あなたは裁判官の法服なんか着ていたのですか」

「…………」

りよはピクンと肩を震わせた。立ちどまった。そしてゆっくりと振り返る。

あいかわらず紺色のスーツに花飾りをあしらった白い帽子という姿だ。その皺だらけの顔に白粉をはたいて毒々しいほど赤い口紅を引いている。佐伯の顔を見て、恥じらうように笑った。ほとんど猥《みだ》りがましいといっていい笑いだった。

「だって一度は着てみたかったのよ」

りよはクスクスと笑い、しなをつくるように身をよじった。

「あれを着て、一度、被告に死刑を宣告してやりたかった。それというのも、わたし、運が悪くて、まだ一度も人が死刑を宣告されるところを見ていないのよ。こんなの不公平でしよ？　ねえ、こんなに裁判所に通っているというのにねえ」

「…………」

佐伯は全身が鳥肌だつのを覚えた。思わず一、二歩、後ずさった。

カエルがピュッと舌をのばして虫をとらえる姿が脳裏をかすめた。その虫の姿が死刑を宣告される被告の姿に重なる。被告はパクリと食べられてしまう。この蟇目りよという老婆ははっきりと異常だった。

でも、どうして、と佐伯はかすれた声で聞いた。

「いや、どこから裁判官の法服を手に入れたのですか。そして、その法服はどこにやってしまったんですか」

「あら、あの法服だったら裁判長の席に戻しておいたわよ」

「裁判長の席に？　どの法廷ですか。もしかして、それは『532』号法廷じゃなかったんですか」

「そうよ。『532』号法廷だったわ。わたし、あの法廷、だあい好き。あの法廷だったら、いつか、死刑の判決が下されるのを見ることができるんじゃないか、とそう思っているのよ」

「『532』号法廷……」

なにか頭のなかで激しく渦を巻いているものがあるのを覚えていた。さまざまなものがその渦に巻き込まれ、混濁し、ぐるぐると回転しつづけている。佐伯はいま懸命に視線を凝らし、そこで回転しているものは何と何なのか、それを見きわめようとしているのだった。

「あなたはあのときトイレに入り、法服を脱いだ。脱いだ法服はトイレに残したままにしておいた。そして、おそらく、ぼくが立ち去ったあとで、その法服を『532』号法廷の裁判長の席のところに隠した。でも、どうしてですか。どうして、そんなことをしたんですか。そもそもその法服はどこから手に入れたんですか」

「わたしだってそんなことはしたくなかったわよ。だって、せっかく手にいれた裁判官の法服なんですものね。もうすこし着たままでいたかった。だけど、あの若い人に、そうしろ、といわれたのよ。歳をとったら若い人の言うことを聞かなくちゃ。年寄りが若い人に嫌われたんじゃ生きていけないわ」

「若い人……」

佐伯は蟇目りよの顔をジッと見つめた。

「ええ、とても若い人。若くて、とてもきれいで、そう、天使みたいな男の子――」

蟇目りよはクスクスと笑った。

とても若くて、とてもきれいで、天使みたいな男の子——

頭のなかで炎がめらめらと燃えあがるのが感じられた。ドアが開いて閉まり、そのたびごとに、外のドラム缶に燃える火が、天使みたいな男の子の顔に映えて、明滅をくり返す。その両手に細いメスのようなナイフをもてあそんでいた。

2

〝地獄〟に擬したあの埋め立て地の小屋のなかで、少年は佐伯のことを藤堂と呼んで、こういった。

——人間の知識の基礎にある、絶対的に第一の、無制約の基本命題とは〝AはAである〟ということであり、つまりそれは〝私は私である〟ということでもある。この〝私は私である〟、という命題は、いかなる人も承認して、いささかも異議をとなえない、完全に確実で疑問の余地のないものと認められている……フィヒテはそういったんだよね。よく覚えてるだろう？　だけど、藤堂さん、あんたはそうじゃないといった。〝私は私である〟という命題が、完全に確実で疑問の余地のないものだなんて、とんでもない迷信だとそういった。そうさ。あんたがそういったんだぜ……

つまり、あの少年は、〝私は私である〟という命題を絶対的に確実なものとはいえない、といい放ち、それを藤堂俊作から教えられたとそういったのだ。

東京S医大で犯罪心理学を専攻している望月幹男によればあの少年は彼の患者なのだという。患者だからこそ、医師としてそのプライバシーを守らなければならず、名前を明かすわけにはいかないのだという。

あの望月幹男という精神科医は、なにかメフィストフェレスめいてうさん臭いところがあり、良心的な医師とも、真摯《しんし》な学究の徒ともいいがたい。その真意をはかりかねるところがあるのだ。医師として患者のプライバシーを守らなければならない、というその言葉もどこまで本気にしていいか、どこか詭弁《きべん》めいたものが感じられる。——が、検事の強権をもって望月を問いつめれば、いつだって少年の素性を知ることができるという思いがあったうえに、そのあと、新道が逮捕されたり、綿抜が死んだりなどということがあいついで、つい少年のことがおろそかになってしまった。

しかし——

鹿内弁護士が殺され、大月判事が殺されたあの日、蟇目りよに法服を渡し、それを「532」号法廷に持っていくように命じたのが彼なのだとしたら、もうこれ以上、あの少年のことを放置したままにはしておけないだろう。

「あなたはその若くて、とてもきれいな男の子とどんなお知り合いなのですか？　あなたはその少年の名をご存じなのですか？　どうしてその少年はあなたに裁判官の法服を『53

2』号法廷に持っていって欲しいと頼んだのですか」

性急に質問を重ねる佐伯に、まあ、まあ、大変、と蟇目りよは歳に似あわぬ若やいだ声をあげ、

「なんでわたしがあんな若い人と知り合いなんかであるものですか。あの日、たまたま通路で呼びとめられて、人に見られないように『532』号法廷まで法服を持っていって欲しい、とそう頼まれただけ。もちろん名前なんか知りませんよ」

「名前も知らない少年の頼みを聞きいれたとそうおっしゃるんですか」

「いったでしょう。わたしはもうこんな歳ですもの。若い人のいうことを聞かなくてはいけないわ。年寄りは若い人に好かれなくちゃね。それに、わたし、いつかは裁判官の法服を着てみたかったのよ。あの服を着て被告に死刑って言いわたしたら、どんなに気持ちがいいだろう、っていつもそんなふうに思っていたのよ」

「その少年がどうしてそんなことをあなたに頼んだのかそれも聞かなかったのですか」

「そんなの聞いたら失礼でしょう。聞かなかったわ。あのとき、わたしのあとをつけていたのはあなたね。あの若い人に、人に見られないように法服を持っていってくれ、と頼まれていたから、あなたがあとをつけてくると知ったときにはとても困ったわ。それでトイレに入ったのよ」

「…………」

「だって、あんな天使みたいにきれいな男の子の頼みなんですもの。聞かないわけにはいかないわ」

「天使じゃありません。あの少年はきっとルチフェルなんですよ——」

佐伯はそういったが、それはほとんど無意識のうちに口を出た言葉だった。堕天使ルチフエルは、もともとはほかのどの天使にも増して美しかったといわれているが、蟇目りよにそれが理解できるとは思えない。

事実、りよは佐伯の言葉を理解できなかったようであるし、自分の言いたいことだけをいうと、もう佐伯には関心を失ってしまったらしい。ふらふらとその場を離れ、エレベーター・ホールのほうに立ち去っていった。

「あ——」

佐伯は反射的に呼びとめようとし、それを思いとどまった。考えてみれば、これ以上、蟇目りよと話をしたところで、得られるものは何もない。

要するに、あの少年は、蟇目りよが地裁に出入りし、やや精神に異常をきたしているということを知っていて、それで彼女を利用したにすぎないのだろう。地裁の通路で声をかけ、人に見られないように法服を「532」号法廷まで持っていってくれないか、とそう言葉巧みに持ちかけたのにちがいない。

問題は——

どうしてあの少年にそんなことをする必要があったのか、というそのことだ。

考えられるのはただひとつ、「５３２」号法廷で首を絞められ死んでいた大月判事の着ていた法服が、すなわち蟇目りよが運んだ法服ではなかったか、ということである。

大月判事の遺体が見つかったのち、警察は徹底的に「５３２」号法廷を現場検証しているが、裁判長の席から法服が見つかったなどという話は聞いていない。

だとすると大月判事が死んだときに着ていた法服は、そもそも大月判事当人のものではなかった、ということになる。

——ということは……ということは……

ということは何を意味しているのか？　正直、いまのところはまだ、佐伯にもそれはわからない。が、これだけはいえるのではないか。——佐伯が通路で拾った裁判所のバッジは、やはり蟇目りよが着ていた法服から落ちたものだったと考えるのが妥当だろう。そして大月判事が死んだときバッジをつけていなかったということは、その法服が蟇目りよが「５３２」号法廷に運んだのと同じものであったという傍証になるのではないか。

あの少年は法服を「５３２」号法廷に運ぶように蟇目りよに依頼した。蟇目りよはその依頼を聞いて、みずから法服を着て「５３２」号法廷におもむいたのだが、そのときに裁判所のバッジを落としている。そして大月判事はその法服を着て死んでいた……

それがどうかしたのか、と問われれば、佐伯も言葉に窮《きゅう》する。わからない、としかいいようのないことだ。

が、佐伯は妙なことを思いだしている。

東郷といっしょに所轄署に行ったときのことだ。そのときのことを鮮烈に思いだしていた。

鹿内弁護士の遺体がやはり弁護士バッジをつけていなかったことから、佐伯が裁判所で拾ったバッジのことが話題にのぼった。

そのとき佐伯は、大月判事が死んだときにバッジをつけていなかったのは、自分が拾ったバッジとなにか関わりがあるのではないか、とそう問題提起した。なかば無意識のうちに、自分が通路で見かけた人物が着ていた法服と、大月判事が死んだときに着ていた法服とは同じものではなかったか、という疑問を提示していたのである。

しかし、それを東郷は、佐伯が通路で見かけたのは大月判事ではない（なぜなら、その時間、すでに大月判事は判事補たちと公判の打ちあわせをしていた）、だから拾ったバッジも大月判事のものではありえない、というような答え方をして、微妙に論点をずらしてしまった。

そのことが佐伯にはなにか非常にいぶかしい気がしたのを覚えている。

——あれは何だったんだろう？　どうして東郷さんはあんな答え方をしたのだろう？

佐伯は眉をひそめた。

考えてはいけないことだった。しかし考えずにはいられないことだった。

自分が非常に微妙な、いわば地雷原に踏み込んでいくのにも似た、きわどいまでに微妙なところに入り込んでいこうとしているのを実感していた。

3

大月判事が殺された事件について大きな謎がふたつある。

ひとつはどうやって大月判事が十階の「裁判官室」から五階の「532」号法廷まで行ったのかという謎である。

大月判事のいた「刑事十部裁判官室」を出るのには、裁判官室のドアから出る、裁判官室に付属している応接室から出る、裁判官室に隣接している「刑事十部・十一部書記官室」から出るという三通りの方法が考えられる。

が、裁判官室、応接室に面した通路には、マスコミの人間が大勢いたし、書記官室にも十人以上の人間が待機していて、その誰ひとりとして大月判事の姿を見ていない。

それにもかかわらず、大月判事は五階の「532」号法廷で死んでいたのである。

それはどうしてか？

もうひとつは、なぜ、犯人は大月判事を「532」号法廷で殺さなければならなかったか、ということである。

午前中、鹿内弁護士がやはり五階の「公衆控室」で殺され、当日はその現場検証で五階には大勢の捜査員たちがいた。いや、捜査員ばかりではなく、新聞記者、テレビ・クルーなどのマスコミ人も大勢つめかけていて、人を殺すのにこれほどふさわしくない場所はなかったといっていい。

それなのにあえて（としかいいようがないだろう）犯人は五階の「532」号法廷で大月判事を殺した。それはどうしてなのか？

「地裁連続殺人事件」捜査本部では、新道惟緒を「神宮ドーム火災事件」の放火主犯であるばかりではなく、鹿内弁護士、大月判事を殺した犯人とも見なしている。

昨年二月十一日、神宮ドームで催された「建国記念日」祝賀会に反対し、市民団体、左翼系団体がデモをおこなった。そのときに起こった警察官の暴行事件を、当時、高検検事長であった鹿内と、法務省の訟務局・課長職に就いていた大月のふたりが、あいまいな不起訴処分にしてしまった。――新道はそれに怒り、評論誌にそのことを弾劾《だんがい》する論文を寄稿し、それだけでは飽きたらず、ついにふたりに天誅を加えるにいたったというのである。自分が率いる〝神風連研究会〟の若いメンバーを指嗾《しそう》し、あいかたらって神宮ドームに放火したのも、その思想行動の一環だったというわけなのだろう。

綿抜は神宮ドームの駐車場で新道に似た男が四駆車から段ボールの箱を運びだすのを目

撃したと証言している。さらに火災が発生した直後、やはり、その男が外野側スタンドを走り去るのを内野側スタンドから見ているとも証言したらしい……これはどうも綿抜に過失致死傷罪を問わないことにした、いわばその代償としての証言、といった意味あいがあるようで、でっちあげとまではいわないまでも、かなり強引な捜査方法ではあるだろう。いいかえれば、それだけ捜査本部は新道が犯人であるのに自信を持っているということにもなる。が、佐伯はそれには賛成できない。新道がそんな軽率なことをする人間だとはどうしても思えないのである。それに——

捜査本部は新道を犯人としながら、大月判事がどうやって「532」号法廷に行ったのか、犯人はいかにして鹿内弁護士を殺害する凶器を持ち込んだのか、そのことにはほとんど重きを置いていないように見える。

佐伯にしてみれば、むしろ、そのことを考えることが、この連続殺人事件の犯人を突きとめる、もっとも重要な要素であるように思えるのであるが……

いずれにしろ、大月判事が死んだときに着ていた法服が、少年に頼まれ蟇目りよが「532」号法廷に持ち込んだ法服であった、ということがわかったのは、重要な意味あいを持っているように思われる。このことは事件を解決する大きな一歩になるのではないだろうか。

それにしてもどうしてあの少年はそんなことを蟇目りよに依頼したのだろうか。

——もしかしたら、あの少年がふたりを殺したのではないか……

胸の底をひやりと冷たいものがよぎるのを覚えた。あの少年が連続殺人犯なのか。そうでないとはいいきれない。現にあの少年は佐伯に向かってナイフを投げているのだ。多分に暴力的な傾向が強いといえるだろう。——が、あの少年を連続殺人犯と考えることには、なにか微妙な違和感があった。

「…………」

佐伯は考え込んでいる。

しかし、ここでひとり考えたところで結論が出ることではないだろう。いまはなによりもあの少年に会わなければならない。こうなれば、望月幹男が何をどういおうと、強引にあの少年の素性と居所を聞きだすまでのことだ。

ふと佐伯は、いま、大月判事の死体が発見された時刻と同時刻になっていることに気がついた。

あのとき、殺到するマスコミ陣の対応に追われていた警備員のひとりが、フッと何の気なしに「532」号法廷を覗き込んで、大月判事がそこで死んでいるのを発見したのだった。

佐伯は「532」号法廷に向かった。

自分でも自分がなにを確かめようとしているのかわからない。ただ妙に意識の底に引っかかるものがあり「532」号法廷に向かわずにいられなかったのだ。

各法廷のドアには小窓がついている。いちいちドアを開けなくても、小窓の戸を引きあけて、法廷の様子を覗き込めるようになっているのである。

その警備員も小窓を覗いて大月判事の死体を発見したということだった。

佐伯は小窓から法廷を覗き込んだ。

「…………」

顔がこわばるのが自分でもわかった。そのまま、じっと法廷を覗き込んでいた。

「そこで何をしているんですか」

背後から声がかかり、佐伯は振り返った。

そこに警備員がいた。大月判事の死体を発見したというあの警備員だった。

警備員は佐伯の行動を不審と見てそれをとがめるつもりだったのだろう。が、佐伯が襟に検事のバッジをつけているのを見て、やや動転したようだ。

「あ、どうも、これは失礼しました。検事さんだったんですか。いや、これは気がつきませんで——」

となにやら弁解しかけるのを、あなたが大月判事さんの死体を発見したんでしたね、と佐伯はさえぎった。

「え、ええ、そうですが——」

警備員はけげんそうな顔をした。

「そうですか。お手数ですが、ちょっと、そのときと同じように、この覗き窓から法廷を覗いてみてはくれませんか」

佐伯はわきにしりぞいて警備員をうながした。

「……………」

警備員はますます不審げな顔になったが、佐伯にいわれるままに、素直に覗き窓から法廷を覗き込んだ。

警備員はなにか驚いたようだった。後ろから見ていてもその背中と肩がこわばるのがはっきりとわかった。そのまま凝固したようになっている。

「あなたは大月判事が被告席にすわってうなだれているのを見たとそういった。でも、そんなはずはない。法廷には窓というものがない。そして、あのときもいまと同じように、明かりがともされていなかった。つまり法廷は真っ暗だったはずなんです。どうしてあなたはそんな真っ暗な法廷で大月判事の姿を見ることができたんでしょう？」

佐伯は静かにそう声をかけた。

警備員は振り返り、なにかあえぐように口をパクパクさせた。そして、ようやく喉の底から声を振り絞るようにしていった。

「たしかに、いわれてみればそのとおりだが、だけど、どうしてかあのときには大月判事の姿が見えたんだ。嘘じゃない。ほんとうにわしはそれを見たんだ。たしかに見たんですよ！」

佐伯はジッと警備員の顔をうかがった。

警備員の顔は蒼白になっていた。正直な人間であるらしい。こんなことで嘘をつくような人間には見えなかった。ということは、何も見えず、真っ暗であるはずの法廷で、たしかにこの警備員は大月判事の姿を認めたということになる。それはどうしてか？

佐伯がさらにそのことを問いつめようとしたとき、携帯電話のベルが鳴った。

科警研の法条からの電話だった。

「遅くなったけどな。あのナイフについていた指紋、どこの誰のものだかわかったぜ」

法条はいつもながらに気のない口調でそういった。

第二十五歌

1

科警研「法医第一研究室」の法条はナイフから少年の指紋を採取した。

法条に似あわない親切というべきだが、その指紋を警視庁の指紋センターに電送し、指紋自動識別装置にかけるのを依頼した。

指紋センターには前歴者を中心に六、七百万人の指紋原紙が保管されている。これを電送された指紋と照合するのに五、六分とはかからない。

幸いといっていいかどうか、少年は以前に車で人身事故を起こしたことがあり、その指紋が指紋センターに残されていたのだ。

少年の名は水無月《みなづき》公男《きみお》、十八歳、住所は狛江《こまえ》市になっていた。

指紋センターでは、職業や、家族構成まではわからない。

佐伯は法条から連絡を受けて、すぐに狛江市におもむいた……

多摩川沿い、小田急線と東横線に挟まれ、どちらの駅からも歩くには遠く、ちょうど離れ小島のようになっている一角がある。土地のすぐきわまで川原がせまっていて、茫々《ぼうぼう》とススキが生い茂っている。古くからの小さな町工場や、怪しげな旅館が点在しているだけで、ほとんど建物がない。水はけが悪いため住宅には適さないのだろう。

夕暮れ五時——

いまにも夜になだれ込みそうなのを、かろうじて川面の残照がささえている。そんなきわどい時刻になっていた。肌には感じないが、風が吹いているのだろう、川の反射光をあびて、一面、ススキの穂が燐光を放つように揺れていた。

佐伯はタクシーをおりて、土手のうえに立った。

指紋センターに残されていた住所ではこの川原のどこかに少年の住まいはあることになっている。

暮れなずむ川原を見わたし、

——ほんとうにこんなところに住居があるのだろうか。

佐伯はとまどった。

が、ないはずはない。警視庁の指紋センターは偽りの住所を記録に残すほどずさんなところではない。

土手をおりて川原に踏み込んだ。

進むにつれてザワザワとススキが左右に波うった。その白い穂が残照を撥ねて微妙な光のひだをあやなしている。

少年の住まいを捜しながら、考えているのは、死んだ大月判事のことだ。正確にいえばその法服のことである。

……少年、いや、水無月公男が、蟇目りよに法服を「５３２」号法廷に持っていってくれるように頼んだのだという。

公男とりよとはそのときがまったくの初対面だったらしい。たまたま公男はりよのことを法廷に出入りしている変わり者だと知っていて（どうして知ったのだろう？　誰かから聞いたのだろうか）、いわば彼女の変人ぶりを見込んで、そんな奇妙な頼みごとをしたらしい。案の定、蟇目りよは何の疑いもなしに、その頼みごとを聞き入れ、みずから法服を着て「５３２」号法廷に足を運んだ。そして、そのときに裁判所のバッジを落とし、それを佐伯が拾った。

大月判事が死んだときに着ていたのがその法服なのである。

どうして公男にそんなことをする必要があったのか、その詮索はしばらく忘れることにしよう。どうして大月判事が法服を着て死んでいたのか、いまはその理由も考えないことにしたい。

問題は、大月判事の着ていた法服が「532」号法廷にあったのと同じものだとしたら、法廷に行くまで大月判事は何を着ていたのか、というそのことである。

それにもうひとつ、蟇目りよが「裁判所」のバッジを落としたのは、まったくの偶発事であったらしい。意識してやったことではない。そうだとしたら、どうして鹿内弁護士の背広から弁護士バッジが失われていたのだろう？　それがいぶかしい。

犯人は裁判官から「裁判所」のバッジを奪い、弁護士から「弁護士」のバッジを奪うことで、なんらかの意思表示を込めたのではないか……これまで捜査本部が特にそのことを意識している気配はなかったが、少なくとも佐伯はそんなふうに漠然と感じていた。そして、その意思表示とは何だろう、とおりにふれ、そのことを考えてきた。

が、大月判事の法服から「裁判所」のバッジが失われたのが、たんに不注意から落とされたのにすぎないのだとしたら、そのことの示す意味あいは変わらざるをえない。そこには犯人の意思表示など込められていなかったのだ。そうだとしたら、ここで考えなければならないのは、それにもかかわらず、どうして鹿内弁護士の背広から弁護士バッジが消えたのか、というそのことだろう。

そして、そのことを考えるからには、いやでも、ある可能性を、そう、考えたくはない可能性を検討せざるをえないのだ。

その可能性のなかにある人物の名がぼんやりと浮かんでいる。その人物の名を自分自身につぶやくことさえ恐ろしい。

——おれは何を考えているんだ？　そんなことがあるはずがない。そんなバカなことがあるはずがないじゃないか！

佐伯は頭のなかに浮かんでくるその可能性を懸命に否定しようとする。が、否定しようとすればするほど、それは執拗に頭のなかに巣くって離れようとはしないのだ。

モシカシタラ、総テハアノ人ノヤッタコトデハナイダロウカ？　アノ人ハコノ事件ニナニカ重要ナコトデ絡ンデイルノデハナイダロウカ？

その疑念がつきまとう。

もっとも——

そもそも「裁判所」のバッジや「弁護士」のバッジにどんな意味があるのか、そのことにしてからがわからないのだが。

そのほかにも佐伯には考えなければならないことがある。

あのとき「532」号法廷は明かりがともされていず真っ暗だった。ドアの小窓からなかを覗いただけで、そこに人が死んでいるのを見さだめられるはずがない。それにもかかわらず、法廷警備員は大月判事の死体を発見しているのだが、それはどうしてだろう？　どうやら警備員自身にも説明のつかないことであるらしいし、彼がそんなことで嘘をついているとも思えない。

——どうして警備員は暗闇のなかで死体を見ることができたのか？

その謎が佐伯を悩ませている。

佐伯には考えるべきことが多い。あまりにも多すぎるのだ。

その煩悶《はんもん》のためについ足元がおろそかになってしまった。

地面におろした足がなにか柔らかいものを踏んだのだ。ぐにゃりとした嫌な感触だった。

反射的に足をあげ、二、三歩あとずさり、地面に視線を凝らした。

密生しているススキの根元になにかうごめいているものがある。川面の微光をあびてぬれぬれと光を放っていた。

「…………」

喉に苦いものがこみあげてきた。

ヘビなのだ。淡黄緑色の体に赤い斑点がちりばめられている。カラスヘビだろう。何匹もからみあってうごめいている。いずれも体長数十センチほどの小さいヘビで、毒はないから、恐ろしさはない。が、微光のなかに何匹ものヘビがからみあうその光景は、グロテスクであり、吐き気をともなう隠微さがあった。

佐伯はその場に立ちつくし、しばらく動けずにいる。

そして――

ここでも『神曲』〝地獄篇〟はその鉤爪で佐伯を捕らえて放さないのだ。その強烈なヴィジョンがありありと脳裏にせまってきた。

第八圏第七嚢、そこでは盗賊の亡者たちが、裸でヘビの群れにさいなまれ、焼かれて灰になっている。

なかでも恐ろしいのは、六本足のヘビが、ひとりの亡者の体にからみついて、「熱い蠟の身であるかのよう、かれらは密着して」、ひとつの異形のものに混合してしまうことだ。

ダンテはそれをこう描写する。

二つの頭が一つになり了《お》えたとき、われらは見た、二つとも無くなったあとへ、二つの容《かたち》まじり合い、一つの顔となって顕れたのを。

四つの肉片から二本の腕が作られ、脚のついた股、腹、胸、合して前代未聞の異形の胴体となっていた。

その描写は迫真に満ち、それが目のまえでからみあっているヘビの群れと重なりあい、佐伯は吐き気を覚えた。

どうして自分はこんなふうに、ことあるごとにダンテの『神曲』を思いださずにいられないのか、そのことを怨みがましいものに感じた。望月ではないが自分は『神曲』にとり憑かれているのではないか。

後ずさり、ヘビの群れを大きく迂回《うかい》して、ふたたびススキの群生地を進んだ。ヘビの群れがからみあうその光景は、いっこうに頭から消えてくれようとはせず、ヘビと盗賊とが合体する〝地獄篇〟のヴィジョンとあいまって、いつまでも佐伯を執拗に嘔吐感でさいなむのだった。

しかし——

あとから考えればこれはあることを予兆していたのだ。ある重要なことを暗示していた。『神曲』にとり憑かれているなどと悲観的なことを考えずに、そのヴィジョンがはらんでいる意味をもっと真摯《しんし》に受けとめるべきだったのだ。〝啓示〟を信じるべきだった。そうであれば、これ以上、さらに犠牲者を増やすこともなく、事件はもっと早くに解決していたかもしれないのに……

2

とぼしい残照さえもついに消える。足もとが暗い。その闇を靴の先で一歩一歩さぐるようにして歩いているのは、ただもうヘビの群れがおぞましいからだ。

ふいに足元に光が射し、顔をあげると、そこに工場のような建物があった。土手の一部が補強され、そこにいまにも川に落ちんばかりに傾いて建っていた。

もとは鋳物《いもの》工場ででもあったのだろう。いまは廃工場と呼んだほうがいい。トタンの屋根が波うって、外壁のペンキは褪《あ》せて剝《は》がれかかっている。まわりにペンペン草が生えていた。窓にガラスが塡《は》まっているのがふしぎなような荒れようだ。

こんなところに人が住めるのかと思う。が、人が住んでいる証拠に、窓からは明かりが洩《も》れているのだ。

埋め立て地のあの小屋を思いださせる。バラックだからというのではない。どちらも人と狎《な》れあうことを拒絶しているという印象が共通しているのだ。

――ここだ。ここに水無月公男がいる。

工場の入り口はガレージのようにシャッターになっている。シャッターは開け放たれ、そこから明かりがあふれていた。

佐伯はその入り口から工場のなかを覗き込んだ。

かなり広い。

二十畳ぐらいはあるだろうか。

コンクリートのたたきに簀《す》の子《こ》を敷きつめて床板がわりにしている。

天井に蛍光灯がともり、その簀の子に光を撥ねていた。

以前は工作機械などもあったのだろうが、いまはすべて取っ払われ、大きな工作机に椅子、それに石油ストーブが一台、置かれてあるだけだった。

ここにも人がそこで暮らしているという生活感がない。藤堂の私室といい、埋め立て地のあのバラックといい、この事件で出くわす部屋は、どこもかしこも戒名のきざまれていない墓石のようにそっけない。

どうやら、ここはアトリエがわりに使われているらしい。

机のうえには油絵の絵の具、筆、パレットなどが散乱していて、壁にはイーゼルがたてかけられている。簀の子といわず、壁といわず、いたるところに絵の具がこびりついていた。

奥にもう一部屋あるらしい。磨《す》りガラスの引き戸があった。おそらく、そこを寝室に使っているのだろう。磨りガラスは暗い。

「ごめんください――」

佐伯は声をかけた。

「どなたかいらっしゃいませんか」

返事はない。

返事がないのはあらかじめ覚悟していた。まだ時刻は六時をまわったばかりなのだ。いくら奥の部屋が寝室に使われているらしいとはいっても、こんな時刻から寝ている人間はいないだろう。

なかに入って、イーゼルに架かっている絵を見た。それは意外に重い響きを残したようだ。

「………」

佐伯は眉をひそめた。

軽い衝撃を覚えた。いや、軽い衝撃と思ったのだが、それは意外に重い響きを残したようだ。胸の底にしびれるような痛みを覚えていた。

そこに描かれているのは怪獣だ。長い、うねる体が、画面をいっぱいに占めている。胴体は大蛇に似ていた。人間の顔、蠍《さそり》のように跳《は》ねあがった尻尾、毛むくじゃらで巨大な二本の前脚。うねうねと身をくねらせながら飛んでいる。これほど醜怪な怪物でありながら、その人面は若々しく、たおやかで、ほとんど美しいとさえいっていい。微笑んでいた。——怪獣の背にふたりの男が乗っている。背に乗りながら、その怪獣を恐れていた。やや年かさに見えるひとりが、もうひとり、若い男の体をかばうようにかかえ込んでいる。このふたりは非常に親密だ。もしかしたら恋人たちかもしれない。

空には黒い雲が渦を巻いて、地には炎が燃えている。その炎のなかを何人かの男たちが逃げまどっているのだが、しょせん逃げきることはできないだろう。怪獣の蹴爪《けづめ》と、尖った尻尾が、その男たちを追うように炎のなかにのびていた。いずれは殺される。

素描だ。走り書きといっていい。彩色も最低限にとどめられている。それだけにその荒々しいまでにダイナミックな筆致からは、はっきりと豊饒な才能がうかがわれる。この描き手は非凡な才能にめぐまれている。

——ゲリュオンだ。

佐伯は直感した。

ここにも『神曲』の巨大な翼が意味ありげにまがまがしい影を落としていた。この事件ではついにどんなものも『神曲』から逃れることはできないのか。

もともとゲリュオンは、ギリシア神話に登場する三頭三身の怪獣で、ヘラクレースに退治される。それが『神曲』〝地獄篇〟においては、欺瞞の象徴とされ、「全世界を汚染するもの」と呼ばれる。ダンテとヴェルギリウスのふたりは、この怪獣の背に乗って、第七圏と第八圏とを区切る巨大な絶壁をおりていくのだ……

佐伯が一目見てそれを『神曲』のゲリュオンだと覚ったのは、寿岳文章訳の『神曲』〝地獄篇〟に、これと似た構図のブレイクの挿絵が載っていたからである。

この絵は、明らかにブレイクの作品に触発されてはいるが、模倣ではない。この絵にブレイクの精神性はない。ここにあるのは呪詛《じゅそ》に満ちた激しい怒りなのだ。何に対してそれほど怒りをたぎらせているのか？　それはわからないが、その怒りの激しさだけははっきり見てとれる。

——これを描いたのは水無月公男だ。

佐伯がそう確信したのにには、ふたつの理由がある。

ひとつには、怪獣ゲリュオンの背中に乗っているふたりの男（『神曲』ではダンテとヴェルギリウスにあたる）が、この絵でははっきりと公男と藤堂の顔を模している、ということがある。

水無月公男は自分をダンテに擬して、藤堂俊作をダンテを先導するヴェルギリウスに擬している……これもまた、藤堂と公男がどんな関係にあるのか、それをひそかに暗示するものではないだろうか。

もうひとつは、その絵の彩色に蛍光塗料が使われている、ということだ。怪獣ゲリュオンの尖った尾、蹴爪、その目が、蛍光灯の影のなかでボウと青い光を発していた。

それに気がついて、佐伯は、どうして警備員が暗い法廷のなかで大月判事の死体を見ることができたのか、そのわけを知ったのだった。

水無月公男が蟇目りよに法服をことづけたのは間違いない。なぜなら法服には蛍光塗料が付着していたからだ。

おそらく公男の手についていた蛍光塗料が法服に付着してしまったのだろう。警備員が覗き窓を開けたとき、そのとぼしい光を受けて、ぼんやりと蛍光塗料が光ったのではないか。

——警備員自身そのことをはっきりと意識してはいなかった。が、じつは、警備員が暗い法廷で大月判事の死体を見つけることができたのは、その法服に付着していた蛍光塗料のためではないか。

鑑識に問いあわせれば法服に蛍光塗料が付着していたかどうか確認することができる。その蛍光塗料とこの絵に使用されている蛍光塗料とが同一のものであるかどうか照合するのはたやすいことだ。

そして、それが同一の蛍光塗料だということになれば、蟇目りよの証言とあわせて、水無月公男に任意同行を求めるのには十分すぎるぐらいの材料といえるだろう。

「…………」

一瞬、ぼんやりとした。

少なくとも大月判事の殺害に水無月公男がなんらかの形でかかわっていることは間違いない。佐伯はとうとうその物証を手に入れることができたのである。

新道を真犯人と見なしている「地裁連続殺人事件」捜査本部に、そのことを納得させるのは容易なことではないだろうが、どんなに高瀬警部補たちが頑迷でも、これだけの証拠を無視することはできないはずだ。

が——

いま佐伯が考えているのはそのことではない。

絵を見つめながら、

——公男はどうしてこの絵を描いたのだろう。ダンテは怪獣ゲリュオンを全世界を汚染する〝欺瞞の象徴〟と考えていた。それでは公男にとってこの怪獣ゲリュオンはどんな意味を持っていたのだろう？

ぼんやりとそのことを自問していた。

第二十六歌

1

「…………」


人の気配を感じて振り返った。

入り口のところに男が立っていた。

これまで会ったことのない男だ。

作業用のジャンパーを着て汚いジーンズを穿いている。靴はズックだった。

かなりの老齢のように見えた。その髪は白く、乱れていて、ろくに櫛も入れていないらしい。顔は土気色《つちけいろ》にむくんで、シミだらけで、目の下の皮膚が袋のように重たげにたるんでいた。目はどろんと黄ばんで生気がない。歩くのも不自由らしい。よぼよぼだった。

——こんなふうになるまで長生きしたくはないな……

反射的に頭に浮かんできたのはそのことだった。

もちろん、それが男に対して不当な言葉であるのはわかっている。が、老醜には人をたじろがせるものがある。目をそむけさせるものがある。理屈ではどうにもならないことなのだ。正直、その男の姿には正視するのさえはばかられる印象があった。

「勝手に入り込んですみません——」

佐伯は気を取りなおし、軽く頭を下げて、聞いた。

「こちらの方でしょうか」

「…………」

男は返事をしない。どんよりと濁った目で佐伯を見つめている。佐伯の言葉を理解しているかどうかも疑問だった。

「じつは水無月公男さんという人に会いに来たんですが。こちらにはいらっしゃらないんでしょうか」

「…………」

「水無月公男さん、御存知ありませんか」

「…………」

「あのう、ここの方じゃないんですか」

「…………」

何をいっても反応がない。佐伯の質問を何ひとつ理解していないのではないか。その表情は厚い膜がかかったように鈍い。

とりつくしまがない。佐伯が言葉に窮したそのときのことだ。

男はやおら背中を向けるとヨロヨロと立ち去っていった。

佐伯はあっけにとられた。

が、すぐに男のあとを追う。

こんな多摩川の孤島のような廃工場をまったく無縁の人間がうろついているとは思えない。はっきりとはわからないが、男はこの廃工場の関係者ではないか。そうであれば、せめて水無月公男がどこにいるかだけでも聞いておきたい。

しかし——

外に飛びだしたとたん、ふいに目のまえに人影が立ちふさがったのだ。

やあ、とその人影が声をかけてきた。どこか嘲弄《ちょうろう》しているような口調だった。

「さすがですね。感心しましたよ。とうとうこの場所を突きとめたんですね」

望月幹男なのだった。

「…………」

佐伯は黙って望月のことを見ている。

どうしてか望月がここに姿を現したのをさほど意外には感じなかった。それどころか、なにか待ちあわせでもしていたかのように自然なことに思えるのだ。

いや、そもそも水無月公男は望月の患者なのである。そのことを考えれば、望月が公男のアトリエに姿を見せるのは意外なことでも何でもないだろう。それはそうなのだが――

それにしても、ここでこうしてふたり顔をあわせるのを、なにか前世からの約束事でもあるかのように感じている自分のことを、やはり佐伯はいぶかしく感じずにはいられなかった。

「あの爺さんだったらあとを追っても無駄ですよ。どうせ、なにを聞いてもろくに返事をしない。ぼけているんじゃないかな。あの爺さんはこの工場を管理しているらしい。いや、管理しているとはいえないか。ただ寝泊まりしているだけなんだから」

「………」

「公男はこの工場をアトリエがわりに借りているんですけどね。あの爺さんは、工場の持ち主の身内か、そうでなければもともとここで働いていた人なんじゃないかな。ぼくもここに来たときに、たまに顔をあわせるだけで、それも話なんかしたことないから、くわしいことは知りませんけどね」

「………」

佐伯は望月の肩ごしに川原を見た。暗いなかに、ただ茫々とススキが生い茂っているだけで、もう川原のどこにも男の姿は見えなかった。

「公男はいませんか。ときどき、こうして覗くようにしているんですけどね。このところ公男がいたためしがないな。どこでどうしているんだろう」

望月はぶらぶらと工場のなかに入っていった。イーゼルに架かった絵を覗き込んだ。しばらく見つめてから、いいな、これ、とつぶやいた。

佐伯も望月のあとを追うように工場のなかに入り、

「どうも水無月公男は殺人事件に関係しているらしい疑いが出てきた。東京地裁で大月という裁判官が殺された事件を知っているだろう？　あれに関係しているらしい。主犯ではないかもしれないが、少なくとも共犯であることは間違いない。おそらく逮捕状を請求することになるだろう」

初対面のときに比べるとやや口調が乱暴になっている。意図的にやっていることだ。場合によっては、望月の医師としての立場を無視して、強引に協力を求めることになるかもしれない。これはそのときのためのいわば布石だった。

「殺人事件にかかわることだ。あんたにも患者のプライバシーを楯にするのはやめてもらう。そんなことはもう通用しない。こうなったら水無月公男のことをすべて話してもらいたい」

いつもは検事の職権をふりかざすのが苦手な佐伯だが、今回にかぎり、精一杯こわもてにふるまった。望月はしたたかな男だ。なまじのことではこの男から情報を引きだせそうにない。

が、望月はそのことに動じた様子はない。あいかわらずイーゼルの絵を見ている。小柄で、しなやかな、ポニーテイルのメフィストフェレス。その耳のピアスが蛍光灯の明かりに映えてきらきらと光っていた。

ふいにその横顔をひきつるような笑いがかすめた。その目に暗い嘲笑するような翳《かげ》がやどった。

そして、こんな詩を知っていますか、といって、

「白ゆりの花はただ愛を喜び、輝く美をそこなう刺もおどしもない……」

と朗誦し、こんな詩もありますよ、とそういい、つづけて、

「ああ、日の花よ、時に倦《う》み、日の足音を、かぞえつつ、したいわぶる、金色のゆかしい国――旅人の旅路のはてにあるという」

「…………」

佐伯はあっけにとられた。どうしてこんなときに詩など朗誦するのか望月の意図をはかりかねた。

「両方ともウィリアム・ブレイクの詩なんですけどね。土居光知《どいこうち》という人の訳です。『ゆりの花』に『ああ、ひまわりよ』という詩ですよ」

望月は佐伯に顔を向けた。その目に狡猾《こうかつ》そうな、しかし狡猾とばかりはいえない、なにか

奇妙な光が浮かんでいた。

水無月公男の絵はブレイクの『神曲』の挿絵に影響を受けたものだ。そのことの連想からブレイクの詩を唱えたのだろう……佐伯はそう思った。

あとになって佐伯はこのときの自分のうかつさを悔やむことになる。——たしかに望月は得体の知れない男だが、たんなる衒学趣味《ペダントリー》から詩の知識をひけらかすような薄手の男ではない。じつは、このとき望月は、事件の全体をつらぬいている「鍵」ともいうべきことを暗示したのだが、佐伯はそのことに気がつかなかった。

この時点では、望月は佐伯に何歩も先行して、事件の真相に肉薄していたのである。

2

「どうして水無月公男がその大月とかいう裁判官が殺された事件に関わりがあるなどといえるんですか。公男に裁判官を殺すどんな動機があるというんですか」

望月が聞いてきた。そのやや揶揄《やゆ》するような口調に変わりはない。

「それをあんたに聞きたいとそう思っているんだよ。水無月公男について知っていることはすべて教えてもらいたい」

「公男は孤児です。ただし親が遺産を残してくれた。たいした額じゃないですけどね。中学を卒業して美術の勉強をするために上京してきた。あるアート・スクールに入ったんですがね。夜は新宿のゲイの集まる店でバイトをしていた。そこで建築家の藤堂俊作氏と知りあった。藤堂氏にもともとその種の嗜好《しこう》があったのかどうかはわかりません。たんに好奇心からその種の店に出入りしていただけかもしれない。いずれにせよ藤堂氏は公男の才能を見込んで——」

望月はイーゼルの絵に向かってあごをしゃくった。これだけの才能だから不思議はない、という意味なのだろう。——たしかに素人の佐伯の目から見ても公男の絵には独特の天分が感じられる。

「公私にわたって面倒を見ることになった。パトロンといっていいでしょう。なにしろ公男はあれだけの美貌ですからね。藤堂氏に公男を愛する気持ちがなかったとはいえない。が、恋愛感情よりも、むしろ公男の才能を買う気持ちのほうが強かった、というのが事実のようです。肉体関係と呼べるほどのものはなかった、と公男はそういっています」

「…………」

「このアトリエ兼住まいにしても藤堂氏がカネを出して借りてやったものでしてね。ずいぶん見すぼらしいアトリエと思うかもしれないが、これは公男の好みなんだそうです。公男はうらぶれた多摩川の風景が好きだったらしい。もっとも、なんでも藤堂氏も埋め立て地とかのバラックをアトリエに使っていたというから、これは藤堂氏から影響を受けたのかもしれない。いずれにせよ、公男が精神的に不安定な状態にある、ということで、個人医院から東京S医大のぼくのもとにまわされてきたのは、おととしの秋のことでした」

「…………」

「最初に診た医師は公男のことを〝ボーダーライン・ケース〟と診断していました。いわゆる境界例というやつです。カルテには、具体的な症状として、自分が自分でないような気がする、自分が誰か、あるいは何か外部のものに操られているような気がする、などと記載されていました。以前、お会いしたときに、哲学者のJ・G・フィヒテのことはお話ししましたね。フィヒテは、『AはAである』、『私は私である』を絶対的に第一の基本命題とした。それを公男は認めないという。このまえ、佐伯さんがいったように、これも分裂症的な症状のあらわれと見ていいかもしれない。もっともこれには藤堂氏の影響が多分にあるようですが」

「…………」

「ただし公男には、テレビで自分のことを話している、テレビの出演者が自分に目配せをした、などという、いわゆる〝テレビ体験〟はなかったらしい。つまり精神病というより神経症と呼んだほうがいい。いずれにせよ、きわめて軽症です。その意味では、最初に公男を診た医師の、境界例、あるいは人格障害、という診断は適切なものといえるでしょう。しかし――」

「しかし？」

佐伯が問いかえすと、望月はまたあの狡猾そうな目になり、ちょっと首を傾げると、いや、なんでもありません、と自分で自分の言葉をうち消して、

「とにかく公男はそれからしばらく治療のためにぼくのもとに通っていました。ところが藤堂氏が行方不明になってから、というのはあの神宮ドームの火災以来ということですが、バッタリと足が遠のいてしまった。患者が精神科医のところに来なくなるのはめずらしいことではない。ですが、そのころには、ぼくは公男の症状に非常に興味を持つようになっていましてね。あきらめきれなかった。それでつい公男のことをつけまわすようになってしまったんですよ。その途中で、佐伯さん、あなたに出くわすことになった」

「………」

「ぼくが公男について知っていることはこれですべてです。ほかにお話しすることは何もない――」

望月は自分のもとに椅子を引き寄せ、それをくるりとまわし、逆向きにすわると、あの揶揄するような口調になっていった。

「さあ、これで最初の質問に戻ってもいいでしょう。ぼくの知っているかぎり、公男の人生では裁判官などという人種との接触は皆無だった。それなのに、どうして公男が裁判官の殺害に関係があるなどとそんなことがいえるんですか。公男に裁判官を殺すどんな動機がある

というんですか」

ニヤニヤと笑っていた。メフィストフェレスの笑いだった。

3

「…………」

佐伯は返事に窮した。

水無月公男が、蟇目りよに法服を「532」号法廷に持っていかせ、その法服を着て大月判事が死んでいた、というのはまず事実と見なしていいだろう。

つまり、大月判事殺人事件に関して、状況的には大いに疑わしい。が、その動機ということになると、何ひとつわかっていないといっていい。

ここで考えなければならないのは新道が藤堂俊作の親友だということだ。

「建国記念日」の祝典に異議をあらわすデモの参加者が、警察官に暴行され、三人が重軽傷を負うという事件があった。ところがこの事件では被害者はいるのに加害者はいないのだ。

——新道は、警察官の暴行事件が不起訴になり、結局、うやむやにされてしまったことに怒りを覚えていた。そのことはまぎれもない事実である。

だからといって佐伯は、新道が神宮ドームに放火したなどとは考えていないし、ましてや当時の検察庁、法務省の責任者だった鹿内弁護士、大月判事の両者を殺したなどと考えるのはとんでもないナンセンスだと思っている。

が、新道の怒りが藤堂に伝わったということは考えられるし、それが公男に影響したという可能性だって考えられないではない。

新道と藤堂とはそのことで意見の対立があったのかもしれない。藤堂が失踪してから、しきりに新道は藤堂のことを挑発していたふしがある。藤堂を弾劾するビラを貼り、藤堂のオフィスのまわりで宣伝カーをがんがん鳴らしていた。

——そういえば……

佐伯は新道と最初に会ったときのことを思いだしていた。

新道は藤堂が姿を消した理由はわかっているとそういったことがある。自分と藤堂とは意見の対立があり、そのことを堂々と論争するために、こうして藤堂を挑発しつづけているのだ、とそんなような意味のことをいったこともある。——あの意見の対立とは「建国記念日」での警察官暴行事件に関することではなかったか。

しかし——

いや、そんなことが動機になるものだろうか？　佐伯にはそのことが疑わしいのだ。いったい、人は個人的な動機からではなく、義憤のために、あるいは社会正義の実現のために、放火したり、殺人を犯したりすることなどできるものか。

なにかが足りないとそう思った。公男が大月判事の殺害に関わっていた、と断定するには、まだまだ材料が十分ではない。

もう望月に対してこわもてにふるまう理由はない。自然に態度があらたまった。

「水無月公男がいまどこにいるか心当たりはありませんか」

佐伯はそう尋ね、望月がニヤニヤと笑いながら首を横に振るのを見て、それでは藤堂俊作氏がどこにいるのか知りませんか、と質問を重ねた。

「知るはずがない。ぼくは藤堂氏とは会ったこともない人間ですよ。公男の治療のことで、一、二度、電話で話したことはありますけどね。ただ、これだけはいえるんじゃないかな。生きているにしろ死んでいるにせよ、藤堂氏を見つけることができれば、この事件の真相は突きとめられるんじゃないか、と」

「あなたはどちらだと思いますか」

「どちらとは？」

「生きているのか死んでいるのか」

「さあ、それは何ともいえない。わかりませんよ。ただ、どうして藤堂氏が失踪しなければならなかったのか、漠然と想像していることはあるんですけどね」

「それはどんなことですか。さしつかえなければお話しいただけませんか」

「残念ながらさしつかえはありますね。まだ漠然と想像しているにすぎない。お話しできる段階ではない」

「それが、あなたがこのまえおっしゃっていた〝憑きもの〟ということじゃないんですか」

「………」

望月は返事をしなかった。あいかわらずニヤニヤ笑いをつづけていたが、その笑いがわずかにこわばったように見えたのは錯覚だったろうか。

「このまえ、あなたから〝憑きもの〟のことを聞いて、すこし憑依現象のことについて調べてみたんですよ。〝憑きもの〟には、神霊、祖霊、悪霊、動物霊などがあり、とり憑かれた人間がそのことを意識している場合と、そうでない場合とに分類される。また、とり憑かれた人間の、他者の声が聞こえたり、他者の視線を感じたり、という特異感覚は、精神分裂症でいう〝作為感覚〟に似ていることが指摘されている。

つまり自分が自分であって自分でないというわけですね。藤堂氏はフィヒテの〝ＡはＡである〟という命題を否定したという。〝私は私である〟というのを絶対的な基本命題として受け入れるのを拒否したということらしい。水無月公男はたんに藤堂氏から影響を受けたということでしょう。〝私は私である〟とは限らない。この感覚を説明するのに二つの可能性が考えられるでしょう。ひとつは藤堂氏が軽度の精神分裂症的な神経症を（それこそ境界例といってもいいかもしれない）わずらっていたということ。もうひとつは藤堂氏がなにかにとり憑かれていたということ。

藤堂氏はひどく〝狼〟を恐れていたということです。それと同時に自分が〝狼〟であるとも考えていたらしい。矛盾したことですけどね。藤堂氏の〝狼〟が何であるかはわからない。ただ藤堂氏はダンテの『神曲』を愛読していて、〝狼〟が貪欲の象徴であり、諸悪の根源だと考えていたらしい。つまり、ぼくは藤堂氏は〝狼憑き〟だったのではないかと考えているんですよ」

「………」

「ぼくがこんなことを考えるようになったのも、つきがある、とか、ものに狂ったような、というそのつきとかものという日本人に特有の心象が――これは説明しようとしてもしきれない、いわば日本人の心底に横たわる〝虚無〟、〝空白〟としかいいようのないものですけどね――、日本の建築の伝統のなかに脈々と伝えられているという説を読んだからなんですよ。

なかでも伊東忠太という建築家の『帝冠様式』は有名らしい。昭和初期に建築された築地本願寺、湯島聖堂などがその代表例ということだ。これらの建築物には、怪獣、怪鳥、獅子、青竜、白虎などありとあらゆる〝憑きもの〟が装飾に使われているし、伊東忠太は『動物記』というエッセイを残しているほどです。日本の建築には〝憑きもの〟の伝統がある。

そして、その正統な伝承者が藤堂俊作ではないか、とぼくはそう考えています。

藤堂氏はこれまで営々として〝空白〟をテーマにしてきた建築物を設計しつづけてきた。

それはポスト・モダンと評価されてきましたが――そういう面がなかったとはいいませんが――、じつのところ、日本人に特有の心象である〝憑きもの〟を表現していたといったほうがいいのかもしれない。ところが、どうも神宮ドームにかぎっては、その〝空白〟を脱しているふしがある。ほかの建築物の写真パネルは、渋谷のオフィスにまとめて展示されているのに、神宮ドームだけは、一点、埋め立て地のアトリエにかけられていた。藤堂氏が神宮ドームをこれまでとは違う作品と意識していたことは間違いありません。

それでは藤堂氏は神宮ドームで何をやろうとしたのか。いったい神宮ドーム、とは何なのか？　ぼくはそのことにこの事件全体の謎を解く鍵があるとそう思っているんですよ」

「…………」

「そういえば、ぼくが読んだ本には『大嘗祭の本義』という折口信夫の講演が掲載されていました。折口信夫はその論文のなかで、尊い霊が日本の国を治める根本的な力である、というような意味のことをいっています。すめみまの命である御身体に尊い霊が入って貴人はえらいお方となられる、というような意味あいのことをいっているんです。ぼくはそれを読んだとき、日本建築の伝統に脈々と伝わっている〝憑きもの〟が何であるか、どうして藤堂氏があそこまで〝空白〟にこだわっていたのか、それが漠然とながら理解できたような気がしました。

折口信夫の説をとるなら、日本人とは、祖霊がくりかえし憑いて、延々と生きつづける、死なない民族だということになる。日本人はその深層心理において自分が死なないと信じている。つまり日本人はどこまでいっても〝個人〟になれない。死なない人間が〝個人〟になれるわけがないですからね。日本人とは祖霊のいわば容れ物にすぎないわけです。つまり日本人は、祖霊にとり憑かれている民族であって、そのために死なない、いや、死ねない。滅びるのはたんに肉体であって、祖霊は肉体から肉体に憑依し、延々と生きつづける。〝個人〟として生きることができず、死ぬことのない日本人の心底に、茫々と〝空白〟が横たわっているのは当然じゃないですか。これが日本の建築に〝憑きもの〟の伝統が脈うっている根本的な理由であり、藤堂氏があそこまで〝空白〟に固執せざるをえなかった理由ではないでしょうか。

そういえばこのまえの大嘗祭の前日、過激派が都内の廃屋で迫撃弾を発射する、という事件がありましたね。ぼくは過激派のイデオロギーには一切くみしない。しかし、彼らが迫撃砲を発射する場所として、廃屋を選んだということには興味がある。彼らは自分たちでもそうと意識せずに、自分たちは死んでいく人間なのだ、自分たちは滅んでいく人間なのだ、そうでありたいのだ、ということを叫んでいたのではないでしょうか。その衝動が無意識のうちに迫撃砲を発射する場所として廃屋を選ばせたのではなかったか。ぼくにはそんなふうに感じられてならないんですよ!」

ふいにガタンと大きな音がした。望月が椅子を倒して立ちあがったのだ。いや、立ちあがるというより、それはむしろ飛びすさるといったほうがいい。逃げるようにして飛びすさり、カッとその目を見ひらいて、まじまじと佐伯のことを見つめている。その目には恐怖の色がありありと滲んでいた。そして望月はこんな奇妙なことを口走ったのだ。

「あんたは誰なんだ！　あんたはいったい何者なんだ！」

　そのとき佐伯は自分でも自分が何者なのだかわからなくなっていた。どこかにいる何か〝大いなる存在〟と自分とが異次元を介して通底し、そのなにかが自分の口をかりて〝意思〟をほとばしらせている——そんな混濁しためくるめく思いにみまわれていた。

　佐伯はぐいと首をのばして望月の目を覗き込むと、

「あんたこそ何を考えているんだ？　あんたこそ何をたくらんでいるんだ？」

　そう低い声でいったのだ。

　声こそ低かったが、それははっしと小石を敲《う》ちつけるように、望月の痛いところに当たったようだ。望月は蒼白な顔になり、よろよろと後ずさると、ふいに悲鳴をあげて工場から逃げだしていったのだ。

　佐伯のなかで笑いが爆発した。身をよじらせ涙をこぼして笑いつづけながら、いま笑っているのはほんとうにおれなのだろうか、とそのことをいぶかしむ思いが胸の底にたゆたっていた……

第二十七歌

1

翌朝、佐伯は水無月公男のことを「地裁連続殺人事件」捜査本部に連絡した。

捜査員たちは愕然としたようだ。

捜査本部では誰ひとりとして、大月判事の死体が発見されたとき、「532」号法廷が真っ暗だったということに気がついていなかったらしい。

あらためて大月判事が死亡時に着ていた法服が鑑識で調べられ、襟元から蛍光塗料が検出された。そして、その蛍光塗料は怪獣ゲリュオンの絵に使用されているものと同一の塗料であることが判明した。

捜査本部としては、新道を主犯とし、〝神風連研究会〟の若いメンバーふたりを従犯とする容疑をすでに固めつつあった。そこに水無月公男などという新たな被疑者が出てくるのは歓迎すべきこととはいえない。

高瀬警部補などは露骨に不快そうな表情をしたが、現に、蟇目りよという、法服を「532」号法廷に持ち込んだ証人がいる以上、これを無視するわけにはいかない。

もっとも新道たちは「神宮ドーム火災事件」の放火容疑で起訴されてはいるが、「地裁連続殺人事件」ではまだ起訴されるにはいたっていない。

公安警察としては何としても〝神風連研究会〟を壊滅させたいと願っている（そもそも法務省公安課の財前が綿抜に司法取引を持ちかけたのもそのことが目的だったのだ）。それだけ、警察官の暴行事件に対して、新道が評論誌に発表した「検察批判」が痛いところをついたということだろう。

もっとも――

〝神風連研究会〟を壊滅させるには「神宮ドーム火災事件」の容疑だけでも十分すぎるぐらいだろう。よしんば、新道たちを「地裁連続殺人事件」の容疑で起訴に持ち込んだところで、ほかに真犯人がいる可能性を指摘されたのでは、その公判を維持できるかどうかも疑わしい。そして「地裁連続殺人事件」の公判維持に失敗すれば、それはもうひとつの「神宮ドーム火災事件」の判決にも影響をおよぼしかねないのだ。

捜査本部もそのことを考慮してか、あえて新道たちを「地裁連続殺人事件」で起訴する必要は認めなかったようだ。

もともと日本の警察、検察は、こうした思想犯がらみの事件捜査に、やや強引すぎる傾向があるようだ。

「神宮ドーム火災事件」についても、恥も外聞もなしにしゃにむに起訴に持ち込んだというところがある。早くも、一部マスコミでは冤罪説が囁かれているほどなのである。

この際、高瀬警部補も佐伯に対する反感は忘れなければならない。捜査本部が「地裁連続殺人事件」の捜査に慎重を期するのは当然のことだろう。

水無月公男の所在はわからない。いまのところ水無月公男は参考人という程度にとどまり、指名手配するわけにはいかないが、一日でも早く、その所在を突きとめ、事情聴取する必要がある。捜査員たちは水無月公男の姿を求めて一斉に都内に散った……

が、佐伯には、捜査本部とはまたべつのことで調べなければならないことがあった。

藤堂俊作の行方である。

……藤堂の失踪は謎めいていて、いまだに「地裁連続殺人事件」のなかで、どんな意味を持っているのかわかっていない。すべての発端のようでもあり、事件とは何の関係もないようでもある。

藤堂は生きているのか死んでいるのか。生きているとしたらどこにいるのか。死んでいるとしたらどこに死体はあるのか？

藤堂が所有していた四駆車のシートに尿の痕跡が残っていて、AB分泌型の血液型が鑑定され、副腎皮質ホルモン剤が検出された。副腎皮質ホルモン剤は止血作用、抗炎作用などがあるのだという。さらに藤堂の私室から血痕が付着したジャケットが見つかって、血液型が一致し、DNA鑑定も合致した。

　このことから捜査本部ではすでに藤堂は死んでいるものと推測しているらしい。

——藤堂は怪我を負い（それが事故によるものか、それともなんらかの事件によるものかはわからない）、抗炎作用、止血作用のある副腎皮質ホルモン剤を与えられ、どこかに運ばれて、おそらくそこで死んだ……

　多分、捜査本部ではそんなふうに考えているのにちがいない。

　捜査本部では、新道たちが藤堂の四駆車に時限式火炎放射装置を積んで、神宮ドームに運んだと考えている。その有力な根拠とされているのが死んだ綿抜の証言である。

　綿抜は、神宮ドームの駐車場で、ひとりの男が四駆車から段ボール箱をおろすのを目撃しているという。さらには火災の直後、男が段ボール箱をかかえて外野側スタンドから逃亡するのを、内野側スタンドから見てもいるという。その目撃証言そのものに嘘はないだろうが、それが新道惟緒に似た男だった、といわせているのは、警察側の強引な誘導によるものだろう。——証人の綿抜がすでに死んでいるということもあり、法廷でその証言の信憑性について争われることになるのは間違いない。

藤堂の死体が見つかっていないため、いまのところ捜査本部では藤堂のことをことさら事件にするつもりはないらしい。「地裁連続殺人事件」の捜査に手一杯で、とても藤堂のことにまで人員を割《さ》くことができない、というところが本音だろう。

が、新道たちが藤堂の四駆車を使っていたということから、新道たちが藤堂の失踪になんらかの関わりがあるのではないか、とは考えているようだ。

新道たちは、そもそも藤堂の四駆車を乗り回していたという事実がない、と容疑を否定しているという。全面否認で法廷で徹底的に争うつもりでいるのだという。

そもそも佐伯に藤堂の行方を捜して欲しいと依頼したのは東郷である。

が、その東郷はすでに検察庁を辞め、とある法律事務所に所属し、弁護士になることを決めているらしい。

東郷からじかに聞いたわけではないが、おそらく東郷は友人の新道の無罪を信じているのだろう。

東郷が所属した法律事務所というのが、斯界《しかい》でも〝人権派〟で知られ、これまでも数々の冤罪事件をあつかってきた事務所であることからも、そのことは明らかだ。——東郷自身で弁護するつもりはないようだが（友人ということで客観的な判断ができなくなるのを恐れたのだろう）、その法律事務所が新道たちの弁護を全面的に買って出ているのだった。

要するに、いまの東郷には、行方不明になっている藤堂の居どころを捜しているだけの余裕がない。新道の弁護準備に追われてそれどころではないのだ。

警察は当てにはならない。東郷も藤堂を捜すだけの時間がないとなれば――

佐伯以外に藤堂を捜す人間はいないのだった。

2

――また、ここに来た。

神宮ドームをあおいで、そう胸のなかでつぶやいている。

ブーメランが弧をえがいて戻るように、何度でもここ、神宮ドームに来てしまう。

結局、神宮ドームですべてが始まり、すべてが終わるのではないか……そんな実感が強い。

――藤堂は神宮ドームで何をしようとしたのか？　神宮ドームとは何なのか？

あの廃工場で佐伯は望月にそういった。しかし、佐伯の意識のなかでは（佐伯の意識のなか？　いや、あのとき、言葉をほとばしらせるように話していたのは、ほんとうに佐伯白身であったのか）、望月にというより、むしろ自分自身に問いかけるという意味あいのほうが強かったようだ。

神宮ドームとは何なのか？　こころみにそう問いかければ、人はなにをいまさら、とけげんそうな表情をし、ドーム球場に決まってるじゃないか、と返事をするだろう。

佐伯はかならずしもそうは思わない。

たしかに神宮ドームはドーム球場でもあるだろうが、そうである以上に、なにかもっとべつのもの、ぜんぜん違うなにかではないのか、とそんな気がしてならないのである。

それまで藤堂の建築は、ひとつの例外もなしにといっていいぐらいに、〝空白〟がモチーフにされてきた。それが図書館であろうと、ホールであろうと、藤堂の建築物にはまがうことなく〝空白〟の烙印が刻されていたのだ。

が、神宮ドームだけは違う。ここには〝空白〟はない。——そして藤堂ほど明晰で意識的な建築家がそのことに何の意味もこめなかったはずはないのだ。そんなことはありえない。

いま、夕暮れの空を背景にし、黒々とそびえる神宮ドームをまえにして、

——藤堂は神宮ドームで何をしようとしたのか？　神宮ドームとは何なのか？

そう自問せずにはいられないのだ。

佐伯はここである人物と待ちあわせをしている。約束の五時はとっくに過ぎているが、いまだに待ち人は現れない。やむをえない。こちらの都合だけで一方的に会うのを強要したのだ。どんなに遅くなっても辛抱強く待ちつづけるしかないだろう。

どうせ休職中の検事だ。時間はふんだんにある。

待つのはいっこうにかまわないが、そのあいだ妄想と紙一重のさまざまな想念が浮かんでくるのには閉口させられる。

望月が唐突に朗誦したブレイクの詩のことを思いだす。これもやはり妄想と紙一重のことといえるだろうか。

……あの翌日、平凡社の『ブレイク詩集』を買って確かめてみたのだが、確かに、ひとつは「ゆりの花」という詩であり、もうひとつは「ああ、ひまわりよ」という詩だった。

あのときは、たんなる衒学趣味《ペダントリー》からブレイクの詩を唱えたにすぎないと思ったのだが、考えてみれば、望月幹男は無意味にそんなことをする男ではない。正体の知れないところがあるが、野心家であることは間違いない。どこまでも計算ずくで動いて、どんな言葉の端々にもたくらみをひそませている。——信用できないといってあれほど信用できない男はいないだろう。

そんな望月がたんなる衒学趣味から詩を朗誦したりするはずがない。あれには何か意味があったのにちがいない。

——どんな意味なのか？

「ゆりの花」という詩から連想されるのは神宮ドーム正面ゲートに飾られているガラスモザイクのことだ。あれには数えきれないほどのユリの花が描かれている。そればかりではない。埋め立て地の崖にもユリの花が植えられていた。

そのことから考えて、藤堂がユリの花になにか特別な愛着を持っているのは間違いなさそうである。が、よしんば藤堂がユリの花を好きなのだとしても、それが事件とどう関わりがあるというのだろう？　望月はどういうつもりで「ゆりの花」というブレイクの詩を朗誦したりしたのか。

それにヒマワリのことがある。ヒマワリのことはどう考えたらいいのか。——望月は「ああ、ひまわりよ」という詩も朗誦しているが、今回の事件のどこにもヒマワリなど登場してはいない。

——どうもおれはくだらんことを考えているようだ……

さすがに佐伯は苦笑せざるをえない。

ユリといい、ヒマワリといい、たかが望月が詩を朗誦したというだけのことを、なにをこれほど深刻に受けとめているのか。

たしかに望月には得体の知れないところがあるが、その男が口にした一言一句をこうまで気にするのは、いくら何でも過敏にすぎるというものだろう。

ユリの花などどうでもいい。ヒマワリのことなど忘れたほうがいい。ユリの花はともかくとして、ヒマワリなどこの事件のどこにも登場していない。

苦笑しながら、タバコをくわえ、胸ポケットからライターを取り出そうとして——ふいにその指がとまった。

佐伯は自分の胸をジッと見つめた。

自分では気がついていないが、しだいに、その顔に何ともいえず奇妙な表情が浮かんできた。

――いや、そうではない。ヒマワリの花はある、
そのことに気がついたのである。

そして、それに気がついたとたん、頭のなかで、これまでバラバラの断片にすぎなかったものが、ジグソーパズルのように一つにまとまるのを覚えた。実際、パズルのピースが一つに塡《は》まる、カチッ、という音さえ聞こえてきたような気がした。

しかし、そのジグソーパズルに浮かんできた構図の、なんと途方もなくナンセンスなことであるか。

――いや、そんな馬鹿なことが、そんな突拍子もないことがあってたまるか！

自分でそのことに気がついていながら、自分でもそのことが信じられずにいた。ただもうあっけにとられていた。妄想ではないだろうか。そんなことが、殺人の動機になるなどということがあるだろうか。

が、どんなに突拍子もなく、ナンセンスなことであろうと、すべての断片はその構図にぴったりと塡まって揺るぎがない。それ以外の構図はありえない。

――そうなのか。ほんとうにそういうことなのか。

佐伯は狂おしい思いで自問をくり返していた。

そのとき、しきりに佐伯の頭のなかに揺曳《ようえい》していたのは〝黄金分割〟という言葉なのだったが……

3

目のまえに人が立った。小柄で、小太りの四十男だ。どうもお待たせしまして、とその男は元気のいい声でいった。ニコニコ笑っていた。

「…………」

佐伯はよほど呆然としていたようだ。

一瞬、その男に神経を集中させることができなかった。その男が何者なのか、どうしてそこにいるのか、わからなかった。

が、すぐに、あ、ああ、とわれながら要領をえない声をあげ、お世話をかけます、お忙しいところ申し訳ありません、と慌てて頭を下げた。

もちろん、これが待ちあわせをしていた人物なのである。

神宮ドームの設備・保守点検チームの責任者で、名を遠藤《えんどう》という。

「いや、どうも遅くなりました。五時にはあがるはずだったんですが。作業をしとるのがアルバイトに毛の生えたような連中ばかりで、どうもなりません。手とり足とり教えなければならない始末で、時間ばかりかかって往生《おうじょう》しとります。部品をなくすなんてのは序の口で、ひどいのになると、なにが気に入らないのか、作業の途中でプイと姿を消して、それっきりなんてこともありますからな。いや、もう、お話にもならない。そうかと思うと、日本語もろくにわからない外国人を使わなければならなくて、おい、そこのハンダ付け見てくれ、というと、なに判断するですか、とこうですからね。笑い話もいいとこですよ——」

遠藤はぺらぺらとひとりでしゃべり、あらためて佐伯の顔を見ると、

「ええと、ご希望の件というのは、調整槽と雨水貯留槽をごらんになりたい、ということでしたか」

「ええ、面倒なことをお願いして恐縮なんですが」

「かまいませんよ。なに、面倒というほどのことじゃない。ふつう雨水貯留槽は完全に地下に埋設されている。そうなると、面倒もなにも、そもそも貯留槽を見ること自体が無理な話なんですけどね。さいわい神宮ドームの貯留槽はまだ完全には埋設されていない。そのことはもうお聞きになっていると思いますが——」

「ええ」

「それというのも、将来、貯留槽の再生処理能力を増加させる計画があるからなんです。いまは一日あたり雑排水四百立方メートル、雨水二百二十立方メートルというところで、使用

数量の三十パーセント強をまかなう程度なんですが、ゆくゆくはこれを四十パーセント台まで持っていくことになっています。貯留槽が完全に埋設されていないというのも、そのときの工事の便宜を考えてのことなんですがね——」

ふと、そこで遠藤はけげんそうな顔になると、

「でも、東京地検の検事さんが何でまた調整槽や雨水貯留槽なんかご覧になりたい、とおっしゃるんですか。やはり、これも何ですか、火災に関係のあることなんですか」

「ええ、まあ、そんなところです」

佐伯は言葉を濁した。

というか濁さざるをえないのだ。どうして神宮ドームの調整槽、貯留槽を見る気になったのか、佐伯自身にもはっきり根拠のあることではない。——ただ、綿抜に藤堂の話をし、〝狼〟の話をしたとき、綿抜が妙に調整槽、貯留槽のことを気にしていたようなのを思いだした。

なにをあんなに気にしていたのだろう、と思うと、今度は佐伯のほうがそのことが気にかかるようになった。

いってみれば、ただそれだけのことで、わざわざ設備・保守点検の責任者をわずらわせるほどのことではない。面倒なことをお願いして恐縮している、というのは掛け値なしの本音だった。

が、幸い、遠藤はあまり物事に拘泥《こうでい》しない質《たち》のようで、佐伯がどうして調整槽と貯留槽を見たがっているのか、さしてそのことを追及する気はないようだった。

「じゃあ、どうぞ、こちらに」

あっさりと先にたって貯留槽のほうに歩きだした。

そのことに感謝し、遠藤にしたがいながらも、佐伯はなにかが胸の底に引っかかっているのを感じていた。喉に刺さった小骨のようにチクチクと刺激しつづけている。

――なにがこんなに引っかかっているのだろう？

自問したが、ついにそのことが自分でもわからない。わからないまま遠藤のあとにしたがって歩いていった。

……ドームの屋根に降った雨は、調整槽に流されたのち、一時的に、雨水貯留槽に溜められる。

これはドームの大きな屋根（約一万坪）に降った雨をそのまま放出すると都市公害の原因にもなりかねないことと、雑排水とあわせて神宮ドームの中水として再利用するためである。

ただし遠藤がいったように、神宮ドームでは、将来、再生処理能力を現在の三十パーセント台から四十パーセント台に拡張する計画があり、貯留槽はまだ完全には地中に埋設されていない。

調整槽は、直径十五メートルほどの固定式屋根タンクで、ステンレス鋼の屋根は半球型に彎曲《わんきょく》している。屋根のうえには、散水装置、消火設備などを擁《よう》していて、その上半分が地上に露出している。

ドーム屋根に降る雨水は、いったん、この調整槽に集められたのち、下端のパイプを通じて地下の貯留槽に放水されるわけだ。

前述したように、貯留槽は完全には埋設されておらず、いわば地下鉄工事の途中のような状態になっている。

もちろん工事なかばとはいっても、これらの施設は入念に周囲からさえぎられ、人目につかないようになっているのだが。

貯水槽におりるにはまず調整槽のタンクに登らなければならない。調整槽の屋根からタンクの側面にそって、らせん階段が仮設されていて、そこから地中の貯留槽に下りるようになっているからだ。

「調整槽の屋根は滑るから気をつけてくださいよ」

あらかじめ遠藤からそう注意されてはいたが、なるほど、調整槽のステンレスの屋根はつるつると滑りやすい。長靴をかりて穿《は》いているから、どうにか屋根のうえを移動できるものの、革靴のままでは立ち往生してしまったろう。

作業員もこの屋根を移動するのには苦労しているらしい。ステンレス鋼に靴が滑ったあとらしい泥がこびりついていた。

「…………」

佐伯も何度も滑りそうになり、冷や汗をかいた。

ようやく、らせん階段にたどり着いて、そこから地中の貯留槽に下りていった。

なにしろ千トンもの水を貯留できるタンクなのだ。貯留槽は大きい。高さは三階建ての建物に匹敵するという。縦、横ともに優に二十メートルを越える。

タンクの側壁にキャットウォークがついている。らせん階段はそのキャットウォークにつづいていた。タンクが完全に埋設されるときには、このキャットウォークも、らせん階段も取り外されることになる。いまは屋根がわりに、タンクのうえに鋼板がかぶせられているにすぎないが、これも埋設されるときには溶接されるのだという。

もちろん、いずれは地中に埋設されるタンクに照明の設備などあるはずがない。佐伯も遠藤もそれぞれに懐中電灯を持ち、それで足元を照らしていた。

タンクのなかは暗い。

ふたりの懐中電灯の明かりがそのなかをＵＦＯのように移動した。

いまは調整槽から放水されてはいないが、バルブがゆるんででもいるのか、ポタン、ポタン、と水のしたたる音が響いていた。

「危ないですよ。あんまり動かないほうがいいんじゃないかな」

遠藤がそう注意したが、それには生返事をかえし、佐伯はキャットウォークのうえをゆっくりと移動した。

自分でもどうして自分がこんなところに下りてきたのかよくわからない。

が、貯留槽に下りたとたん、ここにはなにかがある、なにかがあるはずだ、という思いが、ふいに強く胸をしめつけてくるのを覚えた。何の根拠もないことなのに、それはほとんど確信めいていて、息苦しさを覚えるほどだった。

——おれは神がかりになっている……

そのことを感じた。なにか自分の意識がスッと遠のいていき、そこにべつのものが入り込んできたかのように感じた。いま、そのべつのものが佐伯の意識と体を動かしているのだ。

神宮ドームで聞いたあの声が、どこか意識の果てに、遠い潮騒《しおさい》のようにどろどろと響いていた。（……もし人間が自力でその犯人を裁けないのであれば、やむをえない、自分が裁かなければならない。正義は果たされなければならないのだ……）

佐伯はキャットウォークを歩いている。というか、ほとんど駆けている。その懐中電灯の明かりがみどりの水面を飛ぶように移動した。

遠藤が背後から、危ないですよ、と声をかけてきた。よほど佐伯の行動が異常に見えたのではないか。その声は切迫し、危惧の響きが感じられた。が、佐伯にもどうすることもできないことなのだ。いまの佐伯は自分の意思で動いているのではない。なにかにつき動かされて動いていた。

懐中電灯の明かりが水面を移動し、標本の昆虫がピンでとめられるように、ある一点でピタリと制止した。

「…………」

貯留槽の暗闇のなか、なにかが炸裂《さくれつ》した。炸裂してわああんと反響した。凄まじい反響だった。

一瞬、佐伯にはそれが何であるのかわからなかった。何もわからなかった。

遠藤が悲鳴をあげているのだと気がついたとき、鋳型に塡められるように自分の意識が自分に戻ってきたのを覚えた。

遠藤は悲鳴をあげつづけている。それも無理はないかもしれない。誰にもそのことを咎《とが》められない。懐中電灯の明かりのなかにどくろが浮かんでいた。ほとんど肉が腐って落ちていた。わずかに口のまわりだけ肉片がこびりついて残っていて、それが歯を剝《む》きだして笑っているような印象をもたらしていた。懐中電灯の明かりのなか、どくろはニタニタ笑いながら、浮いては沈むのをくり返していた。

佐伯は悲鳴をあげなかった。悲鳴はあげなかったが、

――藤堂俊作……

胸をしめつけてくる悲哀の念にほとんど慟哭《どうこく》していた。

第二十八歌

1

東郷の所属する法律事務所を訪ねた。

事務所は大久保にある。

新道の第一回公判を翌日にひかえ東郷は忙しそうだった。

東郷が弁護をするわけではない。事務所のほかの弁護士たちが数人で弁護をつとめるのだが、東郷は被告の個人的な友人ということもあって、いろいろと準備をすることがあるのだろう。

応接室に入ってくるなり、

「悪いな。あまり時間を割けないいんだ」

東郷はそういった。

事実、東郷は疲れているようだ。

公判の準備もさることながら、藤堂らしき死体が見つかった心痛で憔悴《しょうすい》しているのかもしれない。

死体は一度はT大の法医学教室にまわされたが、ほとんど白骨化しているために、科警研に送られているという。ほぼ死後一年という結果が出ている。

後頭部が陥没し砕けていた。

だれかに殴打されたのか、それとも何らかの事故で頭部を打ったのか、いまのところ、それはまだわかっていない。

藤堂は去年十一月、神宮ドームの火災直後に行方不明になっているから、あの死体が藤堂のものだとしたら、失踪してすぐに死んだということになる。

着衣は残されていなかった。死体は裸にされ貯留槽に投棄されたらしい。たとえ遺留物があったとしても、貯留槽の水は中水に再処理されているから、タンクには何も残っていないだろう。

神宮ドームの関係者の話では、ここ一年ばかり、貯留槽に下りた人間はいなかったという。あの死体は貯留槽の暗闇のなかで延々と浮遊しつづけていたわけだ。

死体の血液型はAB分泌型、四駆車のシートに残されていた尿、藤堂のジャケットに付着していた血痕と一致する。科警研では、現在、DNA鑑定を進めていて、最終的な結果はまだ出ていないが、それも合致する可能性が高いという。

ふたりの友人のうち、ひとりは「神宮ドーム火災事件」の放火犯として起訴され、もうひとりはすでに一年もまえに死んでいた……東郷が憔悴するのも当然だろう。

「疲れているようですね」

佐伯としては東郷の健康を気づかわずにはいられない。

「大丈夫ですか」

「なに、大したことはない。つい、このあいだまで検事だったのが、いまは弁護士だからな。いくら見習いとはいっても、勝手がちがって、多少、とまどう。それで疲れているように見えるだけさ」

「もう左腕はいいんですか」

「ああ、大丈夫だ。もともと大したことはないのさ。ただの打ち身だからな」

東郷は顔を掌でブルンと撫でおろし、

「きみにはずいぶん面倒をかけた。藤堂の行方を捜して欲しい、と頼んだときには、まさかこんな結果になるとは思ってもいなかったけどな」

「………」

「藤堂は殺されたのか、自分で死んだのか、それともなにかの事故か、一年もまえに死んでいるんじゃ、そいつを突きとめるのもむずかしいだろう。どうにもならねえよ」

せんか」

佐伯は東郷の目を見つめた。

「東郷さんは、藤堂さんの通院していた病院とか、かかりつけの医師なんかを御存知ありませんか」

東郷はけげんそうな顔になって、いや、知らないな、と首を横に振り、おれたちはここ何年かせいぜい年に一、二度会うぐらいだったから、とそうつけ加えて、

「どうしてだ？　藤堂は病気だったのか」

「確信があるわけではありません。でも妙なことに気がついたんです。ぼくが埋め立て地のアトリエで水無月公男と会ったことはお話ししましたね」

「ああ」

「そのとき公男はぼくのことを藤堂さんと間違えていたようです。まだ〝狼〟を怖がっているのか、とそんなような意味のことをいいました。そして、〝狼〟はただしんだんだろう、とそういったのです。ぼくはそれを、〝狼〟は死んだ、という意味で受けとり、べつだん、そのことを疑いもしなかったのですが、考えてみれば、ただ死んだんだろう、という言い方はおかしい。もしかしたら、あのとき公男は、〝狼〟はただ診断だろう、とそういったんじゃないかと思うのです」

「死んだ……診断……」

東郷の目が、一瞬、宙をさまよった。

「ええ。つまり、〝狼〟というのは、何かの病気の意味じゃないかと思うんです。〝狼〟なんかたんなる医者の診断じゃないか、そんなもの気にすることはない。公男はそういったのではなかったか――」

佐伯はそこで苦笑し、

「ぼくがそんなことを考えたのも、ある人物から、外国人がハンダ付けという言葉と判断という言葉を間違えた、という話を聞いたからなんですけどね。それを聞いたとき、もしかしたら、ぼくも同じような間違いを犯したのではないか、とそのことに気がついたんですよ」

「…………」

「それで〝狼〟の名のつく病気があるかどうか調べてみたんです。ありました。それも幾つもあるのです。潰瘍と結節を特徴とする〝尋常性狼瘡《ろうそう》〟、自分自身に対して全身が免疫反応を起こしてしまう〝全身性紅斑性狼瘡〟……どうして〝狼〟の名がついているのかはわかりませんが、とにかく〝狼〟の名がつく病気は多い。二十ぐらいはあるということでした――」

「…………」

「藤堂さんは自分のことを〝狼〟にとり憑かれていると考えていたらしい。自分が〝狼〟になってしまうと恐れていた。これも〝狼〟と名のついた病気にかかった、と考えれば説明がつくのではないでしょうか。『神曲』を愛読していた藤堂さんは、それを『襲いかかる狼どもの敵なる羔《こひつじ》として――』という天国篇の一節と重ねあわせて考えずにはいられなかったのでしょう」

「………」

「四駆車に残されていた尿から副腎皮質ホルモン剤が検出されています。血どめとか、炎症をおさえる薬物ということで、だれか怪我をした人間が、それを服用し、その痕跡が尿に混入した、と考えられていたのですが、これも藤堂さんがなにか病気だったとしたら、あらためて、ちがう角度から見ることができるのではないでしょうか」

「もうその病気のことは捜査本部の連中に話したのか」

それまで黙って聞いていた東郷がそう尋ねた。

ええ、と佐伯はうなずいて、苦笑し、

「高瀬は仏頂面《ぶっちょうづら》してましたけどね。水無月公男のこととか、貯留槽の死体とか、ぼくが持ち込む話には頭をかかえているんじゃないですかね。これは想像ですが、新道さんたちを『地裁連続殺人事件』で起訴するのはあきらめたんじゃないでしょうか。あまりにも事情が変わってきたし、新道さんたちを殺人で起訴しようにも何の物証もない」

「物証がないことでは『神宮ドーム火災事件』にしても変わりないさ。検察には目撃証言しかない。その証言にしたところで、ひとりはいわば検察側の身内である警察官だし、もうひとりの綿抜にしても、どうもその証言を得る過程に疑わしいところがあって、しかもその当人はすでに死んでしまっている。どこまで裁判所が証言の信憑性を認めるかあやしいものだぜ。こいつは公安警察のでっちあげ、という言葉が不穏なら、勇み足だろうさ」

たしかに火災当日、交差点で、四駆車から新道に似た男がおりるのを見たという警察官の証言は、当日の気象条件から考えても、多分に疑わしいところがある。偽証、という明確な意図はないにせよ、警察関係者が、検察側についつい有利な証言をしてしまうというのは、これまでにも例のないことではない。

神宮ドームの駐車場で新道に似た男が四駆車からダンボール箱を持っておりるのを見た……あるいは火災が発生した直後に新道に似た男が外野スタンド席を逃げ去っていくのを見た……という綿抜の証言にしても、その背後には司法取引のあやしげな翳《かげ》がつきまとっているし、なによりその当人がすでに死亡してしまっているのだ。

検察側は苦しい立場に追い込まれていて、そのぶん東郷たち弁護側の意気があがるのは当然だろう。

が、佐伯が、今日、東郷を訪ねたのは、裁判の予想を聞くためではない。そうであればどんなにいいか、と思うのだが、そうではないのだ。どうしても確かめなければならないことがあり、それで東郷を訪ねてきたのだった……

2

女の子がコーヒーを運んできた。

佐伯は口をつぐんで窓に目を向けた。

窓の外はすでにたそがれて暮色に翳っている。暮れかけたあい色の大気に隣りのビルの壁面が消しゴムのようにぼんやりと白い。

――この事件にかかずりあってからというもの、おれは夕暮ればかりを歩いている。

ふとそんなことを思った。

女の子が出ていくのを待って、ふたたび東郷に視線を戻し、

「妙な話なんですが、ぼくは大月判事の場合にはどうして法服を着て死んでいたのかが気になり、綿抜の場合にはどうして裸で死んでいたのかが気になるんです」

佐伯はいった。

「たしかに大月判事は殺されたが、綿抜は自殺したんじゃないか。いっしょに考えるのはおかしいだろう」

東郷はコーヒーを口に運びながら、

「自殺をする人間はときに異常な心理に走ることがある。なかには裸で死にたいという人間

もいるだろうさ」

そうでしょうか、とつぶやいて、佐伯は首を傾げると、

「ぼくには、大月判事が法服を着て死んでいたのにも、綿抜が裸で死んでいたのにも、ある種の作為のようなものが感じられるのです。そこになにか共通して犯人の偽装のようなものが感じられてならないのです」

「犯人の偽装？」

東郷はけげんそうな顔になり、

「妙なことをいうじゃないか。綿抜は殺されたんじゃない。自殺したんだぜ」

「そうでしょうか」

と佐伯はくり返し、やや口ごもるようにして、ぼくはかならずしもそうは断言できないと思っているのですが、といった。

「おいおい、しっかりしてくれよ。綿抜が死んでいたシャワー室は内側からドアに鍵がかかっていたんだろう。窓はなかった。それに背広のポケットには綿抜の自筆の遺書が入っていたんだぜ。これのどこが自殺じゃないというんだ？」

「たしかに筆跡鑑定では綿抜の自筆らしいということになっていますが、宛て名がしるされていないのがおかしい。しかし、まあ、遺書のことはまだ何かをどうこういえる状況ではない。これからの警察の捜査を待たなければならないことでしょう。ですが、シャワー室のド

アに内側から鍵がかかっていた、というのは、さして問題にするほどのことではないと思います」

「問題にするほどのことではない？　わからないな。どういう意味なんだ？」

「内側から鍵がかかっていたといっても、それは先端を曲げ、鉤形《かぎがた》になっている釘《くぎ》を、ドア枠側のやはり釘を曲げた輪に塡《は》め込むだけのかんたんなものです。もともとシャワー室に内側から鍵をかけるというのが異例なことですから、なにかの理由で、ほんの間にあわせにつけたのでしょう。こんなものはどうにでもなりますよ」

「そいつはないんじゃないか。どんなに、かんたんな鍵でも、鍵がかかっていたことに変わりはないだろう。あれが殺人だというなら犯人はどうやって内側に鍵をかけたまま逃げだすことができたんだ？」

「シャワーブースにはドアがない、シャワーの湯がドアにかかっていた。つまりドア枠の鍵の輪のなかに石鹼を詰めておけばそれでいいことなんですよ。犯人は鉤形になっている鍵をおろしたままの状態でドアを閉めたのでしょう。輪のなかには石鹼がつめられているから鍵はかからない。そのうちに石鹼が湯で溶け落ちて鍵は自動的に輪のなかに落ちる。ただ、それだけのことです」

「…………」

「誤解しないでください。たしかに、そういう事実があった、何もぼくはそんなことをいってるわけではないのです。鍵に石鹸がこびりついているのが発見されたとしても、シャワールームに石鹸が付着しているのは当然のことですからね。それで何がどう証明されるというわけでもない。ぼくがいいたいのは、シャワールームに内側から鍵がかかっていたとしても、それがかならずしも自殺を意味しているわけではない、ということなのです。要するにあのシャワールームを密室にするのは造作もないことなんですよ。ぼくが問題にしているのはそんなことではないんです」

「それじゃ、なにを」と東郷はひっそりした声で聞いた。「問題にしているというんだ？」

「もし、あれが自殺に見せかけた他殺だったのだとしたら、どうして犯人にそんなことをする必要があったのか、ぼくにはむしろそのことのほうが問題なんです」

「…………」

「考えてもみてください。綿抜さんのまえに、鹿内弁護士、大月判事、ふたりの人間が殺されているんですよ。そのふたりの人間を殺した犯人と、綿抜を殺した犯人とが同一人物なのだとしたら——ぼくはそうだと信じているんですけど——、どうして犯人は綿抜の場合だけ自殺に見せかける必要があったんでしょう？　そんな必然性などどこにもないじゃないですか」

「…………」

「綿抜は裸で死んでいました。もし、あれが他殺なのだとしたら、犯人には綿抜の死体を裸にしなければならない、なんらかの理由があったんだと思います。そして、おそらくそれが、綿抜の死を自殺に見せかけなければならない理由でもあったんでしょう」

「それはどんな理由なんだ？」

あいかわらず東郷の声はひっそりとしていた。すでに部屋は暗く、東郷の姿は影法師になって沈んでいて、その声はどこか闇の彼方から聞こえてくるように感じられた。

「わかりません。ただ幸いなことに、あのときは現場検証で、終始、警察官がビデオ撮影をしていました。ぼくはそのビデオを丹念に見てみようと考えています。おそらく何かがわかるはずです。それ以外にもうひとつ、ぼくには気にかかることがあるのです。それは――」

それまで雄弁にほとばしっていた言葉が、そのときになって初めて、なにか喉にからんだようにとどこおった。が、一気にそれを押しだすようにして、

「現場検証の当日、ぼくは綿抜とすこし話をしました。そのとき綿抜はぼくに藤堂さんのことで話したいことがある、とそういったのです。すでに検事さんにはお話ししたのですが、とそんな言い方をしていました。ぼくはそのとき綿抜のいった検事というのを『捜査本部』係の村井さんのことだとばかり思っていたのです。御存知のようにぼくは捜査一課六係には評判が悪い。村井さんも捜査本部の手前、ぼくにうかつなことは話せないでしょう。どうせ聞いたところでまともに教えてはくれないだろう、とそう思って、そのことはそのままにしておき、そのうちに忘れてしまいました。でも、考えてみれば、綿抜は『神宮ドーム火災事

件』の公判で過失致死傷を問われていた被告なのです。綿抜が検事さんといえば、それは村井さんのことではなく——」

佐伯はそこで言葉を切った。佐伯の言葉をさえぎるように、ふいに東郷が立ちあがったからだ。そしてドアのところまで歩いていき、明かりのスイッチを入れた。

それまでの暗闇が嘘のように部屋に光があふれる。が、光があるから、かえって見えないということもあるのではないか。東郷は明かりを背にしてたたずんでいて、その顔が逆光になり暗く沈んでいた。

「どうしちまったんだ、佐伯——」

と東郷は低いくぐもった声でいった。

「おまえ、何だか人が変わっちまったみたいだぜ。以前のおまえは人を裁くということにかけてはもっと臆病だった。臆病という言葉が悪いなら慎重だった。人が人を裁くということのむずかしさ、そのぎりぎりの選択の恐ろしさを知っていたはずだ。だから、人が何といおうと、おれはおまえを検事として有能だと認めていたんだ。そうなんだぜ」

「…………」

「それがいまのおまえはどうだ？　おまえはそんな推理ごっこにうつつを抜かすような軽薄な男じゃなかったはずだぜ。なあ、佐伯よ、おまえ、一体どうしちまったんだ？　どうしてそんなに自信たっぷりになっちまったんだ？　なにがあった？　なにがおまえにそんなふうに人を裁く権利を与えたというんだ？」

「なにが……」

佐伯は絶句した。

ふいに頭から冷たい水をあびせられたように感じた。自分でも気がつかないうちに佐伯は高揚していたようだ。そのたかぶった思いが一気に冷めるのを覚えていた。

たしかに以前の佐伯なら、こんなふうに推理を働かせて、人を追いつめるようなことはしなかったろう。検事になり、法律というものがどんなに不完全なものであるか、そのことを骨身にしみて思い知らされた。法律とはしょせん国家を存続させるための共同幻想のようなものだろう。それは、事実を明らかにするというより、むしろ〝正義〟という物語《フィクション》を捏造《ねつぞう》するための（あまり精度がいいとはいえない）道具にすぎないのだ。つまるところ、人が人を裁くのは絶望的に不可能なことであり、そこから導きだされる事実はつねに近似値でしかない。

佐伯が神経症をわずらい、ついには検事を辞めようと思いつめたのも、その根底に、人が人を裁くということの欺瞞性《ぎまんせい》、その不可能さが横たわっていたからではないか。それがいつから、どうして、

――こんなふうに人を裁くようになっちまったんだろう？　おれはいつからこんな傲慢な人間になってしまったんだ？　なにがおれをこんなふうに変えてしまったんだろう。

そのときのことだ。窓の外をなにかがサッとかすめる気配を感じたのだ。かすめて、すぐに気配は消えた。おそらく鳩だろう。鳩でなければカラスか。それ以外のなにが八階の窓の外をかすめることができるというのだろう？

「明日の公判の準備がある——」

東郷が突き放すような冷たい口調でそういった。

「悪いが今日はこれで帰ってもらおう」

「…………」

佐伯は悄然《しょうぜん》とうなだれた。

佐伯にとって、これまで東郷は唯一の理解者ともいうべき人物だった。その理解者を永遠に失ってしまったことを知った。

佐伯はひっそりと応接室を出ていった。その姿は告発者というより、むしろ罪人という言葉にこそふさわしいものだった。

3

……風が吹いている。

風は、轟ッ、と街を震わせ、路上をかすめて吹きすぎていくのだ。おびただしい木の葉が乱れて舞った。

その風のなか、佐伯は自分がいま出てきたばかりのビルをふり仰いで、そこから自分が永遠に追放されてしまったのだ、という苦い思いを噛みしめた。

これでもう佐伯が東郷の法律事務所を訪れることはないだろう。おそらく東郷から連絡がくることもない。

——どうしておれはあんなことをしちまったんだろう。

悔やんでも悔やみきれない思いが胸をがりがり噛んでいた。

——おれはまるでテレビのサスペンス劇場の名探偵のように得意満面にふるまったじゃないか。

自分に人を裁く権利があるのが当然のことのようにふるまった。テレビの名探偵ならそれもいいだろう。どうせ、コマーシャルを挟んでも、せいぜい二時間で事件は解決する。人に人を裁く権利などあるのか、などと野暮《やぼ》なことをいう視聴者はいない。

が、現実の事件では、すべてが完全に解決するなどということはありえないのだ。明らかにされるのは、いつも灰色事実にすぎず、事実の近似値でしかない。そのことに嫌気がさして、絶望して、それで検事を辞める気持ちになったのではなかったか。

——しょせん人間には人を裁くことなどできっこないのだ。

そこまで考えて佐伯はギクリと身体を震わせた。

人間には人を裁くことなどできない。それは真理だ。それでは人間でないものだとしたらどうだろう？ 人間でないものだとしたら人を裁くことが許されるというのか。

望月幹男のことを思いだした。望月がいったように自分はとり憑かれているのだとそう思った。そして、その〝憑きもの〟の冷酷な意志を感じとった。佐伯に課せられた使命の徹底して非人間的なことを覚った。佐伯は人間でありながら人を裁かなければならないのだ。

佐伯は空を仰いだ。空には黒い風が吹き荒れていた。

――ああ、神様、どうしてわたしなのですか。どうしてわたしが選ばれなければならないのですか。わたしは、いや、おれは……

佐伯はカッと目を見ひらいた。その目に怒りがみなぎった。

「おれはいやだ。おれはおまえのいいなりなんかにはならないぞ。おれはおれだ。おまえの使徒なんかにはならないぞ！」

空に向かって声をかぎりに叫んだ。

が、空を吹きあれる風の音は強く、その声はむなしくかき消された。

携帯電話が鳴った。

とっさにそれを〝彼〟からの電話かと思ったのだから、そのときの佐伯の心理状態はかなり異常なものだったのだろう。

が、もちろん、それが〝彼〟からの電話でなどあるはずがない。〝彼〟が人に電話をかけることなどない。その必要がない。

「わたしです。佐和子です——」

携帯電話を当てた佐伯の耳にそう女の声が響いたのだった。

「会いたい。会ってくれませんか」


……暗いなかに、優しく、やわらかいものが息づいていた。優しく、やわらかいが、それでいて烈《はげ》しい。閃光のように白くひらめいた。

佐伯は動いている。なにもかも忘れて、ただ獣の素直さと貪欲さに自分をゆだねようとしていた。佐和子が低い声をあげた。わずかに体をそらした。白い、奇跡のように白い乳房が揺れた。その乳首を口に含んだ。もう一方の乳房に（なにか、すがりつくように）手を這わせた。

事実、佐伯は必死にすがりつこうとしていたのかもしれない。長いあいだ、あまりにも長いあいだ忘れていたものがここにある。忘れてはならないものだ。もう二度と失われてはならないものだった。懸命にすがりついていた。

佐和子の動きが早くなった。佐伯を抱きしめている腕に切ないまでに力がこもった。佐伯は佐和子の胸に顔を埋めていた。佐和子の鼓動を聞いていた。火のように熱い、その血のどよめきを。めくるめく忘我の瞬間が襲い、ふたりは互いにたがいを抱きしめながら、ゆるやかに闇のなかを落ちていった……

天井にカーテンを透かして入るネオンの光が映えていた。やわらかな青い光が、つかのま天井を染めて、そして消える。それをくり返している。佐和子と手をつないで、仰臥《ぎょうが》してそれを見ていると、その青い光がふたりの心臓の鼓動のように感じられた。いま、ふたりの心臓は同時に鼓動を搏《う》っていた。

どこかホテルの外で歌が聞こえていた。古いシャンソンのようだ。女の歌声だった。

「あの歌」

佐伯がささやいた。

「なんて歌だろう？」

「どこかで聞いた歌だわ」

「そうなんだ。それなのに歌の名前が思いだせない」

「何度も聞いたことがある歌よ。ふしぎね。それなのに覚えていない」

「古い歌だよ」

「とても古い歌だわ」

「そのうちに思いだすさ」

「そうね、そのうちに」

「………」

言葉がとぎれた。

佐伯は古いシャンソンに耳を澄まし、天井の青い光を見つめていた。

どうして佐和子は急に連絡してきたのだろう？　そのことを思ったが、それを問う気にはなれなかった。ふたりは、いま、ここでこうしている。それだけで十分ではないか。それ以上、何を望むことがあるだろう。

——これが終わったら。

ふいにそんな思いが切なく胸にあふれるのを覚えた。

そう、これが終わったら、自分と、佐和子と、亡くなった夫の実家に引きとられているという佐和子の娘と、三人、新しい生活に入ろう。人はおとぎ話と笑うかもしれないが、おとぎ話を夢みて、どうして悪いことがあるものか。

司法修習生のときに、実務修習を通じて親しくなった男が、いま、新潟で弁護士を開業している。その男に佐和子の娘のことを調べてもらおう、とそう思った。

そして、佐和子の手を握っている手にあらためて力をこめた。佐和子の手は温かく、かすかに汗ばんでいた……

第二十九歌

1

十一月七日午後一時十五分――

この日、東京地裁「428」号法廷において、「神宮ドーム火災事件」の第一回公判が開かれた。

被告人の新道惟緒が、「理論的・新左翼＝心情的・新右翼」と称される、やや過激な思想家であり、支援者の数も多いため、その警備は厳重をきわめた。

東京地裁の周辺には、装甲車と機動隊が出動し、マスコミ関係者や支援者たちに無言の圧力を加えていた。地裁の通路には、制服警官三十数名が配備され、さらには多数の警視庁公安刑事たちが要所に配されていた。

ほとんど戒厳令といっていい物々《ものもの》しさだが、それもこの事件がどれだけ世間の関心を集めているか、そのあらわれといえるかもしれない。

東郷が所属している事務所から三人の弁護士が新道の弁護についている。

東郷自身は一傍聴人として傍聴席にいて、やはり傍聴席にいる佐伯と目があったが、わずかにうなずいただけで、声をかけてこようとはしなかった。

傍聴席には財前の姿もあった。いつもの表情のない顔でジッと法廷を見ていた。司法記者たちが入ってくると、ひっそりと法廷から出ていった。

おそらく新道を法廷に送れば、それでもう財前の仕事は終わりなのだろう。財前は自分の仕事の結果を見とどけたいと考えるような感傷的な男ではない。財前のような男だけが最後には勝つのかもしれない。

東京拘置所の看守五人に取りかこまれるようにして新道が法廷に入ってきた。

傍聴席にいる支援者たちが口々に新道に声をかける。

新道は傍聴席に向かって笑いかけた。

拘置所暮らしで、さすがに顔色はよくないが、その笑いはいささかも意気がおとろえていないことを示していた。

被告人席にすわる。

その両側にふたりの看守がぴったりと体をくっつけるようにしてすわるのが、佐伯の目から見てもやや異常なものに見えた。

「ただいまより新道惟緒にかかわる放火および殺人被告事件の審理を開始します」

裁判長がそう宣言し、ざわついていた傍聴席がしんと静まりかえった。

「被告人は前へ」

が、新道は被告人席から立ちあがろうとしなかった。

「どうしたんですか。被告人は陳情台のまえに出なさい」

裁判官の声がやや尖った。

裁判長、と新道は声をあげると、

「刑事訴訟法二八七条に、公判廷において被告人の身体を拘束してはならない、と規定されています。このように二名の看守が体に密着しているのでは、事実上、拘束されているのと変わりありません。看守の席をずらすように訴訟指揮をお願いします」

よく通る声だった。力がみなぎっていた。

それを聞いて、裁判長は顔をしかめたが、看守を呼んで、意見を求めた。

看守が小声でなにかいい、裁判長は両陪席の判事、判事補にも意見を求めたのち、被告人席に顔を戻すと、

「拘置所側が必要だということです。このまま審理をつづけます」

そういった。

がぜん傍聴席が騒がしくなった。支援者たちが口々に抗議の声をあげる。

弁護人がサッと立ちあがり、いったん休廷して被告人と意見の調整をしたい、そののちに裁判官との折衝を要求したい、と申し入れた。

「裁判所は休廷の必要を認めません」

裁判長がその要求をしりぞける。そのとたん新道が大声で叫んだ。

「被告人には弁護人との秘密交通権があるはずだろう。こんなふうに看守が体に密着していたのでは秘密交通権の保護は望めない。明白な法律違反じゃないか」

裁判長の顔が真っ赤に染まった。被告人、退廷、と叫んだ。看守、廷吏たちが一斉に新道に飛びかかっていき法廷の外に連れ去っていった。

つづいて裁判長は起訴状の朗読を検察官に命じたが、弁護人たちがこれを素直に受け入れるわけがない。

「裁判長、弁護側は公訴棄却の申立てをおこなう予定でいます。起訴状の朗読をやめさせてください。第一、被告人が退廷させられたのでは、起訴状朗読後に無実を訴えることもできない」

傍聴人たちのなかからも弁護人に賛同して抗議の声がわき起こった。

「傍聴人、弁護人、これ以上発言をつづけると退廷ですよ——」

裁判長も大声でわめいた。

「発言禁止を命じる」

法廷はわあんと収拾のつかない混乱にみまわれた。その混乱を背中に聞きながら、佐伯は法廷をあとにした。

退廷させられた新道になにか一言だけでも声をかけてやりたいと思っていた。休職中とはいえ、まがりなりにも佐伯は検事なのである。そんなことをするのは問題ではあるのだが、正直、新道の闘志には敬意を払わざるをえない。――新道は全面無罪を主張し、徹底して法廷闘争を展開するつもりでいるらしい。つまりは筋金入りの思想家であり実践家でもあるということだろう。

法廷を出て、看守たちに連れ去られようとしている新道を追った。

「新道さん――」

声をかけた。

看守たちに両腕を取られ、引きずられるようにしながら歩いていた新道が、その声に肩ごしに振り返る。佐伯の姿を見て、おう、と返事をし、にやりと笑った。見る者の胸に染み込むような、じつにいい笑顔だった。

通路でたむろしていたマスコミ関係者たちが新道の姿を見てわっと殺到してきた。

看守や廷吏たちがあわてて前に出て、新道の楯になろうとする。ほとんどの人間がその楯にさえぎられた。が、看守たちの腕の下をスルリとしなやかにくぐり抜けた男がいるのだ。

その男は新道のまえに立った。佐伯は自分の顔から血の気が引くのを覚えた。反射的に走りだしていた。そして叫んだ。

「水無月！　水無月公男！」

そう、そこにいるのはあの美しいルチフェル、堕天使の水無月公男なのだった。

公男の体が動いた。わずかに新道の肩に触れた。そうではなかった。公男は新道の肩に触れただけではない。新道の体がぐらりと傾いた。誰かがそのことに気がついた。悲鳴が起こり、新聞記者も、廷吏たちも一斉に飛びすさった。その空白のなか、ふたりの看守に両腕をささえられている新道が、うなだれて膝を折った。その腹から血がしたたり落ちて、点々と床を濡らした。

また悲鳴が起こった。悲鳴をあげたのはひとりではない。何人もの人間がたてつづけに悲鳴をあげた。新聞記者たちはたがいに体をぶつけるようにして後ずさり、公男を遠巻きにかこんだ。カメラのフラッシュがつづけざまにひらめいた。

そのなかで公男はひっそりと孤独にうなだれていた。その長い睫毛のかげに潤んでいる目がひどく無垢《イノセント》なものに見えた。が、そんなはずはないのだ。公男の手に握られている細いメスのようなナイフがそうではないことを証していた。ナイフが手から落ちる。床に澄んだ音をたてて跳《は》ねた。血に染まっていた。

廷吏たちが一斉に飛びかかっていって公男の体を床に押し倒した。それまで氷結していた空気が一気に溶けたように、どっと新聞記者たちが殺到していった。誰もが口々になにかわめいて殺気だっていた。

「医者を呼べ。だれか医者を呼んでくれ」

看守が大声で叫んだ。

その叫び声に重なるように、しまった、とつぶやく声が背後から聞こえた。

佐伯は振り返った。

そこに望月幹男が立っていた。蒼白になっていた。

佐伯と望月の視線が宙でからみあった。

おまえはこうなることを知っていたのか、と佐伯は目で聞いて、いや、知らなかった、と望月もやはり目で答えた。

が、佐伯は望月を信じない。そして望月も佐伯が自分のことを信じていないのを知っている。ふたりの視線は疑心と反発を含んでいつまでもからみあっていた。

2

新道はほとんど即死だったという。

救急車がよばれたが、病院に搬送されるまでもないようだ。

水無月公男が殺人の現行犯で緊急逮捕されたのはいうまでもない。いずれ所轄の丸の内署に移送されるが、それまではとりあえず裁判所の接見室で取り調べを受けることになるらしい。

佐伯はそれだけを確かめると、すぐに現場に戻った。

新道が死んだ、ということには奇妙なほど現実感がわいてこない。むしろ水無月公男とこんなふうに再会した、ということのほうがショックで、そのショックにほかのことがすべて覆われてしまったかのように感じていた。おそらく、もうすこし時間がたてば、新道が死んだのを事実として受け入れることができるようになり、その悲しみを覚えることになるだろう。いまは人が死んだのを悲しんでいる余裕はない。

現場は混乱におちいっている。現場保存につとめようとする警察官たちと、取材をしようとするマスコミ関係者たちがそこかしこで衝突をおこしているのだ。怒号が飛びかい、ひっきりなしに携帯電話のベルが鳴っている。警視庁から捜査員たちが駆けつけてきて、現場を仕切るまで、この混乱はおさまらないだろう。

そこに望月が残っていた。

ひとり、ひっそりとたたずんでいたが、いつもはメフィストめいて、皮肉な嘲笑をたたえているその顔が、いまは緊張に白くこわばっていた。

望月は佐伯を見つめた。

話があるというのだろう。

「…………」

佐伯はうなずいて、ついてこい、という意をこめて、あごをしゃくった。

どこか公判に使用されていない法廷を見つければいい。そこでだったらゆっくり話ができるだろう。

幸い「402」号法廷が空いていた。

地裁民事法廷で、北ウイングの端に位置していて、現場からも離れている。

法廷に入った。暗く、静かだ。その暗さ、静けさに、フッと非現実感を覚えた。ついさっき自分の目のまえで新道が刺されたというのが嘘のようだった。

明かりをともし、振り返った佐伯に、

「水無月公男は起訴されるまえに簡易鑑定を受けることになるでしょう。その鑑定人にぼくを推薦してくれませんか」

望月がいつになく性急にそういった。

「冗談じゃない。おれにそんな力があるはずがない。おれは休職中だぜ。しかも休職が解けたらすぐにS県に飛ばされることになっている――」

佐伯は苦笑せざるをえない。

あれだけの人間をまえにして水無月公男は人を刺殺した。異常としかいいようのない行為だ。精神障害の有無が問題になるのは当然であり、検察が公男に「簡易鑑定」を受けさせることになるのは間違いない。

これはあまりおおやけにされていないことだが、東京地検は庁舎内に診断室を設けていて、週に四回ほど、嘱託医がやってきて「診断」をする。このときに精神科医が行うのがいわゆる「簡易鑑定」である。——起訴に先だって刑事責任能力の有無を診断するということでは、従来の「起訴前鑑定」と変わらないが、精神障害者をいわば篩《ふる》いわけて、自身、あるいは他人を傷つける恐れがあると判断された場合には「強制入院」させることができるという点が違う。

これは、ある意味では、被疑者が適切な審判の機会を受けることのないまま有罪に処されてしまう、という危険性をはらんだ措置といえる。

公判の過程でおこなわれる精神鑑定は、弁護側、検察側の双方から申請することができるし、その鑑定結果に証拠能力があるかどうかの判断も裁判所にゆだねられる。が、「簡易鑑定」は、一方的に検察側の判断のみで鑑定人が決定され、しかも鑑定人に示される「一件記録」は、自白調書を中心にした、被疑者に不利なものばかりなのだ。したがって、鑑定人が最初から対象者を有罪と決め込んで問診しがちである、という弊害が指摘されている。非常に検察側に都合のいい制度といえるだろう。しかも公判途中の精神鑑定とちがって、その結果が公表されることはまずないのだ。

「簡易鑑定」には問題がある。法務省が「簡易鑑定」のことをあまりおおやけにしたがらないのはそのせいだろう。──それだけに「簡易鑑定」の精神科医を選ぶのには慎重であり、とうてい佐伯などが口を出せることではない。

「筋違いもいいところだよ。たしかに水無月公男は『簡易鑑定』を受けることになる可能性が大だが、おれにその鑑定人を選ぶ力なんかあるはずがない」

「そうでしょうか──」

望月はわざとらしく首をかしげ、

「ぼくにはあなたにはそれだけの力があるように思えるんですけどね。いや、いまのあなただったら、望めばどんなことでも可能になるんじゃないんですか」

「どういう意味だ？」

佐伯は眉をひそめた。

いったとおりの意味ですよ、と望月はいなすようにそういい、ひどく狡猾《こうかつ》そうな表情になると、

「ぼくはずっと公男を診てきました。公男のことは誰よりもよく知っているつもりです。こうして東京地裁に来たのも、あの新道という人の裁判に公男が現れるにちがいない、とそう思ったからですよ。公男は藤堂さんに心酔していて、藤堂さんの友人ということで、新道さんの名前もよく口にしていましたからね。ここに来れば姿をくらましている公男に会えるか

もしれない、とそう思った。要するに公男の『簡易鑑定』をするのにぼくぐらいふさわしい精神科医はいない」

「そうかもしれない。そうでないかもしれない。何といわれてもおれにはそれだけの力はないよ。きみを鑑定人に推薦することはできない。それに原則として被疑者の精神鑑定をする人間は先入観があってはならないことになっている。きみがずっと公男を診てきたことは、鑑定人として選ばれるのにマイナスにこそなれ、けっしてプラスにはならないだろう」

「東京地検から『簡易鑑定』をゆだねられているのはK大医学部の『精神・神経科教室』だと聞いています。K大精神科は、『簡易鑑定』だけではなしに、起訴後、検察側から被告の精神鑑定を依頼されることも多い。つまり検察庁から万全の信頼を受けているというわけだ。こんなこと、検事の佐伯さんは先刻ご承知でしょうが、K大医学部の『精神・神経科教室』はそれだけ検察寄りの鑑定結果を出すことが多いということです」

「…………」

「それというのもK大精神科は、戦前、ドイツに誕生した『犯罪生物学』の流れをくんでいるからです。どちらかというと個人の人権より『社会防衛』のほうを重視する。社会を防衛し、再犯を防ぐという大義名分で、精神病質者を積極的に社会から隔離しようとする。そういう一派です」

「『犯罪生物学』？」

「生まれつき反社会的素質をそなえた異常性格者がいると規定する学説です。好ましくない反社会的な遺伝子があって、その遺伝子を引きついだ人間は犯罪に走る可能性が高い——もともと『犯罪生物学』は、ナチス・ドイツがユダヤ人を弾圧するための科学的な根拠とした粗雑な説で、現在ではその生来犯人説は完全に否定されているはずなんですけどね。日本の精神医学界ではいまだにその流れが根強く残されている。戦前、日本の精神医学は圧倒的にドイツの影響のもとにありましたからね。現に、K大精神科の主任教授は、その一方の雄といわれている人物ですよ。主任教授はもちろん、その『精神・神経科教室』では、助教授、講師、助手にいたるまで、検察側に非常に有利な鑑定結果を出す傾向があるといわれている」

「…………」

「もっとも、いまでは『犯罪生物学』もその学説が右から左まで非常に広範囲にわたっていて、それをひとくくりにまとめることはできないといわれていますが」

望月はそこで一息ついで、

「いずれにせよ、K大の『精神・神経科教室』に、被鑑定人の人権より、むしろ『社会防衛』のほうを重視する傾向があるのは否定しきれない事実です。彼らに公男の『簡易鑑定』がゆだねられれば、人格障害が見うけられるが責任能力はあるということにされるか、それとも『再犯防止』という名目で『治療処分』に処せられ、長期にわたって社会から隔離されることになるか、どちらにしろ検察側に都合のいい鑑定結果になることは間違いない。公男は救われませんよ」

「だから、きみは公男の鑑定人になることを希望するというのか。公男を救いたいために──」

ふいに佐伯は自分のなかに痙攣《けいれん》するように笑いの衝動が波うつのを覚えた。その衝動を抑えきれずに、つい唇を笑いがかすめたが、望月の目から見ればそれは嘲笑に映ったかもしれない。

「笑わせるな。きみはそんな男じゃない。きみがそんな男じゃないことはおれにはわかっている。どうして、きみが自分の患者のためにそこまで献身的に働くものか。きれいごとはよしにしようぜ。いったい、きみのほんとうの目的は何なんだ？　なあ、おれたちは、とうとうここまで来てしまったんだ。ここはひとつ、ほんとうのところを教えてもらいたいもんだな」

3

法廷の外から遠い潮騒《しおさい》のようにざわめきが伝わってきた。警視庁から捜査員たちが到着したのかもしれない。すでに東京地裁で、鹿内弁護士、大月判事が殺害され、今回はとうとう審判を受けている被告人までが殺されてしまった。さぞかし捜査員たちも殺気だっているのにちがいない。

——判事、弁護士、被告が殺された。あと殺されていないのは検事だけだな……

ふと佐伯はそんな妙なことを思った。

佐伯と同じように、望月もしばらくそのざわめきに気をとられているようだったが、やがてその視線を佐伯に戻すと、なるほど、いまのあんたにはきれいごとは通用しないかもしれないな、とこれもまた妙なことをつぶやいた。

「いいでしょう。ここはひとつ、ぼくも腹を割って話すことにしましょうか——」

と一変してシニックな口調になり、

「たしかに、ぼくは、べつだん公男のことに親身になっているわけではない。というか精神科医がいちいち患者に親身になっていたんじゃ体が持たない。それは治療のためにもよくないんであってね——ぼくはぼく自身のために公男の『簡易鑑定』をやりたいと願っているんですよ。起訴後に精神鑑定の必要が出てくれば、それも引き受けたいと考えているのも、つまるところは自分のためなんです。それというのも公男はぼくにとって格好のサンプルだからであるわけなんでね」

「サンプル？」

佐伯は眉をひそめた。

「以前、ぼくは佐伯さんに〝憑きもの〟のことを話しましたよね。覚えていますか。ぼくはね、〝憑きもの〟という現象を精神分裂症質の症状でもなければ、ヒステリーの症状でもない、それ自体、まったく異質ななにかではないか、とそう考えているんですよ。そう、何なら事実として、〝憑きもの〟はある、とそういいきってもいいと思ってるほどでね。〝憑きもの〟という現象を、精神医学の面から考察するのでもなければ、文化人類学の研究対象として分析するのでもなしに、事実として、なにかが人間にとり憑くことはある、という立場から研究することが可能ではないか、とそう思っているんですよ」

「事実としてなにかが人間にとり憑くことはある……」

佐伯は望月の言葉をくり返した。

そのとき佐伯の胸を狂おしくかすめたのはかならずしも公男のことばかりではない。

「そうです。人になにかがとり憑いて、そのなにかが人間を支配するという現象はたしかにある。それを精神分裂症の症状に特有の『作為体験』として考えるのでもなければ、文化人類学的にその民族に固有の精神的な遺産として分類するのでもない。純粋に〝憑きもの〟という現象はあるのだ、とそう考えるわけです。これはぼくの妄想ですが——そう、いまのところは妄想にすぎませんが——、なにかが人にとり憑くという現象はあるのだ、とそう考えることで、犯罪心理学はコペルニクス的な転回をとげると思う。

この世にはどうしても人知では理解できない犯罪がある。徹底して理解を拒《こば》む、あまりにも残酷で、意味のない、そんな犯罪がある。人は自分の理解できないものがこの世に存在することには耐えられない。だから人格障害とか、多重人格とか、さまざまに精神医学的なラベルを貼って、それを理解しようと努める。だけど、これはほんとうのところ、たんなる悪魔払いにすぎないんであってね。じつのところ、人はその深層心理では、〝憑きもの〟という現象があることを信じているんですよ。その人間になにかがとり憑いたために、こんなにも残虐で、意味のない犯罪が起こった、ということを無意識のうちに了解している。フロイト的にいえば、人間一人ひとりの超自我が、それをあからさまにすることを抑圧している、といっていいでしょう。

どうして抑圧されなければならないか？　なにか悪魔的な事件が起こったのは、実際に悪魔が人間にとり憑いてその犯行を実行させたからではないか？　そんなふうに考えるのは、市民社会にとっては非常にまずいことであってね。〝憑きもの〟を信じるのは、市民社会を、そのよってたつ理性というやつを——この糞いまいましい理性を！——一気にくつがえし、それを崩壊させることにもなりかねない。これはそれだけ市民社会というのが、欺瞞的で微温的でもろいものであるということでしょう。それこそ蟻の一穴からでも崩壊しかねない。だから人はその下意識で〝憑きもの〟の存在を信じていても、それをあからさまに口に出すことはしない。

人はじつは合理的で理性的な近代精神などというものはこれっぽっちも信じていないんですよ。人がいまだに下意識のなかに隠し持っているのは不合理で原始的な呪術的世界なんです。ぼくたちの精神構造というのは不合理で迷妄に満ちた原始人のそれとすこしも変わっていない。変わっていないどころか、抑圧されて、ますますグロテスクにいびつになっているわけであってね。ぼくとしてはそいつを白日のもとにさらけ出してやりたいわけだ。いまの欺瞞的な精神医学、とりわけ犯罪心理学のなかに、〝憑きもの〟という現象を導入してやって、その分野を飛躍的に展開させてやりたいとそう考えているわけであってね——」

望月はそこでふいに言葉を切った。なにかプツンと糸が切れたような唐突さだ。そして佐伯のことをジッとうかがうように上目づかいに見つめた。

「つまり、きみはそのサンプルが水無月公男だとそう考えているわけか。公男がなにかにとり憑かれているとそう考えているわけなのか。なにかにとり憑かれて新道を刺したとそういいたいわけなのか——」

佐伯は口のなかがカラカラに乾いているのを覚えていた。

望月は、〝憑きもの〟という現象が事実としてある、と考えるのを、い、ま、の、と、こ、ろ、は自分の妄想にすぎない、とそういった。が、佐伯にとっては、それはすでに妄想などという、なまやさしいものではないのだ。

「いや、公男がどうして新道を刺したのか、それはぼくにもわからないことです。ぼくはもうずいぶん長いあいだ、公男のことを診察していないんですからね。そのことは忘れないでもらいたいな。だからこそ『簡易鑑定』の鑑定人になることを望んでいるんでもあってね──」

「………」

「あるいは公男はたんに藤堂の影響を受けているだけのことかもしれない。精神医学的に考えれば、やはり〝境界例〟とか〝人格障害〟というふうに診断されるべきなんじゃないかな。どちらかといえば、なにかにとり憑かれているのは、公男のパトロンである藤堂俊作のほうであってね。公男はその藤堂俊作にいわばとり憑かれているということでしょう。ばくが公男を追いまわすのも、いずれは藤堂に会うことができるのではないか、と考えていたからであってね。藤堂がこんなふうに失踪してしまう、ということがわかっていれば、どんな強引な方法を使ってでも、もっと早くに会っておいたんですけどね。うかつでしたよ。藤堂らしい死体が発見された、そう報道されたときには、目のまえが暗くなる思いがしました。もっとも、いまはもうそれほどではない。それというのも公男、藤堂以外に、格好のサンプルを発見することができたからなんですけどね──」

「格好のサンプル？　それは誰のことをいっているんだ？」

「いやだな。とぼけないで欲しいな」

望月は狡猾そうな目つきになり、ニヤリと笑った。なにか毒ヘビがふいに草むらから飛びだして、その牙を剥いたような印象を受けた。

「もちろん、それは、佐伯さん、あんたのことに決まっているじゃないか」

第三十歌

1

どこか遠くの、目に見えない伽藍《がらん》で、だれかが大声で叫んだように感じた。その叫び声はいんいんと響いて、はるか次元を超越し、佐伯の耳に矢のように突き刺さるのが感じられた（もちろん、それは、佐伯さん、あんたのことに決まっているじゃないか）。その言葉は佐伯がこれまで懸命に隠してきた、いわば命がけの秘密とでもいうべきものを、容赦なく白日のもとにさらしたのだ。呆然とせざるをえない。

「あまり、あなどらないでもらいたいな、佐伯さん。ぼくがそのことに気がついていないとでも思っていたんですか。とんでもない。ちゃんと気がついていたさ。佐伯さんがどんなふうに考えているかは知らないけど、ぼくはこう見えても、かなり優秀な精神科医なんですよ。いずれ精神医学界にパラダイム・シフトをもたらす天才だと自負しているほどでしてね」

「かなり優秀で——」

佐伯の声は苦々しかった。

「そのうえ野心家で、しかも誇大妄想狂的なところのある精神科医だ」

「野心家であることは認めますよ。が、誇大妄想狂的といわれるのは心外ですね。それというのも、ぼくの〝憑きもの〟理論は臨床的に非常に有効だからであってね。なにかにとり憑かれている人間に、なにがとり憑いているのかを解きあかしてやると、奇蹟的に病状が回復する。それはもう目ざましいばかりの効果なんだよ。いまはまだサンプル・ケースがあまりに不足しすぎていて無理だけど、いずれ、これが体系的に理論化されたあかつきには、精神医学に与える衝撃は、優にフロイトの精神分析のそれをしのぐものがあると思いますね——あまりにもオカルティックにすぎるという反発は出ると思うけど、なに、フロイトにしてもユングにしても、その理論の基本的なアイディアはユダヤ神秘学のカバラに負っているところが大であってね。ぼくの〝憑きもの〟理論だけがそのことで非難されるいわれはない。ぼくの〝憑きもの〟理論は、いずれ日本の精神医学界を、いや、世界の精神医学界を支配することになりますよ。そのときには、フロイトもユングもラカンも、望月心理学のたんなる先行理論というところに落ちつくと思うな」

「やはり、きみには誇大妄想狂的なところがあるよ。『簡易鑑定』のことで公男を追っかけまわすより、一度、自分で自分のことを診断したほうがいいんじゃないか」

「ぼくをあなどらないで欲しいな。そういったはずですよ――」

望月の目をちらりと陰険な光が走り、

「ぼくはこれまで何十例となく、なにかにとり憑かれたといわれている人間を診てきたんですよ。そのほとんどはたんなるヒステリーか、虚言癖、精神分裂症の初期にある人間にすぎませんでしたけどね。少なくとも、そのうちの何人かは、たしかになにかにとり憑かれている人間だった。佐伯さん、ぼくの目をごまかすことはできませんよ。あなたはなにかにとり憑かれている。そして、あなたは自分が何にとり憑かれているのかもわかっているはずだ。そうじゃないですか」

「…………」

「最初に会ったころの佐伯さんはいってみれば負け犬だった。ところが、いまの佐伯さんは獲物を追う猟犬だ。まるで別人ですよ。別人のようにするどい。いったい何があったんですか。いや、佐伯さん、あなたは何にとり憑かれているんですか」

「…………」

「佐伯さん、あなたはぼくがこれほど頼んでも、ぼくを『簡易鑑定』の鑑定人に推薦してくれないという。自分にはそんな力はないというが、それは嘘だ。いまのあなただったら自分がその気にさえなれば何でもできるはずですよ。あなたは自分のその力に気がついていないんですか」

「おれはおれだ。負け犬でもなければ猟犬でもない。おれにはきみを鑑定人に推薦できるほどの力はないよ——」

佐伯はそういったが、その声は自分の耳にもひどく弱々しいものに響いた。

「その気にさえなれば何でもできるなんてことがあるはずがない。おれは何にもとり憑かれてなんかいない」

「自分は何にもとり憑かれていない。そう思いたいのは人間として当然でしょう。だから、ぼくはあなたがぼくのことを鑑定人に推薦してくれなくても、それを怨んだりはしない。精神鑑定ができないとなれば、もう公男はぼくの手から完全に離れてしまうことになるが、じつのところ、それもやむをえないとそう思っているんですよ。それでもいいと思っている。それというのも、佐伯さん、あなたという格好のサンプルを手に入れたからであってね」

「冗談じゃない。やめてくれ。サンプルなんかにされてたまるか」

「やめるわけにはいかない。いまのあなたはまるでシャーロック・ホームズだ。事件の核心にどんどん切り込んでいっている。名探偵もいいところじゃないですか。どうも自分では気がついていないようだが、いまのあなたは異常にするどい。するどすぎるんですよ。現実の世界にホームズのような名探偵が存在するはずがない。あなたにはなにかがとり憑いているんだ。そのなにかの力をかりてあなたは事件の核心にせまっている。〝憑きもの〟を研究している人間としてこれを見逃すわけにはいかない」

「………」

「ぼくはいずれ司法機関の精神鑑定から『犯罪生物学』派を一掃するつもりでいる。いってみればあの連中はナチスの亡霊のようなものですからね。あんな連中の精神鑑定なんかで犯罪者の何がわかるものか。お笑いぐさもいいところですよ。あんな連中にはさっさと退散してもらわなければならない。そして、ぼくの〝憑きもの〟理論が『犯罪生物学』にとってかわることになる。この国の、少なくとも司法関係に要求される精神鑑定では、ぼくの〝憑きもの〟理論が趨勢《すうせい》を占めることになるんですよ――」

望月の声がしだいに熱をおびていった。この、メフィストめいて、いつもシニカルな男が、いまはその目にギラギラと野心をたたえて、それこそ何かにとり憑かれたような表情になっているのだ。

「それにはね。佐伯さん、どうしてもあなたの協力が必要になるんですよ。あなたという〝憑きもの〟のサンプルが現実に存在して、異常な犯罪、不可解な犯罪を次から次に解決していってくれる。そうなってくれればこんなに都合のいい話はないわけであってね。それがそのままぼくの〝憑きもの〟理論の正しさを証明してくれるわけですからね。そのためにならね、佐伯さん、多少、力不足の不満がないではないが、自分がワトソン役をつとめてもいい。ぼくはそうまで考えているんですよ」

「自分の野心のためにホームズを骨まで利用しようと考えているワトソンか。泣かせる話だぜ。そしておまえは精神鑑定の権威となる。犯罪心理学、犯罪病理学の権威になるわけだ――」

佐伯の頭のなかに、人に人を裁くことはできない、という言葉が閃光のようにひらめいた。それを承知していながら、心ならずも人を裁くという使命を与えられてしまった（いや、それすら、すべては妄想かもしれないという可能性は残されるのだが）人間が、どんなにそのことに懊悩《おうのう》することになるか、この望月という男はそれがわかっていない。この男は人間離れしたエゴイストで、すべてを自分の野心のために利用することしか考えていないのだ。

――なんて野郎だ。こいつはまったくなんて野郎なんだ。

ふいに荒々しい怒りが胸の底からつきあげてくるのを覚えた。その怒りの衝動のおもむくままに、これ以上おれに近づくな、と唸るようにいった。そして、自分でもそうと意識せずに、その右手が望月の喉に飛んで、それをわし掴みにすると、自分のもとに引き寄せていた。

「さもないと殺すぞ――」

佐伯は怒りに目がくらむのを覚えていた。が、その一方で、一体全体、おれはどうなっちまったんだ、とそのことをいぶかしんでもいた。以前の気弱な佐伯であれば、こんなことをいい、こんなことをするのは、とうてい考えられないことだった。たしかに佐伯にはなにかがとり憑いているのかもしれない。

望月は苦しげに顔をゆがめたが、そのゆがんだ唇がキュッと吊りあがって、あのメフィストめいた笑いに変わった。そして、いや、あんたにはぼくを殺せないよ、とそうかすれた声でいった。

「ぼくたちはたがいに相手を憎んでいる。残念ながらね。だけどワトソンがホームズを必要とするように、ホームズのほうでもワトソンが必要なんだよ。そうじゃないか。ぼくにはあんたが必要だが、あんたのほうでもぼくのことを必要としているんだよ」

「…………」

佐伯は望月を突き放した。

望月はヨロヨロと後ずさり、咳き込んだが、それでもそのメフィストめいた表情に変わりはなかった。ひとしきり咳き込んだのち、あらためて佐伯の顔を見ると、不自然なほど平静な声でこういった。

「ぼくはあきらめないよ。あんたから絶対に離れない。公男の『簡易鑑定』をまかせてもらえない以上、もう、ぼくの〝憑きもの〟理論を充実させるサンプルは、あんたしか残っていないわけであってね。忘れないで欲しいな、佐伯さん。あんたがホームズで、ぼくがワトソンというわけだ。ぼくたちはいいコンビになるぜ——」

佐伯は目を閉じて、食いしばった歯のあいだから息を洩らすようにしていった。

「失せろ」

望月は失せた。

2

接見室は東京地裁の地下一階にある。

地裁に護送されてきた被告人は、地下一階の勾留室に待機することになるが、その間、弁護人と打ち合わせをするところが接見室である。

水無月公男は今日のうちにも丸の内署に連行されることになるが、マスコミ関係者の騒ぎがいくらかおさまらないことには、護送車を出すこともできない。

そのためにこの接見室で待機させられている。

新道が殺された事件を担当するのは捜査一課六係ではない。六係は「地裁連続殺人事件」を扱うのに手いっぱいで、とてもこの事件にまでは手が回らない。——もっとも、この事件は犯人が現行犯逮捕されているから、丸の内署に捜査本部が設置されることもないだろうが。

高瀬警部補が地裁に来ているのは、公判を傍聴するためだったのだが、妙なめぐりあわせから、水無月公男を接見室で監視することになってしまった。

佐伯はその高瀬警部補に公男と会いたいと申し入れた。

「…………」

高瀬はとまどったような顔になり、後ろを向いた。

そこに法務省の財前がいた。

財前参事官は、公安警察の全面的な協力を得て、強引ともいえる手段を弄《ろう》し、新道を「神宮ドーム火災事件」の放火犯として起訴するまでにこぎつけた。その背景には、検察批判をくりひろげた新道に対する見せしめの意味もあったろうし、公安警察が〝神風連研究会〟の勢力が大きくなることを危惧したこともあったろう。

いずれにせよ、財前は公安警察の意をよく汲んで、その仕事を完璧にやり遂げたというべきだった。このことで、財前が、将来、検察官僚として順調に出世の階段をのぼっていくことは約束されたようなものだ。——ところが、公判第一日目にして、そのかんじんの被告が殺害されてしまったのである。

財前としては、それなりの挫折感があって当然なのだが、その顔にはいつものようにどんな表情も刻まれていない。

財前はうなずいて、いいんじゃないんですか、といい、

「こうなったのではもう何がどうなっても同じことだ。もともと水無月公男の情報をもたらしてくれたのは佐伯さんだ。高瀬さんの立会いのもとだったら佐伯さんを水無月に会わせるのは何の問題もない」

「……………」

佐伯は礼の意をこめて財前に軽く頭を下げた。

財前も頭を下げて返したが、それがいかにもおざなりで儀礼めいていた。

財前の頭のなかにあるのは自分が出世していくためにはどう次の布石を打っていくべきかというそのことだけなのだろう。被告が死んでしまった以上、もう「神宮ドーム火災事件」にも「地裁連続殺人事件」にも興味をうしなってしまったようだ。

おそらく、この財前という男を傷つけるものは何もない。どんなものも、人に対する同情《シンパシー》もなければ、理想もない人間を傷つけることはできない。

……水無月公男は長椅子にすわり、ジッと壁の一点を見つめていた。

その表情は虚《うつ》ろだった。あいかわらず美しいが、すでに何かが終わってしまったあとの、いってみれば廃墟のような美しさだ。ただひっそりと放心していた。

ドアの外では丸の内署の警察官たちが警護している。部屋のなかにも警官がふたり、刑事がひとり、それに高瀬警部補と佐伯のふたりがいる。

接見室はそんなに広くない。その広くもない接見室に、本人を含めて六人もの人間がいるというのに、なにか公男にはひとりぼっちでいるような印象があった。

たんに孤独というのではない。孤独なのは佐伯も同じだし、高瀬にしてもそうだろう。そんなことではない。この世界を去って、どこか遠い地の果てに行ってしまい、いま、ここには公男の影だけが残されている……そんなような妙に存在感の希薄なところが感じられるのだ。

——実際にもう公男はどこか遠いところに行ってしまっているのかもしれない。

ふと佐伯はそんなことを思った。

「まず『簡易鑑定』の手続きをとらなければいけないかもしれませんな」

高瀬も似たような印象を受けたらしく、佐伯の耳もとでそう囁いた。

「これじゃ、起訴するかどうかより、そもそも取り調べに耐えられるかどうかがわからない」

「…………」

佐伯は机を挟んですわっている公男を、痛ましい思いで見ていた。

美しい廃墟——埋め立て地の小屋で会ったときにはまだこれほど病状は進んでいなかった。あのときにはまがりなりにも佐伯と言葉をかわすことができた。が、いまはどう言葉をかけたらいいものか、それすら戸惑うほどになっていた。

「ぼくのことを覚えているかい」

とりあえずそう聞いてみた。

「…………」

公男はぼんやり佐伯を見た。覚えているとも覚えていないとも返事をしない。そもそも佐伯の言葉が理解できたかどうかも疑わしかった。

「ぼくたちは埋め立て地の藤堂さんの小屋で会っている。きみはぼくにナイフを投げたじゃないか。危ないところだった。ぼくはもうすこしで怪我をするところだった。覚えているかい？」

佐伯は公男の目を見ながら慎重に言葉を選んでいった。

「きみは哲学者のフィヒテのことを話してくれた。〝AはAである〟という基本命題を認めない、とそういった。〝私は私である〟という命題など認めない、と。それは藤堂さんがいっていたことなんだってね。ぼくはあれからいろいろ本も読んだし、あれこれ考えもした。それですこしは藤堂さんのことがわかるようになった。きみはよほど藤堂さんのことを尊敬していたんだね」

「…………」

藤堂の名を聞いて、公男の澄んだ目に、わずかに反応があったように感じた。影がうつろうのにも似た、あるかなしかの反応。——いや、もしかしたら、それはたんに佐伯の錯覚だったかもしれない。

が、佐伯はそのことに力づけられる思いがして、思い切って、そのことをいってみた。

「それで大月判事は法廷の被告席で殺されたのだろうか？　大月判事はかつて法務省に出向し検事をしていた。ひとりの人間が裁判官にもなり検事にもなる。私は私でない。これは鹿内弁護士にも当てはまることだ。鹿内弁護士はかつて検事だった。ひとりの人間が検事にもなり弁護士にもなる……弁護士にも裁判長にも検事にもなれるのであれば、どうして被告であっていけないのか？　それが大月判事が法廷の被告席で殺されていた理由だったんじゃないかい」

3

高瀬の顔がわずかにこわばった。

一瞬、宙の一点を凝視したが、すぐに首を横に振って、いや、そいつはおかしい、とそういった。

「それじゃ、大月判事が法服を着せられて死んでいたことが理屈にあわない。大月判事を被告にするんだったら、わざわざ裁判官の法服を着せるわけがない。水無月公男は蟇目りよに頼んで法服を法廷まで運ばせた。そうでしょう——その法服を大月判事が着せられて死んでいたということは、そもそも犯人には最初から大月判事を被告にする意図などなかった、ということになるんじゃないんですか」

当然の疑問だった。佐伯もすでにその矛盾には気がついていたが、自分なりにそのことは解決していた。が、それはまだ誰にも話すわけにはいかないことだった。

佐伯は高瀬の疑問を無視し、公男の目を見つめながら言葉をつづけた。

「ぼくはなぜ大月判事が、あの時刻、『532』号法廷で殺されなければならなかったのか、そのことがどうしてもわからなかった。おなじ階の『公衆控室』で鹿内弁護士が殺されてその現場検証がおこなわれていた。マスコミ関係者も大勢つめかけていた。それなのにどうして、わざわざ危険を冒して『532』号法廷で人を殺さなければならなかったのか？　考えられるのは一つ、それがどんなに犯人にとって危険な状況であろうと、大月判事は法廷で殺されなければならなかった、ということだろう。それはどうしてか？　なぜなら大月判事は被告として死んでいかなければならなかったからなのだ。そうじゃないのか、公男くん——」

「そんな馬鹿な話はない」

高瀬がまた大声でさえぎる。

「大月は裁判長であり、かつては充検《あてけん》として検事だった。だから殺すときには被告にしてやろう——そんな馬鹿な話はない。〝私は私でない〟、だか何だか知らないが、犯罪者はそんなたわいもない理由から危険を冒したりはしませんよ。殺人は遊びじゃない。第一、どうしても大月判事を被告にみたてて法廷で殺したいんだったら、なにもあの日、あの時刻を選んで犯行におよばなくてもいいようなものじゃないか。そんなことをするのは気が狂って……」

そこで高瀬がふいに口をつぐんだのは、公男の精神状態が不安定であるのを思いだしたからだろう。もしかしたら佐伯の推理は当たっているかもしれない。——一瞬、そうも思ったかもしれない。そのまま黙り込んだ。が、それでもやはり納得しきれずにいるのは、唇をムッと真一文字にむすんだ、その不満そうな表情からも明らかだった。

高瀬警部補は佐伯に対して反感を持っている。が、そのことを割り引いて考えても、高瀬の疑問は妥当なものといえるだろう。たしかに殺人は遊びではない。

そのかぎりにおいては、佐伯の推理は説得力があるとはいえない。

ただ、〝私は私である〟というフィヒテの命題を否定するのをたわいもない、と決めつけるのは、高瀬の偏見であるだろう。ある種の人間にとっては、ある観念（哲学といいかえてもいいが）を実践して生きるのは、どんな〝現実〟を生きるのよりも重要なことであるのだ。

が、どちらにしろ、高瀬が佐伯の推理に納得することはないだろう。必ずしも高瀬の頭が硬いからばかりではない。佐伯には隠さなければならない事実があって、そのためにどうしてもその推理が矛盾したものにならざるをえないからだ。

　もっとも、高瀬が自分の推理に納得しようがしまいが、それは佐伯にはどうでもいいことだ。佐伯は高瀬を納得させるために推理しているわけではない。

「もうひとつ、きみに聞きたいのは――」

　これから先はさらに微妙な問題に触れることになる。まえにも増して慎重に言葉を選ばなければならない。

「どうしてきみが新道さんを刺したのかということだ。いや、きみが刺したのは、そもそも新道さんだったのかどうか？　聞きたいんだけどね、きみはいったい誰を刺したつもりでいるんだ？」

　高瀬が身じろぎする気配が感じられた。佐伯の質問があまりに愚かしいものに思えたのだろう。聞こえよがしにフンと鼻を鳴らした。

が、いまの佐伯には、高瀬に嘲笑されるのなど何でもないことだ。正直、高瀬どころではない。

　自分が非常に微妙な、ほとんど形而上学とすれすれの領域に踏み込もうとしているのを感じていた。地雷原に入っていくのに似ている。それは理性を危険にさらすことでもあるのだが、そこに踏み込んで、そして戻ってこなければ、ついに〝真実〟を持ち帰ることはかなわないだろう。

「………」

佐伯はほとんど祈るような思いで公男の目を覗き込んでいる。

祈りは通じた。反応があった。公男の目に動揺がそよいで、誰を？　とそう口のなかでつぶやいたのだ。

「そう、誰を……」

佐伯は一歩一歩、爪先立ちに慎重に公男の心のなかに踏み込んでいく。

「藤堂さんはダンテの『神曲』を愛読しているという話を聞いた。藤堂さんを敬愛しているきみのことだ。やはり『神曲』を読んだことがあるんじゃないかな。何といっても『神曲』のなかでは〝地獄篇〟がおもしろい。〝地獄篇〟は読んだことがあるかい？」

「………」

公男は無言でうなずいた。

高瀬の息をのむ声が聞こえてきた。公男がはじめて反応らしい反応を見せたことに驚いたのだろう。が、いまは高瀬のことなどどうでもいい。

「〝地獄篇〟の最終歌、第三十四歌で、ダンテは胸まで氷原に凍りついた〝悲しみの王土の大帝〟に出会う。神に反逆をくわだてて地獄に堕とされたルチフェルだ。ルチフェルはとてつもなく巨大で、三つの顔を持っているという。それを読んだかい」

「………」

公男はまた無言でうなずいた。いま、その目にはありありと動揺の色がにじんでいる。動揺？　いや、それをたんなる動揺と呼ぶのは間違いかもしれない。恐怖？　あるいは畏怖の念と呼ぶべきではないか。

いま佐伯の頭のなかには第三十四歌でうたわれるルチフェルの描写がはっきりと浮かんでいた。

おお、かれの頭上に三つの顔を見たときの私の愕《おどろ》きの、どんなに大きかったことか！　一つの顔は前方にあり、その色は真紅。

ほかの二つは、両肩中央の真上で前方のと接合し、さらにこの三つ、頂上の鶏冠のところで相合《あいがっ》する。

「きみは——」

佐伯の声はそこでかすれた。が、渾身《こんしん》の気力を振りしぼって、公男の目を覗き込んで、ほとんど囁くような声でいった。

「ルチフェルを知っているんじゃないのか」

公男の目が見ひらかれた。一瞬、その美しい顔が激しくゆがんだ。ゆがんで、その口がねじれ、ああ、ああ、という悲痛な声がほとばしる。弾かれたように立ちあがった。背中を壁にぶつけた。ガタン、と音をたてて椅子が倒れた。

警察官たちが公男をとりおさえようと身がまえる。ひとりが飛びかかろうとした。佐伯は立ちあがり、とっさに両手をあげ警官たちを制して、大丈夫だ、と声を張りあげる。

「大丈夫だ。この子は何もしない。何もしないよ——」

高瀬がイヌが牙を剝いて唸《うな》るように、冗談じゃないぜ、そんなふうに容疑者を刺激されたんじゃたまらねえ、とわめいて佐伯に食ってかかろうとした。

それを佐伯は、じろり、と一瞥しただけで黙らせた。高瀬は蒼白になった。あえいで、たじたじと後ずさった。

おそらく高瀬は佐伯の目のなかに何かただならないものを見たのだ。なにか、人間をはるかに超越した強靭な〝意志〟のようなものを認めたのにちがいない。

警察さえも、検察さえも、いや、この地上のありとあらゆる権力を超越した絶対的ななにか——

佐伯は公男に視線を戻した。

「どうなんだ？　きみは三面一身のルチフェルを見たんじゃないのか」

公男は壁に背中を張りつかせ佐伯の目を見返している。それまで赤みがさしていたその顔がしだいに白っぽくなっていった。うっとりとした微笑が浮かんできた。この地上ではなしに、どこか天上の一点を見つめているような微笑だった。

——この少年もまたルチフェルなのだ。

と佐伯は思った。

ルチフェルという名には〝光を身に負う者〟という意味があるらしい。〝神〟に反逆をくわだてるまえのルチフェルは比類ないほど美しい天使だったのだという。

「藤堂さんは死んではいない。藤堂さんは生きている……」

公男はうっとりとそういった。なにか歌うような口調だった。

「…………」

佐伯は興奮していた。握りしめた拳が汗ばんでいるのを感じていた。壁に亀裂が走り、いまにも崩れ落ちようとしているのを感じていた。いま、その壁の向こうに隠されていたものがありありと白日のもとにさらされようとしている。すべての謎があばかれようとしているのだ。いや、そのはずだったのだが——

そのとき、ふいに背後からこう声が聞こえてきたのだ。

「藤堂は死んだ——」

佐伯はサッと振り向いた。

いつのまにか接見室の入り口に東郷が立っていた。

ふたりの視線が（二匹の白熱したヘビのように）宙でからみあう。

「藤堂は死んでいる。ついさっき科警研から連絡が入ってきた。貯留槽で発見された死体の

DNAが、シートの尿、それに藤堂のジャケットに付着していた血痕のそれと一致したそうだ。血液型が合致し、DNAが合致した場合、それが別人のものだという可能性はまずありえないということだよ。つまり藤堂は死んだ――」

東郷がゆっくりとした口調でいった。かつて検事だったとき東郷はこうした口調で求刑論告したものだ。

「………」

なにかが聞こえたわけではない。が、気配を感じた。ただならない気配だった。佐伯は公男に視線を戻した。

公男の顔がこわばっていた。なにか氷が張りつめるようにその表情が見るみる凍《い》てついていくのがわかった。なにかが、なにか大事なものが、公男の心の奥深くにどんどん後退していき、やがてはるか一点に消えた。そこに残されたのはもう公男の残骸でしかなかった。公男はこの世を立ち去った。おそらく永遠に。

公男はぼんやりと虚《うつ》ろな表情で佐伯を見ていた。もう公男からは何も聞きだすことができないだろう。

東郷はうなだれた。ひっそりと接見室を出ていった。

佐伯はあとを追った。激しい怒りがフツフツと湧いていた。

通路で東郷を呼びとめた。

東郷は振り返った。

その顔を見たとたん怒りが萎《な》えるのを覚えた。

いまだかつて人間がこんなにも悲痛な顔をするのを見たことがない。それは、すべての望みを削ぎとられ、絶望する気力さえ残されていない、そんな顔だった。

佐伯は東郷を呼びとめたが、つづく言葉をうしなって、うなだれた。

「神宮ドームで」

東郷がひっそりといった。

「待っている」

佐伯は返事ができなかった。ただ、うなだれていた。

顔をあげたときにはもう通路に東郷の姿はなかった。

「神宮ドーム……」

佐伯はつぶやいた。

とうとう、すべての謎が解きあかされるときがきた、とそう感じた。すべての罪と罰が公平に天秤にかけられ、裁かれるべきものは裁かれ、許されるべきものは許されるときがきた。そして、その審判を下すのは佐伯でなければならない。

が、佐伯にはそれは耐えられないことなのだ。なぜ、おれが、このおれが、という苦悩する思いを断ち切れずにいる。佐伯は人など裁きたくないのだ。どうして、ほかの人間ではなしに、このおれがそんなことをやらなければならないのか！

〝審判の日〟をになうには、あまりにも佐伯は弱く、心優しい人間でありすぎるのだった……

第三十一歌

1

この夕日はどうだろう。このまがまがしさはどうしたことか。

夕日は、その底に不吉に黒ずんだ翳を隠して、ぎらぎらと赤い血の色をしたたらせているのだ。なにもかもがその赤い光に炙《あぶ》りだされ、ただもうのっぺりと遠近感をうしなっているのだ。

これがほんとうに現実の光景なのか。これははるかな未来、すでに滅んでしまった東京の風景ではないか。——赤い光のなか、すべてはもう終わってしまい、手遅れになってしまったかのような、哀切に胸かきむしられる悲傷感をたたえていた。

——そうなのか。ほんとうにもうすべては手遅れなのか……

夕日は神宮ドームのサンバイザーに凄まじいほどに反射し、その赤い光がいまにも燃えあがらんばかりに舞っていた。サンバイザーの輻射熱《ふくしゃねつ》がゆらゆらとたちのぼり、なにか巨大なドームが身をよじっているかのようにも見えるのだ。

知れ、あれは望楼でのうて巨人であり、崖のまわりをとりまき、どれもみな臍《へそ》より下は坎《あな》のなかにかくれていることを。

〝地獄篇〟第三十一歌でヴェルギリウスはダンテにそういう。その巨人のひとり、ブリアレオの両手に乗って、ふたりは地獄の底におろされるのである。

——おれもいま地獄の底に向かおうとしている……

地獄の最底辺、そこで佐伯は〝悲しみの王土の大帝〟、三面一身の堕天使ルチフェルに会うことになるはずである。

今夜は神宮ドームでは何のイベントもないらしい。人の姿がまるでない。どうしたことかオープンデッキの入場ゲートに警備員の姿さえないのだ。サンバイザーから放射される暗く赤い光のなか、神宮ドームは陰鬱にしんと静まりかえっていた。

正面ゲートからコンコースに入る。

そこにはガラスモザイクの壁画がひろがっている。目もあやな花畑のなかに白いユリの花が点々と散っている。あの埋め立て地に植えられていたユリの花を思いだし、望月が朗誦したブレイクの詩を思いださずにはいられない。

この壁画の絵を指定したのは藤堂なのだという。藤堂はこのユリの花に特別な思いをこめていた。——佐伯がそのことに気がついたのはごく最近のことである。

コンコースの端に立ち、内野スタンド席からフィールドを見おろす。

やはり誰も人がいない。照明も必要最低限にしぼられていて、屋根の透過膜を透かし赤い光が深々とけぶっている。その赤い光のなか、動いているものは何もない。いや、そうではない。動いているものはある。

昇降式のバックネットが自動的にフィールドに下りているのだ。誰もいないフィールドにバックネットだけがゆっくり動いていた。

そういえば四十人もの捜査員たちの目前で綿抜が消えてしまったあのときにもやはりバックネットが下りつつあったという。

妙な話がある。

捜査員の何人かがバックネットは非常な速さで下りていたと証言しているのだ。が、構造上、バックネットがそんなに速いスピードで下りることはないらしい。

——どうすればバックネットを速いスピードで下ろすことができるか？

佐伯はそのことを考えたものだ。

望月の説によれば、いまの佐伯は人間離れした推理力に恵まれているのだという。もし、それが事実だとしたら、それは佐伯が〝憑きもの〟にとり憑かれているからだろう。ここ数日、なにかに追いたてられるような強迫観念が胸の底から消えたことがない。

推理して、謎を解かないかぎり、その強迫観念からは逃れられない。そのことはわかっていた。その結果、心ならずも人を裁かなければならない佐伯の人間としての懊悩など、ついにかえりみられることがない。

要するに、佐伯にとり憑いているのは〝復讐するもの〟であり、〝妬《ねた》むもの〟なのだろう。――取るにたらない人間の思いなど鼻もひっかけない。そんなものはどうでもいいと思っているのだ。

こんな探偵がいるだろうか？　佐伯は自分の意志に反して、むりやり推理を強いられているのだ。この世にたわむれに犯罪をあばいて、人を裁く名探偵ぐらい、エゴイスティックでグロテスクな存在はないのではないか。そこにあるのは醜く肥大したエゴであり、窃視症《せっししょう》にも通じる卑小な好奇心にすぎない。どうして佐伯がそんなものになりたいなどと願うものか！

が、佐伯がそのことを願うと願わないとにかかわらず、たしかにいまの佐伯は異常な推理力に恵まれているといえそうだ。

――どうすればバックネットを速いスピードで下ろすことができるか？

などという疑問は、その異常な推理力がなければ、とうてい解決はおぼつかなかったろう。

そして、その謎を解くことは、同時に、どうして四十人もの捜査員の目のまえで、綿抜が忽然と姿を消すことができたのか、という疑問にも答えることであったのだ。

「…………」

佐伯はコンコースの端に立ってジッとスタンド席を見おろしている。

そこでそうしていれば、ドームのどこで東郷と会うことができるか、自然にそのことがわかるはずだ、という妙に確信めいた思いがあった。

「…………」

佐伯はドームの天井を仰いだ。その視線が何かに導かれるようにゆっくりと天井にそって動いた。そして、そこ、血膿のように赤く黒く闇がわだかまっている天井の一点で、その視線がぴたりととまった。

そういえば以前にも、そこに何かがある、と感じたことがあったのではないか。そのときに数倍する強い思いが胸にこみあげてくるのを覚えた。あそこには何かがある。絶対に何かがなければならない……

……以前、建築途中の高層ビルで、作業員を上層まで運びあげるための大きなリフトを見たことがある。

2

ドームの天井を掃除したり、機材のメンテナンスをするために、係員を運びあげるメーンゴンドラがそれに似ている。

フレームだけのエレベーターというか、ただメーンゴンドラの両側にはこぶのように二基のサブゴンドラがついていて、その点だけは高層ビルのリフトと違う。

六本のいわば大黒柱となっている鋼管にレールがついている。メーンゴンドラはそのレールを伝って、チェーンでドームの頂上まで引きあげられる。――頂上に近いサブレールに達すると、メーンゴンドラからサブゴンドラが左右に分かれて移動する。こうしてドームの広い天井も隈《くま》なく掃除することができるわけだ。

が、佐伯はなにも掃除をするために、はるばるドーム天井まで登ってきたわけではない。サブゴンドラはそのままにして、メーンゴンドラの扉を開け、天井を伝うキャットウォークにおりた。

天井まで登ると、ゴンドラはケーブルカーのように、鋼管を伝うレールにぶらさがるかたちになる。キャットウォークにおりるとき、その反動でゆらゆらと揺れて、やや怯《ひる》むのだが、実際には危険はないのだろう。もちろん、キャットウォークには手すりがついている。キャットウォークにおり、わずかに腰をかがめるようにして、ジッと天井の闇をうかがう。

闇といってもこれは赤い闇だ。

ガラス繊維の膜屋根を透かし夕日が射し込んでいる。夕日はぎらぎらとなまなましいまでに赤い。天井にはいたるところに音響スピーカーやサスペンション・ライトが下がっている。ぼんやりと狭霧《さぎり》のようにかすんだ赤い闇のなか、それらの機材が濃く、薄く、赤黒い影になって重なりあい、どこまでもひろがっているのだ。

キャットウォークに立ち、そうしたひろがりのなかに身をさらしていると、ふと自分が虚空に宙づりにされたような、よるべない思いにとらわれてしまう。とめどもない孤独感に落ちていくのを感じる。

が――

ともすれば怯みそうになる自分をはげまして佐伯は声をあげた。

「そこにいるのですか、東郷さん――」

赤い光が揺れて影がうごめいた。

影は、キャットウォークを佐伯のほうに近づいてきて、メーンゴンドラの横のあたりで立ちどまった。

　わずかに体を動かして佐伯のほうに向きなおった。その顔にちらちらと光がおどり、東郷の顔を浮かびあがらせた。

　東京地裁で別れてから一時間とはたっていない。それなのに東郷の顔は激しい苦悩にきざまれて、無残なほどやつれていた。

　そこにいるのはもう闊達《かったつ》で自信にあふれたあの東郷一誠ではない。佐伯はこれまでにもこんな顔をした男を何度も見たことがある。自白に追い込まれた容疑者の顔なのだ。

「ずいぶん遅かったじゃないか。もう来ないかと思ったぜ」

　東郷が低い声でそういった。

「人に人を裁く権利はない。東郷さん、あなたはそういった。ぼくもそう思う。ぼくに人を、ましてやあなたを裁く権利などあるはずがない。ほんとうにぼくはそう思っていたんだ——」

　おれは、と東郷はぼんやりとした声でいった。

「そんなことをいったかな——」

「東郷さん、あなたはあんなことをすべきではなかった。あなたがあんなことさえしなければ、ぼくはあなたのまえから永遠に消えるつもりでいたんだ。殺人事件のことなど忘れて、あなたとはもう二度と会わないつもりでいた。それなのに——」

佐伯の声がかすれた。

「どうして、あなたはあんなことをしたんですか。どうして、あの哀れな少年をあんなふうにして、狂気の底に突き落とすようなことをしたんですか。おそらく、あの少年が回復することはもうないでしょう。起訴されることもなしに、治療処分され、強制入院させられることになる。あなたは公男の人生を永遠に奪ってしまったんですよ」

「………」

東郷はひっそりと沈黙している。自分のしたことを弁解するような男ではない。そんな男であれば、佐伯はこれまで東郷を先輩として敬愛することもなかったろう。

——ほんとうにこのまま東郷のまえから姿を消すことができればどんなにいいか。

ふと佐伯はそう思った。

が、いまとなっては、もうそれは許されることではない。なにものかにとり憑かれ、裁きを強いられているからではなく、こうなったからには、自分のためにもこれは最後までやり遂げなければならないことなのだった。

東郷さん、と呼びかけて、

「あなたは、あんなことをすべきではなかった。あんなことさえしなければ、ぼくがこんなふうにして、あなたを告発することもなかったでしょう。公男はあなたに殺されたも同然だ。あなたは、いったい、何人の人間を殺したら気が済むんですか!」

3

佐伯はそのとき、ほとんど叫んでいたのだが、東郷は身じろぎもせずに、ジッと黙り込んだままだった。

その顔は夕日にぎらついて、どんな表情をしているのかわからない。

もうしばらくは佐伯ひとりが一方的に言葉をつづけるしかないようだった。

ぼくが、と佐伯はいった。

「最初に東郷さんに不審をいだいたのは、ふたりで、所轄署に鹿内弁護士の遺体を見にいったときのことでした。あのとき、ぼくたちは大月判事の遺体が裁判所のバッジをつけていなかったことを話しあった。ぼくは地裁の通路で裁判所のバッジを拾ったことを話題にした。覚えていますか？　ぼくとしては、地裁の通路で見かけた人物――いまから考えればあれは蟇目りよだったのですが――の着ていた法服は、大月判事が死んだときに着ていた法服ではなかったか、とそういったつもりでした。あのとき、ぼくは法服のことを話していたのです。ぼくの見かけた人物は大月判事ではなかったか、などとは一言も話していなかったし、そんなことは考えてもいなかった。ところが、あなたは、その時間には、すでに大月判事は裁判官室で判事補たちと打ちあわせをしていたから、ぼくが見かけた人物は大月判事ではありえない、と巧妙に論点をすり替えてしまった。どうしてだろう、とぼくはそのことを不審に思ったものでした」

「………」

「不審といえば、あのとき、所轄署の霊安室でのあなたの行動も妙なものでした。高瀬警部補たちが嫌がらせに、ぼくたちの持ち物検査をするといいだしたとき、あなたはぼくのまえにサッと出ると、すばやく背広を着て、あの連中の持ち物検査に応じた。あなたはそれまでずっと背広を腕にかけていた——あのとき、ぼくはいまにも怒鳴りだしそうになっていた。あなたはそのことを危惧し、ぼくの怒りを抑えるためにああいう行為に出た。ぼくはそう思い、感謝もしたのですが、考えてみれば、持ち物検査を受けるのに、わざわざ背広を着る必要はない。どうしてあなたは、あのとき背広など着たのだろう？　そのことを不審に感じました」

「………」

「それでぼくは思いついたのですよ。鹿内弁護士の死体はバッジをつけていたのではないか。おそらく鹿内弁護士の背広は襟が立っていたのでしょう。床に倒れたときにそうなったのかもしれない。そうであれば鑑識の死体写真にも写らないだろうし、とりあえず捜査員たちも死体がバッジをつけているかどうか、などということは気にしないでしょう。そう、鹿内弁護士はバッジをつけていた。ところがそれが霊安室ではなくなっていた。それはどうしてか？　それは、東郷さん、霊安室であなたがバッジを取ったからではないか」

「………」

「ぼくはそのことを思いついたとき、自分の考えていることが信じられなかった。が、そう考える以外に、あのときのあなたの不審な行動を説明することはできない。あなたは最初から鹿内弁護士の死体からバッジを奪うつもりでいた。だから、所轄署を訪れるとき、背広を腕にかけていたのです。つまり、あなたは検事のバッジをつけていなかった。そして、そのことをぼくに見られるのを避けるために、背広を腕にかけていたのです。あなたは鹿内弁護士の遺体を調べるふりをして、すばやく弁護士のバッジを取り、それを自分の背広の襟につけた。バッジを隠すのにこれほどふさわしいところはない。検事が背広にバッジをつけていれば、誰もがそれを検事のバッジだと思い込んで、弁護士のバッジではないかなどとは絶対に疑わないですからね。だから、あなたは高瀬たちから持ち物検査を受けるときに、すばやく背広を着たのです。あのとき、ぼくのまえに出たのは、ぼくに背広のバッジを見られるのを嫌ったからでしょう。それが弁護士のバッジであり、検事のバッジではない、ぼくにそのことを見破られるのを恐れた。買いかぶりですよ、東郷さん、あんなことをする必要はなかった。ぼくはそんなにするどい人間ではない」

「………」

「大月判事が殺されたときにはテレビ局の撮影クルーがいっぱい入っていた。あるテレビ局に事情を話して、撮影されたビデオを見せてもらいました。どうやって、十階の『刑事十部裁判官室』にいた大月判事が、あのマスコミの重囲をすり抜けて、誰にも見られずに五階の『532』号法廷に入っていくことができたのか？　ビデオを見て、ぼくが得た結論は、法廷警備員の格好をするしかない、ということでした。東郷さん、ぼくたちは大月判事と話をしたあと『刑事十部裁判官室』を一緒に出た。しかし、マスコミ関係者にとり囲まれて、結局、ぼくひとりが脱出することになってしまった。つまり、ぼくはそのあとのあなたの行動を知らないのです。

あなたはあのあと『裁判官室』に隣接している『刑事十部・十一部書記官室』に戻ったのではないのですか。あそこのロッカーには法廷警備員の制服などいくらもある。『書記官室』の誰にも見られないようにして、制服を持ちだし、大月判事のいる『裁判官室』に戻った。そして大月判事に警備員の制服を着ることを勧めた。警備員の制服を着て、隣りの『書記官室』から外に出れば、マスコミ関係者たちにとり囲まれることもない——あなたはそう大月判事を説得したのではないのですか。大月判事はあなたの勧めにしたがって警備員の制服を着て『書記官室』のほうから通路に出た。案の定、マスコミ関係者は、それが大月判事だということに気がつかなかった。おそらく、あなたたちは別べつに出たのでしょう。どういうふうに話を持ちかけたのかはわからないが、『532』号法廷で落ちあうことにした。そして、あなたは『532』号法廷で大月判事を殺した。そういうことではなかったのですか」

「…………」

「なぜ、ぼくが、大月判事は警備員の制服を着て『裁判官室』を出たのではなかったか、と考えたかというと、大月判事が法服を着て死んでいたということがどうしても納得できなかったからです。大月判事はかつて充検《あてけん》として法務省に出向し検事をしていた。ひとりの人間が裁判官にもなり検事にもなる。鹿内弁護士に関していえば、これは、ひとりの人間が検事にもなり弁護士にもなる、ということですよね。どうして犯人は、すぐ近くの『公衆控室』で警察が現場検証をしているあんなときに、わざわざ『532』号法廷で大月判事を殺さなければならなかったか？　それは犯人に、ひとりの人間が検事にもなり裁判官にもなるのであれば、被告であってもいいのではないか、という意思表示があったからではないか、だから大月判事は被告席で殺されていたのではないか、とぼくはそう考えました。

しかし、だとすると、どうして大月判事は自分のものでもない法服をわざわざ着せられていたのか、という疑問が出てきます。被告に擬して殺すはずの人間に裁判官の法服を着せるのは矛盾ではないか、どうしてそんなことをする必要があったのか？　これを、大月判事をワイシャツ姿のまま死なせておくわけにはいかなかったからだ、と考えてみてはどうでしょう。大月判事のような厳格な人が上着も着ずにワイシャツ姿で歩きまわっていたと考えるのはあまりに不自然だ。かといって警備員の制服を着せたままにしておくわけにはいかない。そんなことをすれば、東郷さん、誰が警備員の制服を持ち出したのか、ということが問題になり、あなたが『書記官室』に出入りしていたのを思いだす人間もいないともかぎらない。だから、あなたはやむをえず、そこにあった法服を着せたのです。つまり、もともと水無月公男が蟇目りよに頼んで、法服を『532』号法廷に持ち込ませたのは、殺害した大月判事に着せるためではなかった、ということになる。何のために公男がそんなことをしたのか、それはぼくにはわからない。東郷さん、あなたに聞かなければならないことでしょう。ただ、そこまで考えて、どうも、これはあらかじめ計画的にくわだてられた犯行ではなさそうだ、ということに気がつきました。いかにも偶然が重なりすぎる。その場での思いつきの行き当たりばったりの印象が強すぎるのです。地裁の接見室で、高瀬警部補が、犯罪は遊びではない、というような意味のことをいいました。でも、ぼくはその逆に、もしかしたら、これはもともと遊びではなかったか、とそう考えるようになりました。考えてみれば、見ず知らずの蟇目りよに、法服を法廷まで持っていってくれるように頼むことそれ自体が、あまりにも不自然だ。たしかに、蟇目りよは一見して、異常なところのある女性ではありますが、それにしても依頼を断られる可能性もあるし、よしんば引き受けたところで、あとになって誰かれかまわず、そのことを言いふらすかもしれない。人を殺そうとする人間がそんな危険を冒すものでしょうか。つまり、これはもともと遊びだったのだ、とそう考えるしかない。そうではないですか、東郷さん——」

第三十二歌

1

いま、東郷は顔を伏せていた。佐伯の言葉に打ちのめされているようでもあり、なにか考え込んでいるようでもあった。

やがて、遊びか、とそう自嘲するようにつぶやいて、ゆっくりと顔をあげた。顔をあげるにつれ、東郷が負っている巨大な苦悩が、夕日にいろどられた世界そのものが、ゆっくりとそこに迫《せ》りあがってくるように感じられた。

「あれを遊びだったと決めつけられると抵抗がないでもない。が、それでは遊びではなかったのか、といわれると、それにもやはり口ごもってしまう。そう、たしかに、どこまでおれたちが本気だったのか、そのことは疑わしいといわざるをえない──」

東郷はひっそりとした口調でいう。

「きみも公男と話したことがあるなら知っているだろう。藤堂は、哲学者のフィヒテが提唱した〝私は私である〟という基本命題に疑問を持っていた。藤堂はいつも、日本人にかぎってはそうではない、と主張していた。〝私は私である〟どころか、日本人の心象の中心にあるのは〝空白〟であり、〝私は私ではない〟という根強いコンプレックスなのだ、とそういっていた。藤堂がそんなふうに考えるのには、それなりの理由と経過があるのだが、それはおれの口から話すべきことではないだろう。ただ、藤堂が自分の作品のテーマに〝空白〟を選んだのも、その信念があってのことで、それがたまたまポスト・モダン建築と誤解されたのは、時代の皮肉としかいいようがない——」

「…………」

「だが、神宮ドームの設計にとりかかったころから、藤堂のなかで何かが変わった。藤堂は明らかに神宮ドームに自分の何かを託そうとしていた。おれにはそれが何であるのかわからなかった。いまだにわからない。ただ藤堂が神宮ドームに託そうとしていたものが、それまでテーマとしつづけてきた〝空白〟でないことだけは確かだ。藤堂にとって神宮ドームとは何なのだろう？　それはおれにはわからないことなのだが。藤堂はとり憑かれたように神宮ドームに打ち込んだ。見る間に藤堂はやつれていった。おれと新道は、そのうち藤堂は体を壊すのではないか、とずいぶんそのことを心配したものさ。そしてついに神宮ドームが完成した。そのころからだよ、藤堂がおかしくなってしまったのは。いつも放心していた。そのくせ、目だけが熱をおびたようにぎらついていた。

藤堂の身に何かがあったんだ。そのことは間違いない。が、何があったのか、藤堂はけっしてそのことをおれたちに打ち明けようとはしなかった。それというのも、三人組とはいっても、あくまでも中心になるのは藤堂であって、おれと新道のふたりは、いわば藤堂という惑星のまわりをまわる衛星のようなものにすぎなかったからだ。おれたちのどちらかが藤堂に相談を持ちかけることはあっても、藤堂のほうからおれたちに何かを打ち明けたりすることは絶対になかった。藤堂はそういう男だった。要するに、おれたちは藤堂に何もしてやることができずに、ただ心配するばかりだった――」

「…………」

佐伯は、東郷と新道のふたりに、どこか共通した印象があったのを思いだしていた。似ていない一卵性双生児のように似ている。そんな妙なことを感じたのを覚えている。

が、おそらく東郷と新道のふたりが似ていたわけではないのだ。ふたりには、人間として強烈な磁場を持つ、藤堂という共通の友人がいた。藤堂にともに影響を受けたことが、結果として、ふたりに似かよった印象をもたらしたのにちがいない。藤堂、東郷、新道……この三人は名前さえどこか似ているようではないか。

地獄の最下層には下半身を氷づけにされてルチフェルが捕らわれているのだという。三面一身の堕天使ルチフェル。かつて「光を身に負う者」といわれたほど美しい、という意味では、ルチフェルはあの水無月公男であったろう。しかし、三人でひとり、という意味では、ルチフェルは藤堂であり、新道であり、東郷でもあるのではないか。

——藤堂もな、ダンテの『神曲』にいかれているんだよ。……おまえも『神曲』が好きだ……おまえと藤堂はいわば似た者同士というわけだ……。『神曲』の好きなおまえならあいつが何を考えているかもわかるんじゃないか……

皮肉な話だ。そう佐伯にいったのは当の東郷自身なのである。たしかに『神曲』にはこの事件の謎を解くすべての鍵が用意されていたのだった。

そうそう、と東郷がいい、

「神宮ドームでの『建国記念日』の祝典に抗議した人たちが、警官に暴行を受け、しかもその警察官たちが誰ひとりとして起訴されなかった、というあの事件では、藤堂も新道におとらず怒っていたよ。あのときの、鹿内と大月、ふたりの検事に対しては、どんな犯罪者よりも悪質な犯罪者だってそういってた。ダンテの地獄がほんとうに存在するのであれば、あのふたりこそ、その地獄に堕とされるべきだ、とそうまでいっていた。おれが検察の人間だというので、ふたりから面と向かってなじられて、ほとほと往生したものさ。以前の藤堂だったら、ああいう事件に対して冷笑的な態度をとることはあっても、あそこまで本気で怒ることはなかった。そう、たしかにあのころの藤堂はどこかおかしかったよ。

いや、どこかではない。そうじゃない。あのころの藤堂は〝狼〟にとり憑かれていたんだ。公男に教えられるまで、おれはそのことを知らなかったのだが。きみもこのまえ〝全身性紅斑性狼瘡〟という病気のことを話していたっけな。自己免疫疾患——略してSLEと呼ばれている病気にとり憑かれていた。自分自身に対して免疫反応を起こしてしまう。こともあろうに、核細胞のDNAに対する抗体が出現して、生命の源であるDNAを破壊してしまうんだ。DNAばかりではない。タンパク質や、もろもろの細胞成分、すべてに抗体ができて、ついには全身のあらゆる組織細胞が破壊されてしまう。とんでもない病気さ。現代医学では根本的な治療はないらしい。そう、死病なんだよ。藤堂はそんな死病にかかっていながら、おれたちには何も打ちあけようとはしなかった——」

「……次の現れは一匹の牝狼、その痩せた肢体にひそむ貪婪《どんらん》の餌食《えじき》となり、憂苦に沈んだ昔の旅人の数ははかり知られず」

ふいに佐伯の胸の奥底から言葉がほとばしった。自分でもそうと意識せずに、ただ言葉だけが勝手にほとばしったのだ。

「陰惨なその姿の恐ろしさに、私の心は重くうちしおれ、高きに登ろうとの私の望みは、もはやほとほと消えた——」

「…………」

東郷がけげんそうな目を向けるのを、佐伯は見かえして、

「ダンテは、『神曲』〝地獄篇〟の第一歌でこう歌っています。最初に豹に、次には獅子に、

最後に狼にさえぎられ、ダンテは山に登ることができない。とりわけ狼については、そのそばを通り抜けて、山に登るのは不可能なことだ、とわざわざヴェルギリウスに諭《さと》されているほどなのです。のちの注釈家たちは、『神曲』に出てくる〝狼〟を貪婪の象徴と理解しているようですが。〝天国篇〟でも、〝襲いかかる狼ども〟、と描写しているところを見ると、たんにそれだけの意味にとどまらず、ほとんど〝罪悪〟そのものの象徴として扱われているといっていいでしょう。

藤堂さんは『神曲』を耽読《たんどく》していた。その藤堂さんが〝狼〟の名のついた病気にかかったのです。〝全身性紅斑性狼瘡〟……しかもそれはいわば自分が自分自身を破壊してしまう自己免疫疾患だった。自分の内部にとり憑いた何かが自分を破壊してしまう、しかもそれには罪悪を象徴する〝狼〟という名がついている。おそらく、それを知ったときに、藤堂さんの意識のなかでなにかが変質してしまったのでしょう」

東郷は、一瞬、ドーム天井に視線をすえ、そうかもしれない、とつぶやいた。

「たしかに、あのころ藤堂は人間が変わったようになってしまっていた。当時、おれは藤堂がそんな自己免疫疾患などという病気にかかっていることは知らなかった。知っていれば、もうすこし何かしてやれたかもしれないし、結局、何もしてやることができなかったかもしれない。だが、おれは藤堂にそのことを打ちあけてもらいたかったよ。どうして打ちあけてくれなかったのか、とそのことを怨みにも感じているのさ」

「これは、ある本で読んだことですが、日本の建築には〝憑きもの〟の伝統があるのだそうです。とりわけ大正の末期から昭和の始めにかけて造られた〝折衷様式〟、〝帝冠様式〟と呼ばれる建築群は、西欧的な様式に日本の伝統的な様式がとり憑いた、いわば〝憑依様式〟とでも呼んだほうがいいものらしい。〝憑きもの〟を意識して仕事をせざるをえなかった、そうした建築家たちの精神は、そのままそっくり藤堂さんに受けつがれることになった。時代が大正から昭和に変わったときの日本人の不安は、あえていえばその〝空白〟は、昭和から平成に変わったいまも何の変わりもないからです。太平洋戦争というあれだけの未曾有の戦争を経験しながらついに日本人は変わらなかった。そうではないでしょうか。

ただし藤堂さんにはもう西欧様式に日本の伝統様式を折衷させる〝帝冠様式〟を再現させることなど望みうべくもなかった。日本人の精神構造に変わりはなくても時代精神が変わってしまったからです。藤堂さんは〝憑依建築〟を造るかわりに〝空白建築〟を造らざるをえなかった。しかし、自分が〝全身性紅斑性狼瘡〟という難病にかかったと知って、しかもそれが〝狼〟という〝罪悪〟を象徴する名のついた病気だと知って、ついに藤堂さんはほんとうに自分が造りたいものを造って死ぬことを決意したのではないでしょうか。つまり、それが神宮ドームだったのではないか。この神宮ドームが何であるのか、それがわからなければこの事件を解決したことにならない。東郷さん、ぼくはそう考えているのですよ——」

2

「……神宮ドームに空気を吹き込んでやり、その膜屋根を膨らます作業のときに、藤堂は四階のバルコニー席で〝狼〟を見た、とそういったよ。〝狼〟が自分の行く手にたちふさがった。いや、〝狼〟を見たと思ったのだが、それはバルコニー席の大鏡に映った自分の姿だった、とそういった。そういいながら、それでもやはり自分は〝狼〟を見たのだ、と……そのときのおれは藤堂が〝狼〟という名のついた病気にかかっているということは知らなかった。おかしなことをいう、と気にもかけなかったのだが」

「〝狼〟を見た……」

「そうだ。そういった。あれは〝狼〟という自己免疫疾患にかかった自分の姿を鏡に見てあんなことをいったのだろうか? おれにはどうしてもそうは思えないのだが。藤堂はやはり、ほんとうに〝狼〟を見たのではないか、おれにはそう思えてならないんだよ」

「…………」

「そのあと藤堂は急速に精神状態が悪化していった。あまり、おれや新道にも会いたがらないようになっていった。そうそう、藤堂がおれたちにあの水無月公男という少年を紹介したのもあのころのことだ。いまから考えれば、自分が死んだあとの少年の世話をおれたちに頼みたかったのかもしれない。絵の才能は天才的だが、やや精神状態に不安定なところがある。そういっていた。おれたちは意外だったよ。藤堂はゲイではない。が、あの少年の美しさを見れば、しかもその少年の世話をしているという話を聞けば、誰でもその関係を疑わざるをえないだろう。それに、どんなにあの少年に天才的なところがあろうと、いっさいがっさい、その生活の面倒をすべて見る、というのは藤堂のスタイルではない。どういうことなんだ、いつから宗旨変えしたんだ、と新道がそう冗談めかして尋ねた。藤堂は笑った。そして、ゲイは何もはらまない。〝空白〟だからいいんだ、とそう答えたものさ」

「何もはらまない……〝空白〟だからいい……」

佐伯はつぶやいた。頭のなかにしだいに形をとってくるものがある。しだいに霧がはれていき、そのあわいから徐々に浮かんでくるものがあった。佐伯は懸命にそれを見つめつづけていた。

「神宮ドームが火災になった直後、藤堂は姿を消してしまった。が、じつは、綿抜が過失致死傷罪で起訴されることが決まって数日後に、藤堂から電話がかかっているんだよ。冗談じゃないぜ、いま、どこにいるんだ、とおれはそう聞いた。藤堂は笑って答えなかった。そして、ふいに鹿内弁護士と大月判事のことを話しだした——ひとりはかつての検事長で、もうひとりは法務省に出向していた充検《あてけん》だ。あのふたりは警官暴行事件をいわばもみ消した張本人じゃないか。あんな連中に、『神宮ドーム火災事件』の被告の弁護をしたり、裁いたりする資格はない。『神宮ドーム火災事件』はそんな事件じゃない、あのふたりが公判を担当することは自分を冒瀆《ぼうとく》することになる……とそういうんだ。それはどういう意味なんだ、とおれは尋ねたが、それにも藤堂は答えようとはしなかった」

「『神宮ドーム火災事件』はそんな事件じゃない？　藤堂さんを冒瀆する？」

「ああ、そういうのさ。そして、いきなり、裁かれるべきは鹿内弁護士と大月判事のふたりのほうだ、といい、どうやってふたりを殺すのか、その方法を延々と話しはじめた。その方法のなかには、あらかじめ判事の法服を法廷に持ち込んでおいて、ふたりを殺す人間は、その法服を着て、ふたりをいわば裁くのだ、というようなことも混じっていた。どういうものか、藤堂はふたりを殺したあと、それぞれの死体から弁護士バッジと裁判所のバッジを奪うというアイディアに固執していたよ。それに、ふたりは同日に地裁で殺されなければならない、ということにもこだわっていた。つまり、それが藤堂にとっては、このふたりはたんに殺されるのではなく、裁かれて処刑されるのだ、という意味でもあったのだろう。

もちろん藤堂のいっていることはナンセンスだ。人はそんなことから、そんなふうにして殺人を犯せるものではない。それは、佐伯よ、検事だったおれもおまえもよく知っていることじゃないか。だが、そうだとしても藤堂の怒りは理解できないではない——かつて検事長、法務省の充検《あてけん》として、警官暴行事件をもみ消したふたりが、いまは弁護士であり、裁判長でもある。そうしたことがどれほど日本の刑事裁判を腐らせていることか。そうしたことが、結局は、裁判官を、検察官を、官僚ピラミッドのなかに組み入れることになり、どれほど〝司法の独立〟という言葉を有名無実なものにしているか。それはおれたちが日々、実感していたことじゃないか。

藤堂はいった——検事が弁護士になり、判事が検事になる。だが、あのふたりは裁判のもう一方の主役、被告にだけは絶対にならない。警官暴行事件で起訴された人間がいないということは、つまり被害者がいるのに犯人がいない、ということだ。そんな事態をまねいて平然としている人間が、そこまで法をないがしろにしている人間が、絶対に被告にだけはならない、などという、そんな馬鹿なことがあっていいものか。あのふたりは被告として死んでいくべきだ……藤堂はそう主張した。おれは藤堂に会いたいといった。いま、どこにいるんだ、とそう聞いた。が、藤堂はやっぱり答えようとしなかった。答えないまま一方的に電話を切ってしまった——」

「…………」

「あの公男という少年から藤堂の病気のことを聞いたのはその直後のことだ。藤堂は死にかけているのか。おれはそのことにショックを受けた。おれは死にかけている親友が、必死に話していることを適当にあしらい、本気で聞いてやろうとしなかった。おれはそんな自分が許せなかった。公男に藤堂がどこにいるのか知らないか、と聞いたが、嘘かほんとうか、知らないとそういった。おれは藤堂を捜しつづけたが、ついにその行方はわからなかった。とうとう万策つきて、思いあまって、おまえに藤堂を捜してくれないか、と頼んだ。おれとしてはワラでもつかむ思いだったんだよ。

新道にも藤堂から似たような内容の電話がかかってきたという。新道のほうはおれよりも藤堂の話を信じたらしい。新道はこう藤堂にいったという——たしかに、自分は警官暴行事件のことでは、それを批判する文章を雑誌に載せはしたが、だからといって鹿内弁護士、大月判事のふたりを殺すなどとんでもない。そんなことは、実行するのはもちろん、よしんば考えるだけでも、もう自分はその人間を友達だとは思わない……新道は新道なりに藤堂を思いとどまらせようとして懸命だったんだろう。が、やはり藤堂は自分の居所を告げないいま、電話を切ってしまった。そのあと、新道はいかにも彼らしい方法で、藤堂のことを捜しはじめたのだが、それはおまえも知っていることだよな」

「………」

佐伯はうなずいた。

新道は〝神風連研究会〟のメンバーを動員し、そこかしこに藤堂を弾劾するビラを貼って、藤堂のオフィスの外では宣伝カーで藤堂の名を連呼した。新道は東郷と違い、藤堂の鹿内弁護士、大月判事のふたりを殺すという言葉を信じたのだろう。何とかそれを思いとどまらせようと懸命に動いた。

新道は佐伯と会ったときに、藤堂はかつての友人だった、とそんな言い方をしたが、それこそ友情の裏返しの表現だった。新道としては、藤堂を見つけだして、その殺人をやめさせ、せめて紙上での論争ぐらいにとどめたいと思ったのにちがいない。

あのとき新道は、神宮ドームを見て藤堂が何を考えているのかはっきりわかった、とそういった。そのかぎりでは、あの時点で、新道は佐伯や東郷よりもずっと先に行っていたということになる。

東郷が言葉をつづける。

「あの日、おれはおまえから誰かが法服を着て五階を歩いていた、という話を聞いて驚いたよ。鹿内や大月を殺すまえに、あらかじめ法服を法廷に持ち込んでおく、というのが藤堂の計画だったたからだ。鹿内の車を四駆車で尾行する、ということもな。藤堂か、そうでなければ藤堂の意をうけて公男が、殺人計画を実行しようとしているのではないか、と思った。しかし、その一方で、そんなはずはない、とも思った。藤堂はたしかに警官暴行事件で鹿内や大月がやったことを怒っていたよ。怒り狂っていたといっていい。が、それはいわば義憤にすぎない。藤堂には鹿内や大月を殺さなければならない個人的な動機は何もないのだ。人は義憤にかられて殺人を犯したりはしない。たしかに藤堂は電話でふたりを殺すとそういったが、あのころの藤堂の精神状態はまともではなかった。おれは藤堂の殺人計画を信じていなかった。だから、おまえが見かけたという法服の人物のことは気にはなったが、そのまま放っておいた。放っておくべきではなかったのかもしれない。とうとう鹿内弁護士が殺されてしまった――」

「…………」

「おれは鹿内を殺したのは藤堂か、そうでなければ公男ではないか、と思った。ふつうの殺人であれば、なにもあんな人の多い地裁で犯行を実行するわけがない。鹿内と大月のふたりは地裁で殺されなければならない――というのはまさに藤堂の主張していたことだったんだ。おれは後悔したよ。どうして藤堂の言葉を信じてやらなかったのか。悔やんでも悔やみきれない思いだった。藤堂か、公男か、どちらにしろ、彼らが鹿内を殺したその責任のなかば以上はおれにある、とそう思った。おれがあんなふうに怠惰《たいだ》でなければ、もっともっと死に物狂いに藤堂を捜していれば、こんなことにはならなかったはずなのだ、とそう自分を責めた……


　おまえはどう考えているか知らないが、おれが大月判事に法廷警備員の制服を着てマスコミの包囲陣から逃れることを勧めたのは、なにも最初から殺してやろうなどと考えたからではない。あのとき、いったん、おまえと一緒に『裁判官室』を出たが、あまりにマスコミの攻勢が激しいので、おれは『書記官室』のほうに撤退した。そして大月判事が法廷警備員の制服を着てマスコミから抜けだすことを思いついた。おまえが想像したように、おれは『書記官室』から法廷警備員の制服を取って、こっそりと『裁判官室』に戻った。『書記官室』にも何人かマスコミ関係者はいたが、彼らは『裁判官室』から出てくる人間には注意を向けても、入っていく人間はほとんど視野の外にあったらしい。おれは大月に警備員の制服を着ることを勧め、大月もそれにしたがったのだが……」

一瞬、東郷の顔が激しくゆがんだ。その顔を染めている赤い光がちらちらと舞う。

「いまから思えば、公判のことで相談したいことがあるから『532』号法廷に来てくれないか、とそう頼んだのは、すでに意識下では大月を殺そうと決意していたのかもしれない。いや、そうなのだろう。そうでなければ、ワープロからコードを抜いて、ポケットに突っ込んだりはしない。あのときの自分の精神状態は自分でも説明がつかない。おれは藤堂が（あるいは藤堂に指嗾《しそう》されて公男が）鹿内を殺したのは、藤堂の話を本気にしなかった自分に責任がある、と思い込んでいた。藤堂は自己免疫疾患で死のうとしている。おれはその死にかけている友人の言葉を信じてやろうとしなかった。どんなことをしても、これ以上、藤堂たちに罪を重ねさせるようなことをさせてはならない、と思っていた。

『532』号法廷で法服を見つけたとき、それを、おれを導いているしるしのように感じたのもそのせいだろう。やはり藤堂か公男がこの法服を法廷に運んだのだとそう思った。法服にはバッジがついていなかった。そのまえに、おまえがバッジを拾っていることを聞いていたから、そのことは意外ではなかったが、藤堂が死体からバッジを奪うことにひどくこだわっていたのを思いだして――どうしてあんなにこだわっていたのかその理由はわからなかったが――、それをなにかの啓示のように感じた。藤堂は、ふたりは同日に、地裁で殺されなければならない、ということにもこだわっていた。どうしようもないじゃないか。おれは大月判事を殺したよ。もう殺す以外にない、あのときもそう思ったし、いまでもそう思っている。そして藤堂が電話でいったように大月の死体を被告席にすわらせた。法服を大月に着せたのは、おまえがいったとおり、警備員の制服を着せたままにしておけなかったし、かといってワイシャツ姿にしておくわけにもいかなかったからだ。おれはそのあと、裁判官専用通路から法廷を抜けだした。

鹿内弁護士のバッジのこともおまえがいったとおりだ。おれが、あの日、所轄署に行ったのは、鹿内の背広にバッジがついていないのを確認するためだった。もしかして、バッジが残っているようだったら、藤堂のためにそれを奪わなければならない、と考えていた。そのために自分の検事のバッジを外し、そのことをおまえに気づかれないように、背広を腕にかけていた。幸運にも鹿内の背広の襟は立っていた。バッジは見えなかった。どうして鹿内の背広にバッジが残されていたのかはわからない。人を殺し、バッジを奪う余裕もないまま、動転して逃げだしてしまったのか？ わからないよ。とにかく、おれには藤堂の言葉を信じなかった罪がある。藤堂の犯行を完璧なものにするために鹿内のバッジを奪った。おまえのいったとおりさ——」

一瞬、沈黙があり、佐伯はそれまで胸のなかに張りつめていたものを一気に吐きだすようにしていった。

「それでは綿抜を殺したのはどうしてだったのですか？」

3

時が過ぎるにつれ、夕日が黒ずんで深みを増していく。

いまや夕日は光であるのと同時に、影でもあって、ぎらぎらと赤くなまなましいその光は、天井のそこかしこに吊るされている機材の影を一つ、またひとつと濃密に虚空にきわだたせていくのだ。いってみれば、それは、ふと、ものたちが耳をそばだて、順々に体を起こしていって、ふたりを遠巻きにし、ジッとその話に聞きいっているかのようでもあった。

実際に佐伯は自分たちにそそがれる執拗な視線を感じていた。——もちろん現実に天井の音響スピーカーやサスペンション・ライトが耳をそばだてるわけがない。

どこかはるか彼方の異次元に法廷があり（どうしてか佐伯にはそれが円形の階段式の法廷であるかのように感じられる。自分たちふたりがその円形法廷の中心にいるかのように感じられる）、そこに人間ではない陪審員たちが集まって、ひっそりと耳を傾けているかのように思えてならないのだ。

佐伯が何かいい、東郷が何かいうたびに、陪審員たちはたがいに目配せをし、ひそひそと私語をかわしあう。ときにはどよめくことさえある。——それを佐伯はひしひしと痛いほどに感じているのだった。

佐伯は口を開きかけ、陪審員たちが指を唇に当てて、シッ、とたがいに静寂を告げあうその気配を感じたように思い、一瞬、視線を宙にさまよわせる。そして、東郷に視線を戻していう。

「あの日、綿抜は姿を消すまえに、藤堂さんのことについて話がある、そのことは検事さんにもいった、というような意味のことをいいました。それを聞いたときには、綿抜がいった検事というのを、村井さんのことだと思いました。でも考えてみればそうとはかぎらない。綿抜は『神宮ドーム火災事件』で過失致死傷罪に問われていた。綿抜が、検事さん、とそういうとき、東郷さん、それはあなたのことではないのか、とぼくはそう思ったのですよ――」

佐伯はジッと東郷の目を覗き込んでいる。東郷は身動きもしない。

「そこまで考えて、もしかしたら、と思いました。もしかしたら綿抜は殺されたのではないだろうか。もともと、ぼくは綿抜が自殺したということに疑問を持っていたのです。綿抜はどうしようもないほど虚《うつ》ろな男でした。自分の内面というものを持っていない男でした。あれほど虚ろな男が自殺などするものだろうか？　ぼくにはそのことが信じられなかった――綿抜が殺されたのだとしたら、疑問はふたつあります。ああ、大急ぎで断っておくのですが、シャワー室が密室だったというのは疑問でも何でもない。あんな単純な鍵、機械的なトリックで、どうにでも操作できる。ぼくは、とりあえず石鹸を使うトリックを思いつきましたが、ほかに幾つもトリックが可能でしょう。密室なんかどうでもいい。ふたつの疑問というのは――ひとつは、どうして綿抜にかぎって他殺を自殺に見せかけなければならなかったのか、ということであり、もうひとつは、どうして綿抜を裸にしてシャワーの湯をかけなければならなかったのか、ということなのです。ぼくにはそのことが疑問だった」

「…………」

「鹿内弁護士が殺され、大月判事が殺されている。妙な言い方ですが、犯人はこのふたりを堂々と殺しているのです。それがどうして綿抜にかぎって他殺を自殺に見せかける必要があったのか？　もちろん、それは綿抜が殺されたと警察に知られるのがまずいからでしょう。それはどうしてか。もしかしたら、その殺害手段を知られることが、犯人にとって非常にまずいことになるからではないか」

「…………」

「そこで思いだしたことがあるんです。貯留槽で死体を見つけたときのことです。地下の貯留槽に入るのには、いったん地上の調整槽の屋根に登り、そこから、らせん階段で地下に下りなければならないようになっている。調整槽は球体になっていてその屋根は非常に滑りやすい。現に、ぼくも何度か滑りそうになったし、屋根には靴の滑ったあとが残されていました。しかし、案内してくれた人の話だと、もう長いあいだ、貯留槽には誰も下りていないということでした。ぼくはそのことを思いだしたのです。それではその靴跡は誰のものなのか？　それ以降、雨も数えきれないほど降ったでしょうし、そんな、ずっと以前の靴跡などが残されているはずはない。ごく最近、誰かが調整槽に登ったとしか考えられない。それもこっそり登ったことになる。それは誰なのか？」

「…………」

「調整槽の屋根には散水装置がついていました。そのことを思いだしたとき、東郷さん、ぼくにはすべてが、それこそ映画でも見せられたようにありありとわかったのですよ。誰かが綿抜といっしょに調整槽に登った。その誰かには綿抜を殺さなければならない事情があったのだが、あいにく大月判事を殺したときのように、その首を絞めることができなかった。そのとき、その誰かは一方の腕が使えなかったからです。片手では首を絞めて殺すことはできない。どうすればいいか？　その誰かは、綿抜と一緒に調整槽に登ったとき、その殺害方法を思いついたのでした。とっさに散水装置の栓を開いて、綿抜を突きとばし、そのネクタイをつかんだ――どうして、ネクタイをつかんだと考えるのか、その理由はあとで話します――。おそらく、その誰かは、いや、東郷さん、あなたは、もう一方の使えないほうの腕を散水装置にでもまわして自分の体を支えたのでしょう。ただでさえ滑りやすいところに持ってきて、散水装置からは水が撒かれている。いったん、バランスを崩して倒れてしまえば、ツルツルと滑って、手もかからないし、足もかからない。綿抜は自分の体重が容赦なくネクタイにかかって首を絞めつけられる。とうとう気管を圧迫されて、綿抜は死んでしまった。

実際、そのときのあなたの苦闘ぶりには凄まじいものがあったでしょう。ぼくはそのことを想像しただけで慄然《りつぜん》としますよ。なにしろ片腕一本だけで人間ひとり支えたんですからね。肩や腕も痛かったでしょうし、ネクタイがちぎれないかとそのことも心配だったでしょう。そのあと、綿抜の死体を引きあげ、散水装置の栓を閉じて、さらにまた綿抜の死体を地上におろした。ほとんど人間業とは思えないが、とにかく、東郷さん、あなたはそれをやってのけたのです。しかし、ここに問題が残された。ひとつは、死体がずぶ濡れになっているということです。もうひとつは、ネクタイで首を絞めたということが警察にわかれば、首に残された痕跡などから、それが片手で絞められたものだということもわかるのではないか、ということです。両手を使える人間が片手だけで人を殺すなどということはまず考えられない。必然的に、犯人は片手だけしか使えない人間、というところに落ちついてしまう。つまり、東郷さん、あなたが容疑者として浮かんでくることになる。自分が疑われないためには綿抜が自殺したように見せかけるしかない。つまり、これが綿抜の場合にかぎって、他殺を自殺に偽装しなければならなかった理由なのです。

どうして綿抜の死体をシャワールームに運んで、湯をかけっぱなしにしたのか？　もちろんそれは死体がずぶ濡れになっているのを偽装するためでした。熱い湯をかけつづけることで、首に残された索条痕《さくじょうこん》をわかりにくいものにする、という狙いもあったのでしょう。死体が熱っせられたり、その逆に冷やされたりすると、索条痕の鑑定は困難になりますからね。首を吊るしたベルトの内側に石鹸を塗ったのも、そうしておけば、多少、ベルトの痕と索条痕が一致しなくても、石鹸でベルトが滑ってずれたのだと思ってくれる、と考えたからではないのですか――シャワーで洗い流せば首に残っているかもしれないネクタイの繊維も取れる。死斑の位置に不審なところがあっても、それもシャワーの湯がかかったからだろうということになる。縊死体の場合、ほんとうに自分で首を吊って死んだのか、あるいは殺された後に吊るされたのか、それを見わけるひとつの目安として、現場に尿の痕跡が残されているかどうかということがある。それもシャワーの湯が出っぱなしになっていればたやすく偽装できる。

問題はネクタイでした。綿抜の死体にネクタイを残していくのはあまりに危険すぎる。何といってもネクタイは凶器なわけだし、ネクタイで首を絞めたということがわかれば、そのときに片腕しか使えなかった人間、つまり、東郷さん、あなたが必然的に容疑者として浮かんでくることになる。死体からネクタイを取ることはできる。現にあなたはそうした。が、綿抜がネクタイをしていたことは、あのとき現場検証に立ちあった捜査員たち全員が知っていることです。死体からネクタイだけが消えていれば、逆にそのことに捜査員たちの注意を向けさせることになってしまう。それではネクタイだけを取らずに、着ているものをすべて剝いだらどうだろう。そうすれば少なくとも捜査員の注意をネクタイだけに向けさせるのは避けることができる。あなたはそう考えた。

あなたとしては、シャワールームにネクタイを残していくのに、危惧の念もあったでしょうが、さっきもいったように、綿抜さんがネクタイをしていたのは捜査員の全員が知っていることですからね。それを持ち去るわけにはいかない。綿抜の死体を全裸にして、やむをえず、ほかの着衣とともにネクタイもシャワールームに残していったわけです。というか、そうせざるをえなかった。脱衣カゴのなかの着衣はシャワーの湯をあびて濡れていた。あなたとしては、それでネクタイに残されている自分の指紋が消えてしまうことも期待していたのでしょう。どうして遺書が残されていたのかはぼくにもわかりません。そのことは、東郷さん、あなたの口から聞きたいとそう思っているのですよ」

長い話が終わった。静寂が満ちる。

佐伯がその瞬間、サッ、と周囲に視線を走らせたのは、陪審員たちは自分の論告をどう受けとったろうか、とそんな妙なことを思ったからだった。感銘を受けたろうか、それともあまり感心しないと顔をしかめたろうか？　もちろん、そこには陪審員などいるはずがなく、ただ黒ずんだ赤い光が羽ばたくように舞っているだけだった。

どこにも陪審員などいない。少なくとも人間の感覚のとどく範囲には——

東郷はジッとうつむいていたが、やがてその顔をあげると、残念ながら、とひっそりした声でいった。

「おれにもどうして綿抜があんな遺書を用意していたのかわからないんだよ。あいつから背広を脱がせて、ポケットに遺書を見つけたとき、こんなおあつらえ向きのことがあるだろうか、とおれは狐につままれた思いがしたものだ――」

「…………」

「あの現場検証の前日、綿抜はおれのところに電話をかけてきた。藤堂のことについて話がある、とそういった。藤堂さんは人を殺しています、そのことについてぜひとも検事さんにお話ししたいことがあるのです、とそういったのさ。おれは反射的に、綿抜は、藤堂が鹿内を殺したことをいっているのだ、とそう思った。どうして綿抜がそのことを知っているのか、それはわからないが、すでに藤堂が死んでいるなどとは、そのときのおれは夢にも思っていなかったからな。そのとき、おれが考えたのはこういうことだった――藤堂はもうすぐ自己免疫疾患で死んでしまう。藤堂を人殺しの汚名をきせて死なせることはしたくない。それだけは何としても避けなければならない……ふしぎなほど自分が大月を殺したことは考えなかったな。ただ藤堂のことだけを考えた。

藤堂のことは黙っているように綿抜を説得しなければならない。おれはそう思ったよ。なにしろ綿抜は重要参考人ということで高瀬たちの捜査本部に身柄をおさえられている。説得するとしたらそれは現場検証のときをおいて他にないだろう。それで綿抜に現場検証を途中でぬけ出せないかと聞いてみた。やってみる、と綿抜はそういったさ。綿抜も過失致死傷罪を免責されることで財前たちの言いなりになっているのにいいかげん嫌気がさしていたのだろうよ。あの貯留槽を待ちあわせの場所に指定したのは綿抜のほうだ。あそこなら人目につかないとそういった。いまから考えれば、綿抜はあの貯留槽に藤堂の死体があるのをすでに知っていたのかもしれない。それで、おれを死体のところに案内しようとしたのかもしれない。どうして綿抜が、藤堂が鹿内を殺したのを知ったのか、どうしてその死体があの槽にあるのを知っていたのか、それはいまだにわからないことだ。わからないといえば、どうやって綿抜が、何十人もの捜査員たちの目のまえで姿を消してしまう、などという大魔術めいたことをやってのけられたのか、それもおれにはわからない。

いまさらどうでもいいことだが、おれは綿抜に対して最初から殺意を持っていたわけではない。そんなことはなかった。綿抜は調整槽のうえで足を滑らせて腹這いになってしまった。そのとき、ここでこの男が死んでしまえば藤堂が汚名をきて死んでいくこともない、おれはとっさにそう思った。おれは散水装置の栓を開けて、使えないほうの腕を装置にからみつかせ、綿抜のネクタイをつかんだ。綿抜は必死に這いあがろうとした。が、あの滑りやすい槽で、しかも水をあびせられたのでは、どうすることもできない。綿抜は死んだ。あとのことはみんなおまえのいったとおりだよ。

後悔はしていない。おれは死にかけている藤堂の最後の話を信じてやらなかった。大月を殺し、綿抜を殺すことが、おれにできるせめてもの罪滅ぼしだった。おれはそう思っている。罪滅ぼしといえば、新道にも多少はその思いがあったのではないか。新道がどれぐらい事件の真相に気がついていたのかはわからない。おれと新道がそのことで話しあったことはないからな。ただ新道は、おれと違って、あくまでも藤堂のやろうとしていること——というのは、つまり、鹿内と大月のふたりを殺すということだが——を阻止しようとしていた。まさか、鹿内と大月が殺され、自分が神宮ドームの放火とあわせて、その容疑者にされるなどとは思ってもいなかったろうが、あえていろんな事実を秘して、法廷に出る気になったのは、藤堂に対してなにがしかの思いがあったからではないか、とおれはそう考えている。堂々と法廷闘争をくりひろげ、無罪を勝ちとることで、そしてその過程で警察官暴行事件の欺瞞《ぎまん》をあらわにすることで、せめてもの藤堂の供養にしたかったのではないか。新道はそういう男だし、藤堂は、おれも含めて友人にそういう気持ちにさせる男だったんだよ。

おれたちは水無月公男とはずっと接触していなかった。だから、公男がこの事件にどういう関わりがあるのか、なにを考えていたのかはわからない。公男がどうして新道を刺したのかもわからない。おまえのいうとおりだろう。おれは公男に対してあまりに残酷なことをした。何もあんなことをいう必要はなかったかもしれない。だが、どうしてか、おれは公男が藤堂が生きているとそう信じていることが耐えられなかったのだ。おれも、死んだ新道も、藤堂がすでに死んでいるのだ、という事実に耐えようとしてきた。いや、もしかしたら貯留槽で発見された死体は藤堂ではないのではないか、おれもそう思ったことはあるが、それも

ＤＮＡが一致したのでは、もう望みが絶たれた。藤堂がすでに死んでいるという事実を受け入れるしかない。公男は、藤堂はまだ生きている、と信じていた。その意味では幸せな男だった。おれはそのことに嫉妬したのかもしれない――」

東郷の話が終わった。その顔が苦悩にゆがんでいた。佐伯はそんな東郷の顔を正視することができずに、視線をそらし、ぼんやりとキャットウォークを見つめた。

ぼんやりと……いや、佐伯は自分の顔がこわばるのを覚えた。目がカッと見ひらかれるのを感じた。そして自分でもそうと意識せずに、こう口走っていたのだ。

「公男は間違っていなかった。間違っていたのは、東郷さん、あなたのほうだ。だって藤堂さんは生きている！」

第三十三歌

1

東郷はけげんそうな表情になった。

佐伯が自分の背後に視線をすえているのに気がついて、振り返った。

そこに赤黒い光が射していた。なにか眼底出血のように、透明な光がしだいに凝集されていって、ついには一点、そこに黒々と闇がわだかまっていた。その闇がゆらりと揺れた。揺れて動いた。闇のなかにしだいにぼんやりと人影が浮かんできた。

東郷が叫んだ。

藤堂の名を呼んだ。

その影に向かって走り寄ろうとした。

そのときにそれが起こった。

ふいに膜屋根がカッと明るくなった。夕日があかあかと燃えあがった。膜屋根を透かした夕日ではない。足元からぎらぎらと光が射してきて、それが急速に厚みを増し、車輪の輻《や》のように回転した。サンバイザーの反射光だ。反射光がぐわっと膨らんで、ほとんど爆発せんばかりに膨張し、膜屋根を真っ赤に染めあげた。温度が一気に上昇した。

風の音がとどろいた。温度の上昇を感知して循環ファンが一斉に作動したのだ。天井をごうごうと風が唸った。立っていられないほど強い風だった。佐伯はとっさに背をかがめて手すりにつかまった。

風の音になにかが軋《きし》むような音が重なって聞こえた。メーンゴンドラが風に揺れているのだ。ギシギシと軋んで揺れている。一方のサブゴンドラが分離した。メーンゴンドラとサブゴンドラの隙間に赤い光がぎらついていた。そのなかに黒いシルエットになって東郷の影が浮かんだ。風に揺れてゴンドラは不安定だった。

東郷さん、危ない、と佐伯は叫んだ。叫んだが、もう間にあわなかった。いったん分離したサブゴンドラがまたメーンゴンドラに合体した。なにかクラッカーの砕けるような音が聞こえてきた。パリン、という軽やかな音だった。東郷の頭蓋骨が砕かれる音だった。赤い光のなかに、それよりもさらに赤く、鮮血がほとばしった。メーンゴンドラはサブゴンドラとのあいだに東郷の首をくわえ込んだまま右に左に揺れた。なにか怪獣が獲物をくわえ込んでその体を振りまわしているかのようだった。

佐伯は絶叫した。東郷の名を呼んだ。

が、その声はむなしく風の音にかき消された。そうでなくても同じことだ。どんなに叫んでももう佐伯の声が東郷の耳にとどくことはない。東郷は死んでいた。

ふいに光が褪《あ》せた。フェイドアウトするように急速にサンバイザーの反射光が薄らいでいった。温度が下がっていった。一基、また一基と、循環ファンは停止し、やがて風の音はとぎれた。それでもしばらくは、キー、キー、と軋みながらゴンドラは揺れつづけていた。それもやがて止んで、東郷の体だけがゆっくりとキャットウォークのうえにくずおれていった。

「…………」

佐伯は呆然と立ちすくんでいた。

もうひとり、東郷の死体をはさんで、キャットウォークの反対側にいる男も、やはり呆然とたたずんでいた。

それは多摩川の廃工場で見かけたあの老人だった。いや、老人ではない。その男は東郷や新道と同い年のはずだ。老人と呼ぶような歳ではない。ただ自己免疫疾患のために急速に衰えているだけだ。年齢のせいではなく、病気のために、よぼよぼになっていた。

——どうしておれはそのことに気がつかなかったんだろう？

佐伯はぼんやりそのことを自問した。

自分はすでに藤堂に会っていたのにそれに気がついていなかった。気がついていたら何かが変わっていたろうか？　変わっていたかもしれないし、やはり、こうして新道が死んで、東郷が死ぬことに変わりはなかったような気もした。わかるはずのないことだった。

ふたりのあいだに夕日が射していた。サンバイザーの反射光ではなしに膜屋根を透かして射し込む暗い夕日だった。赤い光のなかに、なにか飛蚊のように細かいものが舞っていて、それがきらきらと光っていた。夕日はすでにかなり衰えていた。もうすぐ真っ暗になるだろう。

東郷、と藤堂は名を呼んでつぶやいた。

「とうとう、おまえまでこんなことになってしまった。いや、これでよかったのかもしれない。新道も死んだ。おれもすぐに死ぬ。おれたちは三人でひとりだ。これでいいのかもしれない……」

それを聞いて、佐伯の脳裏を『神曲』〝地獄篇〟に記されているルチフェルの描写がかすめた。

六つの眼でかれは泣いており、三つの顔から涙と血の涎とがしたたり落ちた。

ここにいるのは藤堂ではない。東郷と、新道、それに藤堂、三面一身の〝悲しみの王土の帝王〟、現代の日本によみがえったルチフェルなのだった。

東郷は死んだのだ、と佐伯は胸のなかでそう自分にいい聞かせた。そのことは認めなければならない。しっかりしなければならない。

——悲しいか？　自問した。もちろん悲しい。東郷はただひとり、佐伯が信頼し、尊敬もしていた検察庁の先輩なのだ。悲しくないわけがない。

が——

新道が死んで、東郷が死に、いずれはここにひとり残された藤堂も死ぬことになるだろう。佐伯にはそのまえに確かめておかなければならないことがある。そう、しっかりしなければならない。

「あなたは生きている——」

と佐伯はいい、聞いた。

「それでは貯留槽に沈んでいたあの死体は誰なんだろう？」

藤堂はぼんやりと佐伯を見た。佐伯のことは知らないはずだが、誰なのか、といぶかしんでいる様子もない。すでに感情そのものが枯渇しかかっているのかもしれない。

「知らないんだ。おれもどこの誰だか知らない。外国人の作業員だ。どこの国の人間かもわからない。おそらく誰も知らないのではないかと思う。膜屋根を膨張させる作業をしているときにキャットウォークにいて、やはり東郷のようにこんなふうにゴンドラに挟まれて死んでいった。おれはそのとき四階の大鏡に自分の姿を見て〝狼〟が立ちふさがっているとそう感じた。そのとき天井から血がしたたり落ちてきて、〝狼〟は病気なんかじゃない、おれ自身が、おれの罪悪そのものが〝狼〟なのだ、とそのことに気がついた。そう、おれが〝狼〟なのだ」

「外国人の作業員……」

佐伯はあの遠藤という男がいったことを思いだしていた。

——ひどいのになると、なにが気に入らないのか、作業の途中でプイと姿を消して、それっきりなんてこともありますからな。

そうなのだ。あのとき、なにか胸の底に引っかかるものを覚えていた。ついにそれが何であるのかわからなかったのだが、いまになってみれば、それは遠藤のその言葉が引っかかっていたのだった。

教えてください、藤堂さん、と佐伯は声をかけて、

「これは——この神宮ドームはいったい何なのですか。藤堂さん、あなたは何を造ったんですか」

「むろん、地獄に決まっているじゃないか——」

藤堂はあいかわらず虚ろな声でいった。

「おれはダンテの〝地獄〟をここに造りあげたんだよ」

2

「〝地獄〟……」

佐伯はつぶやいた。

ある程度、予想していたことではあったが、やはり神宮ドームにダンテの〝地獄〟が再現されようとしていたという事実には、衝撃を受けざるをえなかった。

胸の底に冷たく重いものが打ち込まれるのを覚えた。そのことにたじろいだ。

が、もちろん、たじろいでばかりはいられない。佐伯は先に進まなければならない。

「事故だったんですね。その名前もわからない外国人作業員が死んだのは、つまりは事故だったということですね」

「事故……」

藤堂は虚ろな目を向けた。

「いや、どうだろう。あれは事故なのか。おれにはわからない」

「藤堂さん――」

「おれはこの神宮ドームに〝地獄〟を造ろうとした。この神宮ドームはダンテの〝地獄〟を模したものなんだよ。わかるだろう？　サンバイザーで熱の地獄を造った。循環ファンで風の地獄を造った。地下には貯留槽で水の地獄を造った。神宮ドームではダンテの〝地獄〟が倒立しているんだ。おれはそのことを意識して神宮ドームを設計した。ということは——この膜屋根は〝地獄〟の最下層ということになるじゃないか。おれはそのことも意識していたはずなんだ」

「…………」

「太陽がある位置に達するとサンバイザーが強烈に光を反射する。条件がととのうと、その反射光は、神宮ドームの天井に下から射し込んでくる。ガラス繊維の屋根が一種の温室のようになって、一気に天井付近の温度を急上昇させる。するとドーム内の循環ファンが一斉に作動する。そのときにメーンゴンドラが天井のしかるべき位置にあるとそれは強烈に揺れる。サブゴンドラがサブレールにそって動いて、メーンゴンドラと合体して、いわば宙づりにされたギロチンのようになってしまう。たまたま、そこに人がいれば、その人間は頭を断ち切られて死んでしまう。これは浮かぶ処刑台だよ。精妙で、しかも強力だ。こんなものが偶然にできてしまうだろうか。そんなことがあるものか。おれは膜屋根がダンテの〝地獄〟の最下層に当たることをいつも意識していた。おれは無意識のうちに〝地獄〟の最下層に処刑台を用意したのではないか——」

とても四十代には見えないほど、衰えきった藤堂は、その深いしわを刻んだ顔に苦悩の表情をあらわにした。

「そうでなければ、あの日、天井から頭をつぶされた男の血がしたたり落ちるのを見たとき、おれがあんなふうに、病気が〝狼〟なのではない、〝狼〟は自分だ、おれ自身の罪悪が〝狼〟なのだ、と痛切に思い知らされるはずがない。天井からしたたる血を見たとたん、おれはそこで何が起こったのかわかった。おれは知っていたのだ。おれは〝地獄〟を模して神宮ドームを設計した。そうであれば、当然、その〝地獄〟の最下層に処刑台を設計したことも知っていたはずなのだ。おれは処刑台を設計し、そしていまとなっては名前もわからない、何の罪もない外国人労働者を殺してしまった」

「………」

「事故のことは綿抜も気がついた。綿抜は神宮ドームの安全管理の責任者だったからな。天井から運び下ろしたときには、まだ、その名前もわからない男は息があった。おれは副腎皮質ホルモン剤を携帯していた。副腎皮質ホルモン剤には免疫抑制機能がある。おれの病気には気休めにすぎないが、それでもいつも持ち歩いていたんだ。副腎皮質ホルモンには血止めの効果もあるから、とりあえずそれを男の口に流し込んでやり、おれの四駆車で病院まで運ぼうとした。が、男は車に乗せてすぐに死んだ。おれのジャケットにはべったり男の血がついた。おれは呆然としてその血を見つめたものだよ。

　男が死んだとたん、オープンをまえにしてこんな事故がおおやけになったのでは困る、と綿抜がそういいだした。どうやら、この男には身内もなければ知り合いもいないらしい。このまま姿を消したところで誰も気にとめないだろう。死体の始末は自分がするから、あなたはこのことは忘れて欲しい、そういいだしたんだ。どうしておれが綿抜の言葉にしたがう気になったのか、いまになっても、おれにはそれがわからない。いや、そうじゃない。わかりすぎるほどにわかっている。おれは臆病で卑劣な男だったのだ。それ以外にはどんな理由もない――」

そういうことだったのか、と佐伯は内心うなずいている。藤堂の車のシートから尿が発見されたところで、また藤堂のジャケットに血痕が付着していたところで、それがかならずしも本人のものとはかぎらない。考えてみれば当然すぎるほど当然のことだが、警察はつい先入観から捜査を進めてしまった。

「しかし、そのあとも、おれは自分が殺した男のことが忘れられなかった。おれが警官暴行事件をうやむやにした鹿内、大月ふたりの検事を許せなかったのも、どこかそこに罪を犯して罰せられない、という自分の影を見ていたからだろう。あいつらを許せない、というのは、つまりは自分を許せない、ということだった。何てことだろう、とおれは思ったものさ。あんなに〝空白〟をテーマに設計しつづけてきて、ついに一度として満足のいく作品をしあげられなかったこのおれが、〝地獄〟だけは一発で完成させてしまったのだからな。こんな皮肉な話はないだろう」

すでに夕日は衰え、ガラス繊維の天井は濃いあい色に沈んでいた。藤堂の顔はその闇に消され、ふと佐伯は自分が藤堂と話しているのか、それとも東郷と話しているのか、そのことがあやふやになるようなのを覚えていた。

「病状が進むにつれて、どうもおれはおかしくなっていったらしい。いまから考えれば、それも妄想とわかるのだが、あの名前もわからない男の血がキャットウォークにこびりついて消えない、という思いにとり憑かれてしまった。そして、とうとう去年のあの日、時限式の火炎放射装置を四駆車でドームに運んで、火災を起こそうとした。火災が起きれば、ドームの何ヵ所かに設置された放水銃が天井に水を噴射する。その水がキャットウォークの血を洗いぬぐってくれるだろう――おれはそう思ったのだが、それがどこまで本音だったのか自分でもわからない。もしかしたら、本心では、おれは神宮ドームを焼いてしまいたかったのかもしれない。そんな気がするよ。おれとしては何もイベントがない日を選んで火炎放射装置を仕掛けたつもりだった。まさか、その日、綿抜が区民体育祭のリハーサル日に変更していたなどと知るはずがない。結果は知ってのとおりだ。ドームの職員がひとり、高校生が七人死ぬことになった」

「…………」

佐伯はジッと藤堂を見つめている。いや、藤堂を覆う闇を見つめている。その闇から低く藤堂の声が聞こえてくる。

いまから考えれば、新道に似た男が四駆車からおりるのを見た、という警官の証言は嘘ではなかったのだ。たしかに警官は新道に似た男を見たのだった。

そのときからだよ、と藤堂はそういう。

「おれが神宮ドームの〝地獄〟を自分のものとして受け入れる気になったのは。そのときからこの〝地獄〟は完全におれのものになったのさ——」

3

——そのときからこの〝地獄〟は完全におれのものになったのさ……

それを最後に藤堂の声が消えた。

声が消えると、そこにはただ闇だけがわだかまり、人の気配も絶えてしまう。そのまま藤堂は消えてしまうのではないか、という不安にかられ、

「あなたは生きているのではないか、ぼくはそう考えていました。それというのも」

佐伯はそういう。

「これはあなたには関係のないことだが、いや、まったく関係がないこととも いえないかもしれないが——警察が神宮ドームの現場検証をした日、オープンデッキから内野スタンド席に入った綿抜が、外野スタンド席にいた四十人もの捜査員の目のまえで忽然と消えてしまう、という事件が起こりました。じつは、そのとき綿抜はただ、現場検証を抜けだして東郷

さんに会いにいっただけのことで、綿抜自身がそんな不可解なことをもくろんだわけではありません。というか、そんなことはもくろんでできることではないでしょう。では、どうしてそんな妙なことが起こったか」

「………」

「ぼくはそのまえに神宮ドームで開催されるライヴ・コンサートのポスターを見て、こんな大きな会場でコンサートなんかやったら空席ばかりでしらけるんじゃないかと思いました。そのことが妙に意識の隅に引っかかっていた。それと捜査員の何人かが、バックネットが非常に速くおりていったように見えた、とそう証言していた。そのふたつをあわせて、もしかしたら神宮ドームには仕切りがあるんじゃないか、とそう考えたのです。どう考えても六万人も収容できる神宮ドームをすべて使ってコンサートなどの小規模な催し物をおこなうのは無駄だし不自然なことだ。コンサートの臨場感だってないでしょう。それで事務室に問いあわせてみたのですが、やはり仕切りはあった。なんでも長さ二十メートルほどのガラス繊維の幕だそうですね。二万人ほどのイベントのときにはこれを天井から下げて使う。この仕切り幕もバックネットと同じように昇降式になっている。ただし、バックネットが下がって収納されるのとは逆に、仕切り幕は天井に引きあげられて収納される。

ガラス繊維は半透明だし、現場検証のときには発煙筒からもうもうと煙がたちのぼっていて、しかも照明が不十分だった。何のことはない。外野スタンド席にいた捜査員たちは、誰も、フィールドの真ん中に仕切り幕が下がっていることに気がつかなかっただけなのです。ぼんやりと内野スタンド席が見えるから、そこには何もないと思い込んでいた。実際には、半透明といっても、そこには幕が下りているのですから、どうしても視野に死角ができてしまう。綿抜は内野スタンドに入って、すぐにべつのゲートから外に出ていった。仕切り幕にさえぎられて捜査員たちにはそれが見えなかった。それだけのことです。ただ、それだけのことなのに、四十人もの捜査員たちの目のまえで人ひとり消えてしまった、などという超常現象めいたことになってしまった。バックネットが異常な速さで下りていったというのは、仕切り幕が上がっていくのと重なったために、たまたま、そんなふうに見えた、いわば目の錯覚にすぎないでしょう。

そんなことはどうでもいい。そんなことはすべてお笑いぐさにすぎない。何の意味もない茶番です。ここで大切なことは、どうして捜査員たちが全員、仕切り幕が下がっているのに気がつかなかったのか、というそのことでしょう。それは事前に誰ひとりとしてそのことを知らされていなかったからに他なりません。そのときそこに仕切り幕が下りてくる必要などなかったし、事実、そんな予定はなかった。それがどうして仕切り幕が下り、そしてまた吊りあげられたのか？　じつのところ、どうして、ということに関しては、ぼくにもわからない。しかし、誰かが勝手にそんなことをした、ということは間違いありません。そして、その誰かは神宮ドームの設備を知悉《ちしつ》していて、ある程度はそれを使いこなせる人間でなければならない。それは誰か？　そのことを考えたときに、藤堂さん、ぼくの頭に必然的にあなたの名が浮かんできたのですよ。そして、もしかしたらあなたは生きているのではないか、とそう思ったのです。教えていただけませんか、藤堂さん、どうしてあなたはあのとき仕切り幕など下ろしたのですか」

質問は闇にのまれ、消えて、一瞬、佐伯は返事がかえってこないのではないか、という危惧の念にみまわれた。

が、おれは恐ろしかったのだよ、と藤堂はすぐにそう答えた。

「発煙筒がたかれて警報装置が働く。まさか、そんなことにはならないだろう、とは思ったが、排煙のために循環ファンが一斉に働いて、そのとき、たまたまメーンゴンドラがその位置にありでもしたら、また人が死ぬことになるんじゃないかと思うと、そのことが恐ろしくてならなかった。それで煙の流れを変えるために仕切り幕を下ろした――ただ、それだけのことで、そのことで人が消えるとかどうとかそんなことは考えもしなかったさ」

「なるほど、そういうことだったのですね――」

と佐伯はうなずいて、

「もうひとつ、これだけはどうしてもお聞きしなければならないことがあります。それは、藤堂さん、どうしてあなたが〝地獄〟を造らなければならなかったのか、というそのことです。ぼくもある程度のことはわかっているつもりです。あなたが弁護士や裁判所のバッジにこだわっていたということを聞いて、なおさら、ぼくは自分の推理に自信が持てました。しかし、ぎりぎりのところで、もうひとつ、わからないところがあるのです。それを教えていただきたい。そのまえに、ぼくのわかっていることだけ、お話しします。どうか間違っていたら訂正してください」

「…………」

「あなたは日本の司法制度はひずんで狂っている、とそう考えている。あなたはずっとそう考えつづけてきた。警官暴行事件で、当時、検事長だった鹿内と、法務省に派遣されていた充検《あてけん》の大月とが、その事件をいわばもみ消してしまったことは、その考えにいわば決定的な一撃をもたらした、というにすぎない。あなたはそれ以前から日本の司法制度はひずんでいる、とそう考えていたのにちがいないのです。だから神宮ドームのモザイク壁画にユリの花を多用し、ドーム屋根にらせん模様を採用した。ドーム屋根のらせんは、あれはヒマワリですね。ある人物が――こいつがとてつもない野心家のいやな野郎なんですけどね――ブレイクのゆりの詩とひまわりの詩を聞かせてくれたことがありました。それを聞いたことと、藤堂さん、あなたが建築家であり、フィボナッチの〝黄金比〟の信奉者であるということが、ぼくにそのことを気づかせたのです。

フィボナッチの数列はこの宇宙でもっとも美しい数列だといわれているようですね。その〝黄金比〟が建築家たちに好んで使われるのはそのためらしい。フィボナッチ数列でもっとも有名なのは花弁の数です。自然界のほぼすべての花が、その花弁の数が、三、五、八、十三、二十一、三十四、五十五、八十九、という数列のいずれかの数になっている。すべての項がまえのふたつの項の和になっている。つまりフィボナッチ数列です。たとえばユリの花弁は三枚、キンポウゲは五枚、ほとんどのディジーは三十四枚か五十五枚、あるいは八十九枚という具合です。ヒマワリにいたっては、花弁だけではなく、その頭部の小花のパターンまでフィボナッチ数列になっている。小花は、一つは時計回り、もうひとつは反時計まわりに、らせんを描いて交差する曲線群にそって並んでいるのですが、このらせんの数がともにフィボナッチ数になっている。三十四と五十五、五十五と八十九、という具合です。藤堂さん、あなたはヒマワリのこのらせん模様をドームの屋根に採用したわけですね。

ところが司法関係者のバッジにかぎっていえば、これがそうではない。検察官のバッジには、菊の花がデザインされているが、この花弁の数が十二。弁護士のバッジにはヒマワリの花がデザインされているが、この花弁の数が十六、裁判所のバッジは八のフィボナッチ数になっていますが、これは八咫鏡《やたのかがみ》をデザインしたものでそもそも花ではない。つまり秋霜烈日《しゅうそうれつじつ》をあらわす検察官の菊のバッジも、正義の天秤をかこんでいる弁護士のヒマワリのバッジも、最初からひずんで狂っているのです。自然界のフィボナッチ数ではない。藤堂さん、あなたが司法関係のバッジにこだわったというのも、つまりはこのためでした。あなたには、これらのバッジは、日本の司法の歪みをそのまま象徴しているものに思われたのでしょう。

藤堂さん、あなたにとって、ダンテの〝地獄〟とは何だったのですか？　それはなにより〝裁きの場〟だったのではないですか。だからこそ、日本の司法に絶望したあなたは、正面入口のモザイク壁画にユリの花を多用し、ドーム屋根にヒマワリのらせんを採用した、美しいフィボナッチ数に象徴される〝地獄〟を建設したわけなのでしょう。

　そこまではどうにかぼくにもわかるのです。わからないのは、日本の〝裁き〟が歪んでいるとして、どうしてあなたがそこまで思いつめなければならなかったのか、というそのことなのです。もうすこしでわかるような気がしないでもない。しかし、やはり、ぎりぎりのところでわからない。藤堂さん、ぼくはどうしても、あなたにそのことを聞きたいのですよ」

……〝全身性紅斑性狼瘡〟――〝狼〟。おれは医師からその病名を聞かされたときから、ずっとそのことばかりを考えつづけてきた。そのことばかりというのは、どうやったら自分が自分として死んでいけるのか、ということだ。

　おれは自分は不死なのではないか、けっして死ねないのではないか、という不安にさいなまれていた。

　たしかにおれという個人は滅びるだろう。肉体は朽《く》ちる。しかし……

　この国に生まれたおれは、その下意識のどこかで、そう、祖先代々つちかわれてきたその民族的な無意識のどこかで、肉体は滅んでもその魂は〝日本人〟という共同体に組み込まれていく、と信じているのではないだろうか？——おれはそんな不安にさいなまれていた。誤解しないでもらいたいのだが、おれは死ぬのを恐れていたわけではない。自分が自分として死ねないのを恐れていたのだ。

無意識のどこか片隅にせよ、死んだあと自分の魂は、あの清澄で、神々しく、押しつけがましい、どこかいかがわしいぬえ的なところさえある、〝日本人〟のもとに戻っていく、と感じているのだとしたら、おれはどうやって自分の〝死〟を死ぬことができるだろう。

これは日本人として生まれついた人間の悲劇であり罠でもあるだろう。

もちろん死んでしまえば、あとには何も残らない、魂などない、とそう断言する日本人は多い。もしかしたら、ほとんどの日本人がそうかもしれない。——が、この国で生まれたかぎりは、日本人であるかぎりは、そうした無神論者の深層心理にもやはり、そのどこかに〝不死信仰〟は巣くっていて、こいつばかりは当人の意志でもどうすることもできない。どうしようもできないことだから、おれはそれを罠だというのだ。

ほんとうに魂があるのかどうか、ほんとうに魂は死んだのちに〝日本人〟という、いわば故郷に戻っていくのかどうか。——いま、おれが問題にしているのはそういうことではない。

日本人が（無意識にせよ）〝不死信仰〟にとり憑かれているかぎり、おれたちはついに自分として死んでいくことができないわけであり、自分として死ねない者は、自分として生きることもできなかった、ということになるのではないか。せめて死んでいくときぐらいは、おれはおれとして死んでいきたいのだ。

おれにはそれがたまらないのだ。

日本人はどうしようもないまでに〝不死信仰〟にとり憑かれている。誤解がないように断っておくのだが、おれはなにも日本人の魂が不滅だといっているのではない。もともと滅びるものなど何もない、とそういっているのだ。日本人の魂は空っぽであり、そこにあるのはたんなる〝空白〟にすぎない。

その〝不死信仰〟という、いわば日本人の精神的な〝空白〟が、大正から昭和に年号が変わるとき、象徴的に〝帝冠様式〟、〝折衷様式〟という建築を生みだしたのであり、昭和から平成に年号が変わったいま、おれにせっせと〝空白建築〟を造らせつづけることにもなったのだろう。

きみは（おれはきみの名前も知らないのだが）折口信夫を読んだことがあるか。読んだことがあるなら、『大嘗祭の本義』という有名な講演のことを知っているだろう。そのなかで折口は『肉体には生死があるが、その肉体を充たす魂は、終始一貫して不変であり、それだから肉体は変わっても、この魂が入ると、まったく同一な貴人となる』というような意味のことをいっている。その講演のなかで折口は、貴人ばかりではなく、一般の人間にもやはり『霊魂の付着』はある、としている。体はたんなる容れ物にすぎず、問題は霊魂のほうであり、それは永遠に不滅だと説いているのだ。つまり貴人にかぎらず、日本人はすべて霊魂に『とり憑かれる人』なのだということであり、その民族的な共同的無意識の底にシャーマニズム的な『憑依』が潜在しているということだろう。なにも折口信夫の『大嘗祭の本義』を例にとるまでもないかもしれない。日本人に祖霊信仰が根強いのは、現に、日本人の〝憑きもの〟には圧倒的に〝祖霊〟が多いことからも明らかだ。つまり日本人は下意識の底では自分がけっして死なないという固定観念を持っているわけだ。日本人は〝不死信仰〟にとり憑かれているのさ。

だが、下意識の底で、自分は死なないという妄想——とおれはあえていうのだが——にとらわれているそんな人間に、どうやったら裁きが可能になるというのか。肉体はたんなる容れ物にすぎず、魂がそれに憑依しているのだとしたら、そこにどんな〝罪〟が存在するというのか、〝罰〟などというものにどんな意味があるのか、そもそも〝死なない人間〟に正義の実現を望むことなどナンセンスではないか。——事実、日本にはすでに司法の独立は存在しないし、刑事裁判も制度そのものが破綻《はたん》している、とはよくいわれることじゃないか。

おれはそんな日本人の無意識の底にある〝憑依〟をテーマにして〝空白建築〟を設計しつづけてきた。が、〝狼〟という病気にとり憑かれ、もう〝空白〟をテーマにすることに耐えられなくなってしまった。ついに時間切れになってしまったんだよ。おれは日本人としてではなく、ひとりの自分として死んでいきたい。そのためにはもう〝空白建築〟などと称して自分をごまかしてはいられない。そこで思いだしたのが『神曲』の〝地獄〟だったんだよ。あそこには絶対的な罪と罰がある。絶対的な法と正義がある。おれとしてはそのことにあこがれずにはいられなかった。

そう、おれにとって、この神宮ドームは日本でただひとつの、法と正義を象徴する『神曲法廷』なんだよ。たしかに、きみのいったとおり、おれは偽りの法と正義を象徴している司法関係のバッジを意識し、それに対比させる意味をこめて、神宮ドームにフィボナッチの〝黄金比〟を象徴させた。モザイク壁画のユリの花もそのためのものだし、屋根のヒマワリのらせんもそのためのものだ。この神宮ドームを設計することでおれは初めて自分自身の〝死〟を死んでいけるとそう思ったものさ。——が、おれはどうやら無意識のうちに、ドームの天井に、地獄の最下層に、ギロチンの処刑台を設置していたらしい。その処刑台でひとりの人間が死に、さらにおれの引きおこした火災で八人もの人間が死んでいったのだ。おれは自分で自分を裁かなければならないだろう。

日本人にはついに〝私は私である〟というフィヒテの命題は絶対的な基本命題にはなりえない。ひとりの人間が、判事にもなり、検事にもなり、弁護士にもなる、という日本の無責任な司法システムは、その端的なあらわれとはいえないだろうか。

綿抜はドームの火事はおれのやったことだとは知らなかった。が、さっきも話したように、おれが設計したメーンゴンドラで作業員が死んでいることは知っていた。自分が火災の罪を問われて、裁判を受けているあいだに、そのことが明らかになるのをひどく恐れていた。あいつがそのことを隠蔽《いんぺい》したのだからな。あいつが、行方をくらましたおれのことを、公男にまで連絡して捜しまわっていたのはそのせいさ。あいつはおれに自殺させようとしていたんだよ。おれが自殺すれば、そのことを隠蔽したあいつの罪が明らかになることはないからな。あいつが死んだときに遺書を持っていたという話だが、それはおそらく、おれに遺書を書かせるために、あいつが書いた下書きだったんだろう。さっきの東郷ときみとの話では、おれのことについてなにか話がある、と綿抜は東郷にそういい、貯留槽に誘ったということだが、ついにあの死体を見せる気になったのにちがいない。そこで殺されたのは気の毒のようだが、そうでもない。あいつがリハーサルの日にちを変更しなければ、ドームの火事で八人もの人間が死ぬこともなかった。綿抜もしょせんは裁かれなければならない人間だったんだ。

『神宮ドーム火災事件』の公判をあの大月と鹿内のふたりが担当すると聞いて、おれは逆上してしまった。日本人に絶対的な法と裁きはありえない。ましてや、警官暴行事件をもみ消してしまったあの連中に、どうしておれを——あのときのおれの意識のなかでは『神宮ドーム火災事件』を裁くというのはすなわちおれを裁くということであったんだよ——裁くことなどできるものか。それだけはおれの誇りが許さない。おれはあのふたりを殺すことを妄想し、そのことを公男にいい、東郷にも電話し、新道にも電話した。なにか夢のなかの殺人計画だったようなふしぎな思いがするよ。おれにはどこまでが現実でどこまでが妄想だったのかわからないよ。たしかに公男はおれの殺人計画にしたがって、裁判官の法服を法廷に持ち込みはしたが、それはいわば架空の犯罪だったはずで、こんなふうに実際に鹿内が殺され、大月が殺されることになるなどとは思いもしなかった。

公男がどうして新道を刺したりしたのか、それはおれにもわからない。もしかしたら新道が法廷に立つことで、おれと公男とのあいだの絆《きずな》が断ち切られるとでも感じたのか。あいつは殺人計画を通じておれとひとつに結びついているという錯覚にとらわれていたのかもしれない。いずれにせよ、あいつはおれがすぐにも死ぬと知って、心中でもするつもりだったのだろう。おれにはそうとしか考えられない。

おれは、公男、東郷、新道の三人の人間をいわば自分の道連れにしてしまったわけだが、ふしぎにそのことを後悔する思いはない。公男は〝光を負う者〟としてのルチフェルだったのだろうし、東郷と新道のふたりは、おれとは〝悲しみの王土の帝王〟としての三面一身のルチフェルだったのだろう。おれたちは、しょせん、四人ともに滅びる運命にあったのではないか。いまのおれにいえるのはこれだけだ。

……おれは自分で自分を裁く。そのことに逡巡《しゅんじゅん》はない。だが、おれは、ある意味では自分のことを幸福だと思っているのだ。あいまいな〝不死〟の日本人としてではなく、絶対的な法と正義を実現する『神曲法廷』で自分を裁けることを幸福に思っている。ここでならおれは自分の〝死〟を死んでいくことができる。ここでなら、おれが犯した罪はおれの罪であり、おれが受ける罰もまたおれの罰なのだ。そうではないか。ここでなら愚かしい霊魂のことなど思いわずらう必要はない。おれは自分自身を死んでいけるのだ……

藤堂が立ち去ったあと、佐伯は呆然と暗闇のなかにたたずんでいた。

そして、闇に閉ざされたドーム天井をあおぐと、これでよかったのですか、これであなたは満足なのですか、とそうソッと問いかけた。

しかし、それに応じる声はなかった。なにも感じない。あれほど饒舌《じょうぜつ》だったあれが、いまは奇妙なほど沈黙《しじま》のなかに退いているのだった。

判決理由。当裁判所は、どんな人間も人間であるかぎり、かならず極刑にあたいする罪を犯しているものと認めるものだからである。

終

第三十四歌

十二月初め——

東京地裁のロビーには冬の光があふれていた。

意外なほどポカポカと温かい。

佐伯はエレベーターをおりて、ロビーで待っているはずの佐和子のもとに急いだ。

とうとう正式に検察庁に辞表を出した。いまはまだ弁護士になるかどうかも決めてはいない。

あれだけ休職したあとで、こんなことをいうと人に笑われそうだが、しばらくはぶらぶらするつもりでいる。人にはいえないが、佐伯には佐伯なりに、休養を必要とする事情があるのだ。

東郷のことは事故で片づいた。ひとりで火災事件の検証をしていてメーンゴンドラに挟まれたということで決着がついた。メーンゴンドラも修理されて、もうそうした事故が起こることはない。

藤堂はあのまま姿を消した。どこかでひっそりと死んでいることだろうが、貯留槽で発見された死体が藤堂のものということになっているのだから、いまさら藤堂の行方を捜そうとする人間はいない。

「地裁連続殺人事件」も「神宮ドーム火災事件」も主犯とされた新道が死んでしまったことで、裁判そのものがうやむやにされてしまった。共犯とされた〝神風連研究会〟の若い会員たちは、すでにふたりとも釈放されている。

つまり、すべては片づいたわけだ。真相を知っている人間は佐伯ひとりだが、その真相は墓場まで持っていくつもりでいる。誰にも話すつもりはない。

佐伯自身、このことは早く忘れようと思っている。

子供を引きとるのを済ませたら、すぐにも佐和子を籍に入れることになっている。地裁で、世話になった人たちへの挨拶も済ませて、これから、ふたりで新潟の亡夫の実家に向かうことになっているのだ。

佐伯のまえに人影が立ちふさがった。

望月幹男だ。

望月が何かいいかけようとするのを機先を制して、

「あいにくだけど、公男の『簡易鑑定』は終わっている。もう何をどういっても無駄なことだぜ」

佐伯はいった。

「そんなことはわかっていますよ。いまさらそんなことでとやかくいうつもりはありません。今回の事件では、どうもあなたにはぐらかされた気がするけど、ぼくはワトソンになることをあきらめてはいませんよ。あなたはぼくの格好の研究サンプルであってね。このままあきらめたりはしない。どこまでも食らいついていきますからね。そのつもりでいてください」

望月はあのメフィストめいた笑いをきざんでそういった。

「勝手にするさ」

佐伯は相手にならずに、さっさとその場を離れた。

ロビーに佐和子の姿を見つけた。

が、ひとりではない。

佐和子のまえにはあの蟇目りよが立ちはだかっているのだ。

蟇目りよは佐和子に向かってブツブツと何かつぶやいている。

佐和子のほうは困惑はしているようだが、べつだん怖がっているようではない。

——あの婆さんにも困ったものだ。

佐伯は苦笑しながら佐和子のもとに急いだ。

近づくにつれ、蟇目りよのつぶやいている言葉が耳に入ってきた。蟇目りよはこんなことをくり返していた。

「……それでは開廷します。

被告人は前に出なさい。

右の者に対する殺人死体遺棄被告事件について、当裁判所は、検察官、弁護人、の各出席のうえ審理を遂げ、次のとおり判決する。

被告人を死刑に処す。

判決理由。当裁判所は、どんな人間も人間であるかぎり、かならず極刑にあたいする罪を犯しているものと認めるものだからである」

それを延々とくり返しているのだ。蟇目りよの精神状態がどうあれ、その言動がはた迷惑なことであるのはいうまでもない。地裁のほうでもそろそろ対応を考えなければならないだろう。

佐伯が近づいているのに気がついて、蟇目りよは佐和子から離れていった。

「お待たせ――」

佐伯は笑いかけて、

「どうもとんだのに引っかかっちゃったね。なんにも悪いことしてないのに、ただ人間だというだけで、死刑にされたんじゃたまらないよな」

「ううん、そんなことない」

佐和子も悪戯っぽい微笑を浮かべて、

「わたしだってそんなに甘くみたものじゃないわよ。あなたの知らないとこで悪いことだってしてるかもしれない」

「怖いな。そんなことはないだろう」

佐伯も笑った。

携帯電話が鳴った。

佐和子に断って、体の向きを変えて、携帯電話を耳に当てた。

先日、佐和子の子供のことを調べるのを頼んだ新潟の知人からだった。たまたま東京に出てきて、それで佐伯の携帯に電話したのだという。

「おい、どんな事件なんだ？　おもしろそうじゃないか」

相手はいきなりそういった。

「事件？」

佐伯はとまどった。

まあ、いいや、今度会ったときに話してもらうことにするさ、と相手はいい、

「青蓮佐和子には子供なんかいない。いるはずがない。自分で殺しているんだからな。夫が

浮気したというんで、その腹いせに殺したというんだから何とも凄まじい。当時、佐和子は精神錯乱の状態にあり、当事者能力がなかった、ということで起訴猶予になった。治療処分で病院に入ったのだが、もう出てきているらしい。夫の実家のほうに、子供は元気でやってますか、なんて電話をかけてくることがあるらしい。どうも本人は自分が子供を殺したことを覚えていないらしいんだが、実家のほうでは気味悪がって——」

「……」

佐伯の手から携帯電話が落ちた。佐和子を振り返った。

「わたしだって悪いことぐらいしてるわ」

佐和子は電話で中断されたことなどなかったかのように、クスクスと笑いながら、言葉をつづけて、

「このまえね。ドライブスルーの客でずいぶん失礼なことをした人がいるのよ。わたし、そのあとで新人の子と教育用のビデオを見てたんだけど、なんだか気持ちがくさくさして、外に気晴らしに出たの。だって休憩時間だったから。そしたら、その人がこの東京地裁の建物に入っていくじゃない。わたし、あとをつけたのよ。そしたら、なんだか傍聴券とかの抽選をしてて。わたし、その人のあとをどこまでもつけてやろうと思って。それに申し込んだら、当たっちゃったの。それで引率されて五階に上がっていったら、『公衆控室』とかにその人がいて、わたし、すれ違いざまにその人の胸を突き刺してやったわよ。たまたまね、ポ

ケットに冷凍のチキンが入っていたのよ。そのまえに、冷凍チキンが店に運び込まれてきて、わたしが数量チェックしたんだけど、もう解凍しかかっているじゃないか、しっかりしてくれ、と店長にいわれて、それで一本をスカートのポケットに入れたのよね。その冷凍チキンの骨で胸を刺してやったのよ。チキンの骨ってすごく人に刺さるのよ。完全に解凍されていないから硬かったし——」

佐和子はあいかわらずクスクスと笑いながら、さきにたって歩きだした。そして、途中で佐伯のことを振り返り、急ぎましょう、新幹線に間にあわなくなるわ、わたし、子供に会うのがすごく楽しみ、とそう歌うような口調でいった。

佐伯は全身を震わせていた。喉がカラカラに渇いて、冷たい汗が噴きだしてくるのを覚えた。

チキンの骨が金属探知機で発見されることは絶対にない。それに鹿内はそれほど鋭いとはいえない凶器で心臓を刺されて死んでいるのだ。——傷のなかに刃物の刃こぼれは見つからなかったのは、それも冷凍チキンが凶器であれば当然のことだろう。よしんばチキンの骨がこぼれたとしても、検死ではそれを被害者の骨が欠けたものとして見落としてしまったのではないか。

出会いがしらにやったことだから、偶然にチキンの骨は心臓に達してしまったのだ。狙ってやったことなら、まず成功することはおぼつかなかったろう。チキンの骨の先端が心臓にとどいて、出血し、ついにはその血が溜まって、鹿内は死んでしまった。

何ということだろう。鹿内弁護士が殺されたことで、東郷は藤堂の意を受けて（というか錯覚して）大月判事を殺し、ついには綿抜を殺すことになってしまった。すべては佐和子の行為が引き金になってしまったのだ。

佐和子はまた歩きだし、すぐに立ちどまると、振り返って、早くゥ、なにしてるのよ、とそう甘えるような声でいった。

佐和子のその顔は――

「…………」

佐伯は涙が噴きこぼれるのを覚えた。

佐和子のその顔はあいかわらず美しい。

――おれにこの女を告発することができるか。いや、できない。おれにはそんなことはできっこない。

そのときのことだ。

ふいにぐらりと地裁の建物が揺れたのだ。地震だった。そんなに大きな地震ではない。ロビーにいる人たちも、ただ、ちょっと天井を仰いだだけで、それほど慌てた様子は見せなかった。軽震といえるだろう。それなのに――

天井に吊るされている重さ一トンのシャンデリアが、キラキラと輝きながら、まるで夢のようにゆっくりと落ちていったのだ。

そこに佐和子がいた。

凄まじい轟音と悲鳴が重なった。シャンデリアは粉々に砕け、真っ赤に血に染まった破片が、きらめきながら飛び散った。

ホールのそこかしこに悲鳴が起こった。

なかでも佐伯の悲鳴はもっとも凄まじかった。佐伯は佐和子の名を絶叫した。絶叫しながら、天井をふり仰いで、拳を突きあげた。そこにいるそいつに呪いの言葉をあびせようとした。

が、そのときには意識がとぎれ、暗い、とめどもない闇の底を、どこまでも、どこまでも沈んでいった……

解説（講談社ノベルス版）

笠井　潔

アメリカの五〇年代SFの代表作家アイザック・アシモフに、本格ミステリ短篇のシリーズ『黒後家蜘蛛《くろごけぐも》の会』があるように、日本のSF界にも、本格ミステリに挑戦した有力作家が幾人か存在している。たとえば『富豪刑事』と『ロートレック荘事件』の筒井康隆、『人喰いの時代』と『恍惚病棟』の山田正紀など。『ロートレック荘事件』や『人喰いの時代』はミステリファンの注目を集め、作品的にも高い評価を得た。

アシモフの場合には、SFと本格ミステリを有機的に結合した、『鋼鉄都市』および『裸の太陽』の連作も忘れることができない。この連作では、SF的な未来都市で起きる殺人事件の謎が、ロボット工学三原則を前提とした演繹的な論理で解明される。作者の想像力の産物である架空世界を舞台に、「謎─論理的解明」を骨子とする本格ミステリを実現した点でアシモフは、山口雅也『生ける屍の死』や西澤保彦『七回死んだ男』の偉大な先行者ともいえる。

「モルグ街の殺人」のポオには、「ハンス・プファルの冒険」というSF小説がある。両ジャンルの創設者ポオの了解において、おそらく探偵小説とSF小説は隣接していた。ゴシック小説や綺譚小説の伝統的なモチーフに、論理性や科学性という近代的なレトリックを結合した点で、両者に作品構成における方法的な類似性を見ることは容易だ。この点からは、アシモフが『鋼鉄都市』を書いたことも、筒井康隆や山田正紀が本格ミステリに挑戦したことも、なんら不思議ではないといえるだろう。

ところで、この二年ほど山田正紀は本格ミステリの力作を、驚嘆に値する精力で続々と書きあげている。一九九六年度には『女囮捜査官』全五作、九七年度には『妖鳥《ハルピュイア》』と『螺旋《スパイラル》』の二大作に加え、純粋パズラー『阿弥陀《パズル》』という旺盛ぶりだ。本作『神曲法廷』もまた、昨年度の『妖鳥』や『螺旋』に引き続く本格ミステリ大作である。この作家による本格作品への連続的挑戦は、SF作家が隣接ジャンルにも手を染めたという趣味的な水準を、はるかに超えている。二年で八作という旺盛な執筆量と、それぞれの作品において達成された質の両面で、すでに山田正紀は、現代本格の中軸を担う作家の一人というべきだろう。

二十年来の日本SFの代表作家が、一九九〇年代の本格ミステリに提起した問題点を、次に検証してみなければならない。

山田正紀の本格作品の中心には、しばしば機械的トリックが埋めこまれている。ジャプリゾ『シンデレラの罠』を念頭においた記憶喪失テーマの作品で、叙述トリックの要素も無視できない『妖鳥』だが、重力に反し斜めに落下した屍体や、自己発火して一瞬に燃えつきた屍体などの謎は、古典的な機械的トリックの産物なのである。この傾向は『螺旋』で、さらに決定的となる。「世界一長い密室」の謎は、正確には機械的トリックでなく、物理的トリックによるものだとしても。本作でも機械的トリックによる謎は、衆人環視の不可能犯罪や消失など、本格読者を眩暈に誘う勢いで乱打されている。

綾辻行人《あやつじゆきと》以降の現代本格作品では、ハウダニットにたいしてフーダニット、機械的トリックにたいして心理的錯覚を利用したトリックや叙述トリックが、全体として中心的な位置を占めている。島田荘司の「本格ミステリー論」に懐疑的な新鋭・中堅作家が少なくない事実は、この点とも無関係ではないだろう。絶妙の心理的トリック作品である『占星術殺人事件』にたいして、『暗闇坂の人喰いの木』以降の島田作品では、幻想的に演出された謎が、機械的トリックの産物として解明されるという結末が多い。

山田正紀による本格作品を、一九九〇年代の島田作品や「本格ミステリー論」と関連させて論じた時評や書評は、ようするに木を見て森を見ない類である。「幻想的な謎―機械的トリックの解明」という構図は、山田作品の場合には例外なく、異様な感触をあたえる枠組みに収められてのみ存在し、しかも読後にパズラーとしては過剰な印象を残す。

本作の探偵役は、自分が分裂症的な関係妄想に捉えられているのではないかと、冒頭から真剣に思い悩んでいる。ようするに正気と狂気の境界が揺らいでいるのだ。同様に山田ミステリでは、現実と幻想の境界もまた画然としていない。「現実—幻想」の二項対立を不可疑の前提とする島田「本格ミステリー論」とは、ほとんど対極に位置する作品世界というべきだろう。

一九八〇年代以降の山田SFには、P・K・ディックの影響が濃厚である。『火星のタイムスリップ』や『高い塔の男』などディック作品は、幻想（たとえば未来や異星人やタイムトラベル）を現実（基本的には同時代の自然科学）と二重化する古典的なSFコードから、破壊的なまでに逸脱している。ディック作品には、読者も共有できるような安定した現実性が、本質的に欠如しているのだ。「現実—幻想—現実—幻想……」という無限循環に巻きこまれ、ディック作品の読者は奇妙な宙吊り状態に置かれてしまう。

八〇年代の『最後の敵』から、九〇年代の『エイダ』や『デッドソルジャーズ・ライヴ』にいたるまで、SFにおける「幻想—現実」の古典的コードを異化しようと努めてきた作家が、「幻想—現実」の変奏である「幻想的な謎—機械的トリックによる解明」という使い古された本格コードを、無自覚に踏襲できるわけがない。

綾辻以降の本格ジャンルには、山口雅也や麻《ま》耶《や》雄《ゆ》嵩《たか》など、脱コード派の潮流が存在する。いうまでもないだろうが、脱コードは没コードではない。それは歴史的に累積された本格形式の膨大なコード体系性と真正面から対決し、かろうじて反転させ、核心的にずらしてしまうという力業を前提とする。昨年度、メフィスト賞作品として刊行されたトンデモ本格やオフザケ本格の類は、それ自体はなにも生むことのない現代本格の派生物、露骨にいえば寄生物である。小森健太朗のような有望本格新人さえ、新作『眠れぬイヴの夢』では残念ながら、没コード性の易きに流されている印象が否定できない。

安易な没コード性の対極に位置する脱コード本格には、「現実＝幻想」という二〇世紀文学的な等式を根底に秘めている点で、山田ＳＦと無視できない同時代的な共通性が認められる。であるとして、たとえば麻耶雄嵩の脱コード作品『夏と冬の奏鳴曲《ソナタ》』と、山田正紀の本格作品『螺旋』は、どこが違うのだろうか。

麻耶作品と山田作品は、この場合も「現実＝幻想」のモチーフを共有している。また本格ミステリにおいて特権的と見なされてきた「密室」の謎が、奇想天外な天変地異を支点として解明される点でも、両作には無視できない共通性がある。しかし、違うのだ。

麻耶作品の場合、天変地異という真相はミステリ的な謎にたいして外的である。ミステリ的な謎は、唯一の最終的解答を見出しえないまま、ひたすら作中を無力に漂流するしかない。この無力感と不能感が逆説的に、『夏と冬の奏鳴曲』を脱コード本格の傑作たらしめている。しかし山田作品の壮大な物理的トリックは、脱コードの時代的必然性を象徴するために、たまたま作中に呼びだされているわけではない。この場合、天変地異はミステリ的な謎に内的なのだ。換言すれば『螺旋』は、文句のつけようがない、堂々たるコード本格作品である。

島田荘司の『暗闇坂の人喰いの木』以下の大作を連想させる、「幻想的な謎―機械的トリックによる解明」という本格コード性と、山口雅也や耶麻雄嵩にも通底するだろう「現実＝幻想」の脱コード性。山田正紀による本格ミステリは、この対立的な二要素を正面衝突させながら、極点で作品的に結合しえている。以上のような山田正紀による達成は、現代本格にたいする巨大なジャンル的貢献にほかならない。

『エイダ』や『デッドソルジャーズ・ライヴ』が、『夏と冬の奏鳴曲』など本格の脱コード作品と対応していることは、すでに述べた。たとえば『デッドソルジャーズ・ライヴ』では、現実と幻想の混濁させるディック的な世界が、最後にはSF的論理で解明されてしまう。科学的シミュレーションによる解明を落とし所としなければ、作品的に自立しえないだろうという強迫感に、作者は駆られていたのかもしれない。

おなじことが『夏と冬の奏鳴曲』には、裏側からいえる。「謎―論理的解明」という本格ミステリの骨格を保持したままでは、「現実＝幻想」の現代的モチーフを作品化することはできないという方法意識が、この作品に意図的な矛盾や齟齬《そご》をもたらしている。いずれにしても、一面的といわざるをえない。

山田正紀は「幻想的な謎―機械的トリックによる解明」という古典的な本格コード性を、

「幻想＝現実」という現代的なモチーフにおいて、克明に縁取ろうと努めている。ようするに山田正紀は、本格作品に挑戦することにおいてディックの模倣者というSF的な立場を脱し、同時に島田「本格ミステリー論」に代表されるコード性と、脱コード本格の対立を超える新たな方向性を、現代本格ジャンルにもたらしたのである。

『デッドソルジャーズ・ライヴ』には、「ぼくは完璧に自分の〝死〟を死ぬ。ぼくだけの〝死〟を死んでやる」という言葉がある。また本作のクライマックスで犯人は、「ここでならおれは自分の〝死〟を死んでいくことができる。ここでなら、おれが犯した罪はおれの罪であり、おれが受ける罰もまたおれの罰なのだ」と叫ぶ。ゴミのように生き、ゴミのように死ぬしかない二〇世紀人の宿命を、作者が理解していないわけはない。このような洞察が、第一次大戦直後に本格探偵小説というジャンルを生んだのである。

　しかし山田正紀は、人間はゴミでしかないという二〇世紀的な認識に、ゴミもまた人間であるという新たな認識を対置するのだ。このような人間的主体性への固執は、むろん近代的人間を懐疑しない作家的無自覚の結果ではない。「人間はゴミでしかない」と「ゴミもまた人間である」。二一世紀の本格ミステリは、この対立的な認識が正面衝突する磁場においてのみ、たぶん可能ならしめられるだろう。

　『神曲法廷』の最大の標的は、法月綸太郎のいわゆる「後期クイーン的問題」にある。「探偵は神の立場に立つことが許されるのか」という、本格形式の根底を揺るがしかねない深刻な自問が、「神こそが探偵である」という読者の度胆を抜くような形で、この作品では最終的に解答されているのだ。
「後期クイーン的問題」は、古典的パズラーをデッドロックに追いつめた。そして本作は「後期クイーン的問題」にたいしてさえ、極限的にトリッキーな仕方で応じようと試みた、いわば自乗化された本格作品なのである。

（作家）

（本編は講談社ノベルス版の解説を再録したものです）

解説

郷原　宏

フーテンの寅さんのセリフではないが、この世には「それを言っちゃあ、おしまいよ」という、さまざまな禁句がある。文芸評論を業とする者にとって、天才という言葉は、その最たるものである。天才は批評を超越した存在だから、それを言ってしまったら最後、批評はそこで行き止まりになってしまう。そうなれば、評論家はみんなチンドン屋か幇間《たいこもち》に商売替えしなければならない。私は生来羞かしがり屋で、その種のサービス業には不向きな人間である。だから、天才という言葉は、なるべく使いたくない。できることなら、使わずにすませたい。

ところが、困ったことに、この世にはどうしても天才と呼ばざるをえない少数の、ごく少数の作家がいる。そういう作家の前では、批評の言葉はたちまち効力を失ってしまう。どんなに言葉を尽くしてみても、批評が作品の内実に届かず、石鹸でタイルをこするように上滑りしてしまうのである。昔、三島由紀夫は「批評の最後の機能は対象への正確な愛を語ることではないか」と言った。三島のように正確な愛し方を知らない私は、対象へのアモルフな想いを、不正確な言葉で語るしかなさそうである。

本書の著者山田正紀氏は、その評論家泣かせの作家の一人である。山田氏の天才性については、すでに方々で書き尽くされていて、いまさら論証するまでもないだろうが、その証拠をひとつだけ挙げておけば、質と量の両立ということである。

質だけについて言えば、あるいは山田氏より平均点の高い作家もいるかもしれない。たとえばロバート・ゴダードやトマス・H・クックは、何を書かせてもうまいし、ひとつとして駄作がない。また、量だけについて言えば、山田氏より生産量の高い作家がいないわけではない。たとえばJ・J・マリックという作家は、ジョン・クリージー、カイル・ハントなど全部で十二の筆名を使い分けて、長編だけでも四百四十五冊の作品を残した。「ギデオン警視」シリーズの作者だと言えば、思い出される読者も多いはずである。

だが、私はいま、確信をもって断言することができる。山田正紀氏ほど良質な作品を次々と、さながらオートメーションの工場のようにコンスタントに生み出してきた作家は、世界中どこを探してもいない。特にここ数年の本格ミステリーの生産ペースは、勤勉な書き手が多い日本の推理作家のなかでも群を抜いている。野球のイチローや将棋の羽生善治が天才と呼ばれるならば、この作家は当然、天才と呼ばれなければならない。いや、天才という言葉は、この作家のためにあると言っても過言ではない。

ローマは一日にして成らず、天才作家もまた一日では生まれない。本書の読者ならよくご存じのように、山田氏は一九五〇年一月、名古屋市で生まれた。明治大学政経学部在学中に約一年間にわたって欧州、中近東を放浪し、帰国後、SF同人誌「宇宙塵」に参加して小説を書き始めた。作家としてのデビュー作は、七四年に「SFマガジン」七月号に一挙掲載された長編『神狩り』である。以後、『弥勒戦争』（七五）、『氷河民族』（七六）、『チョウたちの時間』（七九）、『宝石泥棒』（八〇）などの話題作を次々に世に問い、八二年には『最後の敵』で第三回日本SF大賞を受賞して不動の地歩を築いた。

この天才作家の文才は、彼をいつまでもSFの枠内にとどめてはおかなかった。七〇年代の後半に入ると、冒険小説やアクション小説がそのレパートリーに加わることになる。戦前の中国大陸を舞台に決死の冒険行を描いた『崑崙《コンロン》遊撃隊』（七六）、最新鋭戦闘機をめぐる謀略合戦を描いた『謀殺のチェス・ゲーム』（七六）、原発破壊をテーマにした『火神《アグニ》を盗め』（七七）などの力作を矢つぎばやに発表し、この分野でもたちまち一家を成した。私が山田正紀という作家に注目し、その作品を欠かさずに読むようになったのは、実はそのころからのことである。

八〇年代に入ると、この作家はさらに本格ミステリーという新しい目標に向かって進撃を開始する。もちろん、それ以前にもミステリー的な要素を持った作品がなかったわけではない。たとえば『謀殺のチェス・ゲーム』や『火神を盗め』はサスペンスタッチのミステリーだと言っても、今日では誰も怪しまないだろう。しかし、最初からはっきりとミステリーに照準を合わせて書かれた作品は、私見によれば八九年の『ブラックスワン』が最初である。あるいは、その前年に出た放浪探偵呪師《じゅし》霊太郎ものの連作『人喰いの時代』をミステリーの第一作とすべきなのかもしれない。

いずれにしろ、それはすでにSF作家の余技や裏芸といった域を越えた、堂々たる本格建築のミステリーだった。特に『ブラックスワン』は鬼才ビル・S・バリンジャーも裸足で逃げ出すという叙述ミステリーの傑作で、九〇年代に新本格のウェーブを作り出すことになる大学ミステリ研出身の若い作家たちにも多大なる刺激と影響を与えた。その新本格ウェーブは、日本のミステリー史に確実に新しい一ページを付け加えたが、まだ『ブラックスワン』を凌駕《りょうが》する作品を生み出していないというのが、私の偽らざる診断である。

とにかくこうして世紀末日本のミステリーシーンに巨歩を記した山田氏は、九六年からは人間の五感をテーマにした全五巻の長編連作『女囮《おとり》捜査官』シリーズを、九七年には『妖鳥《ハルピュイア》』、『螺旋《スパイラル》』、『阿弥陀《パズル》』とつづく超絶技巧三部作を発表して、名実ともに現代本格を代表する作家の一人と目されるようになった。その後も『神曲法廷』、『仮面《ペルソナ》』、『長靴をはいた犬』などの秀作を立てつづけに刊行して、眼の肥えた本格ファンを唸らせつづけている。

まさに疾風怒濤《しっぷうどとう》、行くところ可ならざるはなき快進撃と言わなければならない。

この快進撃の秘密は（天性の文才を別にすれば）どうやらその豊富な読書量に隠されているらしい。幻冬舎文庫版『女囮捜査官（3）聴覚』の解説のなかで、後輩作家の恩田陸氏が本人から直接聞いた話として紹介しているところによれば、山田氏は自分が影響を受けた作家として、小松左京、平井和正、都筑道夫、山田風太郎の四人を挙げたという。恩田氏も書いているように、これはなるほど、山田作品のルーツと呼ぶにふさわしい顔ぶれである。小松左京のスケール、平井和正のサービス精神、都筑道夫のセンス、山田風太郎の奇想がほどよくミックスされたところに、山田正紀という比類なき語り部が誕生したのだと言えば、少なくとも比喩としてはわかりやすいだろう。

さて、この『神曲法廷』は、一九九八年一月に講談社ノベルスの一冊として書き下ろし刊行された。その名のとおり、ダンテの『神曲』と現代の法廷物を組み合わせて豪華絢爛《けんらん》、興趣横溢、光彩陸離たる知の迷宮を作り上げた極上の本格ミステリーである。山田氏は材料をナマのまま差し出して、さあ食えと強要するような野暮な作家ではないので、この作品は『神曲』を読んでいなくても十分に楽しめる。ダンテなんて知らなくても、いっこうに差し支えない。ただし、材料の産地を知って食べれば料理がいっそうおいしくなるように、『神曲』の内容を知って読めばいっそう面白く読めるのも確かなので、ここで大急ぎでおさらいをしておくことにする。

『神曲』は、イタリアの詩聖ダンテが一三〇七年から二一年ごろまでにかけて書いたとされる長編叙事詩で、地獄篇、煉獄篇、天国篇の三部から成っている。作者自身が詩人ヴェルギリウスや恋人ベアトリーチェに導かれてこの三界を遍歴するという幻想譚を軸に、信仰による魂の救済と至福にいたる過程が、壮大なスケールで描かれている。中世のキリスト教的世界観が生んだ古典中の古典というのが文学史の定説になっているが、私はこれを世界で最初に書かれたSF伝奇小説と呼んでみたい誘惑にかられる。中世キリスト教的な装飾と枠組みを取り去ってしまえば、これはまさしく一人の青年の魔界遍歴譚にほかならないからである。

『神曲法廷』の作者は、この『神曲』の設定と構造を巧みに引用しコラージュしながら、「神宮ドーム」という架空の、だが、したたかな実在感を持った現代の「地獄」を作り上げていく。その舞台設定と雰囲気づくりのうまさは、いつものことながら見事なものである。その神宮ドームで火災が発生し、防火管理者が業務上過失致死傷容疑で起訴される。そして、その公判が開かれる東京地裁の関係者控室で被告側の弁護士が刺し殺される。現場には刃物は持ち込めず、しかも衆人環視のなかでの事件だった。続いて担当の判事が無人の法廷内で殺され、別の事件の証人として現場検証に立ち会った被告人も、不審な自殺死体となって発見される。事件のカギを握ると思われるドームの設計者は、火災発生の直後に姿を消したまま杳《よう》として行方が知れない。この不可解な連続殺人事件の謎を、精神を病んで休職中の若手検事が追及するのだが、そこにはいつも幻聴のように寿岳文章訳『神曲』の詩句が鳴り響いている。

――という具合に、いくら詳細にストーリーを紹介してみても、この作品の本当の面白さは伝えられない。このミステリーの真髄はストーリーやトリックのなかにではなく、文体と物語の構造そのもののなかに深く埋《う》めかくされているので、読者は『神曲』におけるダンテのように自ら身を挺してその迷宮に分け入ってみる以外に、その宝物を見つけることは不可能なのである。ただ、解説者としてこれだけは、はっきりと言うことができる。この世がどんな地獄だろうと、いまここで『神曲法廷』に巡り合った読者の魂は、間違いなく救済されるだろう。

（詩人・文芸評論家）

本書は1998年１月講談社ノベルスとして小社より刊行。

|著者|山田正紀　1950年名古屋市生まれ。明治大学政経学部卒。1974年『神狩り』でデビュー。1977年『神々の埋葬』で角川小説賞。1982年『最後の敵』で日本SF大賞受賞。『崑崙遊撃隊』『謀殺のチェス・ゲーム』『闇の太守』などSF、冒険小説、伝奇時代小説を発表。1996年『女囮捜査官』で本格推理に活躍の舞台を移し『妖鳥《ハルピュイア》』『螺旋《スパイラル》』『阿弥陀《パズル》』『仮面《ペルソナ》』など力作を発表。

神曲法廷《しんきょくほうてい》

山田正紀《やまだまさき》

2001年1月15日第1刷発行

発行者――野間佐和子

発行所――株式会社 講談社

東京都文京区音羽2-12-21　〒112-8001

電話 出版部 (03) 5395-3510

販売部 (03) 5395-3626

製作部 (03) 5395-3615

Printed in Japan

落丁本・乱丁本は小社書籍製作部あてにお送りください。送料は小社負担にてお取替えします。なお、この本の内容についてのお問い合わせは文庫出版部あてにお願いいたします。　(庫)

ISBN4-06-273053-7

講談社文庫

定価はカバーに表示してあります

デザイン―菊地信義

製版――豊国印刷株式会社

印刷――豊国印刷株式会社

製本――株式会社若林製本工場

講談社文庫刊行の辞

二十一世紀の到来を目睫に望みながら、われわれはいま、人類史上かつて例を見ない巨大な転換期をむかえようとしている。

世界も、日本も、激動の予兆に対する期待とおののきを内に蔵して、未知の時代に歩み入ろうとしている。このときにあたり、創業の人野間清治の「ナショナル・エデュケイター」への志を現代に甦らせようと意図して、われわれはここに古今の文芸作品はいうまでもなく、ひろく人文・社会・自然の諸科学から東西の名著を網羅する、新しい綜合文庫の発刊を決意した。

激動の転換期はまた断絶の時代である。われわれは戦後二十五年間の出版文化のありかたへの深い反省をこめて、この断絶の時代にあえて人間的な持続を求めようとする。いたずらに浮薄な商業主義のあだ花を追い求めることなく、長期にわたって良書に生命をあたえようとつとめるところにしか、今後の出版文化の真の繁栄はあり得ないと信じるからである。

同時にわれわれはこの綜合文庫の刊行を通じて、人文・社会・自然の諸科学が、結局人間の学にほかならないことを立証しようと願っている。かつて知識とは、「汝自身を知る」ことにつきていた。現代社会の瑣末な情報の氾濫のなかから、力強い知識の源泉を掘り起し、技術文明のただなかに、生きた人間の姿を復活させること。それこそわれわれの切なる希求である。

われわれは権威に盲従せず、俗流に媚びることなく、渾然一体となって日本の「草の根」をかたちづくる若く新しい世代の人々に、心をこめてこの新しい綜合文庫をおくり届けたい。それは知識の泉であるとともに感受性のふるさとであり、もっとも有機的に組織され、社会に開かれた万人のための大学をめざしている。大方の支援と協力を衷心より切望してやまない。

一九七一年七月

野間省一

諸井　薫　冬　桜
守　誠　「やり直し英語」成功法
守　誠　「やり直し英語」基礎講座
守　誠　英会話・やっぱり・単語
守　誠　通じる・わかる・英会話〈「英会話・やっぱり・単語」実践編〉
守　誠　ビジネス英語・なるほど・単語
守　誠　大ワザ小ワザ・すぐしゃべれる・英会話
森　詠　冬の別離《わかれ》
森　雅裕　モーツァルトは子守唄を歌わない
森　雅裕　椿姫を見ませんか
森　雅裕　感傷《センチメンタル・エニュオ》戦士
森　雅裕　漂泊《ワンダー・エニュオ》戦士
森　雅裕　ベートーヴェンな憂鬱症
森　雅裕　流星刀の女たち
森　雅裕　あした、カルメン通りで
もりたなるお　鎮魂「二・二六」
毛利恒之　月光の夏
毛利　衛　宇宙実験レポート〈スペースシャトル エンデバーの旅〉
森口　豁　最後の学徒兵〈BC級死刑囚・田口泰正の悲劇〉

森まゆみ　抱きしめる、東京〈町とわたし〉
百田まどか　妻はオイシ過ぎる
百田まどか　出産は忘れたころにやって来る
森田靖郎　東京チャイニーズ〈裏歌舞伎町の流氓たち〉
森田靖郎　新宿幇〈東京チャイニーズ〉
森田靖郎　密航列島
森　博嗣　すべてがFになる〈THE PERFECT INSIDER〉
森　博嗣　冷たい密室と博士たち〈DOCTORS IN ISOLATED ROOM〉
森　博嗣　笑わない数学者〈MATHEMATICAL GOODBYE〉
森　博嗣　詩的私的ジャック〈JACK THE POETICAL PRIVATE〉
森　博嗣　封印再度〈WHO INSIDE〉
森　博嗣　まどろみ消去〈MISSING UNDER THE MISTLETOE〉
森　博嗣　幻惑の死と使途〈ILLUSION ACTS LIKE MAGIC〉
森　博嗣　夏のレプリカ〈REPLACEABLE SUMMER〉
森枝卓士　私的メコン物語〈食から覗くアジア〉
柳田邦男　大いなる決断
柳田邦男　ガン回廊の朝《あした》(上)(下)
柳田邦男　日本の逆転した日
柳田邦男　フェイズ3の眼

柳田邦男　撃墜〈大韓航空機事件〉全三冊
柳田邦男　ガン回廊の炎(上)(下)
柳田邦男　「人間の時代」への眼差し《まなざし》
柳田邦男　いのち〈8人の医師との対話〉
柳田邦男　この国の失敗の本質
山口　瞳　単身赴任
山口　瞳　同行百歳
安岡章太郎　僕の昭和史 全三冊
山田風太郎　戦中派不戦日記
山田風太郎　婆沙羅
山田風太郎　甲賀忍法帖〈山田風太郎忍法帖①〉
山田風太郎　忍法忠臣蔵〈山田風太郎忍法帖②〉
山田風太郎　伊賀忍法帖〈山田風太郎忍法帖③〉
山田風太郎　忍法八犬伝〈山田風太郎忍法帖④〉
山田風太郎　くノ一忍法帖〈山田風太郎忍法帖⑤〉
山田風太郎　魔界転生(上)(下)〈山田風太郎忍法帖⑥⑦〉
山田風太郎　江戸忍法帖〈山田風太郎忍法帖⑧〉
山田風太郎　柳生忍法帖(上)(下)〈山田風太郎忍法帖⑨⑩〉
山田風太郎　風来忍法帖〈山田風太郎忍法帖⑪〉

講談社文庫　目録

山田風太郎　かげろう忍法帖〈山田風太郎忍法帖⑫〉
山田風太郎　野ざらし忍法帖〈山田風太郎忍法帖⑬〉
山田風太郎　忍法関ヶ原〈山田風太郎忍法帖⑭〉
山村美紗　マラッカの海に消えた
山村美紗　葉煙草《シガリロ》の罠
山村美紗　花の寺殺人事件
山村美紗　ガラスの棺
山村美紗　三十三間堂の矢殺人事件
山村美紗　ヘアデザイナー殺人事件
山村美紗　京都紫野殺人事件
山村美紗　京都新婚旅行殺人事件
山村美紗　京都愛人旅行殺人事件
山村美紗　京都再婚旅行殺人事件
山村美紗　大阪国際空港殺人事件
山村美紗　小京都連続殺人事件
山村美紗　シンデレラの殺人銘柄
山村美紗　グルメ列車殺人事件
山村美紗　シンガポール蜜月旅行殺人事件
山村美紗　恋盗人

山村美紗　天の橋立殺人事件
山村美紗　愛の飛鳥路殺人事件
山村美紗　紫水晶殺人事件
山村美紗　愛の立待岬
山村美紗　山陽路殺人事件
山村美紗　ブラックオパールの秘密
山村美紗　花嫁は容疑者
山村美紗　平家伝説殺人ツアー
山村美紗　卒都婆小町が死んだ
山村美紗　伊勢志摩殺人事件
山村美紗　火の国殺人事件
山村美紗　十二秒の誤算
山村美紗　小樽地獄坂の殺人
山村美紗　京都・沖縄殺人事件
山村美紗　京都清水坂殺人事件
山村美紗　京都恋供養殺人事件
山村美紗　京都三船祭り殺人事件
山村美紗　京都絵馬堂殺人事件〈名探偵キャサリン傑作集〉
山村正夫　霊界予告殺人

山村正夫　生贄《いけにえ》伝説殺人事件
山村正夫　幻の戦艦空母「信濃」沖縄突入
山口洋子　愛する嘘を知ってますか〈いちばん言いたくなかった26項〉
山口洋子　愛されかた知ってますか〈他人が言わない26項〉
山口洋子　ドント・ディスターブ
山口洋子　東京恋物語
山口洋子　おとこの事典
山口洋子　帰り道を忘れた男たち
山口洋子　モテるモテないは紙一重
山口洋子　なにが愛なのかしら
山口洋子　雨になりそうな風
山口洋子　愛がわからなくなったら読む本
山口洋子　おとこの天気 おんなの元気〈おとこの事典リターンズ〉
山口洋子　履歴書《メリット》
山田智彦　銀行頭取(上)(下)
山田智彦　銀行合併
山田智彦　経営者「ウラとオモテ」の研究
山田智彦　銀行消失
山田智彦　銀行淘汰

山田智彦　危険銀行
山田智彦　銀行人事抗争
山田智彦　人間関係〈都市銀行二人の支店長〉
山田智彦　天狗藤吉郎(上)(下)
山田智彦　城盗り秀吉
山田智彦　蒙古襲来(上)(下)
山田智彦　銀行裏総務(上)(下)〈研次郎事故簿〉
矢口高雄　ボクの学校は山と川
矢口高雄　ボクの手塚治虫
矢口高雄　ボクの先生は山と川
矢口高雄　螢雪時代〈ボクの中学生日記〉全5巻
山川健一　スパンキング・ラヴ
山崎洋子　花園の迷宮
山崎洋子　横浜秘色歌留多
山崎洋子　三階の魔女
山崎洋子　[伝説]になった女たち
山崎洋子　ホテルウーマン
山崎洋子　歴史を騒がせた[悪女]たち
山崎洋子　熟れすぎた林檎

山崎洋子　海のサロメ
山崎洋子　日本恋愛事件史
山崎洋子　元気がでる恋愛論〈誰かがあなたを愛してる〉
山崎洋子　熱月テルミドール
山崎洋子　星の運命を生きた女たち
山田詠美　ハーレムワールド
山田詠美　私は変温動物
山田詠美　セイフティボックス
山田詠美　晩年の子供
山田詠美　熱血ポンちゃんが行く！
山田詠美　再び熱血ポンちゃんが行く！
山田詠美　誰がために熱血ポンちゃんは行く！
山田詠美　嵐ヶ熱血ポンちゃん！
山田詠美　路傍の熱血ポンちゃん！
山本美知子　出ようかニッポン、女31歳〈アメリカ・中国をゆく〉
山本博文　江戸お留守居役の日記〈寛永期の萩藩邸〉
山本博文　江戸城の宮廷政治〈熊本藩細川忠興・忠利父子の往復書状〉
山田盟子　占領軍慰安婦
山田美保子　オバダス〈女性のためのオバサンの情報&論理〉　みうらじゅん・絵

山上龍彦　兄弟！尻が重い
山上龍彦　それゆけ太平
矢崎葉子　カイシヤ、好きですか？
安田賀計　仕事がスラスラ進むビジネス文書の書き方
柳家小三治　ま・く・ら
山口雅也　ミステリーズ《完全版》
山口雅也　キッド・ピストルズの慢心
柳原和子　「在外」日本人
山田和　インドの大道商人
山本將文　戦争の忘れもの〈残留コリアンの叫び〉
安井国穂　雨に眠れ〈TBSドラマ〉
夢枕獏　奇譚草子
夢枕獏　鮎師
夢枕獏　黄金宮[1]勃起仏編
夢枕獏　黄金宮[2]裏密編
夢枕獏　黄金宮[3]仏呪《ブードゥー》編
夢枕獏　黄金宮[4]暴竜編
夢枕獏　空手道ビジネスマンクラス練馬支部
柳美里　家族シネマ

講談社文庫　目録

結城昌治　泥棒たちの昼休み
吉川英治　宮本武蔵 全六冊
吉川英治　新書太閤記 全八冊
(ほか吉川英治歴史時代文庫全八十冊・補巻五冊)
吉行淳之介ほか　三角砂糖〈ショートショート20人集〉
吉村　昭　日本医家伝
吉村　昭　新装版 北天の星(上)(下)
吉村　昭　ふぉん・しいほるとの娘 全三冊
吉村　昭　赤い人
吉村　昭　海も暮れきる
吉村　昭　孤独な噴水
吉村　昭　間宮林蔵
吉村　昭　密会
吉村　昭　メロンと鳩
吉村　昭　月下美人
吉村　昭　月夜の記憶
吉村　昭　白い航跡(上)(下)
吉村　昭　落日の宴〈勘定奉行川路聖謨〉
吉田ルイ子　ハーレムの熱い日々
吉田ルイ子　自分をさがして旅に生きてます
吉田ルイ子　吉田ルイ子のアメリカ
吉川英明　水よりも濃く
吉川英明編著　吉川英治の世界
吉永みち子　繋がれた夢
吉岡　忍　技術街道をゆく〈ニッポン国新産業事情〉
吉目木晴彦　魔球の伝説
吉目木晴彦　寂寥郊野
吉岡道夫　〈稲妻〉連鎖殺人
淀川長治　淀川長治映画塾
吉村英夫撰著　一行詩「家族！」〈父よ母よ・息子よ娘よ〉
吉村正一郎　西鶴人情橋
吉村達也　由布院温泉殺人事件
吉村達也　龍神温泉殺人事件
吉村達也　五色温泉殺人事件
吉村達也　ランプの秘湯殺人事件
吉村達也　知床温泉殺人事件
吉村達也　天城大滝温泉殺人事件
吉村達也　算数・国語・理科・殺人
吉村達也　[英語が恐い]殺人事件
吉村達也　ベストセラー殺人事件
吉村達也　修善寺温泉殺人事件
吉村達也　猫魔温泉殺人事件
吉村達也　白骨温泉殺人事件
吉村達也　地獄谷温泉殺人事件
吉村達也　侵入者ゲーム
吉村達也　城崎温泉殺人事件
吉村達也　金田一温泉殺人事件
吉村達也　ピタゴラスの時刻表
吉村達也　ニュートンの密室
吉村達也　アインシュタインの不在証明
与那原　恵　街を泳ぐ、海を歩く〈カルカッタ・沖縄・イスタンブール〉
横田濱夫　はみ出し銀行マンの金融裏事情
横田濱夫　はみ出し銀行マンの資産倍増論
吉村葉子 宇田川悟　パリ20区物語
吉村葉子 宇田川悟　パリ近郊の小さな旅〈イル・ド・フランスの魅惑〉
米山公啓　エア・ホスピタル
ラ・ミューズ編 編集部編　ローランサン：夢みる人〈文庫ギャラリー〉

2000年12月15日現在